MIRA®

Der Preis dieses Bandes versteht sich einschließlich
der gesetzlichen Mehrwertsteuer.

Umwelthinweis:
Dieses Buch wurde auf chlor- und säurefreiem Papier gedruckt.

Kresley Cole

Die Geliebte des Captains

Roman

Aus dem Amerikanischen von
Dr. Holger Hanowell

MIRA®

MIRA® TASCHENBUCH
Band 25198
1. Auflage: Oktober 2006

MIRA® TASCHENBÜCHER
erscheinen in der Cora Verlag GmbH & Co. KG,
Axel-Springer-Platz 1, 20350 Hamburg
Deutsche Taschenbucherstausgabe

Titel der nordamerikanischen Originalausgabe:
The Captain of all Pleasures

erschienen bei: Pocket Books, New York
Published by arrangement with the original publisher, Pocket Books,
a division of Simon & Schuster, Inc., New York

Konzeption/Reihengestaltung: fredeboldpartner.network, Köln
Umschlaggestaltung: pecher und soiron, Köln
Redaktion: Claudia Wuttke
Titelabbildung: „Leslie Peck“ bei Thomas Schlueck GmbH, Garbsen
Autorenfoto: © Deanna Meredith Studios
Satz: Buch-Werkstatt GmbH, Bad Aibling
Druck und Bindearbeiten: Ebner & Spiegel, Ulm
Printed in Germany
ISBN 3-89941-291-5

www.mira-taschenbuch.de

1. KAPITEL

London, 1856

Nicole Lassiter wurde von einem jähen Unbehagen befallen, als sie die schäbige Hafenschenke betrat und die übel riechende, abgestandene Luft einatmete. Das Stimmengewirr verstummte, und die Gäste musterten sie von Kopf bis Fuß, denn sie spürten, dass der Neuankömmling nicht in die Schankstube passte, in der sich zahllose Dirnen herumtrieben. Dabei hatte Nicole sich unauffällig gekleidet, um keine Aufmerksamkeit zu erregen. Sie trug Männerhosen und ein Hemd unter einem schlichten Mantel. Sorgsam hatte sie ihr Haar unter einem alten, breitkrempigen Hut versteckt. Dennoch waren sämtliche Blicke auf sie gerichtet.

Beunruhigt atmete sie tief durch und rief sich in Erinnerung, dass sie einen Auftrag zu erledigen hatte und hier war, um Captain Jason Lassiter zu finden. Und jetzt, da sie allein gekommen war, musste sie ihr Bestes geben, um nicht in Schwierigkeiten zu geraten. Mit trotzig vorgerecktem Kinn und einem herablassenden Blick bahnte sie sich den Weg durch die raubeinigen Gesellen, die sich im Wirtshaus eingefunden hatten. Schon bald ließen sich auch wieder die zittrigen Töne einer schlecht gestimmten Geige vernehmen.

Offensichtlich waren die Informationen, die sie über Lassiters Aufenthaltsort erhalten hatte, falsch gewesen; ihr Vater würde sich nie in einer solchen Spelunke aufhalten, in der die Seeleute „Gesellschaft“ fanden, bevor sie ablegten. Als ein Matrose Nicole erzählt hatte, wo ihr Vater zu finden sei, hatte sie zunächst angenommen, die Hafenschenke „Mermaid“ habe in ihrer Abwesenheit einen neuen, weniger ruchlosen Pächter erhalten.

Doch das war augenscheinlich nicht der Fall. Ein letztes Mal wollte sie sich umschauen und dann den Ort so schnell wie möglich wieder verlassen, um den Matrosen für seinen schlechten Scherz zur Rede zu stellen. Ein letzter Blick ...

Ihr Vater war hier!

Und auf seinem Schoß rekelte sich aufreizend eine übertrieben geschminkte Dirne.

Immer wenn die Frau in heiseres Lachen ausbrach, drohten ihre üppigen Brüste die Enge ihres Mieders zu sprengen. Und bei Gott, dachte Nicole und verzog angewidert das Gesicht, diese Frau lacht wahrlich *oft.*

Nicole näherte sich ihrem Vater und zwängte sich an verschwitzten Leibern, Betrunkenen und freizügigen Dirnen vorbei. Als ihr Vater sie erblickte, blieb ihm im ersten Moment vor Staunen der Mund offen stehen, bevor er die Lippen zu einem grimmigen, dünnen Strich verzog.

Jason Lassiter bot einen Furcht einflößenden Anblick, wenn er wütend war. Dann begannen seine Augen wild zu funkeln, und die Zornesröte, die ihm ins Gesicht stieg, hatte dieselbe Farbe wie sein Bart und der auffallend rote Haarschopf. Diesen Anblick hatte Nicole nicht vergessen. Als sie an diesem Abend jedoch beschlossen hatte, die Schenke aufzusuchen, hatte sie offenbar unterschätzt, wie aufgebracht er sein konnte. Ihr blieb jedoch keine Wahl. Sie hatte keine Zeit mehr zu verlieren.

Mit einem gezwungenen Lächeln ging sie weiter, bis sie vor ihrem Vater stand.

„Nicole“, stieß er zwischen zusammengebissenen Zähnen hervor, „was, zum Teufel, hast du hier verloren?“

Nicole warf einen flüchtigen Blick auf die grell geschminkte Dirne, verdrehte die Augen und entgegnete forsch: „Und was, zum Teufel, machst du hier?“

Ihr Vater schickte die Hure fort, nachdem er ihr noch etwas zugeraunt und ihren Arm getätschelt hatte, und gab Nicole unmissverständlich zu verstehen, Platz zu nehmen. „Ich bin hier, da ich auf neue Informationen warte“, antwortete er schroff.

„Oh“, sagte sie und runzelte ungläubig die Stirn. „So nennt man das jetzt also?“

„Das, meine Tochter, nennt man *kluges* Vorgehen“, erwiderte er mit unüberhörbarem Sarkasmus und griff nebenbei zu seinem Bierkrug. Nicole rümpfte die Nase angesichts dieses schmutzigen Gefäßes. Ihr Vater schaute kurz hinein, zog die Stirn kraus und stellte den Krug dann eine Armlänge entfernt ab. „Ich hatte vor, hier einen Mann zu treffen, der über die Sabotage Bescheid weiß. Zufällig ist er mit dieser Frau bekannt.“ Mit einem leicht gekränkten Blick fügte er hinzu: „Du solltest mich eigentlich besser kennen.“

Nicole nickte widerwillig und schenkte ihm ein entschuldigendes Lächeln. Doch das Lächeln schwand sogleich wieder, als sie sich in Erinnerung rief, dass ihr Vater die Sabotage erwähnt hatte. In diesen Zeiten war das Segeln schon gefährlich genug, da die Kapitäne versuchten, Geschwindigkeitsrekorde aufzustellen und unbedachte Schiffsbauer immer neue, gewagtere Modelle auf den Markt brachten. So kam es nicht selten vor, dass die Fahrt zu einem tödlichen Unterfangen wurde, wenn die Takelage an den Mastbäumen riss und die Steuerruder dem ersten schweren Sturm nicht standhalten konnten.

„Sag mir, dass du endlich weißt, wer für die Schäden verantwortlich ist", drängte sie ihn. Zwar war die Reederei ihres Vaters noch nicht zum Ziel der Saboteure geworden, aber Lassiter hatte beschlossen, in die Offensive zu gehen.

„Ich bekomme langsam ein paar gute Hinweise", sagte er, zeigte sich aber nicht bereit, mehr von seinen Erkenntnissen preiszugeben. „Jetzt sag mir aber, was du hier zu suchen hast."

„Nun, ich habe nachgedacht ..." Während der Fahrt von Paris war sie die Erklärung immer wieder durchgegangen. Sie musste ihrem Vater verdeutlichen, warum sie ihn auf dem bevorstehenden Großen Wettsegeln von London nach Sydney begleiten wollte, doch in diesem Augenblick tauchte die Dirne wieder auf und machte sich erneut an ihren Vater heran. Sie warf Nicole einen frechen Blick zu und flüsterte Captain Lassiter in aufreizender Weise etwas ins Ohr.

Wie es aussah, hatte ihr Vater nicht vor, die Frau in absehbarer Zeit fortzuschicken, und Nicole war nicht geneigt, das geflüsterte Zwiegespräch weiterzuverfolgen. Daher wandte sie sich ab, legte das Kinn auf die Stuhllehne und beobachtete all die englischen Seeleute und auffällig gekleideten Frauen, die hier in der Schenke „zusammenfanden".

Plötzlich ließ das unzweideutige, derbe Treiben ihre Augen größer werden. Sie malte sich aus, dass der Anblick all dieser Menschen genau zu ihren Träumen der vergangenen Nacht passte – Träume, in denen ein dunkelhaariger, gesichtsloser Mann ... Dinge mit ihr gemacht hatte. Unaussprechliche

Dinge, die sie verschiedentlich bei Paaren auf den Kais gesehen hatte. Sie seufzte. Was mochte sie wohl in dieser Nacht träumen …?

Ein dumpfer Laut riss sie aus ihren Gedanken, und ihr Blick wanderte zur Wirtshaustür, die soeben zufiel, da drei Männer eingetreten waren.

Sie trugen teure und geschmackvoll geschnittene Kleidung, die sie als Edelleute auswies. *Betrunkene Edelleute,* verbesserte Nicole sich, als sie die Männer besser erkennen konnte. Vermutlich handelte es sich um verdorbene, vergnügungssüchtige Männer, die sich die Nacht mit billigem Gin und noch billigerer Unzucht um die Ohren schlagen wollten. Kein Zweifel, sie hatten den richtigen Ort gewählt.

Obwohl die Männer nicht annähernd so viel Aufmerksamkeit erregt hatten wie zuvor Nicole, verstummten die Gespräche in der Schenke ein weiteres Mal. Vielleicht deshalb, weil der Größte der Neuankömmlinge von kräftiger Gestalt war – er musste über sechs Fuß groß sein, und unter seinem maßgeschneiderten Anzug zeichnete sich ein wohlgestalteter Leib ab.

Doch das allein war es nicht, was Nicoles Blicke fesselte. Vielmehr war es die nahezu greifbare, bedrohliche Aura, die diesen Mann umgab. Selbst als er Platz nahm, die langen Beine unter dem Tisch ausstreckte und seine ganze Erscheinung sich scheinbar entspannte, spürte sie noch eine unterschwellige Ungeduld in ihm. Auch die anderen spürten dies – die Seeleute, die frisch angeworbenen Matrosen oder die farbenprächtigen Dirnen. Sie alle verhielten sich wie scheue Tiere, sobald sie gezwungen waren, an dem Tisch dieses Mannes vorbeizugehen.

Er war der Einzige der drei Männer, der nicht offenkundig betrunken war, und während er sich in der Schankstube umschaute, flammte seltsamerweise Abscheu in seinen Gesichtszügen auf. Warum suchte er einen Ort auf, den er offensichtlich abstoßend fand?

Dann, als ob ihre Neugierde seine Aufmerksamkeit erregt hätte, heftete der Fremde seinen Blick auf Nicole. Nur Sekunden später kniff er die Augen zusammen. Erschrocken hielt sie den Atem an, denn sie wusste, dass er ihre Verkleidung durchschaut hatte. Er schien durch ihre Männerkleidung hindurchzusehen und vermittelte ihr das Gefühl, gänzlich unbekleidet zu sein.

Da Nicole mit einem Mal wahrnahm, dass sich offenkundige Bewunderung in seinen Augen spiegelte, war sie nicht mehr in der Lage, einen klaren Gedanken zu fassen. Einmal mehr flammten ihre dunklen Träumereien auf und erwachten zu neuem Leben.

Der Fremde sah sie an, als ob sie die einzige Frau in der Schankstube wäre, obwohl es in der Schenke von willigen, halb nackten Dirnen wimmelte. Was, wenn er sie für eine der käuflichen Damen hielt und nach ihr riefe? Wie es wohl wäre, mit bunt karierten Röcken rittlings auf seinem Schoß zu sitzen, während er wie abwesend nach dem Bierkrug griff und die andere Hand unter die Rocksäume schob?

Das kribbelnde Gefühl aus ihren Träumen stellte sich wieder ein – jene schwer zu beschreibenden widerstreitenden Empfindungen in ihrem Bauch, die sie für eine Mischung aus Furcht, Erstaunen und Verlangen hielt. Es war *der Fremde*, der diese Empfindungen in ihr hervorrief. Und sie wurden noch stärker, als er ihre Gestalt mit begehrlichen Blicken in sich aufnahm.

„Wie ich sehe, ist dir Captain Sutherland schon aufgefallen“, stellte ihr Vater trocken fest.

Eine unsägliche Hitze stieg ihr in die Wangen, und rasch wandte Nicole den Blick von dem Fremden. Doch im selben Augenblick drängte sich der Name in ihr Bewusstsein: Sutherland, der zügellose Kapitän der *Southern Cross,* der Besitzer der mittlerweile erfolglosen Peregrine Reederei – und obendrein der erbittertste Feind ihres Vaters.

„Das ist also Derek Sutherland?“ fragte sie mit gedämpfter Stimme. Die Vorstellung, dass ihr Vater diesem Furcht gebietenden Mann ständig zu begegnen schien, rief zwiespältige Gefühle in Nicole hervor. Einerseits bewunderte sie die Tapferkeit ihres Vaters, während sie auf der anderen Seite seinen gesunden Menschenverstand infrage stellte.

„Ja, das ist er“, erwiderte Lassiter und erhob sich. Überhastet verabschiedete er sich von der Hure und bedeutete Nicole mit einer ungeduldigen Geste, ihm zu folgen. „Sieht so aus, als müssten wir uns aufmachen.“ Die Miene ihres Vaters verhärtete sich. „Denn wenn er dich weiterhin in dieser Weise anstarrt, werde ich meine Drohungen wahr machen und den Bastard töten.“

Während sie ihrem Vater durch die Menge folgte, trieb ein innerer Zwang sie dazu, sich noch einmal zu Sutherland umzuschauen. Überrascht stellte sie fest, dass der Fremde sie nach wie vor durchdringend ansah. Mit seinen forschenden Augen nahm er sie in einer besitzergreifenden Weise in sich auf und gab ihr zu verstehen, sich nicht von ihm zu entfernen.

Doch sie würde die Schenke verlassen.

Ein faszinierender Mann mit scharf geschnittenen Gesichtszügen. Was für eine Verschwendung, dachte sie, als sie sich abwandte.

Wenige Augenblicke später spürte sie lange, kraftvolle Finger um ihr Handgelenk. Sie wusste, dass Sutherland hinter ihr stand, noch ehe sie sich umgedreht hatte und ihre Blicke sich begegneten. Seine Hand brannte wie Feuer auf ihrem Arm.

„Bleib hier", bedeutete er ihr.

Seinem anmaßenden Auftreten nach zu urteilen gewann sie den Eindruck, dass er genau das von ihr erwartete. Glaubte er etwa, er könne sie einfach herumkommandieren? Was für ein arroganter Kerl! Aber warum stieg dann ein deutlich spürbares Verlangen in ihr hoch, seiner Aufforderung Folge zu leisten?

„Fassen Sie mich nicht an, Captain."

Da er jedoch nicht von ihr abließ, entwand sie sich mit einer geschickten Drehung seinem Griff. Im Gegenzug schenkte er ihr eine höhnische kleine Verbeugung. Wie konnte er nur so unbeteiligt wirken? Wie kam es, dass er ihr gelangweilt vorkam, während sie sich in einer unerklärlichen Weise sogleich zu diesem Mann hingezogen fühlte? Wut flammte in ihr auf, und sie bedachte ihn mit einem finsteren Blick. „So unbekümmert, Captain? Werden Sie sich immer noch so gleichgültig zeigen, wenn Sie das Große Wettsegeln um, sagen wir …", sie tippte sich an die Wange, „tausend Seemeilen verlieren?"

Sie hätte schwören können, dass der Anflug eines Lächelns seine Mundwinkel umspielte, bevor ihr Vater zurückkehrte und sie mit sich fortriss.

„Verflucht nochmal, Nicole, wirst du es denn nie begreifen?“ schnaubte er, noch ehe sie einen Fuß auf die schmutzige Straße setzen konnte. „Du kommst in die Schenke, als gehöre sie dir! Verdammt, genau wegen solcher Männer wie Sutherland solltest du so eine Spelunke erst gar nicht betreten.“

„Ich habe schon schlimmere Wirtshäuser gesehen“, entgegnete sie, während er sie weiter mit sich zog.

„Aber musstest du ausgerechnet *Sutherlands* Aufmerksamkeit erregen und ihn dann auch noch gegen dich aufbringen?“ Erneut warf er einen Blick über die Schulter. „Mir scheint, du suchst geradewegs den Ärger.“

„Wenn es Schwierigkeiten gibt, ziehe ich mich zurück“, erwiderte sie atemlos und versuchte, mit ihrem Vater Schritt zu halten. Er drehte sich halb zu ihr um und sah sie mit gerunzelter Stirn an, bevor er seine Schritte auf dem Kai ein wenig verlangsamte. „Wenn er so ein übler Mensch ist, warum, um Himmels willen, gibst du dir dann so viel Mühe, ihm ständig über den Weg zu laufen?“

„Ich habe meine Gründe, mich an Sutherlands Fersen zu heften. Triftige Gründe. Außerdem ist er *Engländer.*“ Der abschätzige Blick, den Lassiter seiner Tochter zuwarf, unterstrich, dass seiner Meinung nach jeder Amerikaner seine Abneigung gegenüber diesem Volk teilen müsste.

„Mama war Engländerin“, hob Nicole verstimmt hervor, obwohl sie diesen Punkt immer und immer wieder diskutiert hatten.

„Sie war die Einzige dieser ganzen Bande, die ich je respektiert habe.“ Sein Blick verriet, dass er weitaus mehr als nur Respekt für seine verstorbene Frau empfunden hatte. Laurel

Banning Lassiter war eine englische Adlige gewesen, an die sie beide immerzu denken mussten.

Seine Stimme wurde wieder härter, als er seine Tochter jetzt durchdringend ansah. „Dieser Mann ist ein Herumtreiber und ein ungehobelter Kerl, von dem du dich gefälligst fern halten sollst. Er würde dich nur benutzen und dich dann ohne ein Wort des Abschieds fallen lassen. Insbesondere da er nun weiß, dass ich in irgendeiner Weise mit dir in Verbindung stehe." Er hielt inne, bevor er düster hinzufügte: „Ich wage mir gar nicht auszumalen, was der kaltblütige Bastard unternehmen wird, wenn er feststellt, dass du meine Tochter bist."

Schweigend gingen sie weiter, und Nicole dachte über Sutherland nach. Sie hielt es für unwahrscheinlich, dass er in ihr Captain Lassiters Tochter gesehen hatte, denn sie kam nach ihrer Mutter und hatte mit ihrem Vater nicht viel Ähnlichkeit – abgesehen vielleicht von dem Rotstich in ihrem Haar. Und natürlich besaß sie das Temperament ihres Vaters.

„Ich glaube nicht, dass er sich morgen überhaupt noch an mich erinnern wird", versicherte sie ihm schließlich, obgleich ihr diese Vorstellung aus einem unerfindlichen Grund insgeheim missfiel. „Höchstwahrscheinlich wird er sich heute Abend betrinken."

Ihr Vater gab einen unwirschen Laut von sich. „Er wird nicht so betrunken sein, dass er dich vergisst." Er legte eine Hand auf ihre Schulter und lenkte sie an den alten Holzstücken vorbei, die verstreut auf der Kaianlage herumlagen. „Doch genug von diesem Teufel. Warum bist du nicht in der Schule, wo du hingehörst?"

Als sie betreten zur Seite schaute, konnte er seine Enttäuschung nicht verbergen. „Man hat dich wieder rausgeschmissen, nicht wahr?“

Nicole hüstelte verlegen. „Meine Entlassung geschah in beiderseitigem Einvernehmen.“ Ihr Vater schaute sie finster an und ging wortlos weiter, während sie leise hinzufügte: „Zur großen Freude meiner Schulleiterin.“

Schließlich erreichten sie den Anlegeplatz, an dem Jason Lassiters Schiff festgemacht war. Nicole war mit einem Mal so ergriffen, dass Tränen in ihren Augen brannten. Die *Bella Nicola,* ein herrlicher Klipper mit einem schnittigen Schiffsrumpf, dessen marineblauer Untergrund mit leuchtenden weißen und roten Farben aufgelockert war, hob sich deutlich von all den anderen trostlosen Schiffen im Hafen ab – wie ein Diamant inmitten von Kohle.

Das ist mein Zuhause. Sie sehnte sich danach, wieder an Bord gehen zu dürfen, denn sie hatte das stattliche Schiff vermisst, als wäre es ihre beste Freundin. Ihr Atem ging unregelmäßig, aber in Gegenwart ihres Vaters wollte sie sich ihre Aufregung nicht anmerken lassen. Um ihre Gefühlsregungen zu überspielen, sagte sie beiläufig: „Wirklich, Vater, ich weiß gar nicht, warum du mir immer noch zürnst.“

„Das weißt du nicht?“ fragte er ungehalten. „Wie hätte ich deiner Meinung nach denn auf deine Mitteilung reagieren sollen, dass das beste Mädchenpensionat auf dem Kontinent dich entlassen hat? Hätte ich etwa Luftsprünge machen sollen?“

„Es war kein Verweis wie bei den anderen Schulen“, antwortete sie und schämte sich keineswegs für ihren unrühmlichen Schulaustritt. „Ich möchte es als ‚Schlussstrich‘ bezeichnen.“

„Nun, wenn dein Entschluss feststeht" – er drehte sie zu sich und betrachtete ihre Kopfbedeckung und die Männerhosen –, „müsste deine Großmutter eigentlich ihr Geld zurückfordern."

„Als ich in Paris ankam, erzählte man mir, ich müsse sieben von neun Fächern bestehen, was mir auch gelungen ist." Ihr Vater musste ja nicht unbedingt wissen, dass es Nicole beinahe ihre ganze Kraft gekostet hatte. Sie hatte es schlicht als zu schwierig empfunden, sich feine Manieren anzueignen, die notwendig waren, um sich einen wohlhabenden und hoch gestellten Gemahl zu angeln. Denn mit ihren zwanzig Jahren und ihrem eigenwilligen Äußeren gehörte sie nicht gerade zur ersten Wahl.

„Und ich vermute, es ist reiner Zufall, dass du die sieben Fächer gerade rechtzeitig hinter dich gebracht hast, um kurz vor dem Start des Großen Wettsegelns hier sein zu können."

Nicole schaute wieder zur Seite. Schon seit zwei Jahren plante sie, an diesem Segelwettbewerb teilzunehmen, genau genommen seit dem Tag, als sie Queen Victorias Erlass gelesen hatte, das Wettsegeln rund um den Erdball stehe für Seeleute aller Nationen offen. Damals hatte sie den Entschluss gefasst, dass nichts und niemand sie aufhalten würde. Nun musste sie keine strafenden Blicke mehr über sich ergehen lassen, wenn sie bei der Handarbeit nachlässig war. Endlich war sie auch diesen lächerlichen Tanzlehrer los und brauchte sich nicht länger die ständigen Neckereien ihrer Mitschülerinnen anzuhören, sie sei für die Schule schon zu alt. Und vor allem war sie von ihrer unnachgiebigen Schulleiterin erlöst, die es darauf angelegt hatte, eine feine Dame aus ihr zu machen und sämtliche

Eigenschaften bei ihr auszumerzen, die diesem Ideal nicht entsprachen.

Das bevorstehende Wettsegeln war das größte in der Geschichte – ein Sieg könnte der Lassiter-Reederei zu weltweitem Ansehen verhelfen –, und sie wünschte sich nichts sehnlicher, als daran teilzunehmen.

Da sie ihrem Vater keine Antwort gab, zog er ihr mit einer neckenden Geste den Hut ins Gesicht und fragte sie mit einem versöhnlichen Tonfall: „Verrätst du mir noch, in welchen beiden Fächern du durchgefallen bist?"

Sie rückte die Kopfbedeckung wieder zurecht und täuschte einen ernsten Gesichtsausdruck vor. „Ich fürchte, Bereiche wie Blumenarrangement und Cembalo spielen werden mir für immer verschlossen bleiben. Du kannst dir ja vielleicht vorstellen, dass meine Unzulänglichkeiten mir schwer zu schaffen machen", fügte sie hinzu und tat so, als hielte sie nur mühsam eine Träne zurück.

Ihr Vater konnte ein Lachen kaum unterdrücken, und allein das zeigte ihr, dass er froh war, sie zu sehen. Doch plötzlich wurde seine Miene wieder sehr ernst. „Hör zu, Nicole. Ich möchte unsere gemeinsame Zeit genießen, bevor ich segle; lass uns daher eine Sache hinsichtlich des Wettsegelns klarstellen."

Verärgert zog sie die Brauen zusammen. Gütiger Gott, das konnte doch unmöglich sein; wollte er ihr tatsächlich mitteilen, dass sie … nicht mitsegeln durfte? „Nein, sag jetzt noch nichts – bitte", stieß sie rasch hervor. „Gib mir nur einige Tage, um dir zu beweisen, dass du mich beim Segeln brauchst." *Und bei jeder kommenden Reise.*

„Nicole, es wird keine …“

„Bitte!“ Sie ergriff seinen Unterarm und setzte zu einer Erklärung an, doch er hob seine schwielige Hand und bedeutete ihr, den Mund zu halten.

Die ihr wohl bekannte Geste machte ihr deutlich, dass sie diese Auseinandersetzung nicht für sich entscheiden könnte. Aber so schnell würde sie keinesfalls aufgeben. Noch hatte sie nicht ihr ganzes Pulver verschossen, und daher riss sie sich zusammen und zwang sich, es im Augenblick dabei zu belassen.

Sie schwieg sogar, als ihr Vater in bestimmtem Ton sagte: „Ich möchte das ein für alle Mal klarstellen, Nicole. Du wirst unter gar keinen Umständen an diesem Wettbewerb teilnehmen. Und du kannst dich bei Sutherland bedanken, dass mir diese Entscheidung so sehr leicht fällt. Solange ich noch einen Atemzug tue, hast du nichts in meiner Nähe zu suchen, wenn ich mich mit diesem Schurken messen muss.“

Am liebsten würde ich diese Viecher umbringen, dachte Nicole grimmig und legte am Schreibpult die Stirn auf ihre Unterarme. Als sie wieder aufschaute, strich sie sich eine Haarsträhne aus dem Gesicht und richtete den Blick auf das Pult, auf dem zahllose Seekarten lagen. Übermüdet starrte sie auf all die Zahlen und Gleichungen, die vor ihren Augen verschwammen.

Sie konnte nicht klar denken, und es gelang ihr nicht, eine Seeroute ausfindig zu machen, mit der sie ihren Vater beeindrucken wollte. Allerdings rechnete sie in absehbarer Zeit auch mit keiner brillanten Lösung, denn seit mehr als einer Viertelstunde brüllte das Vieh im Laderaum unaufhörlich.

Sicherlich, das musste ja so kommen, wenn kaum jemand an Bord war, um die blökenden Tiere zu beruhigen. Ihr Vater war unterwegs zu einem Treffen, das er mit Hilfe der Frau aus der Schenke arrangiert hatte, und beinahe die ganze Crew genoss den Hafenaufenthalt.

Plötzlich ebbte der Lärm ab. Nicole hielt den Atem an und befahl den Tieren im Stillen, für den Rest der Nacht leise zu sein. Gerade nahm sie erneut die Schreibfeder zur Hand, als die Tiere wieder mit ihrem Gebrüll anfingen. Missmutig ließ sie die Feder sinken. Warum, um alles in der Welt, fühlten die beiden Matrosen, die für die Nachtwache eingeteilt worden waren, sich nicht bemüßigt, etwas zu unternehmen?

Vermutlich waren die beiden eingeschlafen. *Sie* würde niemals während der Wache einschlafen.

Nicole reckte sich ausgiebig, bevor sie sich von dem Stuhl erhob, der mit Schrauben am Kajütenboden befestigt war. Obgleich sie nicht vorhatte, sich weit von der Kajüte zu entfernen, hüllte sie sich in ihren warmen Wollmantel.

Mit einer schwankenden Öllampe in der Hand ging sie gemächlich zum Kabinenniedergang und konnte ein Gähnen nicht unterbinden; die schwere, drückende Nachtluft während der Ebbe machte furchtbar müde. Nicole dachte darüber nach, warum sie während des ganzen Tages nichts Richtiges zu Stande gebracht hatte – und jetzt konnte sie nicht einschlafen, obwohl sie von der langen Reise erschöpft war. In ihrer Koje hatte sie sich von einer Seite auf die andere gewälzt, denn die Bilder voller Sinnlichkeit wollten nicht aus ihrem Kopf weichen, und selbst der feine Stoff ihres Nachtgewandes hatte auf ihrer empfindlichen Haut gescheuert.

In ihrer Vorstellung war der Mann, der sich ihr näherte, nicht länger gesichtslos. Es war Sutherland.

Zugleich rief sie sich schmerzlich in Erinnerung, dass sie genau diesem Mann ihr Segelverbot zu verdanken hatte. Zudem würde es erneut böses Blut geben, wenn ihr Vater sich einmal mehr mit seinem alten Widersacher abgeben müsste. Warum also konnte sie ihn nicht vergessen? Warum spürte sie immer noch seine warme, kraftvolle Hand an ihrem Handgelenk?

Mit einem Kopfschütteln vertrieb sie ihn abermals aus ihren Gedanken. Jetzt durfte sie sich nicht ablenken lassen.

Von dem Kajütenniedergang aus ließ sie den Blick über das Deck schweifen, auf der Suche nach den Wachen. Da sie niemanden sah, den sie hätte schelten können, stieg sie, wie unzählige Male zuvor, mühelos die steile, enge Treppe hinunter in den Laderaum. Als die Tiere vom Schein der Laterne erfasst wurden, drehte ihr der Ziegenbock unbekümmert den Kopf zu. Die Schweine und Schafe jedoch wichen scheu zurück und verfielen erneut in ihr ängstliches Quieken und Blöken, das in dem engen Laderaum widerhallte.

Nicole bemühte sich, die Tiere zu beruhigen, doch sie waren so aufgeregt und furchtsam wie vor einem losbrechenden Sturm. Mit einem leisen Fluch auf den Lippen stellte sie die Lampe ab und griff nach der Schaufel, um den Tieren mehr Futter zu geben.

Kaum hatte sie die Schaufel gehoben, da hielt sie erschrocken inne.

Im Licht der Laterne zeichnete sich etwas in schwachen Umrissen auf dem Boden ab, etwas Unförmiges, das zur

Hälfte von einem mächtigen Spant des Schiffsrumpfes verdeckt wurde.

Kauerte dort ein Mensch?

Nicole strich sich das Haar aus der Stirn und machte einen unsicheren Schritt nach vorn, während sie angestrengt versuchte, mehr von der Gestalt zu erkennen. Wer auch immer dort hockte, man musste dieser Person klarmachen, dass niemand zu dieser späten Stunde ohne triftigen Grund etwas im Laderaum zu suchen hatte. Und sollte dieser Mensch das Vieh aufgeschreckt haben, so hätte er sich zumindest bemühen können, wieder für Ruhe zu sorgen.

„Was hast du hier unten zu suchen, Seemann?" verlangte sie forsch zu wissen, während sie sich mutig der Gestalt näherte.

Nach nur wenigen Schritten riet ihr eine innere Stimme, Vorsicht walten zu lassen.

Der Mann antwortete nicht, sondern erhob sich und wandte sich ihr zu. Nicole sog zischend den Atem ein.

Der Fremde hatte eine tiefrote, aufliegende Narbe, die sich von der Stirn bis über eine leere Augenhöhle zog. Ein fauliger Gestank entströmte ihm. Es war der Geruch von Gin, Unrat und … Blut. Der grässliche Anblick schnürte ihr die Kehle zu, und sie begann zu schlucken, um sich nicht übergeben zu müssen.

Doch schon nach wenigen raschen Atemzügen hatte sie sich wieder gefangen. Dies konnte unmöglich ein Mitglied aus der Crew ihres Vaters sein. Und das bedeutete, dass sie wieder einmal in Schwierigkeiten war. Wie so oft.

Ihr wechselvolles Mienenspiel hatte den Mann offenbar

amüsiert, denn er grinste breit und entblößte alte Zahnstumpen, die eher kleinen verkohlten Holzstückchen ähnelten. Verschreckt riss Nicole die Augen auf und wich mit pochendem Herzen zurück.

Bei ihrem nächsten Schritt holte sie tief Luft, bereute es indes sogleich, denn die Ausdünstungen der übel riechenden Gestalt stiegen ihr umso stärker in die Nase. Mit zittriger Stimme sagte sie: „Weitermachen, Seemann. Entschuldigen Sie die Störung."

Mit bangem Blick wartete sie auf eine Reaktion. Wie sollte sie die Aufmerksamkeit der beiden Wachposten erregen, die nicht einmal die unruhigen Tiere gehört hatten? Wäre sie in der Lage, vor dem unheimlichen Kerl davonzulaufen? Sie trug eine Hose – daher könnte es ihr durchaus gelingen, das rettende Deck zu erreichen, falls er sich jetzt auf sie stürzen würde. Sie musste es versuchen ...

Sie wirbelte gerade herum, um die schmale Stiege zu erreichen, als der Mann rief: „Ich denke, wir sollten sie nicht gehen lassen, was, Clive?"

Aus den Schatten unmittelbar vor ihr löste sich eine zweite Gestalt, ein großer Mann, den sie noch für weitaus gefährlicher hielt als den Narbigen.

Sie war allein mit zwei Fremden im Laderaum!

Voller Entsetzen starrte Nicole den zweiten Mann an, dessen äußere Erscheinung nicht weniger bedrohlich wirkte. Wie erstarrt blickte sie auf sein rundes Gesicht und die auffallend gewölbten Lippen.

Doch schon einen Moment später erwachte in ihr der Wille, sich zur Wehr zu setzen, und so schaute sie sich rasch nach einer handlichen Waffe um. Aber ihr wurde schnell klar, dass einer der finsteren Kerle sie packen würde, bevor sie die Schaufel oder die Mistgabel fassen konnte.

Dann erst fiel ihr Blick auf die Werkzeuge, die neben dem zweiten Mann verstreut am Boden lagen. Diese Bastarde waren hier, um den Schiffsrumpf zu beschädigen! Unbändiger Zorn regte sich in ihr, der wie eine Zentnerlast auf ihrer Brust lag und ihr die Kehle zuschnürte. Dennoch brachte sie in ihrer Angst hervor: „Es tut mir Leid, wenn ich euch bei den Reparaturarbeiten gestört habe. Ich werde dann jetzt wieder in meine Kabine gehen ... Gute Nacht also."

„Sie werden nirgends hingehen, Lady", erwiderte der Bursche namens Clive und verzog die fleischigen Lippen zu einem anzüglichen Grinsen. „Ich denke, Sie werden schön hier bleiben und Pretty und mir ein wenig Gesellschaft leisten." Seine Stimme klang heiser, und sein lüsterner Blick verriet, dass er sich an ihrer Gestalt weidete. Nicole empfand Abscheu und rang nach Fassung. „Dachtest du etwa, ich würde ein so hübsches Ding wie dich einfach gehen lassen, ohne ein bisschen Spaß zu haben?"

„Hör auf, Clive", schaltete sich der Kerl namens Pretty ein, „der Boss hat für heute Nacht nichts von Vergnügungen gesagt." Er strich sich durch das fettige Haar. „Lass uns zuerst den Auftrag erledigen, bevor man uns noch schnappt, und dann können wir uns ja um die Kleine kümmern."

„Zum Teufel mit dir, Pretty", zischte Clive und streckte die Hand nach Nicole aus. Ihren Lippen entwich ein Schrei des Entsetzens, und unwillkürlich trat sie nach dem widerlichen Kerl. Die harte Spitze ihres Stiefels traf ihn am Knie, ehe sie sich an ihm vorbeizwängte und nur knapp seinen Händen entkam. Wutentbrannt stürzte der Mann hinter ihr her.

„Hilfe! Warum hilft mir denn keiner?“ schrie sie aus Leibeskräften, als sie in Richtung der Stiege lief. Doch sie wusste, dass ihr niemand zu Hilfe eilen würde. In dieser Nacht lag ihr Überleben allein in ihren Händen.

Mochte Nicole auch schnell sein, der große Kerl war schneller, und so erklomm sie nur drei Stufen des Niedergangs, bevor er ihre Beine zu fassen bekam. Seine Hände legten sich wie zwei eiserne Klauen um ihre Fesseln, und er riss heftig an ihren Beinen. Für den Bruchteil einer Sekunde verlor sie den Halt und prallte hart gegen die Treppe. Nicole war wie betäubt und nahm kaum den Schmerz wahr, als die Holzstufen sich unbarmherzig in Bauch und Brust drückten und ihr den Atem raubten.

Sie keuchte und vernahm wie von ferne die Rufe des narbigen Mannes, die das ängstliche Blöken und Quieken der Tiere noch übertönten. Der Schmerz ließ nach, und sie sah nur noch verschwommen … bis Clive ihren steifen Körper zu sich zog; sie spürte, wie seine Hände immer weiter an ihren Beinen hinaufwanderten.

Wehr dich, verflucht, wehr dich! Unter Aufbietung all ihrer Willenskraft holte sie erneut zu einem heftigen Tritt aus und traf den Kerl an seinen wulstigen Lippen.

Blut spritzte, und er schrie vor Schmerz auf, umklammerte aber immer noch ihr linkes Bein. Bei ihrem nächsten Tritt gab er sie frei, und mit letzter Kraft zog sie sich an der Treppe hoch.

Sie war frei. Nur noch wenige Stufen …

„Ich schieße, wenn du das noch einmal versuchst." Die harten Worte wurden von einem knarrenden Geräusch überlagert – Nicole wusste instinktiv, dass der Hahn einer Pistole gespannt worden war.

Erschrocken schaute sie über die Schulter und sah ihre Befürchtung bestätigt: Der narbige Mann hatte eine Waffe auf sie gerichtet. Am ganzen Leib zitternd schaute sie auf Clive, der wieder auf die Beine kam und sich ihr mit wankenden Schritten näherte. Er verzog das blutverschmierte Gesicht zu einem höhnischen Grinsen.

Ein Blick in seine böse funkelnden Augen verriet ihr, dass sie den Männern auf Gedeih und Verderb ausgeliefert war.

Mit dem Mut der Verzweiflung sprang sie wieder auf die Beine und jagte die Stufen hinauf. Obwohl sie ihre ganze Kraft einsetzte, wusste sie, dass sie zu langsam und viel zu schwach war …

Sie war gerade auf halber Treppe, da hörte sie das Klicken des gespannten Hahns. Ein ohrenbetäubender Schuss erschütterte den düsteren Laderaum.

2. KAPITEL

Derek Sutherland war ein zorniger Mensch. Diejenigen, die ihn gut kannten – und das waren nicht viele –, fürchteten, dass aus ihm schon bald ein verbitterter Mann würde. Die Ereignisse der vergangenen vier Jahre schienen in der Tat dafür zu sprechen.

In dieser kalten und trüben Nacht war er nicht nur von Zorn erfüllt, sondern auch gehörig betrunken. Wie gewöhnlich.

Etwas war allerdings anders als sonst: Er wurde allmählich wieder nüchtern, ein höchst unwillkommener Zustand, den er gleich in der nächsten Taverne ändern wollte. Mit langen Schritten bahnte er sich den Weg durch die Menschenmenge in den schwach beleuchteten Docks. Obwohl das bevorstehende Wettsegeln viele Schaulustige angezogen hatte, kam Derek mühelos voran, denn die meisten Leute gingen ihm wohlweislich aus dem Weg.

Das lag nicht nur daran, dass er ein großer Mann war und die meisten Nachtschwärmer um einen ganzen Kopf überragte. Auch nicht daran, dass seine verhärteten Gesichtszüge den Zorn spiegelten, der von Tag zu Tag zunahm. Aus ihm war vielmehr ein Mann geworden, der nichts mehr zu verlieren hatte, und allein das ließ ihn gefährlich erscheinen.

Ihm war nicht entgangen, wie er auf die herumstehenden Leute wirkte – seit Jahren war es dasselbe Spiel. Tatsächlich gab es nur eine Hand voll Leute, die in seiner Gegenwart nicht klein beigaben. Dazu zählte Amanda Sutherland, seine Mutter, und ein unbehagliches Gefühl beschlich ihn, als er sich jetzt den letzten, sinnlosen Besuch im Londoner Wohnsitz der Familie in Erinnerung rief.

An jenem Abend war er bereits im Begriff gewesen, sich für die Nacht zu empfehlen, als Amanda ihn unmissverständlich aufgefordert hatte, ihr in den Damensalon zu folgen. Er ahnte bereits, welchen Verlauf die Unterhaltung nehmen würde, war indes auch verblüfft, dass seine Mutter so viel Zeit hatte verstreichen lassen, ehe sie ihn wieder mit ihrem Anliegen konfrontierte.

Beim Eintreten unterließ er es geflissentlich, seine Mutter auf die dargebotene Wange zu küssen, und ignorierte ihren verletzten Blick. Stattdessen ging er zielstrebig zu dem am wenigsten zerbrechlich wirkenden Stuhl und nahm ihr gegenüber auf der kleinen Sitzfläche Platz.

Die Beine lässig an den Fußgelenken gekreuzt, sagte Derek ein wenig ungehalten: „Ich weiß nicht, warum du mich sprechen willst, Mutter."

Bei seinem Tonfall schürzte sie missmutig die Lippen, doch nachdem sie angelegentlich die Röcke glatt gestrichen hatte, sagte sie mit ruhiger Stimme: „Hast du die Absicht, heute Abend in deinem Club vorbeizuschauen?"

Bei dieser törichten Frage musste er lachen, doch sein Lachen klang seltsam und heiser. Sofort verstummte er und war bemüht, jene Furcht einflößende Veranlagung zu zügeln, die unter anderem dazu beigetragen hatte, dass sein Leben an diesem Tiefpunkt angelangt war.

Mit bedrohlich funkelnden Augen beugte er sich vor. „Müssen wir das wieder durchgehen? Du weißt verdammt gut, dass ich nicht in den Club oder zu irgendeiner deiner Abendveranstaltungen gehen werde, wo ich mir irgendwelches Geschwätz zu meiner … Situation anhören muss“, entgegnete er scharf, und seine Miene verspannte sich vor Groll.

Obgleich Lady Sutherland mittlerweile die Launen ihres Sohnes kannte, sah sie ihn erschrocken an, da sein Zorn so schnell aufgeflammt war. Dennoch sagte sie: „Du hast eine Verantwortung gegenüber deinem Titel, Derek. Es ist wahrlich an der Zeit, dass du an einen Erben denkst.“

„Grant ist mein Erbe“, antwortete er mit Hinblick auf seinen Bruder.

„Aber einen Sohn …“

„Kann und wird es nicht geben.“

Sein hasserfüllter Tonfall schüchterte sie nicht weiter ein. Ganz im Gegenteil, sie holte hörbar Luft und verwickelte ihren Sohn abermals in das altbekannte Streitgespräch. Bislang hatte sie nie eine Gelegenheit ausgelassen – jedes Mal, wenn er in London war, musste Derek die immer wiederkehrenden Fragen über sich ergehen lassen.

Für eine Weile übte er sich in Geduld und lauschte ihren Gemeinplätzen und eindringlichen Bitten. Doch schließlich wurde er so wütend, dass er aufsprang, um das Haus auf dem schnellsten Wege zu verlassen.

Aber seine Mutter beließ es nicht dabei.

„Welche Seeroute wirst du diesmal einschlagen? Geht es nach China? Nach Südamerika?“ fragte sie, bevor er in die Eingangshalle entweichen konnte.

Nur widerwillig drehte er sich um und schaute seine Mutter mit abweisender Miene an. „Von London nach Sydney.“

„Nach Sydney?“ erwiderte sie mit gespielter Aufregung.

„Oh, ja, Queen Victorias großes Wettsegeln um die Welt. Ich habe vor einiger Zeit darüber gelesen. Wie patriotisch von dir." Ihr dünnes Lächeln vermochte kaum ihre wahren Gefühle zu verbergen. „Und wie ausgesprochen günstig für dich, eine neue Seereise gefunden zu haben, die dich so weit fortführt."

In diesem Punkt war Derek ausnahmsweise der gleichen Meinung.

Eingehend musterte sie ihn. „Wie lange wirst du wohl unterwegs sein?"

„Ein halbes Jahr." Als er die Enttäuschung in ihren grauen Augen sah – Augen, die den seinen so ähnlich waren –, wandte er sich erneut zum Gehen.

Wie nicht anders zu erwarten, hatte das Gespräch wieder zu nichts geführt. Doch ihre letzten Worte gingen ihm nicht aus dem Kopf. „Ich frage mich oft, ob du zur See fährst, weil du das Meer liebst ... oder weil du ein gemeiner Feigling bist."

Bei Gott, er brauchte einen Drink.

Was wollte diese Frau nur von ihm? Oder sein Bruder Grant, der ihn mit einem mitleidsvollen Blick bedacht hatte, als Derek an ihm vorübergeeilt war? Jeder im Familienkreis wusste, dass es für ihn keinen Ausweg und keine Erlösung gab. Doch nur er selbst schien dies zu begreifen und verhielt sich auch dementsprechend.

Einen Augenblick überlegte er, was seine Mutter und sein Bruder wohl sagen mochten, wenn sie erführen, dass nach all den Jahren tatsächlich etwas durch die Schicht aus Zorn gedrungen war, die ihn umgab. Eine junge Hafendirne mit seelenvollen, funkelnden Augen hatte den Earl zu neuem Leben erweckt. Eine Hure in Männerkleidung, die ausgerechnet im „Mermaid“ ihrer Tätigkeit nachging …

Mehrere Schreie aus der Richtung, in die er ging, rissen ihn aus seinen Gedanken. Da er wissen wollte, was die Menge an diesem Abend trieb, stieg er auf ein paar mit Segeltuch abgedeckte Kisten am Dockrand, um besser über die Ansammlung von breiten Hüten hinweg sehen zu können. Sein Blick fiel auf einen jungen Burschen, der über den Kai rannte und dabei immer wieder gegen Passanten stieß, die ihrem Unmut lautstark Luft machten. Jetzt erspähte er zwei raue Gesellen, die zweifelsohne hinter dem Jungen her waren.

Behände sprang Derek von den Kisten und setzte seinen Weg fort. Der Bursche hat wohl die falschen Leute gereizt, dachte er. Diese Kerle waren üble Halsabschneider – der Junge hatte nicht den Hauch einer Chance gegen einen von ihnen, geschweige denn gegen beide. Derek sah das Schicksal des Burschen als besiegelt an und zwang sich, in eine andere Richtung zu schauen, wie es all die anderen auf dem Dock auch taten.

Er würde einfach weitergehen und sich nicht einmischen.

Doch als der Junge unmittelbar an ihm vorbeihastete, sah Derek, dass der Flüchtende sich in einem alten Hanfstrick verfing, der zusammengerollt auf dem Gehweg lag. Der Bursche fiel vornüber und ruderte hilflos mit den Armen in der Luft herum, bevor er auf dem schmutzigen Dock aufschlug. Verwirrt schüttelte er den Kopf, als könne er nicht recht glauben, dass er gestürzt war, und stützte sich auf die Arme, bekam jedoch offenbar die Beine nicht frei.

Eine leise Stimme in Derek forderte ihn auf, dem Unglücksraben zur Hilfe zu eilen, doch er verdrängte den Gedanken rasch wieder. Er war nicht mehr der Mann, der er einst gewesen war. Außerdem konnte er bereits das Schild der Schenke sehen, die er hatte aufsuchen wollen. Eine weitere Nacht voller Laster war greifbar nahe, die ihn betäuben würde …

Die bedrohlich anschwellenden Stimmen ließen die Nähe der Verfolger ahnen.

„Gib Acht, du Rüpel!" rief eine farbenprächtig gekleidete Frau und schlug einem der Gesellen mit ihrer Stofftasche gegen den Kopf. Als dieser sich ihr mit grimmiger Miene zuwandte, verstummte sie und erstarrte gleichsam, bevor sie das Weite in der Dunkelheit suchte. Derek verstand ihre Beweggründe – der Mann sah aus wie eine Gestalt, die soeben einem Albtraum entsprungen war.

Jetzt schaute Derek wieder auf den Jungen. Er versuchte immer noch auf die Beine zu kommen und tastete nach seinem Stiefel, um nicht auf dem glitschigen Weg auszurutschen. Derek musste gegen ein aufkeimendes Mitgefühl ankämpfen, ein Gefühl, das ihm fremd geworden war.

Doch schon im nächsten Augenblick redete er sich ein, dass der Junge vermutlich ein Taschendieb war und die Strafe verdiente, die jene Männer ihm zumessen würden. Kopfschüttelnd wandte er sich zum Gehen.

Ein weiterer Beleg dafür, was für ein Schurke er doch geworden war.

Nicoles Angst wuchs ins Unermessliche, und die Kehle war ihr wie zugeschnürt. Angestrengt versuchte sie, wieder auf die Beine zu kommen, doch sie vermochte nicht zu sagen, wie lange sie noch durchhalten würde. Bei jeder Bewegung wurde sie von stechenden Schmerzen in den Gliedmaßen erfasst. Bei jedem keuchenden Atemstoß brannten ihre Lungen, als hätte sie Feuer eingeatmet.

Aber so durfte sie nicht enden – sie wollte nicht in einer schmutzigen Londoner Gosse liegen und darauf warten, von einem Unhold wie Clive gepackt zu werden.

Krampfhaft hielt sie die Tränen der Verzweiflung zurück, doch mit einem Mal vernahm sie ein zischendes Atemgeräusch hinter sich.

„Verflucht“, rief eine tiefe männliche Stimme unmittelbar hinter ihr; mehrere unflätige Flüche folgten. Im selben Moment wurde sie hochgehoben und fand sich an der Seite eines aufgebrachten, zornigen Mannes wieder. Als er sich mit ihr zu einer abgelegenen Gasse zwischen zwei Teelagerhäusern aufmachte, packte sie blankes Entsetzen; doch sie wehrte sich nicht, denn der Fremde war keiner dieser üblen Verfolger.

War sie auf den Docks ihrem Retter begegnet? Das war eher unwahrscheinlich, auch wenn der Mann sie sacht in den Armen hielt.

„Hab keine Angst“, beruhigte er sie schnell. „Ich werde dir nichts tun.“

Aussprache und Wortwahl dieses Mannes verrieten ihr, dass er von edler Herkunft war, und seine Gegenwart wirkte nicht bedrohlich. Seltsamerweise verspürte sie auch keine Angst, obwohl man noch wenige Augenblicke zuvor auf sie geschossen hatte. *Der Schuss!* Schlagartig erinnerte sie sich, wie die Kugel an ihrem Ohr vorbeigezischt war. Holzsplitter waren ihr um den Kopf geflogen …

Allmählich gelang es Nicole, ihre Gedanken wieder zu ordnen. Vor diesem Mann verspürte sie keine Furcht und wollte sich daher nicht wie ein verschrecktes Tier gebärden. Doch sie hatte keine Zeit, ihm ihre Gründe für die Flucht zu nennen, da sie sich so schnell wie möglich in Sicherheit bringen musste. Also wand sie sich in seinem Arm und trat nach den Beinen ihres Beschützers.

„*Ich will dir doch nur helfen.* Hör auf damit!“

Da sie befürchtete, ihr Angriff habe ihn erzürnt, zog sie den Kopf ein und stellte sich auf Schläge ein.

Doch er hielt sie weiterhin nur fest, ohne sich sonderliche Mühe geben zu müssen. Er mochte doppelt so schwer sein wie sie, war von großer Gestalt und besaß kraftvolle Arme. Daher war es ihm ein Leichtes, mit ihr fertig zu werden. Aber selbst als sie sich zur Wehr setzte, hatte sie den Eindruck, dass er sehr darum bemüht war, ihr nicht wehzutun.

„Beruhige dich doch!“ sagte er ungehalten.

Während sie versuchte, sich seinem Griff zu entwinden, gelang es ihr, einen flüchtigen Blick von ihrem Retter zu erhaschen. Sie erkannte ihn sofort, auch wenn sie es zunächst nicht glauben wollte. Der Mann, der sie festhielt, war niemand anderes als Captain Derek Sutherland.

Am liebsten hätte sie laut gelacht, wenn ihre Lage nicht so ernst gewesen wäre. *Jetzt bin ich vom Regen in die Traufe gekommen.*

Er bemühte sich, sie im Zaum zu halten; dennoch kämpfte sie weiter. Plötzlich drehte er sie unvermutet in seinen Armen und suchte mit einer Hand, wo er sie festhalten konnte.

Und dann geschah das Undenkbare.

Seine Hand schlüpfte unter ihren offenen Wollmantel und

wanderte ihr Hemd hinauf ... bis sie schließlich auf ihrer Brust ruhte.

Wie erstarrt stand sie da, und ihr Atem ging stoßweise. Sie wusste nicht, warum: weil Sutherland sich nicht mehr bewegte? Oder weil sie an nichts anderes als an seine Hand denken konnte?

Seiner Hand entströmte eine Hitze, die ihre Haut zu versengen drohte. *War das etwa sein Finger, der über ihre Knospe strich?* Mittlerweile bedeckte seine Hand nicht mehr plump ihre Brust, sondern schloss sich neugierig tastend und zärtlich um die Wölbung. *Nein, nun war es sein Daumen.*

Erneut wollte sie nach ihm treten, aber er hatte ihr jegliche Gegenwehr genommen. Captain Derek Sutherland hat meine Brust mit einer Hand umschlossen, wiederholte sie fassungslos im Geiste.

Seine Hand auf ihrer Brust.

Hatte sie da einen Fluch von seinen Lippen vernommen? Kälte befiel ihre Haut, als er seine Hand von ihrem Hemd zurückzog, als habe er sich an dem Stoff verbrannt. Er drehte sie herum und presste ihren Körper gegen den seinen.

Nicole unternahm einen weiteren, vergeblichen Versuch, ihre Gedanken zu ordnen. Der ärgste Feind ihres Vaters hielt sie in einer abgelegenen Gasse fest; warum wehrte sie sich dann nicht? Weil sie schwach war. Atemlos.

Jetzt strich er mit den Händen über ihre Arme und umschloss ihre Taille. Eine warme Woge überschwemmte sie und löste ein Kribbeln in ihrem Bauch aus.

Den größten Teil ihres Lebens war sie von Männern umgeben gewesen und hatte längere Zeit auf engstem Raum mit ihnen zusammengelebt, doch nie zuvor hatte sie dieses unerklärliche Verlangen verspürt, das jetzt so unvermutet und kraftvoll über sie hereinbrach.

Nicole schüttelte den Kopf und versuchte, die sinnlichen Empfindungen zu leugnen. Sie war einfach nur ängstlich gewesen, und er hatte sie sicher in den Armen gehalten und in der kalten Nachtluft gewärmt. Und sein frischer Duft kitzelte in der Nase. Ein männlicher Duft ... *ausgesprochen* männlich. Er roch nicht nach Gin und billigem Parfum, wie sie es bei einem Schuft wie ihm eigentlich erwartet hatte, sondern verströmte einen so betörenden Duft, dass sie sich an seiner breiten, harten Brust anlehnen wollte, um den Wohlgeruch in sich aufzunehmen.

Doch eine innere Stimme flüsterte ihr zu, dass er ihr Gesicht womöglich noch gar nicht richtig wahrgenommen hatte, denn ihr Kopf war nach wie vor in die Kapuze gehüllt. Noch könnte sie davonlaufen ...

Als habe er ihre Gedanken gelesen, schloss Sutherland sie fester in die Arme. Fassungslos und von einem anderen, nicht näher zu deutenden Gefühl ergriffen, hielt sie den Atem an, da sie seine Erregung an ihrem Bauch spürte. Erschrocken drehte sie sich weg, strich aber durch diese Bewegung umso dichter über seine empfindlichste Körperstelle.

Geräuschvoll sog er die Luft ein, und sein Leib verspannte sich. „Nur ruhig", sagte er. Die Worte klangen wie ein entferntes Donnern nach einem Unwetter.

„Lassen Sie mich gehen – ich muss jetzt ... gehen", flehte sie. Aber sie vermochte nur schwer atmend dazustehen; ihr Leib verspannte sich, und doch hatte sie zugleich das Gefühl, in diesen starken Armen dahinzuschmelzen. Sie starrte ihn an, diesen unnachgiebigen Mann, der nicht erkennen ließ, ob er sie überhaupt freigeben würde. Als er den Griff ein wenig lockerte, spürte sie, dass er im Begriff war, ihre Kapuze abzunehmen. Sie wollte das nicht, durfte es nicht zulassen, doch ihr Körper war wie erstarrt und zugleich verzaubert von der wärmenden Kraft des Fremden.

Sie betrachtete sein Furcht einflößendes Gesicht, sah die auffallend verhärteten Züge seines Mienenspiels und die zerfurchte Stirn. Ihre Blicke begegneten sich. Sie wusste von der vergangenen Nacht, dass seine Augen kalt wirkten. Jetzt sah sie indes noch mehr.

Sutherland sah wie ein Mann aus, der sich auf einem sinkenden Schiff befand – ein Mann, der keinen Selbsttäuschungen erlag.

Ein Luftzug umspielte ihr Gesicht, als seine Hand nach der Kapuze ihres Mantels suchte. Er löste die Bänder, streifte den Stoff über ihr Haar, und seine Finger berührten ihre Wange wie eine zärtliche Liebkosung. Ihr Leib bebte bei dieser sanften, sinnlichen Berührung. Sie zitterte immer noch, während er ihr Gesicht betrachtete … ihr über das Haar strich … sie mühelos hochhob und auf der Schulter davontrug.

3. KAPITEL

Nichts vermochte Derek noch zu überraschen. Er rechnete stets mit dem Schlimmsten, hielt jeden für einen Schurken, was nicht selten auch zutraf. Als er jedoch unter der Kapuze das Mädchen aus dem „Mermaid“ entdeckte, hatte er keinen klaren Gedanken mehr fassen können.

Auch sein Körper reagierte unmittelbar, denn seine Erregung war hart und fordernd. Er wusste nicht, ob seine Überraschung nur daher rührte, erneut der kleinen Hafendirne begegnet zu sein.

Sie war natürlich sprachlos, da er sie einfach über die Schulter geworfen hatte, mit dem Gesicht auf seinem Rücken. Es dauerte jedoch nicht lange, da begann sie wieder mit derselben Energie zu treten und zu kratzen.

„Lassen Sie mich runter! Auf der Stelle!“ befahl sie und begleitete jedes Wort mit einem Schlag oder Tritt. „Sie – lassen – mich – jetzt – *sofort* – runter!“

Für ihre wiederholten Versuche, ihm wehzutun, hatte er nur ein müdes Lächeln übrig, denn sie besaß nicht die Kraft, ihm ernsthaft zu schaden. Im selben Augenblick verspürte er indes einen stechenden Schmerz, denn sie hatte ihre kleinen, scharfen Zähne in seinen Arm gebohrt.

„Was zum Teufel ...?“ Er schüttelte sie ab. „Verflucht, ich versuche, Ihnen zu helfen. Im Augenblick sehe ich zwar die Angreifer nicht mehr, aber das bedeutet nicht, dass sie fort sind.“

Da sie einen Moment ruhig blieb, um ihm zuzuhören, fuhr

er fort: „Ich bringe Sie an einen sicheren Ort, und wenn Sie sich weiter wehren, werden Sie das Unausweichliche bloß hinauszögern."

Wütend stieß sie hervor: „Machen Sie, was Sie wollen. Für *diesmal.*"

Beinahe hätte er die Lippen zu einem dünnen Lächeln verzogen, da er merkte, wie sehr sie auf ihre Würde bedacht war, auch wenn sie in ihrem schweren Wollmantel über seiner Schulter hing. Als er schließlich die Ecke der Gasse erreichte, ließ er den Blick wachsam über die Docks schweifen. Da er davon überzeugt war, dass die Männer weitergelaufen waren, schlug er die entgegengesetzte Richtung ein, zur *Southern Cross.*

„Sie können mich jetzt herunterlassen. Ich werde nicht fortlaufen", bot die junge Frau nach den ersten Schritten an, die sie gehörig durchschüttelten. Sicher, er sollte sie wieder auf die Füße stellen, aber er wollte ihr keine Möglichkeit zur Flucht geben. Nicht, bevor sie ihm einige Dinge erklärt hatte.

„Auf diese Weise kommen wir schneller voran." Nach einer Pause fügte er hinzu: „Sind Sie nicht völlig erschöpft?"

Als sie hörbar Luft holte und einen Seufzer ausstieß, spürte er ihren Atem auf seinem Rücken. „Ja", gab sie widerwillig zu.

Zorn flammte in ihm auf, während er sich in Erinnerung rief, wie diese Männer die schutzlose junge Frau gejagt hatten. Doch er ärgerte sich beinahe mehr über sich selbst, da er sie um ein Haar im Stich gelassen hätte, und sein Tonfall war barsch. „Wer hat Sie verfolgt, und warum?"

Sie versteifte sich. „Das geht Sie nichts an."

„Es geht mich durchaus etwas an, denn ich habe gerade Ihr Leben gerettet."

Als sie nichts erwiderte, begann er sie ein wenig zu schütteln. „Nun reden Sie schon."

„Sie müssen mich schon heftiger durchschütteln, um mich zum Reden zu bringen. Da ich allerdings weiß, dass Sie das nicht tun werden ... vergeuden Sie nur Ihre Zeit", sagte sie übellaunig.

Wollte diese Frau ihn etwa *provozieren?*

„Darauf würde ich nicht wetten, Kleines." Doch sein Zorn, der sich für gewöhnlich nicht so schnell legte, schwand rasch. „Sie haben offenbar keine Angst vor mir."

Sie hob ein wenig den Kopf. „Müsste ich denn Angst vor Ihnen haben?"

Er nahm kein Blatt vor den Mund. „Das hängt davon ab, ob Sie mich zufrieden stellen. Und im Augenblick bin ich nicht sonderlich zufrieden."

„Sie sehen nicht gerade so aus, als wären Sie jemals zufrieden gewesen", nuschelte sie, da ihre Wange wieder auf seinem Rücken ruhte.

Derek verlangsamte die Schritte. „Was wollen Sie damit sagen?"

Erneut holte sie tief Luft und hob den Kopf. „Sie haben schon eine tiefe Furche auf Ihrer Stirn von Ihrem finsteren Blick, aber keine kleinen Fältchen, die man vom Lachen bekommt. Auch in Ihren Augen zeigt sich kein Lachen. Demnach blicken Sie stets finster drein, nicht wahr? Ich wette, Sie tun es jetzt gerade wieder."

Verflucht, sie hatte Recht. Es verdross ihn, wenn andere

Leute ihn durchschauten. „Sie wissen überhaupt nichts über mich …"

„Ich weiß immerhin, dass Sie nicht lachen."

Genug jetzt. Mit Absicht schüttelte er sie ab, als wollte er sie zu Boden fallen lassen.

Erschrocken schrie sie auf, als sie den Halt verlor, doch er fing sie im letzten Augenblick auf.

Nachdem sie ihr Gleichgewicht wieder gefunden hatte, strich sie sich das dichte, wirre Haar aus dem Gesicht und legte den Kopf schräg. Sie klang verletzt, als sie fragte: „Warum haben Sie das gemacht?"

Er öffnete den Mund, um etwas zu erwidern, schloss ihn aber wieder. Gebannt betrachtete er ihre Lockenpracht, die durcheinander geraten war; Locken, die sich scheinbar nicht entscheiden konnten, ob sie nun rot oder blond sein wollten. Sie umspielten ihr auffallend hübsches Gesicht und schmiegten sich an ihren schlanken Hals. Wie gerne würde er diesen Hals küssen …

Bei diesen ungebärdigen Gedanken schüttelte er den Kopf. „Ich weiß nicht recht, ob ich Sie jetzt noch in Sicherheit bringen soll. Sie haben eine spitze Zunge und wissen offenbar nicht, was Dankbarkeit bedeutet. Sie gehören *wahrlich* ins ‚Mermaid'."

Trotzig reckte sie das Kinn empor. „Sie", begann Nicole mit ansteigender Stimme, „waren schließlich auch in der Schenke. Oder waren Sie zu betrunken, um sich daran erinnern zu können?"

„Sie vergreifen sich im Ton …", hob er an, sah aber, dass sie plötzlich an ihm vorbeischaute; keine zwanzig Yards hinter ihnen war es zu einem lautstarken Handgemenge gekommen. Er merkte, wie sie zitterte und mit bangem Blick in Richtung des Lärms schaute. Trotz ihres mutigen Auftretens war sie zutiefst verängstigt.

Ehe sie fortlaufen konnte, umfasste er ihre Taille und warf sie sich erneut über die Schulter. Während er auf sein Schiff zuhielt, verspürte er eine seltsame Befriedigung, diese Frau zu tragen.

Derek vermochte nicht zu sagen, was diese Frau an sich hatte. Vielleicht war es ihr Blick, der ihn fesselte, denn noch nie zuvor war er so angesehen worden wie in der vergangenen Nacht im „Mermaid"; die Frau hatte den Blick einer Sirene gehabt.

Als würde sie vergehen, wenn er sie nicht in sein Bett holte.

Derek redete sich ein, dass er sie nur deshalb hatte wieder sehen wollen, um seine Neugierde zu stillen. Denn es beschäftigte ihn, warum eine junge Frau, die offensichtlich ihren Körper im „Mermaid" anpries und sich mit keinem Geringeren als Lassiter abgab, ihn an jenem Abend in dieser Weise angeschaut hatte. Zunächst mit Verlangen in den Augen, dann mit Zorn.

Außerdem wollte er wissen, ob er sie wirklich so sehr begehrte, oder ob sein Verlangen an jenem Abend nur auf die vielen Drinks zurückzuführen war.

Nein, es hatte nicht an den Drinks gelegen.

Was war nur mit ihm los? Sie war eine scharfzüngige, beleidigende Dirne, die mit seinem ärgsten Feind geliebäugelt hatte. Und sie hatte sonderbare Gesichtszüge. Augen, so dunkel wie

Ebenholz, die zu groß waren für ihr kleines, knabenhaftes Gesicht mit den geschwungenen Lippen. Es schien, als habe ein Künstler mit wilden Strichen ihre Augen und ihr Haar gemalt, während ein anderer sich mit der untadeligen Wölbung ihrer Lippen abmühte …

Mittlerweile begann die Frau erneut, sich zur Wehr zu setzen. Offenbar sah sie in diesem Augenblick wieder eine Gefahr in ihm, denn sie wand sich auf seinem Rücken und versuchte, sich aus seinem Griff zu lösen. Doch sie war so leicht, dass er sie mühelos festhalten konnte.

Jetzt trommelte sie mit beiden Fäusten auf seinem Rücken herum. Die Kraft ihrer ersten Schläge überraschte ihn, doch er schritt unbeirrt weiter, während er ihr einen leichten Schlag auf ihr Hinterteil verpasste, das sich so deutlich in ihren engen Hosen abzeichnete.

„Sie! Oh, Sie können doch nicht …“

Er ließ die Hand absichtlich dort ruhen. „Natürlich kann ich“, erwiderte er unbeeindruckt. Sie schnaubte vor Zorn, und er musste unwillkürlich lächeln. Dann jedoch horchte er verblüfft auf, als sie ihn in einer Art und Weise beschimpfte, die selbst seinen hartgesottenen Seeleuten die Röte in die Wangen treiben würde. Es war nicht die Bandbreite ihrer Flüche oder die giftig hervorgestoßenen Worte, die ihn überraschten. Bei einer Dirne rechnete er mit derartigen ausfallenden Äußerungen.

Nein, es war ihm bereits zuvor aufgefallen, dass sie nicht den Akzent der Hafenbewohner hatte, und wenn sie zornig wurde, war ihre Aussprache nicht so, wie er vermutet hätte. Tatsächlich konnte er ihren Akzent überhaupt nicht einordnen. Mit einem leichten Unbehagen ging Derek auf, dass ihre Sprache – abgesehen von der farbenfreudigen Wortwahl – äußerst kultiviert klang.

Schnell verdrängte er seine Zweifel. Er hatte sie in einer Schenke gesehen, die für ihre Huren bekannt war, und sie hatte diese Spelunke mit einem Mann verlassen, der doppelt so alt war wie sie. So etwas würde er nicht gerade als abendlichen Zeitvertreib einer Dame bezeichnen.

Wer auch immer diese junge Frau sein mochte, er würde sie in dieser Nacht nehmen, gleich mehrere Male, und es genießen; erst später wollte er dann etwas über sie in Erfahrung bringen. Es hätte nicht besser kommen können, fünf Tage vor dem großen Wettsegeln. Gerade Zeit genug, sich ausgiebig mit ihr zu vergnügen.

Und dann würde er sie davonjagen, weil er ihrer überdrüssig war, so wie es ihm bei Frauen ständig widerfuhr ... und die Segel setzen.

Nicole hing nach wie vor über Captain Sutherlands Schultern, als er sein Schiff betrat und den beiden verblüfften Wachposten mit einer lässigen Handbewegung zuwinkte. Es war ihr unangenehm, diesem Mann ausgeliefert zu sein, aber beim Anblick der *Southern Cross* hielt sie den Atem an und vergaß einen Moment lang, den unnachgiebigen Kapitän zu verfluchen. Nie zuvor war sie seinem Schiff so nah gekommen, und sie konnte nicht umhin, sich mit ehrfurchtsvollen Blicken umzuschauen.

Oft hatte sie sich über die Ansicht mancher Seeleute lustig gemacht, ein Kapitän ähnele seinem Schiff. Doch die *Southern*

Cross sprach für diese Theorie, denn sie wirkte fest, kühn und düster. Sie besaß eine schnittige Form und harte, glatt gehobelte Planken.

Und sie wirkte bedrohlich.

Gerade hatte Nicole beschlossen, einen neuen Fluchtversuch zu wagen, als Sutherland den Niedergang zur Kajüte erreichte. Er ließ sie auf die Füße zurücksinken und musterte sie von Kopf bis Fuß. Schließlich sagte er: „Gehen Sie die Stufen hinunter."

Fassungslos starrte sie ihn an. Natürlich würde sie ihm nicht gehorchen. Glaubte er etwa, sie habe den Verstand verloren? Sie wusste nicht, warum er sie auf sein Schiff gebracht hatte, und war sich nicht sicher, ob er überhaupt schon begriffen hatte, wer sie war. Wichtiger als all das war jedoch, dass sie sich nichts befehlen ließ, schon gar nicht von einem Mann wie ihm. Sie öffnete den Mund, um sich ihm zu widersetzen.

„Gehen Sie jetzt", wiederholte er unmissverständlich.

„Nein."

„Nein?"

Sein erstaunter Blick verriet ihr, dass das Wort ‚Nein' in seiner Gegenwart offenbar selten benutzt wurde. „N – e – i – n", buchstabierte Nicole. „Nicht bevor Sie mir gesagt haben, warum Sie mich auf Ihr Schiff ..."

„Hinunter!" donnerte er, und jeglicher Gedanke an Widerstand war verflogen. Stattdessen lief sie zu der Stiege, die in den Bauch des Schiffes führte.

Er hatte sie nicht erschreckt, redete sie sich ein, sondern lediglich überrascht.

Behände folgte er ihr die Stufen hinunter, kam langsam auf

sie zu und betrachtete sie eindringlich. Als er geschickt einem Deckenbalken auswich, fiel ihr erneut auf, wie groß er war. Eigentlich müsste sie eine heftige Unruhe verspüren, da er sie soeben scharf angefahren hatte. Und sie müsste Angst vor ihm haben, nach allem, was sie über diesen Mann gehört hatte. Chancey, der Erste Maat ihres Vaters, würde sicher sagen, ihr Mumm gereiche ihr nicht nur zum Vorteil. Sie nahm an, dass er Recht hatte, denn sie brachte es einfach nicht zu Stande, mehr auf sich Acht zu geben.

Doch Sutherland sah nicht so aus, als wolle er ihr wehtun. *Nein, er sieht so aus, als wolle er mich zum Dinner verspeisen.* Seine durchdringenden Blicke schienen sie gleichsam zu berühren. Diese Augen, grau und düster, wirkten unerbittlich, und doch entdeckte sie keinen Zorn in seinem Blick. Vielmehr glaubte sie, etwas gänzlich anderes in den kalten Tiefen seiner Augen wahrzunehmen. War das der Grund, warum er sie auf sein Schiff gebracht hatte? Weil er sie küssen wollte?

Es war widersinnig, aber ein Teil von ihr erschauerte vor Erregung bei dieser Aussicht. Doch all dies war verrückt – Sutherland, ein Schurke, der vermutlich unendlich viele schöne Frauen verführt hatte, sollte jetzt sie begehren, eine magere junge Frau mit einem sonderbaren Äußeren?

Unwillkürlich wich Nicole zurück und versuchte, einen gebührenden Abstand zu wahren. Dann schaute sie sich forschend um.

Er bemerkte, wie ihre Blicke hin und her huschten, und als er offenbar begriffen hatte, was sie befürchtete, versicherte er ihr mit einer beruhigenden, tiefen Stimme: „Nur ruhig, Kleines, ich teile meine Kabine mit niemandem. Heute Nacht wird es nur Sie und mich geben. Abgesehen von den Wachen an Deck haben wir das ganze Schiff für uns." Mit einer Hand strich er ihr eine Locke aus der Stirn und setzte mit verführerisch heiserer Stimme hinzu: „Ich werde Sie für die Nacht gut entlohnen."

Sie entlohnen? Nicole hatte eine plötzliche Eingebung, verwarf sie indes gleich wieder.

Ein wenig irritiert kniff er die Augen zusammen. „Ich warne Sie nur einmal", verkündete er mit einem bedrohlichen Unterton, „fangen Sie nicht an, ein Spiel mit mir zu treiben."

Nicole war vollkommen durcheinander. Sie wusste nicht, wovon er da sprach oder warum er so in Zorn geraten war.

Heftig packte er sie am Oberarm. „Warum wurden Sie verfolgt?"

„Und weshalb haben Sie mich hierher gebracht?" entgegnete sie und versuchte, ihren Arm zurückzuziehen.

Er verzog keine Miene. „Ich habe Sie auf mein Schiff gebracht, weil ich Sie haben will."

Nun, das allein war noch keine klare Antwort. Sie musste weiter nach Gründen suchen. „Um was zu tun?"

Zorn flammte in seinen Augen auf, und sie zuckte innerlich zusammen. Ehe sie eine weitere Frage stellen konnte, umfasste er mit der anderen Hand ihren Hinterkopf. „Um *dies* zu tun." Schon zog er sie an sich, um seine Lippen auf ihre zu pressen.

Nicole widersetzte sich und stemmte sich gegen seine Brust; sie handelte mehr aus Instinkt denn aus dem Wunsch, tatsächlich fliehen zu wollen. Doch dann strich er mit der Hand über ihren Hals und fuhr in ihr volles Haar. Sie konnte sich nicht erinnern, jemals auf diese Weise gestreichelt worden zu sein, und die Empfindung war so ungewohnt und genussvoll, dass sie gleichsam erstarrte.

Sutherland musste ihr angemerkt haben, dass sie sich ihm unterworfen hatte, denn seine Lippen eroberten fordernd ihren Mund. Unweigerlich fiel die Anspannung von ihr ab, und sie schmiegte sich an ihn. Seine Zunge strich über ihre Lippen, forderte Einlass und entfachte ihre Neugierde.

Sie war so kühn, ihm zu gehorchen, und ließ ihn gewähren. Als seine feurige Zunge ihre Zungenspitze berührte, verspürte sie erneut *jenes Gefühl* – es war nicht zu leugnen und durchströmte sie wie flüssiges Feuer. Sein Atem beschleunigte sich. Wieder spürte sie seine starke Erregung an ihrem Bauch – *oh Gott,* er presste seinen männlichsten Körperteil gegen sie, und verzückt und erschrocken zugleich legte sie den Kopf in den Nacken und stieß einen leisen, entrückten Seufzer aus. Sie durfte ihm nicht gestatten, sie in dieser Weise zu berühren, musste ihm unverzüglich Einhalt gebieten … Doch ihr Herz pochte bereits wie wild, und ihre Brüste schmerzten. Im Widerstreit ihres Verlangens gegen ihren Willen behielt das Verlangen die Oberhand … und beherrschte sie.

Sie umfasste seine Schultern und stellte sich auf die Zehenspitzen, um ihm näher zu sein. Ihr Leib zitterte, als sie die Brüste gegen seine harte Brust presste. Verlor sie etwa den Verstand, dass sie sich dermaßen nach seiner Nähe sehnte? Entschlüpfte dieser sehnsuchtsvolle Seufzer ihrem Mund?

Mit einem Fluch gab er sie frei und wich ein wenig zurück. „Dies hat ein Ende, ehe es überhaupt beginnt“, brachte er mit einer merkwürdig heiseren Stimme hervor. Er war außer Atem, und als er sich mit der Hand über den Nacken fuhr, war sie sich sicher, dass er bemüht war, sein Erstaunen zu verbergen.

Eindringlich musterte er sie, und obgleich er angespannt wirkte, glaubte Nicole, dass sie ihm gefiel. Sie spürte seinen Geschmack noch auf ihrem Mund, berührte ihre geschwollenen Lippen mit einer Hand und genoss das Gefühl, dass sie nach wie vor den fordernden Druck seines Kusses spüren konnte.

Unverwandt blickte sie auf seinen Mund und war erstaunt, wie warm seine Lippen gewesen waren, da sie jetzt so aussahen, als seien sie aus kaltem Stein gehauen. Er faszinierte sie. Sein ganzes Verhalten fesselte sie. Und sie wusste, dass dies noch nicht alles gewesen sein konnte.

Regungslos stand sie da und sah sich nicht in der Lage, den Blick von ihm zu wenden. Seine Küsse ließen sie vergessen, dass er ihr Feind war. Warum sollte sie ihn nicht benutzen, nur für eine Nacht, um endlich herauszubekommen, worüber ihre Schulkameradinnen in der Dunkelheit flüsterten?

„Sagen Sie mir, wie Sie heißen."

Sutherland kannte sie also nicht. Sie zögerte eine Sekunde zu lang.

„Natürlich erwarte ich nicht, dass Sie mir Ihren richtigen Namen nennen ... aber ich gehe davon aus, dass Sie sich bei Ihrer Tätigkeit einen Namen zugelegt haben."

Ein Name für ihre Tätigkeit? Was, zum Teufel – sämtliche Fragen traten mit einem Mal in den Hintergrund. Er war wieder zornig geworden.

„Christina. Mein Name lautet Christina", entgegnete sie ausweichend und nannte ihm nur ihren zweiten Vornamen.

War er etwa belustigt? Sie gewann den Eindruck, dass der *Name für ihre Tätigkeit* nicht seinen Erwartungen entsprach.

Ihr war klar, dass sie ihm nicht nachvollziehbar darlegen konnte, warum zwei Halsabschneider sie verfolgt hatten, ohne ihm ihren vollen Namen zu verraten. Doch im Moment vermochte sie an nichts anderes zu denken als an seine Lippen. Voller Unruhe holte sie tief Luft und rang sich ein dünnes Lächeln ab, obgleich es das Letzte war, was sie eigentlich tun wollte.

Er hingegen sah ihr tief in die Augen, bis sein Blick schließlich auf ihren lächelnden Lippen hängen blieb. Was auch immer er dort sehen mochte, veranlasste ihn, mit den Fingern durch ihre Locken zu fahren, ihren Hals zu berühren und dann über ihre Brüste zu streichen. Vor Erstaunen wurden ihre Augen ganz groß. Sie packte seine Handgelenke, um ihn aufzuhalten, wünschte indes im nächsten Moment, sie hätte es nicht getan, da die Empfindungen Überhand nahmen.

Sutherland entwand sich ihrem Griff und legte ihre Hände auf seine Brust, bevor er wieder ihren Leib berührte. Sein Verhalten verblüffte sie, genauso wie ihre Reaktionen. Die harten Muskeln seiner Brust bewegten sich unter ihren Fingerspitzen, und seine Berührungen entfachten ein schmerzhaftes Verlangen in ihr.

Mit flatternden Lidern schaute sie auf seine Hände. Er benahm sich nicht wie die groben Männer, die sie auf den Docks gesehen hatte. Vielmehr schwelgte er in ihr, betrachtete seine streichelnden Hände und war offenbar wie gebannt, als er ihre Knospen zu harten, überempfindlichen Perlen formte. Sie schloss die Augen, während er mit seinen starken Händen ihre Taille umschloss und sie mit den Daumen streichelte.

„Dein Lächeln zwingt einen Mann in die Knie, aber das weißt du vermutlich schon“, verkündete er in diesem rauen Tonfall. „Heute Nacht werde ich dich besitzen, und die Wonne wird dir ein Lächeln auf die Lippen zaubern.“ Er beugte sich hinab und strich zärtlich mit dem Mund über ihre Lippen, bevor er ihren Mund erneut mit einem fordernden Kuss verschloss.

Sie begann, sich in seinem Kuss zu verlieren. Er war von Verlangen nach ihr getrieben und schien sich nicht länger beherrschen zu können, und allein dieser Gedanke entfachte eine ungeahnte Sehnsucht in ihr. Eine unsägliche Hitze durchflutete ihren Leib, dort wo sie den seinen spürte – an Brüsten, Bauch und Beinen.

Zitternd klammerte sie sich an seinen Mantel, wobei sie kaum wahrnahm, dass sie sich enger an ihn schmiegte. Er erwiderte ihre Hingabe, indem er ihre Hüften fordernd an seine zog. Sie befand sich auf dem besten Wege, etwas Unaussprechliches zu erleben, etwas, wonach sie sich gesehnt hatte. Dann ließ er die Hand sinken und berührte kaum merklich ihren Oberschenkel, bevor seine Finger sich Zoll für Zoll nach oben bewegten. Machte er sich mit der anderen Hand an seinem Hosenbund zu schaffen?

Zu viele Empfindungen stürmten auf Nicole ein, und sie schien völlig den Boden unter den Füßen zu verlieren, wie sie es nicht einmal in ihren wildesten Träumen erlebt hatte. Dieser Mann war überwältigend. Doch plötzlich versteifte sie sich. Im letzten Moment brachte eine innere Stimme sie wieder zur Vernunft. Dieser Mann war *Sutherland.* Und sie würde es bei diesem Kuss bewenden lassen.

Schließlich suchte sie nicht länger seine Nähe, sondern löste sich von ihm. Mit einem heftigen Kopfschütteln rief sie sich noch einmal in Erinnerung, dass sie es mit keinem anderen als Sutherland zu tun hatte! Warum hatte sie sich ihm nur in dieser Weise hingegeben? Die Antwort gab ihr der eigene Körper, da das unbeschreibliche Kribbeln weiter zunahm.

Unbewusst strich sie sich mit der Hand über die Lippen, als wollte sie ihr Verhalten ungeschehen machen. Von allen Männern auf der Welt konnte sie sich doch nicht ausgerechnet zu diesem hingezogen fühlen. Das war undenkbar. Zudem war sie noch nie einem Mann begegnet, in dessen Gegenwart sie die Kontrolle über ihren eigenen Körper verloren hatte. Sie durfte nicht zulassen, dass ein Feind eine solche Macht über sie ausübte.

Mit Schrecken machte sie sich bewusst, dass es einen Augenblick gegeben hatte, in dem sie vermutlich alles getan hätte, was er verlangte.

Schwerer wog indes die Einsicht, dass die beiden Unholde, die das Schiff ihres Vaters beschädigen und sie töten wollten, auf freiem Fuß waren, während sie sich hier mit Sutherland … *vergnügte.*

Ihrer Entscheidung, sich aus seinen Armen zu lösen, begegnete er mit einem tonlosen Lachen und fuhr sich mit der Hand durch das dichte schwarze Haar. „Nur ein Ratschlag – in Ihrem Gewerbe sollten Sie zumindest vorgeben, den Kuss eines Mannes zu genießen“, sagte er und schritt dann an ihr vorbei, den Gang hinunter.

Auch wenn sie kaum noch einen klaren Gedanken fassen konnte, da sie immer noch in diesen begehrlichen Erinnerungen schwelgte, begriff sie schließlich, warum er sie so heldenhaft gerettet und auf sein Schiff gebracht hatte.

Er glaubte, sie wäre eine Hure.

Diese Vorstellung fand sie jedoch nicht demütigend. Sie hatte sich mit Kurtisanen angefreundet, die ihren Lebensunterhalt damit verdienten, Männern zu Diensten zu sein. Nein, Nicole verspürte vielmehr Enttäuschung, denn während des Tages war sie noch in dem Glauben gewesen, dass es in der vergangenen Nacht so etwas wie eine magische Anziehungskraft zwischen ihr und dem Fremden gegeben habe. Und nur deshalb hatte sie sich überhaupt von ihm küssen und berühren lassen. Tatsächlich hatte er bloß sämtliche Frauen im „Mermaid" begutachtet und sie in die engere Wahl genommen.

Als er ging, wirbelte sie herum, um zu entfliehen, denn dies war im Augenblick das einzig Richtige. Sie hatte noch nicht das Deck erreicht, da zog sie schon ihren Entschluss in Zweifel. Diese Männer, die sie verfolgt hatten, waren irgendwo dort draußen. Zudem war es auf den Docks eiskalt. Und dunkel.

Nicole schritt auf die Gangway zu und ging an den Wachposten vorbei, die nicht recht wussten, wie sie sich in ihrer Gegenwart verhalten sollten. Auf dem Kai schaute sie in beide Richtungen, sah indes nichts als dunkle, schemenhafte Umrisse. Sie war Meilen von der *Bella Nicola* entfernt, und sie hatte kein Geld bei sich. Außerdem wusste sie nicht, ob inzwischen wieder irgendjemand von der Crew an Bord des Schiffes war.

Sie zögerte. Captain Sutherland hielt sie für eine Prostituierte. Nicole war sich sehr wohl bewusst, dass sie nicht ungeschoren davonkäme, wenn sie jetzt seine Kajüte beträte. Doch dann malte sie sich mit Schrecken Prettys Gestalt aus, wie er hinter einem Gebäude hervorsprang, sein entstelltes Gesicht zu einem grausigen Grinsen verzogen.

Verärgert machte sie kehrt und eilte zu Sutherlands Kabine, während sie versuchte, Ordnung in ihre verworrene Gefühlslage zu bekommen. Als sie eintrat, war seine Miene undurchdringlich, doch sie glaubte, dass für einen Moment Erstaunen in seinem Blick aufgeflackert war. Schon schloss er die Tür hinter ihr und stand dann so nah vor ihr, dass seine Wärme und sein betörender Duft sie umgaben, bevor er weiter in die Kajüte trat. Rasch entledigte er sich seines Mantels und warf ihn über einen Stuhl. Sie hatte das Gefühl, dass er mit ihr spielte, als habe er alle Zeit der Welt, um ihr ihre Geheimnisse zu entlocken.

Trotzdem wollte sie versuchen, das Beste aus ihrer Situation machen. Ja, sie hatte Derek Sutherlands Kabine betreten und erschauerte noch von seinem feurigen Kuss. Das war nicht von Vorteil. Aber sie brauchte einen sicheren Hafen, bis sie die Gewissheit hatte, dass die Mannschaft auf das Schiff ihres Vaters zurückgekehrt war. Erst dann könnte sie sich auf den Rückweg machen.

„Captain, ich würde gerne …“ Sie musste innehalten und hüsteln, ehe sie erneut ansetzte. „Ich würde gerne für einige Stunden bei Ihnen bleiben. Weil ich Schutz brauche“, fügte sie hastig hinzu.

„Warum sollte ich Sie schützen?“

Seine Frage war berechtigt, aber ihr fiel keine vernünftige Antwort ein. „Vielleicht, weil ich Sie bitte?“

Er dachte nach und musterte sie erneut. Seine Stimme hatte wieder diesen heiseren Klang, als er antwortete: „Sie können hier bei mir bleiben."

Sie nickte. Das war gar nicht so übel. Eine gute Entscheidung, redete Nicole sich ein, obwohl sie bei seinen begehrlichen Blicken von einer weiteren heißen Woge erfasst wurde.

Doch mit einem Mal verwandelte sich der sinnliche Ansturm in ein Gefühl der Angst, und sie fragte sich, wer sie vor sich selbst schützen würde?

4. KAPITEL

Als Nicole endlich in der Lage war, den Blick von Sutherland zu wenden, und sich in seiner Kajüte umsah, fiel ihr zuallererst das ungewöhnlich breite Bett auf. Im selben Moment bemerkte sie, dass er sehr genau beobachtete, wohin ihre Blicke gewandert waren. Er besaß sogar die Frechheit, ein anzügliches Lächeln aufzusetzen. Ihr Gesicht stand in Flammen, und rasch wandte sie sich ab.

Die Kabine war sehr geräumig, selbst für ein Schiff dieser Größe, aber sie war dennoch gemütlich und warm. Nicole nahm die geschmackvolle Farbgestaltung und Ausstattung in sich auf und musste sich widerwillig eingestehen, dass diese Kajüte sogar ihre eigene übertraf. Dabei hatte sie dort all die erlesenen Geschenke ihrer hartherzigen Großmutter aufgestellt – kunstvoll gefertigte Gegenstände, die sie jedoch am liebsten bei nächster Gelegenheit versetzt hätte.

Ein großer Mahagonischreibtisch stand vor einem Oberlicht aus Rauchglas, und überall auf der Tischplatte lagen Karten und zahllose Papiere mit Berechnungen, genau wie bei ihr auch.

Als übe der Tisch eine magische Anziehungskraft auf sie aus, näherte sie sich den Karten und strengte bei dem trüben Licht die Augen an, um etwas über Sutherlands Kurs herauszubekommen. Viele seiner Berechnungen konnte sie entziffern, während er den Ofen anheizte und die Öllampen entzündete.

Obwohl sie wusste, dass es nicht rechtens war, betrachtete sie seine Seeroute, denn sie wollte in Erfahrung bringen, wie weit südlich er zu segeln gedachte, wenn die Umrundung des

Kaps der Guten Hoffnung in Südafrika bevorstand. Hätte sie Klarheit über seinen Kurs, könnte sie es ihm entweder gleichtun oder eine gewagtere, aber schnellere Route noch weiter südlich ausfindig machen. *Wie weit südlich beabsichtigen Sie zu segeln, Captain Sutherland?*

Erstaunt hob sie die Brauen. Südlicher als selbst ihr kühner Vater es gewagt hätte.

Seine Route führte gefährlich dicht an den Gewässern der Antarktis vorbei, wodurch sich allerdings Entfernung und Segelzeit nach Sydney erheblich verkürzen ließen. Sie konnte es nicht glauben.

„Halten Sie sich nicht mit diesen Dingen auf", riet er ihr. „Davon bekommen Sie bloß Kopfschmerzen."

Verärgert kniff sie die Augen zusammen. Sie hatte schon Kurse abgesteckt, da hatte sie gerade gelernt zu zählen. Es juckte ihr jetzt sogar in den Fingern, ihn bei all den Zahlen auf eine falsche Berechnung aufmerksam zu machen. Doch sie hielt sich zurück, denn der Fehler würde ihn zweifellos während des Wettsegelns vom Kurs abbringen. Zugegeben, es wäre kaltblütig, ihn nicht darauf hinzuweisen, aber hier ging es um sehr viel. Wenn er der Herausforderung nicht gewachsen war, würde er scheitern.

Da sie nichts erwiderte, musterte er sie nachdenklich und meinte schließlich: „Das ist eine *Route* – eine Karte, auf der zu sehen ist, welchen Kurs ich bei meiner nächsten Reise einschlage." *Hatte er jetzt etwa absichtlich langsam gesprochen?*

Ihre Fingernägel bohrten sich in ihre Handflächen, und sie brachte ein schwaches Lächeln zu Stande, als wäre sie von seinem Wissen beeindruckt. Doch jeglicher Gedanke an das

Wettsegeln schwand, als er mit langsamen und geschmeidigen Bewegungen auf sie zukam.

Er streckte die Hand nach ihr aus und war ihr nun so nah, dass sie einen Schritt zurück machen müsste, um einer Berührung aus dem Weg zu gehen. Stattdessen senkte sie die Wimpern. Würde er sie erneut küssen? Wollte sie wieder diese feurigen Lippen auf den ihren spüren? Doch nichts dergleichen geschah.

Überrascht blickte sie auf; er hatte sie gar nicht berühren wollen, sondern bloß nach einer Flasche Brandy gegriffen. Sie glaubte, er habe ihre demütige Hingabe nicht bemerkt, doch das hielt sie nicht davon ab, sich für ihre Schwachheit zu schelten. Sutherland war ein harter, unerbittlicher Mann. Ein besitzergreifender Charakter. Denn immerhin wollte er sie für diese Nacht *kaufen.*

Nun, sollte er doch die ganze Nacht dem Brandy zusprechen, sie würde sich jedenfalls nicht noch einmal von ihm anfassen lassen. Schon schenkte er sich großzügig ein und leerte sein Kristallglas in zwei langen Zügen.

Eher halbherzig hielt er ihr dann die Flasche hin, aber sie schüttelte den Kopf und verspürte einen leichten Schwindel.

Vielleicht hätte ich einen Drink nehmen sollen, dachte sie, als sie mit einem Mal merkte, wie erschöpft sie war. Ihr fröstelte. Zitternd hüllte sie sich in ihren Mantel und schlang die Arme um ihren Körper.

„Ihnen ist kalt“, sagte er, setzte das Glas ab und trat an einen Schrank.

„Mir wird schnell kalt“, bekannte sie.

Sie sprachen so nüchtern miteinander, dass sie sich fragte,

wie es wohl wäre, wenn sie wieder in der Wirklichkeit ankäme. Doch der nächste Morgen schien unendlich weit entfernt zu sein, und dieser Mann hatte so viele Empfindungen in ihr hervorgerufen, dass sie jetzt nicht wusste, ob sie von ihm geküsst werden oder lieber auf der Stelle einschlafen wollte.

Er drehte sich wieder um und warf ihr eine Decke zu, die sie ungeschickt auffing. Mit gerunzelter Stirn musterte er sie; dann nahm er ihr mit einer ungeduldigen Geste die Decke wieder ab. Ohne ein Wort zu verlieren, streifte er ihr den feuchten Mantel ab und legte ihr die Decke um die Schultern, als wäre sie eine Puppe, die man nach Belieben an- und ausziehen konnte.

Schließlich glitt sein Blick hinab zu ihren Schuhen. „Da ich schon einmal mit diesem Irrsinn angefangen habe …“, murmelte er mürrisch, bückte sich und begann, die Schnüre ihrer verschmutzten Stiefel zu lösen. Nicole war gezwungen, sich mit den Händen auf seinen breiten Schultern abzustützen, und musste dem Verlangen widerstehen, über seine Muskeln zu streichen.

Als er ihr den ersten Stiefel ausgezogen hatte, stutzte er. Er hielt den Schuh ins Licht, und Nicole sah, dass das abgewetzte braune Leder Blutspritzer aufwies.

„Sind Sie verletzt?“ fuhr er sie an, während er den Stiefel abstellte und sich bereits an dem zweiten zu schaffen machte.

„Das … das Blut stammt nicht von mir.“ Allein der Gedanke an die grässlichen, ewig erscheinenden Augenblicke unter Deck ängstigte sie.

Erstaunt hob er die Brauen und betrachtete ihr Gesicht, bevor er sich wieder dem Stiefel widmete. Nicole kam sich töricht vor, als er ihr die Strümpfe auszog; unwillkürlich zog sie die Zehen auf dem Plüschteppich ein. Doch sie ließ ihn gewähren, da sie in dieser Nacht auf seine Hilfe angewiesen war. Er schritt zu einer Kommode und kam mit einem Paar dicker Wollsocken zurück. Jetzt erst merkte sie, dass sie kalte Füße hatte.

Als er ihr die Socken überstreifte, schloss sie behaglich die Augen. „Das tut gut", flüsterte sie. Rasch öffnete sie die Augen wieder und runzelte die Stirn, da sie mit heiserer, sinnlicher Stimme geredet hatte. Wann hatte sie sich je so sprechen hören?

Verblüfft sah Derek sie an und stand dann abrupt auf. Als sähe er sich zu einer Erklärung genötigt, sagte er: „Ihre Füße waren eiskalt."

Nicole nickte langsam, und Erschöpfung überwältigte sie. Sie holte tief Luft und spürte, dass ihre Lider immer schwerer wurden.

Sie glaubte, so etwas wie Verzicht in seinen Augen zu entdecken, als er seine Hand auf ihren Rücken legte und sie zu seinem Bett geleitete. „Kommen Sie, Sie sind müde."

„Oh. Nein, ich kann nicht."

Da sie sich widersetzte, meinte er: „Ich werde Ihnen nicht wehtun."

Sie sah ihm unverwandt in die Augen, um ihm zu sagen, dass sie unter keinen Umständen in sein Bett gehen würde, aber es kam kein Wort über ihre Lippen. Ihre Beine zitterten, und Sekunden später sank sie auf das Bett, verunsichert von ihrer Schwäche.

„Geht es Ihnen gut?"

„Ja", flüsterte sie. „Ich bin nur so müde."

„Sie sind schon zu lange auf den Beinen, ruhen Sie sich ein wenig aus. Später werden wir uns darüber unterhalten, wer diese Männer waren", sagte Sutherland, und seine Stimme klang weder bedrohlich noch freundlich, als er sanft ihre Schultern berührte, sie auf das Kissen drückte und ihr damit zu verstehen gab, sich nicht von der Stelle zu rühren. Dann ließ er sie los, ging zu der Waschschüssel, kehrte mit einem nassen Tuch zurück und begann, ihre zerkratzten Hände zu waschen.

Nicole schaute ein letztes Mal zu ihm auf, als er gerade einen Fleck aus ihrem Gesicht entfernte, und fragte sich, ob sie diesem Mann vertrauen konnte, wusste indes im selben Augenblick, dass sie keine Wahl hatte. Seiner Miene war nichts zu entnehmen. Sein Gesicht hätte auch aus Marmor sein können, so undurchdringlich war sein Blick. Widerwillig glitt Nicole in den Schlaf und träumte, dass Sutherland ungläubig sagte: *„Ihre Augen sind blau."*

Derek trank weniger als beabsichtigt, während er von seinem Platz aus die junge Frau beobachtete, die in seinem Bett schlummerte. Die erste Nacht mit dieser Frau hatte er sich in der Tat ganz anders vorgestellt. Für gewöhnlich konnte er es nicht abwarten, eine Frau in sein Bett zu ziehen und nach dem Liebesspiel wieder loszuwerden, aber sie hatte Angst gehabt und war wahrscheinlich verletzt. Dennoch hatte er nicht die Absicht, sie die ganze Nacht hier schlafen zu lassen.

Allerdings musste er sich eingestehen, dass er an diesem Abend seine Selbstsucht überwunden hatte, um sich zur Abwechslung einmal rücksichtsvoll zu benehmen. Warum er aber so nachsichtig gegenüber einer Prostituierten war, vermochte er nicht zu sagen. Der Alkohol hatte offenbar seinen Geist beeinträchtigt, denn die junge Frau konnte reizbar und schroff sein, und er ließ sich sonst nur mit willigen Frauen ein, um sein körperliches Verlangen zu stillen.

Die Probleme einer Dirne auf sich zu nehmen hatte ihm gerade noch gefehlt. Als ob nicht schon genug auf seinen Schultern lastete.

Noch bemerkenswerter war indes, dass in ihm ein Beschützerinstinkt erwacht war, ein gänzlich ungewohntes Gefühl. Er wollte die beiden Schurken töten, die diese Frau verfolgt hatten. Offenbar hatte sie sich mit aller Kraft zur Wehr gesetzt und nur deshalb überlebt. Verflucht, dieser kleine Zankteufel hatte einem von den Burschen sogar eine blutende Wunde zugefügt.

Die Vorstellung, dass sie Kampfgeist besaß, faszinierte ihn. Vermutlich deshalb, weil er selbst in letzter Zeit so wenig Kampfeslaune an den Tag gelegt hatte.

Merkwürdigerweise hatte sie sich überhaupt nicht wie eine Prostituierte benommen. Er hatte weder anzügliche Verführungskünste noch ein aufgesetztes, schmollendes Lächeln an ihr bemerkt. Und binnen Minuten nachdem sie ihn geküsst und ein schier unbändiges Verlangen in ihm geweckt hatte, war sie verschwunden, um wenig später wieder in seiner Kabine aufzutauchen. Sofort hatte er einen Drink genommen, da sie ihn aus der Fassung gebracht hatte. Eine vermutlich um zehn Jahre jüngere Frau hatte ihn auf seinem eigenen Schiff durcheinander gebracht.

Derek konnte sich nicht erklären, warum sie ihre Verführungskünste nicht angewandt hatte; mit derlei Tricks vermochte er umzugehen. Doch die junge Frau hatte ihn bloß mit schräg gelegtem Kopf und neugierigen Augen angeschaut, bis ihre Lider sich geschlossen hatten.

Er war beinahe erleichtert gewesen, als sie eingeschlummert war. Doch das war irrsinnig. Wenn er sich in dieser seltsamen Nacht einer Sache sicher gewesen war, so war es das Verlangen, ihren geschmeidigen Leib zu nehmen. Er hatte sich in ihr verlieren wollen, um die schmerzhafte Begierde zu stillen, die ihre Hingabe in ihm entfacht hatte. Verflucht, sie hatte in der Tat auf ihn angesprochen.

Um seine Gedanken von diesem verführerischen Bild zu lenken, genehmigte er sich einen großen Schluck von dem feurigen Brandy. So wie es aussah, würde sie die Nacht wohl in seinem Bett verbringen. Bei diesem Gedanken verzog er das Gesicht.

Schon hatte er den Arm ausgestreckt, um sie wachzurütteln, als er innehielt und nur sanft ihre Schulter berührte. Schon seit Stunden lag sie vollkommen regungslos da. Ihre seidige Haut schimmerte wie Porzellan, abgesehen von den dunklen Schatten unter ihren langen, geschwungenen Wimpern. Aber wo, zum Teufel, sollte er schlafen, wenn er sie jetzt nicht weckte?

Mehrere Minuten lang blickte er unverwandt auf die junge Frau. Es machte jetzt auch keinen Unterschied mehr, ob er die paar Stunden vor Sonnenaufgang noch neben ihr schlief.

Rasch entledigte er sich seiner Stiefel und Kleidung und schlüpfte neben ihr ins Bett. Ihr Körper brannte wie ein kleiner Ofen unter der Decke, und er empfand es als angenehm, sich an ihr wärmen zu können. Unwillkürlich umschloss sein Arm ihre Taille, und er zog sie enger an sich.

Derek war sich bewusst, dass er ihr Schutz bot, und in einem Winkel seines Herzens fühlte er sich gut und stark, mochte das Gefühl auch nur für wenige Stunden andauern. Er zog ihren schmalen Körper noch enger an sich und atmete den Duft ihres weichen Haars ein.

Wenn auch nur flüchtig, spürte er doch eine gewisse Zufriedenheit. Bis er sich den sonderbaren Augenblick in Erinnerung rief, als er kurz gezögert hatte, sich zu entkleiden. Natürlich verspürte er keine Scham, aber aus einem unerfindlichen Grund hatte er das Gefühl, dass seine Blöße sie verunsichern könnte. Das war natürlich lächerlich, da sie vermutlich die meisten Nächte mit anderen Männern in fremden Betten zubrachte.

Und dieser Gedanke quälte ihn, bis er schließlich einschlief.

Als das frühe Sonnenlicht durch das Bullauge fiel und ihr Gesicht wärmte, wachte Nicole erschrocken auf. Sie blinzelte und starrte fassungslos auf den sonnengebräunten Arm, der sich um ihren Leib schlang.

Sie lag in Captain Sutherlands Bett.

Langsam drehte sie sich ihm zu. Im Schlaf hatte sein Gesicht weichere Züge, doch die düstere Müdigkeit, die ihr an ihm aufgefallen war, war nicht aus seinem Ausdruck gewichen. Plötzlich empfand sie ein zärtliches Gefühl für ihn, das sich von den Regungen unterschied, die seine körperlichen Reize zuvor so kraftvoll in ihr entfacht hatten.

Sie wandte den Blick von ihm und stellte erleichtert fest, dass sie noch ihr Hemd und ihre Hose trug. Plötzlich wurden ihre Augen unnatürlich groß, und das Blut schoss ihr ins Gesicht. Sutherlands Leib drückte gegen ihren Rücken. Zumindest ein sehr harter Körperteil von ihm. Wie es schien, hatte er, anders als sie, nichts mehr an …

Sie lag in Captain Sutherland Bett, und er trug keine Kleidung mehr.

Nicole erschrak. Vergangene Nacht war sie so durcheinander gewesen. Sie hatte seine Annäherungsversuche willkommen geheißen, da sie froh gewesen war, in Sicherheit zu sein. War es nicht so gewesen? Was würde sie demnach jetzt tun, wenn er aufwachte und erneut über ihre Brüste strich? Wenn er sie dicht an seinen unbekleideten, erregten Körper zöge? Diese Fragen reichten aus, um ihr klarzumachen, dass sie unmöglich länger in seinem Bett liegen bleiben durfte.

Außerdem war ihr Vater inzwischen zweifellos auf der Suche nach ihr und fuhr gewiss voller Ungeduld diejenigen an, die überhaupt nichts über ihren Verbleib wissen konnten. Irgendwie musste es ihr gelingen, unbemerkt aus dem Bett zu steigen und auf ihr Schiff zurückzukehren. Doch Sutherlands Arm hielt sie fest umklammert, als wollte er sie nie wieder freigeben. Langsam schob sie ihn zur Seite und wagte erst wieder zu atmen, als sie ihn endlich sanft auf dem Laken abgelegt hatte.

Sie lächelte erleichtert, erschrak indes, als sie seine verschlafene tiefe Stimme vernahm. Aber er hatte wohl nur etwas im Traum vor sich hin gemurmelt. Eine Ewigkeit schien vergangen zu sein, bis sein Atem wieder gleichmäßig ging und sie endlich aus dem Bett schlüpfen konnte.

Ihr ganzer Leib fühlte sich steif an, und ungelenk stakste sie durch die Kajüte, bis sie schließlich ihre Strümpfe fand. Da sie immer noch feucht waren, zwängte sie sich mit ihren großen, geborgten Socken in ihre Stiefel und ließ die Bänder offen.

Nachdem sie ihre Sachen zusammengesucht hatte, entfernte sie sich von Sutherland und musste das Verlangen unterdrücken, wieder neben ihn unter die Decke zu schlüpfen und die Wärme in seinen Armen zu genießen.

Ehe sie die Tür erreichte, fiel ihr Blick erneut auf sein Schreibpult. Die Berechnungen. Sollte sie den Fehler so stehen lassen? Sutherland hätte in der Nacht alles mit ihr machen können, aber er hatte ihr nicht wehgetan. Nein, er hatte ihr das Leben gerettet.

Sie schlich zu dem Pult, ging rasch die Zahlen durch und korrigierte die Kursberechnungen. Nach kurzer Zeit war sie fertig, verließ seine Kabine und schritt an Sutherlands verdutzten Matrosen vorbei.

Kaum hatte sie die *Southern Cross* verlassen, als ein Suchtrupp ihres Vaters sie erspähte. Da die Männer auf einen Streit vorbereitet waren, konnten sie es nicht lassen, mit üblen Beschimpfungen und anzüglichen Gesten über die Crew der *Southern Cross* herzuziehen. Keine halbe Stunde später brachten sie Nicole zu ihrem Vater und ließen ihn wissen, wo seine Tochter offensichtlich die Nacht verbracht hatte. Lassiter kochte vor Wut, und auch seine Männer machten keinen Hehl aus ihrer Verstimmung.

Nachdem ihr Vater schließlich die lautstarke Crew aus dem Kartenraum geschickt hatte, hatte er sich wieder unter Kontrolle. „Ich weiß, dass du müde bist", begann er und schnitt eine Grimasse, offenbar als Anspielung auf Nicoles erschöpftes Gesicht, „aber ich muss wissen, was sich letzte Nacht zugetragen hat."

„Wirklich, ich bin furchtbar müde, lass mich doch bitte erst mal schlafen ..."

„Bitte, ich muss wissen, wer dir das angetan hat, dann kannst du dich hinlegen."

Nicole seufzte, doch als sie dann den scharfen Geruch von Kaffee einatmete, der bereits viel zu lange auf der Herdplatte stand, gab sie nach. Die Männer mussten die ganze Nacht nach ihr gesucht haben. Zunächst war sie bemüht, sich nur auf die Beschreibung des Überfalls zu beschränken, aber sie merkte rasch, dass ihr Vater sich nicht von der Frage abbringen ließ, was Sutherland mit der Sache zu tun hatte.

Als Chancey, der große, polternde Ire, der für Nicole wie ein zweiter Vater war, den Raum betrat, hoffte sie auf eine Atempause. Sie warf ihm einen flehenden Blick zu, während er sich mit abweisender Miene auf einem Stuhl hinter seinem Kapitän niederließ.

Derart in die Enge getrieben, beschloss sie, die Geschichte so klingen zu lassen, als habe sie sich in ihrer Verzweiflung Hilfe suchend an Sutherland gewandt. Wäre er nicht gewesen, hob sie hervor, hätte sie den Morgen nicht erlebt – zudem habe er sie in keiner Weise bedrängt. Ihrem Vater schien indes die Tatsache nicht zu behagen, dass sie die ganze Nacht auf Sutherlands Schiff zugebracht hatte, und als er sich erhob und rastlos die Kajüte durchmaß, zuckte sie jedes Mal zusammen, wenn er die Hände zu Fäusten ballte.

„Was hast du dir nur dabei gedacht, einfach so auf sein Schiff zu gehen?“ bedrängte Lassiter sie erneut.

Nicole malte sich aus, was er wohl sagen würde, wenn er erführe, dass Sutherland ihr keine andere Wahl gelassen hatte. Wahrheitsgemäß antwortete sie: „Ich hatte solche Angst, dass diese beiden Männer mich einholen würden. Daher glaubte ich, ich wäre auf Sutherlands Schiff sicher.“

„Ich kann mir genau vorstellen, was bei so einem Mann nicht sicher ist“, murmelte er halb für sich und warf Chancey einen viel sagenden Blick zu. Der Ire gab ein zustimmendes Grunzen von sich und verschränkte seine stämmigen Arme vor der Brust.

„Wenn man aber die Brutalität des Angriffs berücksichtigt“, fuhr Lassiter fort, „hast du vermutlich die bessere Wahl getroffen. Aber hast du dich trotzdem nicht gefragt, *warum* er dir helfen wollte? Der Mann ist ein Schurke – und wohl kaum ein Ritter in strahlender Rüstung.“

„Ich weiß, und ich werde denselben Fehler nicht noch einmal begehen“, versprach sie und verlieh ihrer Stimme einen aufgebrachten Ton.

„Ich kann nicht glauben, dass du die ganze Nacht bei ihm geblieben bist“, sagte Lassiter mehr zu sich und wandte sich dann wieder Nicole zu. „Bist du sicher, dass er dich nicht bedrängt hat?“

Ungläubig und wütend starrte Nicole ihren Vater an. „Zum letzten Mal, Vater, er hat mich in keiner Weise genötigt und mir kein Haar gekrümmt.“ Da sie seiner Miene entnahm, dass er immer noch nicht von ihren Worten überzeugt war, meinte sie ausweichend: „Wenn ich an die Beschädigung des Schiffes letzte Nacht denke, frage ich mich, ob jetzt wir ins Visier der Saboteure geraten sind.“

Captain Lassiter schwieg einen Moment lang, als wollte er darüber befinden, ob er seiner Tochter erlauben sollte, das Thema zu wechseln. Dann nickte er mit ernstem Gesichtsausdruck. „Die Burschen haben sich an der *Bella Nicola* zu schaffen gemacht, bevor du sie überrascht hast. Aber diese beiden waren bloß kleine Fische, die für jemanden arbeiten, der im Hintergrund die Fäden zieht.“

Er nahm wieder Platz, obgleich er so aussah, als ob er jeden Augenblick wieder aufstehen würde. „Der Kontaktmann, den ich letzte Nacht getroffen habe, wollte mir keine Namen nennen, aber ich entnahm seinen Andeutungen, dass der Anführer kein unbedeutender Mann ist. Vielleicht jemand aus adligen Kreisen. Mir wurde überdies versichert, dass man es hauptsächlich auf mich abgesehen hat. Chancey und ich haben den Kreis der Verdächtigen auf einige wenige Männer beschränkt, aber ich hätte nie gedacht, dass einer von ihnen Gewalt anwenden würde.“

Nicole schaute auf. „Was ist denn mit den Wachposten geschehen?“

„Sie wurden niedergeschlagen. Ob du es glaubst oder nicht, sie sehen schlimmer aus als du.“ Erneut sprang Lassiter auf und schritt unruhig im Raum auf und ab. „Sie finden es entsetzlich, was vorgefallen ist.“

Nicole nickte wie abwesend und verlor sich in ihren Gedanken.

„Du denkst doch nicht etwa an Sutherland?“

Eine verräterische Röte überzog ihr Gesicht.

Schwerfällig setzte Lassiter sich wieder, öffnete den Mund, um etwas zu sagen, unterließ es jedoch. Schließlich fuhr er sich mit der Hand durchs Gesicht, bevor er verhalten erklärte: „Sutherland ist ein schlimmer Bursche. Ich kann ja verstehen, dass du Angst hattest – du musst die Hölle durchlebt haben –, aber von jetzt an hältst du dich von solchen Männern fern. Du bist kein kleines Mädchen mehr."

„Gewiss, Vater."

Lassiter holte hörbar Luft, stand auf und kam auf Nicole zu. Er legte eine Hand auf ihren Kopf und bemühte sich um einen ruhigen Tonfall, der seine Gefühle verbergen sollte. „Jetzt versuch ein wenig zu schlafen. Die halbe Crew wird deine Kabine bewachen, Chancey inbegriffen. Mach dir also keine Gedanken, dass diese Burschen wiederkommen könnten."

Da er keinen handfesten Anhaltspunkt hatte, wer die üblen Schläger angeheuert haben könnte, lag die Befürchtung nahe, dass er sich schon bald Sutherland vornehmen würde. Nicole stand auf, sah ihm unverwandt in die Augen und versuchte, sich ihre Besorgnis nicht anmerken zu lassen. „Was hast du mit ihm vor?"

Ihr Vater gab vor, ihre Frage nicht verstanden zu haben, doch als sie ihn mit gerunzelter Stirn musterte, änderte sich seine Miene, und er schenkte ihr ein unschuldiges Lächeln. „Nic, ich werde bloß mit ihm reden und ihm verständlich machen, dass er keine jungen Damen wie dich auf sein Schiff bringen soll." Plötzlich schwand sein Lächeln so schnell, als wäre es nie da gewesen. „Und dass es … ein Nachspiel geben wird, wenn er dir je wieder zu nahe kommt."

Als er aus der Kajüte stürmte, dachte sie über seine Worte

nach. Die Ankündigung ihres Vaters, mit Sutherland zu „reden“, bedeutete, dass es zu wüsten Beschimpfungen und Handgreiflichkeiten kommen würde. Jason Lassiter war ein Hitzkopf, und sie befürchtete, dass Sutherland ihn verletzen würde. Offenbar wollte es niemand zugeben, aber er hatte ihr letzte Nacht das Leben gerettet, und sie wollte nicht, dass er jetzt zu Schaden käme.

Heute werde ich wohl kaum Ruhe finden, dachte sie, als Chancey sich ihrer annahm, um sich davon zu überzeugen, dass es ihr gut ging. Er machte sich tatsächlich Sorgen, und da die Furchen in seinem lederartigen Gesicht sich noch vertieften, bemühte sie sich, ihn beruhigend anzulächeln. Er kannte sie jedoch viel zu gut, um nicht zu wissen, dass ihr Lächeln aufgesetzt war. Sie war unruhig und würde es auch bleiben, bis ihr Vater zurückkehrte. Ihre Gedanken schweiften ab, und sie malte sich aus, was alles geschehen könnte – bis sie gewahr wurde, dass Chancey auf ihre Füße starrte, vielmehr auf die großen Socken, die oben aus ihren offenen Stiefeln herausquollen.

„Gütiger Gott, Nic! Was sind das für Socken?“

5. *KAPITEL*

Derek trat über die Schwelle des „Mermaid" und ging geradewegs zur Theke, wie er es an solchen Orten schon hundertfach getan hatte.

Die Bardame brauchte ihn gar nicht zu fragen, was er haben wollte. „Wie geht's?" sagte sie tonlos, bevor sie ihm ein Glas und eine Flasche Whiskey zuschob. Derek hätte schwören können, dieser Frau noch nie begegnet zu sein, und daher verdross es ihn nicht nur, dass sie ihn offensichtlich wieder erkannte und über seine Trinkgewohnheiten Bescheid wusste, es ärgerte ihn zudem, dass sie davon ausging, er würde sich bis zur Besinnungslosigkeit betrinken. Verflucht, warum sollte sie auch etwas anderes annehmen?

Er schaute sich in der gut besuchten Schankstube um. Die letzten vier Jahre war er, wenn er nicht gerade auf See gewesen war, in Hafenspelunken wie dieser gestrandet und hatte vergebens gegen sein Schicksal aufbegehrt. Dann bedachte er die Bardame mit einem finsteren Blick und warf ein paar Münzen auf die Theke. Glas und Flasche schlugen leise klirrend gegeneinander, als er sich den Weg durch die Menge bahnte. Er hatte es sich zur Gewohnheit gemacht, an einem Ecktisch Platz zu nehmen, um einen ungehinderten Blick auf die Tür werfen zu können. Mit den Gedanken einmal mehr bei seiner Prostituierten, goss er sich großzügig ein.

An diesem Morgen war er mit einem unbestimmten Gefühl erwacht, dass etwas nicht stimmte. Dabei hatte er einen Kater gehabt, es war schon taghell gewesen, und er hatte allein in seinem Bett gelegen. Demnach war alles wie immer gewesen.

Dann erst hatten ihn die Ereignisse der vergangenen Nacht bestürmt.

Die junge Frau hatte bis zum Morgen neben ihm im Bett geschlafen, dessen war er sich sicher. Als er aufgewacht war, hatte er noch ihren angenehmen Duft wahrgenommen und ihren Abdruck in dem großen Kissen gesehen. Doch sie war verschwunden. Eigentlich hätte er froh sein müssen, dass es keine Schwierigkeiten gegeben hatte, sie wieder loszuwerden.

Die meisten seiner Mannschaft waren an Deck gewesen, als eine Schar Seeleute die Frau mitgenommen hatte. Einige hatten gemeint, Lassiters Männer erkannt zu haben. Der Gedanke, dass dieser Mann sogar einen Suchtrupp losgeschickt hatte, war zu viel für Derek. Außerdem hätte sie sich nicht ohne ein Wort des Abschieds davonstehlen dürfen. Als er sich eingestand, dass er es in seinem ganzen Leben stets genauso gemacht hatte, fühlte er sich auch nicht viel besser.

Sicher, er hatte sie nicht besessen und wusste immer noch nicht, wer ihre Verfolger gewesen waren. Aber vermutlich hätte sie ihn ohnehin belogen, und das hätte ihn nur zornig gemacht. Daher hatte er es zunächst dabei belassen, doch jetzt verfolgte ihn die Frage, wer ihr hatte wehtun wollen.

Und wie gut war sie mit Lassiter bekannt?

Am meisten beschäftigte ihn jedoch, dass er nicht einmal wusste, wie er sie so schnell wieder finden sollte. So blieb ihm nur die Hoffnung, dass sie an diesem Abend wiederkommen würde.

Derek starrte auf sein Glas und schüttelte den Kopf. Da war noch eine andere Sache, die ihm nicht aus dem Kopf ging, etwas, das ihn viel mehr verwirrte als die anderen Fragen, die in seinem Kopf herumschwirrten. Als er an sein Schreibpult getreten war, hatte er bemerkt, dass sie seine Berechnungen durchgestrichen und durch ihre eigenen ersetzt hatte. Und ihre Zahlen waren richtig.

Jetzt dachte er an die anmutige, weibliche Handschrift und zuckte innerlich zusammen, da er sich in Erinnerung rief, wie arrogant und herablassend er am Abend zuvor mit ihr gesprochen hatte. Wo, um alles in der Welt, hatte sie gelernt, Seerouten zu berechnen? Diese begehrten Kenntnisse erwarb nicht jeder Seemann, und Kapitäne hüteten sie wie eine geheime Wissenschaft. Wer ein Schiff navigieren konnte, hatte die Macht, und er war noch nie einer Frau begegnet, die über diese Fähigkeiten verfügte.

Während er über diese Frage nachdachte, schenkte er sich erneut ein. Er würde so lange hier warten, bis sie zurückkehrte. Im Augenblick wusste er ohnehin nichts Besseres mit sich anzufangen. Und so verschwammen an diesem Abend allmählich die Gesichter, als aus einer Flasche zwei wurden.

Grant Sutherland hatte im Stillen gehofft, sein Bruder würde nicht zu den Gästen im „Mermaid“ zählen, doch schließlich entdeckte er ihn an einem Ecktisch. Derek hatte ihn gleich bemerkt und bedachte ihn mit einem abweisenden Blick. Grant zwängte sich an ein paar Dirnen vorbei und sah sich fassungslos um, als zwei von ihnen sich an seine Fersen hefteten.

„Ich hatte gehofft, dich hier nicht anzutreffen“, sagte er.

„Geht mir genauso“, entgegnete sein Bruder schroff.

„Ich hätte mir nicht die Mühe gemacht, hierher zu kommen, wenn nicht etwas geschehen wäre.“

„Dann erledige das für mich. Das tust du ja immer." Derek nahm wieder einen Schluck und schenkte seinem Bruder keine weitere Beachtung.

„Diesmal nicht. Das ist nicht meine Angelegenheit."

Derek wandte sich ihm wieder zu und machte keinen Hehl aus seinem Erstaunen. „Alles, was mich betrifft, betrifft auch dich. Du verwaltest den Besitz. Dir gehört unsere Reederei zur Hälfte ..."

„Lydia sucht dich überall."

Abrupt setzte Derek sein Glas ab. Verflucht, Grant hatte offenbar vorgehabt, es ihm schonend beizubringen, anstatt ihn in der unruhigen Schankstube damit zu konfrontieren.

„Was will sie?"

„Sie ..." Gerade in diesem Moment flog ein Mann über den Nachbartisch und prallte unsanft gegen die Wand. Bier wurde verschüttet und verfehlte Grant nur knapp. „Das reicht." Ungeduldig packte er Derek am Arm und zog ihn hoch. „Wir reden auf dem Heimweg weiter."

Doch Derek zog den Arm weg. „Ich habe noch nicht vor zu gehen."

„Warum denn nicht? Hast du etwa noch nicht genug getrunken?"

„Ich halte Ausschau nach ... einer Frau."

Grant stieß einen unwirschen Laut aus. „Wenn es mir auch schwer fällt, das zu sagen", erwiderte er und ließ den Blick durch den Raum schweifen, „aber hättest du dich angesichts dieser bunten, wenn auch nicht ganz sauberen Dirnenschar nicht längst für eine Frau entscheiden können?"

„Die Frau, die ich suche, ist noch nicht hier."

Grant nahm gegenüber seinem Bruder Platz. „Wer ist sie?"

„Ein Rotschopf. Und hübsch."

„Das hat dir wohl der Whiskey eingegeben." Grant gab der leeren Flasche gehörig Schwung, sodass sie sich auf der Tischplatte drehte.

Derek schüttelte den Kopf. „Ich war nüchtern."

„Ich war mir nicht sicher, ob das Wort Mäßigung dir noch etwas bedeutet", warf Grant nicht ohne Sarkasmus ein. Trotz der wütenden Blicke seines Bruders fuhr er fort: „Jetzt bist du jedenfalls nicht nüchtern. Was gedenkst du zu tun, sollte dir das Mädchen wieder über den Weg laufen? Willst du sie unter den Tisch trinken?"

Derek musste beinahe lachen. „Mir geht es gut."

„Dann steh auf."

„Ich werde nicht …"

„Hör auf mich." Grant spielte selten darauf an, dass er Dereks Besitz und sämtliche Kapitalanlagen verwaltete. Doch dies würde sich bald ändern, und Derek würde es noch früh genug erfahren. Grant sah seinen Bruder durchdringend an. „Das ist das Mindeste, was du tun kannst."

Derek fluchte und erhob sich taumelnd.

Grant holte hörbar Luft. Männer von Dereks Größe stellten eine Gefahr dar, wenn sie betrunken waren. Ohne weiter zu fragen, packte er seinen Bruder an der Schulter, zerrte ihn aus der Schenke und half ihm in den Zweispänner.

„Ich bin mitgegangen", begann Derek, als der Hufschlag der Pferde auf dem Pflaster erklang, „also erzähl mir jetzt, was Lydia wollte."

„Geld."

Er zwickte sich in den Nasenrücken. „Warum erstaunt mich das nicht?“

Grant wollte – nein, er musste – Derek von seiner kürzlich getroffenen Entscheidung erzählen. Er musste ihm beibringen, dass er es leid war, an Dereks Besitztümer gebunden zu sein. Denn während Grant dafür gesorgt hatte, dass sein Bruder nicht alles verlor, hatte er selbst vier Jahre seines Lebens vergeudet.

Grant war am Ende.

Aber auch Derek sah sehr erschöpft und angeschlagen aus, schlimmer als Grant ihn je zuvor gesehen hatte. Bei Gott, er hasste es, seinen Bruder in einem solchen Zustand zu sehen. Es lag ihm nicht, jemandem einen Tritt zu versetzen, dem es schlecht ging. Doch wann ging es Derek eigentlich nicht schlecht?

Schließlich erreichten sie das Stadthaus; Grant half seinem Bruder aus der Kutsche und brachte ihn in sein Zimmer, obwohl er immer noch beharrlich darauf bestand, er sei überhaupt nicht betrunken. Grant wartete auf der Türschwelle und sah fassungslos und amüsiert zugleich mit an, wie Derek sich umständlich seiner Stiefel entledigte. Als sein Bruder dann schließlich auf die Tagesdecke gesunken war, suchte Grant nach einer Wolldecke und warf sie ihm zu. „Gute Nacht, Derek. Wir reden morgen früh weiter darüber.“

Als Grant die Tür schloss, hörte er seinen Bruder murmeln: „Danke. Für die Hilfe.“

Grant war schon im Begriff zu antworten, dass er ihm jederzeit helfen würde, doch dann fiel ihm wieder ein, dass das nicht mehr länger der Wahrheit entsprach.

Mitten in der Nacht wachte Derek auf. Sein Schädel dröhnte, und das Pochen in den Schläfen schien sich dem Ticken der Wanduhr angepasst zu haben. Müde schaute er auf das Zifferblatt. Drei Uhr in der Frühe. Was für ein Kater, und die Dämmerung war noch nicht einmal angebrochen.

Mühsam richtete er sich auf und schlurfte zur Waschschüssel. Aber selbst das kühle Nass in seinem Gesicht half nicht gegen die Kopfschmerzen. Derek wusste, dass nur eine Sache Abhilfe schaffen würde. Schon öffnete er die Tür zu seinem Arbeitszimmer, um nach einer Flasche zu suchen, zögerte dann jedoch. Er wollte nicht, dass Grant aufwachte und merkte, dass sein älterer Bruder die Nacht nicht ohne einen Drink überstand. Zumal Grant ihn bereits aus dem „Mermaid“ gezerrt hatte.

Aber hier wollte er nicht bleiben. Er redete sich ein, dass er stets schlecht schlief, sobald er nicht auf seinem Schiff war. In Wirklichkeit schlief er auch dort nicht gut. Außer letzte Nacht. Er würde zum Schlafen auf das Schiff zurückkehren, und auf dem Weg dorthin würde er im „Mermaid“ vorbeischauen, sich ein letztes Mal nach der jungen Frau umsehen und noch einen Drink nehmen. Verflucht, er würde das Mädchen dafür bezahlen, dass sie einfach nur in seiner Kabine schlief.

Nachdem er dann diesen Entschluss gefasst hatte, kleidete er sich vorsichtig an, um nicht ins Taumeln zu geraten und so unnötigen Lärm zu verursachen. Als er das Haus verließ, beflügelte der Gedanke an die vergangene Nacht seine Schritte.

Im Stillen aber schalt er sich einen Narren, zu so später Stunde auszugehen. Er machte sich etwas vor, denn er benutzte das Mädchen als Vorwand, um noch einen Drink zu nehmen, genauso wie er den Drink vorschob, um das Mädchen zu treffen.

Eine böse Vorahnung bemächtigte sich seiner. Dennoch ging er weiter und verdrängte den Gedanken, dass die Nacht ihm wohl kaum zum Vorteil gereichen würde.

Die Nacht nahm tatsächlich keine gute Wendung.

Die einzige Vorwarnung, die Derek verriet, dass man es auf ihn abgesehen hatte, war Jason Lassiters wütende Stimme. „Ich bringe dich um, Sutherland!" Er wirbelte herum und wich im letzten Moment der fleischigen Faust des Captains aus.

Der Bastard hatte ihm aufgelauert!

Lassiter brüllte vor Zorn, holte zu einem weiteren Schlag aus und verfehlte nur knapp Dereks Kinn.

Als Lassiter sich seinen Mantel vom Leib riss, wich die Menge im „Mermaid" zurück. „Was hast du dir dabei gedacht, sie die Nacht über bei dir zu behalten?"

Es ging also um das Mädchen.

„Du hättest doch wissen müssen, dass ich dich dafür töten werde!"

Für einen Kampf bedurfte es ohnehin keiner Rechtfertigung.

Derek wich genau im richtigen Moment aus, als Lassiter sich auf ihn stürzte. Wenn der Bastard einen Faustkampf wollte, so sollte er ihn haben. Schon versetzte er ihm einen Schlag in den Rücken, ehe der Captain wieder angreifen konnte.

Bei dem Gedanken, dass Lassiter offenbar mehr mit dem Mädchen zu tun hatte, ballte Derek grimmig die Hände zu

Fäusten. Gemessen an dem hasserfüllten Blick, den der ältere Mann ihm zuwarf, gewann man den Eindruck, dass er wahrlich etwas für sie empfand. Und diese Vorstellung machte Derek zornig. Warum hatte sie sich ausgerechnet den alten Lassiter als Beschützer ausgesucht? Er beschloss, ihn zu provozieren und den Kampf mit ihm aufzunehmen.

Lassiter fuhr herum, als Derek ihm zurief: „Ich bin mir sicher, dass sie den Weg hierher nicht wert ist, wer auch immer sie sein mag."

Sein Widersacher verzog voller Zorn das Gesicht. *„Ich nehme dich auseinander!"*

„Bin gespannt, wie Sie das anstellen wollen."

Erneut holte Lassiter zu einem Hieb aus, doch Derek duckte sich, holte seinerseits aus und versetzte dem Älteren einen harten Schlag gegen die Brust.

Der Mann fasste sich an die Brust und rang nach Luft, aber Derek wusste, dass er bei seinem groß gewachsenen Gegner bloß ein wenig Zeit gewonnen hatte.

Derek konnte sich nicht entsinnen, schon einmal gegen einen so wutentbrannten Mann gekämpft zu haben. Obgleich ihm dies kaum Sorgen bereitete, war er sich darüber im Klaren, dass der unbändige Zorn Lassiter zusätzliche Kraft verleihen und seine Schmerzen betäuben könnte. Ihm stand ein guter Kampf bevor. Er hieß ihn willkommen.

Und er ließ nicht lange auf sich warten.

Lassiter schüttelte heftig den Kopf, als wollte er den letzten Schlag von sich abschütteln, und hob dann erneut die Fäuste.

Derek achtete nicht auf die lautstarken Gäste, die inzwischen einen Kreis gebildet hatten und die Kämpfenden anfeuerten, und gab Acht, Lassiters mächtigen Schlägen rechtzeitig auszuweichen. Es gelang ihm zweimal. Der dritte Hieb jedoch traf ihn mitten im Gesicht. Derek fasste sich an die Wange und spürte, wie das Blut über seine Finger rann.

Dann lächelte er düster.

Wetten ertönten in der Schankstube, und alle johlten wie wild, da die beiden Kapitäne, die seit Jahren verfeindet waren, die Sache endlich mit den Fäusten austrugen.

„Das ist doch nicht dein Ernst!“ rief Nicole erschrocken aus, nachdem Chancey sie wachgerüttelt hatte; sie war an ihrem Pult eingeschlafen, doch nun war sie hellwach. „Was soll das heißen, Vater ist im Gefängnis?“

„Man hat ihn tatsächlich eingebuchtet“, erwiderte Chancey. „Ich hätte dich ja schlafen lassen, aber er hat nicht genug Kohle in der Kasse, um die Kaution zu zahlen.“ Er runzelte die Stirn. „Hast du noch was bei dir?“

Nicole schüttelte den Kopf. „Ich habe alles für die Reise ausgegeben. Aber ich könnte einige Dinge verkaufen“, fügte sie hoffnungsvoll hinzu.

„Das dauert zu lange. Ich werde zu ihm gehen und ihn fragen, was er jetzt vorhat.“

„Ich werde dich begleiten.“

Chancey musterte sie und entnahm ihrer Miene, dass ihr Entschluss feststand. Nur äußerst widerwillig sagte er schließlich: „Wenn du ihn sehen willst, dann zieh dich an und komm an Deck.“

Als er sich zum Gehen wandte, packte sie ihn am Arm. „Ist er verletzt?“

„Das wird schon wieder verheilen. Beeil dich."

Nicole hastete zu ihrer Seekiste und zerrte wahllos ein paar Kleidungsstücke hervor. Während sie die Stufen zum Deck erklomm, versuchte sie noch rasch, ihr Haar zu flechten.

Sie hatte geahnt, dass es zu einem Kampf kommen würde. Und es hatte sie beunruhigt, dass ein düsterer Mann wie Sutherland sich genötigt sah, ihren Vater anzugreifen, und das alles wegen ihr.

Dass ihr Vater indes im Gefängnis landen könnte, hätte sie nicht gedacht.

Nicole hatte sich immer noch nicht von dem Schreck erholt, während sie Chancey in den frühen Morgenstunden durch das Hafenviertel folgte. Der Erste Maat drängte zur Eile, und kurze Zeit später erreichten sie die Wache. Als sie durch die Flügeltüren in den Eingangsraum traten, ging gerade die Sonne auf.

Nicole war erleichtert, dass das Gefängnis nicht feucht und von Spinnweben durchzogen war, wie sie es sich immer ausgemalt hatte. Die rostbraunen Blendläden standen offen, und bei den ersten matten Sonnenstrahlen tanzten unzählige Staubkörnchen in der Luft. Die Holzbohlen waren rissig, aber sauber. Man hätte leicht glauben können, in ein Herrenhaus geraten zu sein, was Nicole lieber gewesen wäre, denn es belastete sie, ihren Vater hier eingesperrt zu wissen.

Doch sie straffte die Schultern, reckte das Kinn empor und bereitete sich darauf vor, Jason Lassiter mit einem fröhlichen Lächeln zu begrüßen. Dann bog sie um die Ecke, und ihre Züge erstarrten.

Anstatt ihrem Vater zu begegnen, fiel ihr Blick auf Sutherland. Sie traute ihren Augen kaum.

„Haben Sie die Absicht, gerichtlich gegen Captain Lassiter vorzugehen, Mylord?“

Derek war unentschlossen. Der Kampf war fair gewesen, und da man ihn nur auf Grund seines Titels entlassen hatte, müsste man seinen Widersacher ebenfalls wieder auf freien Fuß setzen.

Dann erinnerte er sich, wie sie überhaupt an diesen Ort gelangt waren. Als die Nachtwächter schließlich Lassiter und ihn getrennt und aus der Schenke gezerrt hatten, hatte Derek gerufen: „Sie können mich jetzt loslassen – ich bin der Earl of Stanhope.“ Die Konstabler hatten ihn mit großen, erschrockenen Augen angesehen, da sie bis dahin mit ihren Gefangenen nicht gerade zimperlich umgegangen waren.

„Es stimmt“, hatte Lassiter gesagt, und Derek war schon überrascht gewesen, bis sein Gegner hinzugefügt hatte: „Und ich bin der Präsident der Vereinigten Staaten.“

Derek war darauf nicht eingegangen und hatte sich an einen der Wachmänner gewandt. „Ich bin Derek Sutherland, der sechste Earl of Stanhope. Es ist Ihnen doch klar, was Ihnen widerfährt, wenn Sie mich ins Gefängnis bringen?“

„Ich kann nicht glauben, dass Sie es wieder mit Ihrem Adelstitel versuchen“, hatte sich Lassiter höhnisch zu Wort gemeldet.

Doch Derek hatte für den Mann nur ein müdes Lächeln übrig gehabt. „Vielleicht werde ich mich um unsere gemeinsame Bekannte kümmern, während Sie sich mit dem Konstabler abgeben.“

Lassiter war augenblicklich verstummt, während Derek sämtliche Beamte auf der Wache hatte überzeugen müssen, dass er tatsächlich ein Earl war. Mit einem Mal schien es diesen Männern egal zu sein, dass ein Wirtshausstreit beinahe die ganze Schankstube verwüstet hatte. Jetzt waren sie vielmehr empört, dass ein Amerikaner auf englischem Boden einen hohen Adligen angegriffen hatte.

Nun wartete der Konstabler darauf, dass Derek eine Entscheidung traf. Er wollte dem alten Lassiter eine Lektion erteilen, aber ...

Stimmen im Vorraum unterbrachen seine Gedanken, und Derek drehte sich, unter Schmerzen, langsam um. Ungläubig starrte er auf die Tür, als die junge Frau, wegen der er sich geprügelt hatte, den Raum betrat, dicht gefolgt von einem wahren Koloss von einem Mann.

Ein paar Strähnen hatten sich aus ihrem hochgesteckten Haar gelöst, und ihre Wangen waren gerötet. Offenbar hatte sie sich hastig angekleidet und war hierher geeilt. Sie gehört zu den Frauen, dachte er unvermittelt, die beim Erwachen schön aussehen.

Geräuschvoll sog sie die Luft ein, als sie ihn neben dem Konstabler erblickte, doch abgesehen von einem kaum merklichen Zögern machte sie keine Andeutungen, ihn zu kennen. Mit einem Kopfnicken bedeutete sie ihrem Begleiter, stehen zu bleiben, ging grußlos an Derek vorbei und machte sich auf die Suche nach Lassiter.

Diese offenkundige Missachtung war für Derek wie ein Schlag in die Magengrube und setzte ihm weitaus mehr zu als die Schläge, die er zuvor hatte einstecken müssen. Sie würdigte ihn keines Blickes und schien völlig vergessen zu haben, dass er ihr das Leben gerettet hatte!

Was mochte sie überhaupt in diesem amerikanischen Bastard sehen? Er nahm an, dass Frauen den unerträglichen Yankee nicht gänzlich unattraktiv fanden, aber der Kerl war so alt, dass er ihr Vater sein könnte. Doch wenn er ehrlich zu sich selbst war, musste er sich genauso gut die Frage stellen, was eine Frau wie diese in ihm, Derek, sah. Denn vielen Frauen jagte er schlichtweg Angst ein, auch wenn dies nicht mit Absicht geschah. Es mochte an seiner Größe liegen, aber wahrscheinlich eher an seinem Ruf und seinem schlechten Benehmen.

Sie indes hatte in der vergangenen Nacht keine Angst vor ihm gehabt.

Derek rührte sich nicht von der Stelle und ignorierte den Konstabler und den Mann, der hinter ihm stand. Er sah ihr nach, als sie mit straffen Schultern und festen Schritten den breiten Korridor hinunterging, bis sie um die Ecke bog. Dann hörte er einen leisen Aufschrei. Vielleicht, dachte er nicht ohne Häme, ist sie entsetzt über Lassiters verunstaltetes Gesicht. Als er aber ein leises Schluchzen vernahm, wurde er nachdenklich.

Wie es wohl wäre, wenn eine Frau ihm so nahe stünde, dass sie die Schmerzen, die er erlitt, mit ihm teilen würde? Wenn sie so besorgt um ihn wäre, dass sie noch vor der Dämmerung zum Gefängnis eilte, nur um in seiner Nähe zu sein. Er hatte immer gewusst, dass etwas Entscheidendes in seinem Leben fehlte, und als er jetzt in dem kalten Gefängnis stand, von dem Zweikampf gezeichnet, verspürte er eine schmerzliche Sehnsucht.

Derek hörte ein scharrendes Geräusch; er machte einen

Schritt zurück und konnte sehen, dass die junge Frau sich einen Stuhl vor Lassiters Zelle gezogen hatte. Der stämmige Mann hinter ihm bemerkte sein Interesse und gab einen missbilligenden Laut von sich, doch Derek wandte keinen Blick von der Frau. Obgleich ihm klar war, dass sie ihre Wahl getroffen hatte, war er wie gebannt von ihren anmutigen, aber zielbewussten Bewegungen. Sie war so mit ihrem Beschützer beschäftigt, den Derek nicht sehen konnte, dass sie seine Blicke nicht wahrnahm.

Jetzt hielt sie sich die Hände vor die Augen, und Derek glaubte, dass sie den Tränen nahe war. Er gehörte nicht zu den Männern, die sich von den Tränen einer Frau beeindrucken ließen. Es berührte ihn nicht, wenn seine Mutter weinte, und auch als Lydia ihn das letzte Mal unter Tränen um Geld gebeten hatte, hatte sie sein Herz nicht gerührt. Doch jetzt wusste er nicht, was er tun würde, wenn diese Frau in Tränen ausbräche.

Glücklicherweise tat sie es nicht. Sie ließ die Hände wieder sinken und schlang die Finger ineinander, bevor sie traurig seufzte: „Oh, Vater."

Vater.

Die erste Frau, für die er tatsächlich etwas empfand ... war *Lassiters Tochter.*

Verflucht!

Aber auf einmal ergab alles einen Sinn. Er hatte sie nicht mehr im „Mermaid" gefunden, und die Nacht zuvor hatte sie sich nicht wie eine Prostituierte gegeben und obendrein auch gar nicht so ausgesehen. Zugegeben, sie küsste wie eine talentierte Kurtisane und sprach voller Verlangen auf seine Küsse an. Doch ihr ganzes Betragen und ihr Akzent passten nicht zu einer Hafendirne. Jetzt wusste er nicht, ob er erfreut sein sollte, dass sie keine Hure war, oder eher erschrocken, da sie mit Lassiter verwandt war.

„Wir kümmern uns um die Kaution und holen dich noch heute hier heraus", sagte sie zu ihrem Vater im Brustton der Überzeugung.

„Und wie willst du das Geld auftreiben?" fragte Lassiter langsam.

Sie erwiderte nichts, sondern starrte an die Decke.

Derek konnte Lassiters Mienenspiel förmlich vor sich sehen, denn nach einer kurzen Pause rief er aus: „Oh nein, Nicole. Das verbiete ich dir! Ich werde nicht zulassen, dass du das für mich tust. Lieber werde ich hier drin verrotten, als ihr Geld anzunehmen. Wenn du zu ihr gehst, wirst du ihr immer einen Gefallen schuldig sein, und sie wird dich in Stücke reißen."

Ihr richtiger Name lautet Nicole? Ich wusste ja, dass sie nicht Christina heißt.

„Vater, es ist unsere einzige Möglichkeit – das Wettsegeln findet in vier, nein in drei Tagen statt."

„Nein! Mein Entschluss steht fest. Einmal in deinem Leben wirst du das tun, was ich dir sage – mein Gott, als du wieder nach London zurückgekehrt bist, hast du doch auch nicht daran gedacht."

Nicole holte tief Luft und sagte in wehmütigem Tonfall: „Nein, aber ich glaube, das Schicksal will mir sagen, dass wir nicht immer das haben können, was wir wollen."

Lassiter schwieg. Schließlich meinte er: „Ich will dieser Frau nicht zu Dank verpflichtet sein, auch wenn du deine Meinung geändert hast."

Sie tat so, als habe sie seine Worte nicht gehört. „Je eher ich gehe, desto schneller können wir dich hier herausholen." Während sie sich erhob, versuchte Lassiter erneut, seine väterliche Autorität geltend zu machen, doch seine Befehle prallten an ihr ab.

Derek musste beinahe lächeln, da sie auf dem Weg nach draußen über die Schulter rief: „Sei still, Vater! Mein Entschluss steht fest."

Als sie Derek erreichte, blieb sie kurz stehen und schaute mit ernster Miene zu ihm auf. Vermutlich glaubte sie, dass er an allem schuld sei.

„Ich kann Ihnen helfen", sagte er und scherte sich nicht darum, ob Lassiter ihn hörte.

Natürlich waren ihm seine Worte nicht entgangen. „Halten Sie den Mund, Sutherland!"

„Zur Hölle mit Ihnen", entgegnete Derek aufgebracht, ehe er sich erneut Lassiters Tochter zuwandte, um ihre Antwort zu hören.

„Haben Sie noch nicht genug angerichtet?" fragte sie und sah ihn traurig an, bevor sie sich zum Gehen wandte. Derek folgte ihr, aber der hünenhafte Mann, der auf sie gewartet hatte, stellte sich ihm in den Weg.

„Wollen Sie es etwa auf einen weiteren Kampf ankommen lassen?" fragte er Derek mit zornig funkelnden Augen. Dann verließ er die Wache.

Es regnete, ein nicht enden wollender kalter Regen, der Nicole immer an ihren letzten Aufenthalt in diesem Land erinnerte. Damals war sie gerade fünf Jahre alt gewesen. Und ihr Vater war ein gebrochener Mann, da ihre Mutter gestorben war. Doch irgendwie war es ihm gelungen, von dem südamerikanischen Hafen aus, in dem Laurel Lassiter gestorben war, nach London zu segeln. Er hatte seiner Schwiegermutter persönlich mitteilen wollen, dass ihre Tochter nicht mehr lebte.

Eine Woche, nachdem die Witwe von dem Tod ihrer Tochter erfahren hatte, war sie wieder aus ihrem Gemach getreten, so bedrohlich wie immer. Ihr blondes, mit grauen Strähnen durchwirktes Haar war perfekt hochgesteckt, ihr Gang gerade und würdevoll. Allerdings sah sie mit ihrem schwarzen Gewand viel älter aus. Sie verlangte Lassiter zu sprechen, und Nicole wurde zum Spielen nach draußen geschickt. Doch wie immer, wenn sie im Freien war, hatte sie gefroren und war daher zurück ins Haus geschlichen. Vor der Tür zum Salon hielt sie inne und spähte durch den Türspalt, als sie bemerkte, dass über sie gesprochen wurde.

„Sie wird nie heiraten", sagte ihre Großmutter ihrem armen Vater vorher und musterte ihn mit ihren ungewöhnlich dunklen, kalten Augen, die keinen Hehl aus ihrem Abscheu machten. Ihr Vater sagte kein Wort.

„Eines Tages wird sie sich vielleicht nach einem Ehemann umsehen, nach einem Mann, der ihrer Stellung angemessen ist. Aber wenn du Nicole wieder mit auf dieses verfluchte Schiff mit all den schmierigen Seeleuten nimmst, wirst du erleben, dass ihr Ruf für immer ruiniert sein wird. Kein Angehöriger des höheren Adels wird sie dann mehr haben wollen. Ganz zu schweigen davon, dass aus ihr bereits ein wildes, verwahrlostes Ding geworden ist."

Zunächst sah es so aus, als wollte Lassiter es auf einen

Streit ankommen lassen – Nicole konnte sich noch sehr gut erinnern, dass sie im Stillen darauf gehofft hatte –, aber er verlor nicht die Beherrschung und antwortete ungewöhnlich ruhig. „Ich kann mich jetzt noch nicht von ihr trennen", entgegnete er mit ausdrucksloser Stimme. „Sie ist alles, was mir von Laurel geblieben ist. Ich brauche sie an meiner Seite."

„Ich sehe, du bist eigensüchtig wie immer." Unwillkürlich richteten beide den Blick auf das Porträt ihrer Mutter über dem Kamin. Laurel war eine liebliche, blonde junge Frau gewesen. Auf dem Gemälde sah sie fröhlich aus, als ob man ihr soeben etwas Lustiges erzählt hätte. Der begabte Künstler hatte diese Fröhlichkeit meisterhaft eingefangen … genauso wie den Anflug von Eigensinn in ihrer Miene.

„Warum sie all dies aufgegeben hat", meinte die Witwe und deutete mit einer ausladenden Geste auf ihren prachtvollen Salon, „werde ich wohl nie begreifen." Wohl nur zu sich selbst fügte sie leise hinzu: „All die Drohungen … und flehenden Bitten … waren nutzlos, da dieses Mädchen sich in den Kopf gesetzt hatte, mit dir zu gehen."

Sie trat an eines der Fenster, und ihr aufwendig gearbeitetes Satingewand raschelte bei jedem ihrer Schritte leise. Unvermittelt wandte sie sich schließlich um und überhäufte Lassiter mit weiteren Schuldzuweisungen: „In England zu bleiben war ja nicht gut genug für dich; du musstest meine arme Tochter in der ganzen Welt herumschleppen und hast ihr nie Ruhe gegeben."

Fasziniert sah Nicole, wie die wenigen Juwelen, die ihre Großmutter trug, das schwache Sonnenlicht einfingen und kleine, bunte Farbmuster auf die Tapeten an der Wand warfen.

„Und jetzt ist sie ... fort. Aber Laurel hat sich nach *deinen* Wünschen gerichtet." Mit langsamen und würdevollen Bewegungen trat sie wieder an ihr verziertes Schreibpult.

„Verflucht, du weißt genau, dass sie gern mit mir gesegelt ist", erwiderte ihr Vater mit heiserer Stimme. „Sie hat es stets aufregend gefunden und hat unser gemeinsames Leben nie bereut ... auch nicht kurz vor ihrem Ende."

Wachsam kniff die alte Frau die Augen zusammen. „Und was macht dich so sicher, dass dem Mädchen nicht dasselbe widerfährt? Was ist, wenn du auch sie verlierst?"

Bei diesen Worten sprang Lassiter auf und beugte sich mit geballten Händen drohend über den Schreibtisch. „Jetzt hör mir genau zu – ich werde nicht zulassen, dass ihr *jemals* etwas zustößt. Hast du mich verstanden? Sie ist ein kräftiges und gesundes Mädchen, das auf See groß geworden ist. Ich werde sie immer beschützen."

„Ich verstehe, dass du das nur zu gerne glauben willst." Unbeeindruckt schaute die Witwe zu ihm auf, obgleich er einen Furcht einflößenden Anblick bot. „Aber selbst wenn sie neunzig Jahre alt werden sollte", fuhr sie fort, „wird Nicole immer ein armes Ding bleiben. Sie müsste schon einen Adligen heiraten, damit ich ihr Laurels Besitz überschreibe. Und adlige Herren heiraten nun mal keine Frauen, die zur See fahren. Solltest du keinen Wert auf ihr Erbe legen und den Wunsch hegen, sie anderweitig zu vermählen, vielleicht sogar mit einem deiner einfältigen Landsleute, wer würde sie dann schon sein? Mehr Mann als Frau, ohne Anmut und Charme und ohne eine Mitgift, die das Interesse eines anständigen Gemahls wecken könnte."

Sie schüttelte den Kopf, als ob sie diese Vorstellung als abstoßend empfinden würde. „Sie wird schneller heranwachsen, als du denkst, eine sonnengegerbte Haut und raue Hände bekommen. Glaubst du etwa, die feine Gesellschaft würde einer solchen Frau Beachtung schenken? Nein!“ rief sie aus und schlug mit der flachen Hand auf die Tischplatte, sodass der dumpfe Aufprall ihrer großen Ringe nicht zu überhören war. „Nicole wird allein sein, nur weil *du* dich weigerst, das Beste für sie zu tun.“

„Und was soll ich deiner Meinung nach tun?“ fragte er mit einer beschwichtigenden Geste. „Ich kann mich nicht von ihr trennen. Also, was schlägst du vor?“

Sie beugte sich vor, und ihre dunklen Augen hefteten sich auf ihr Gegenüber. „An ihrem zwölften Geburtstag wirst du sie mir überlassen, und keinen Tag später. Sie muss zu mir kommen, bevor sie zu einer Frau heranwächst, damit ich Zeit genug habe, all das wieder gutzumachen, was du“, mit einem höhnischen Blick musterte sie ihn von Kopf bis Fuß, „ihr mit deinem verwahrlosten Lebenswandel angetan hast. Ich werde sie darauf vorbereiten, von ihrem Geburtsrecht Gebrauch zu machen, das ihr eine führende Rolle in Adelskreisen zuweist, und sie standesgemäß verheiraten.“

Ihr Vater sank auf seinen Stuhl zurück und atmete langsam aus. „Nun gut. Ich werde sie dir an diesem Tag überlassen, aber du musst mir versprechen, dass du ihr einen guten Ehemann aussuchst.“

„Selbstverständlich, du Narr! Wenn du tust, was ich dir sage.“

Keiner von beiden hatte geahnt, dass Nicole alles von der

Tür aus mit angehört hatte. Genauso wenig konnten sie wissen, dass ihre Mutter ihr schon in jungen Jahren das Bewusstsein mit auf den Lebensweg gegeben hatte, es sei erstrebenswert, nicht die Kontrolle über das eigene Schicksal zu verlieren.

Nicole hatte sich stets bemüht, den Rat ihrer Mutter nicht aus den Augen zu verlieren. Sicher, wenn ihr Vater ihr befohlen hatte, einen Hut und Handschuhe zu tragen, sobald sie an Deck wollte, hatte sie auf ihn gehört. Sie hatte immer verstanden, warum er so überfürsorglich war, und sich auch nie gesträubt, alles über die Navigation zu lernen, denn ihr Vater hatte stets in der Angst gelebt, eines Tages könnte ihm auf See etwas zustoßen. Geduldig hatte sie zudem mehrere Sprachen gelernt und darum gebettelt, sich wenigstens die mildesten Flüche von der Crew aneignen zu dürfen – all dies hatte sie akzeptiert, da sie ansonsten machen durfte, was sie wollte. Und als der Tag des Abschieds gekommen war, hatte sie ihr ganzes Leben noch vor sich.

Unmittelbar vor ihrem zwölften Geburtstag hatte Lassiter ihr mitgeteilt, sie müsse von nun an bei ihrer Großmutter in England leben. Nicole war nicht sonderlich stolz auf das, was sie daraufhin getan hatte, aber sie war so verzweifelt gewesen. „Nun gut, Vater“, hatte sie schniefend zugestimmt. „Ich werde tun, was du von mir verlangst. Aber du musst wissen, dass ich mir Sorgen mache, wenn wir so weit voneinander getrennt leben. Was wird aus dir, wenn du krank wirst? Vermutlich gehen *Monate* ins Land, bevor ich überhaupt davon erfahre. Ich wäre nicht an deiner Seite, um für dich zu sorgen. Und wenn mir etwas zustößt, wenn ich nun krank werde oder mich verletze, dann wärst du nicht da …“

Ihr nicht enden wollendes Wehklagen hatte ihren Vater rasch umgestimmt und ihr für weitere fünf Jahre jegliches Gerede über Schulbesuche erspart.

Bis zu diesem verregneten Abend hatte Nicole geglaubt, alles richtig gemacht zu haben – achtzehn von ihren nunmehr zwanzig Jahren war sie ohne Unterbrechung auf See gewesen und hatte die weite Welt gesehen. Doch als sie nun auf die Docks schaute, die feucht vom Regen schimmerten, fragte sie sich, ob sie sich nur etwas vormachte, wenn sie glaubte, sie habe das Schicksal selbst in der Hand. Sie erkannte, dass sie sich selbst zum Narren gehalten hatte, und beschloss, den Kampf aufzugeben.

Aber noch nicht sofort.

Als Nicole nach fast sechzehn Jahren wieder vor dem eindrucksvollen Atworth House stand, war sie wider Erwarten gefasst, obwohl das Gebäude einen Ehrfurcht gebietenden, bedrohlichen Anblick bot. Große Marmorstufen führten zu einem prachtvollen, kühn vorragenden Portal, das von hohen, gedrechselten Säulen flankiert wurde. Ein wenig zurückliegend erstreckten sich die Hausflügel zu beiden Seiten in vollkommener Symmetrie. Allein der Wintergarten mit seiner üppigen Vegetation vermochte die strenge Form des Hauses ein wenig aufzulockern.

Obwohl sie diesen Ort mit schmerzlichen Erinnerungen verband, machte sie sich bewusst, dass ihre Mutter viele Jahre ihrer Kindheit in diesem Haus zugebracht hatte. Vielleicht sogar auf diesen Stufen gelacht hatte. Die Vorstellung gefiel ihr, und sie lächelte immer noch, als Chapman, der alte Butler, an den sie sich von ihrem einzigen Besuch noch erinnern konnte, die Tür öffnete und sie in den Salon geleitete. Dort erwartete ihre Großmutter sie. Sie saß vor einem großen Fenster im palladianischen Stil, das den gesamten Raum einnahm und ihre geschmackvollen Möbelstücke gebührend beleuchtete. Das Licht unterstrich jedoch ebenso ihre verkniffenen Gesichtszüge.

„Guten Morgen, liebe Großmutter", grüßte Nicole höflich und schritt über den wertvollen Brüsseler Läufer zu der alten Dame, die nach wie vor in tristes Schwarz gekleidet war, mit hoch abschließendem Kragen. Freudlosigkeit zeichnete sich auf ihren Zügen ab. Zwei Möpse hatten sich bei Nicoles Ankunft erhoben und begaben sich dann wieder auf ihre Plätze – sie lagen nicht zu Füßen der strengen alten Dame, sondern unter einem Tisch am anderen Ende des Raumes. Was für kluge Hunde, dachte Nicole.

„Du kommst spät", beschied die Witwe sie knapp und bot ihr nicht einmal einen Platz an.

Nicole hatte sich für eines der Kleider entschieden, das ihre Großmutter ihr für den Schulbesuch geschickt hatte, in der Hoffnung, sie dadurch gnädig stimmen zu können. Aber offenbar reichte eine adrette äußere Erscheinung nicht aus, um der alten Frau einen freundlichen Blick abzugewinnen.

Doch das war nichts Neues. Nicole kam es so vor, als sähen ihre Großmutter und das gesamte Haus noch genauso aus wie vor sechzehn Jahren – als sei die Witwe erst bei diesem Besuch aus ihrer jahrelangen Erstarrung erwacht.

„Ich komme tatsächlich spät", antwortete sie demütig und wagte es, gegenüber der alten Dame Platz zu nehmen.

„Acht Jahre zu spät!" Die Witwe musterte sie mit einer abweisenden Miene.

Erst da begriff Nicole, dass sie vor dieser Frau unter dem großen Fenster, deren dunkle Augen den ihren so ähnlich waren, auf den Knien rutschen müsste, um Geld für ihren Vater zu bekommen. Doch das bevorstehende Wettsegeln würde über ihre Zukunft entscheiden, und daher würde sie das tun, was sie tun musste. „Ich freue mich sehr, dich besuchen zu können …", begann sie umständlich.

„Dummes Zeug! Lass den Firlefanz, Mädchen, und komm zur Sache."

6. KAPITEL

Von seinem Pferd aus konnte Derek genau beobachten, wie Nicole Lassiter sich, in Gedanken vertieft, an den Leuten auf der Straße vorbeischob. Sie hatte den Kragen ihres Mantels hochgeschlagen und zog ihren dicken Schal bis unters Kinn, um sich vor dem scharfen Wind zu schützen, der über die Themse wehte. Ohne ihn wirklich wahrzunehmen, wich sie einem Mann aus, der mit lauter Stimme dampfende Fleischpasteten anpries, und entzog sich einer aufdringlichen jungen Frau, die sie anflehte, ihr einen abgetragenen Mantel abzukaufen.

Hin und wieder sah er in dem Gedränge ihr Gesicht, und ihre traurige Miene rührte ihn zutiefst. Den Grund für ihre Stimmung glaubte er sehr wohl zu kennen. Sie kam aus der Richtung des Gefängnisses und hatte vermutlich soeben erfahren, dass die Kaution für ihren Vater nicht angenommen worden war.

Von der abgewiesenen Kaution hatte Derek bereits Stunden zuvor erfahren. Er hatte Lassiter den Morgen über schmoren lassen, war dann aber zur Wache zurückgekehrt, um die Anklage fallen zu lassen. Der Konstabler, ein anderer als die Nacht zuvor, hatte ihm unmissverständlich klargemacht, dass Captain Lassiter sich als Amerikaner wegen tätlicher Beleidigung vor einem Gericht verantworten müsse. Selbst als Derek vorgebracht hatte, die Klage gegen Lassiter nicht weiter voranzutreiben, hatte der Beamte sich nicht umstimmen lassen und ihm gesagt, man verdächtige den Gefangenen noch anderer Vergehen und werde ihn voraussichtlich noch weitere vierzehn Tage festhalten. Derek hatte den Konstabler scharf ins Auge gefasst und war zu der Überzeugung gelangt, dass er log.

Offensichtlich hatte Lassiter sich in London einige ernst zu nehmende Feinde gemacht, was bei einem Mann wie ihm nicht weiter verwunderlich war. Doch wie es schien, hatte erst Derek den Gegnern des Captains die perfekte Gelegenheit gegeben, mit dem Amerikaner abzurechnen.

Verflucht, Derek wollte es nicht wahrhaben, dass sein stärkster Konkurrent nicht am Wettsegeln teilnehmen konnte, da er, Derek, mit seiner Tochter angebändelt hatte. Wie, um alles in der Welt, hatte er sie überhaupt für eine Hafendirne halten können? Und als er sich an die rüden Bemerkungen erinnerte, die er unmittelbar vor dem Kampf über Lassiters Tochter gemacht hatte, konnte er gut verstehen, warum der Mann außer sich vor Zorn gewesen war.

Derek wusste, dass er sich nicht über einen möglichen Sieg freuen würde, der nur auf die fehlende Konkurrenz zurückzuführen wäre; daher hatte er, obwohl es ihm schwer gefallen war, größere Bestechungssummen geboten, um Lassiter frei zu bekommen. Aber er hatte keinen Erfolg gehabt. Selbst bei Dereks Einfluss und Geld waren die Beamten standhaft geblieben, was in ihm die Überzeugung hatte reifen lassen, dass eine hoch gestellte Person verfügt haben musste, Lassiter im Gefängnis zu belassen.

All das war einfach ungerecht, und obgleich Derek sehr gut wusste, dass das Leben selten gerecht war, wollte er Nicole helfen. Zudem war es ihm wichtig, dass sie ihn nicht für die Haftverlängerung verantwortlich machte.

Rasch trieb er sein Pferd an und lenkte es in ihre Richtung, bis er schließlich neben ihr ritt. Er räusperte sich, aber sie war in ihre Gedanken versunken und ging weiter. Mit Erleichterung nahm er wahr, dass die Traurigkeit in ihren Zügen allmählich einem Ausdruck wich, den man nur als rebellisch bezeichnen konnte.

„Nicole“, rief er. Sie fuhr herum, offensichtlich erschrocken, seine Stimme zu hören.

„Captain Sutherland!“

Er berührte den Rand seines Hutes zur Begrüßung.

Sie errötete, und er genoss den Anblick ihres fein geschnittenen Gesichts mit den blauen Augen, deren leuchtendes Strahlen durch ihren gleichfarbigen Schal noch betont wurde. Doch mit einem Mal ging sie schnurstracks in eine andere Richtung davon.

Derek lenkte sein Ross weiter und war im nächsten Moment wieder an ihrer Seite. „Nicole“, begann er erneut, „ich habe die Anklage gegen Ihren Vater fallen lassen. Ich kann nichts dafür, dass man ihn noch länger festhält.“

Sie erstarrte.

Dann wandte sie sich ihm wieder zu, kam näher und musterte ihn mit leicht zusammengekniffenen Augen.

„Ich weiß außerdem, dass man die Kaution für Ihren Vater zurückgewiesen hat.“

Nicole streckte die Hand aus und streichelte dem Pferd über die Nüstern – vermutlich war es eine unbewusste Geste. Es gefiel Derek, ihre kleine, behandschuhte Hand auf dem dunklen Fell des Rosses zu sehen.

„Woher wissen Sie das?“

„Ich denke, ich habe da Informationen, die Ihnen helfen könnten“, entgegnete er und schaute sich um.

Sie beugte sich ein wenig vor und hob erwartungsvoll die Brauen.

„Nicht hier, Nicole“, sagte er mit einem gönnerhaften Lächeln. „Sie werden auf mein Schiff kommen müssen, wenn Sie mehr erfahren wollen.“

Derek hatte mit einer scharfen Antwort gerechnet, denn ihre Miene verhieß wahrlich nichts Gutes. Doch stattdessen zügelte sie ihren Zorn und schenkte ihm schließlich ein breites Lächeln, das zwar charmant wirkte, aber keine wirkliche Freundlichkeit verriet. „Fein. Mein großer Freund – den Sie heute Morgen kennen gelernt haben – und ich könnten so gegen neun Uhr bei Ihnen sein …“

Er erwiderte ihr Lächeln mit einer nachsichtigen Miene. „Nur Sie allein.“

„Hören Sie, ich kann unmöglich …“

„Doch, Sie können, Nicole, denn die Neugierde wird Sie quälen.“

Damit ließ er sie auf der Straße stehen, und sie schaute ihm verdutzt nach, aber im Grunde war er nicht weniger verwirrt als sie. Wenn sie lächelte, ging eine große Veränderung in ihrem Gesicht vor. Das war ihm gleich in der ersten Nacht auf dem Schiff aufgefallen, doch da hatte er dieses zauberhafte Strahlen noch nicht richtig zu würdigen gewusst. Aber jetzt, im Tageslicht, das ihr glänzendes Haar aufschimmern ließ, war er ganz in den Bann ihres Lächelns geraten.

Hätte ihn in diesem Augenblick ein Windstoß erfasst, wäre er vom Pferd gefallen.

Zum hundertsten Mal redete Nicole sich ein, dass sie nicht gehen würde. Ihr war klar, dass es besser war, nicht auf Sutherlands Schiff zurückzukehren. Doch warum ersann sie dann bereits einen Plan, wie sie Chancey am Abend von Bord locken könnte, um ihn eine Weile loszuwerden? Ihr schlechtes Gewissen regte sich, als ihr Beschützer in diesem Moment den Raum betrat.

„Wie ist es mit deiner Großmutter gelaufen?“ fragte er, legte den Mantel ab und ließ sich in einen großen, grob gefertigten Stuhl fallen. Er hatte sämtliche Vorbereitungen, die noch nötig gewesen waren, allein getroffen, und auf seinem ohnehin schon runzligen Gesicht zeichnete sich große Erschöpfung ab.

„Es war nicht so schlimm“, erwiderte Nicole, fügte dann jedoch hinzu: „Aber auch nicht gut. Allerdings nicht so furchtbar, wie ich in all den Jahren befürchtet habe. Natürlich hat sie drei Stunden lang nur schlecht über Vater geredet, sich sogar über seine Festnahme lustig gemacht und sich verächtlich über meine Manieren geäußert. Aber dafür hat sie mir wundervolle Geschichten über meine Mutter erzählt.“

„Freut mich zu hören. Es hat mir gar nicht gefallen, dass du gegen den Willen deines Vaters zu ihr gegangen bist, doch es blieb uns nichts anderes übrig.“ Er holte seine Pfeife und den Tabak hervor. „Hat sie dir die Kohle gegeben?“

„Ja, hat sie, allerdings unter der Bedingung, dass ich binnen eines Jahres einen Mann ihrer Wahl heirate.“ Nicole sank auf einen Stuhl neben ihm und schloss für einen kurzen Moment die Augen. „Ich habe die Kaution geboten. Aber sie wurde abgelehnt.“

Chancey hielt seine Fassungslosigkeit nicht zurück. „*Warum denn das?*“

„Man hat mir eine Menge Lügen aufgetischt, über andere Verbrechen, die Vater angeblich begangen haben soll. Und ein Konstabler hat irgendeinen Unsinn erzählt, Ausländer würden ohnehin länger festgehalten und dergleichen.“

„Nun, der Tag fängt nicht gerade gut an.“

„Was ist geschehen?“

„Clankson kam vorbei und wollte deinen Vater sprechen.“

„*Der* Clankson vom Clankson Warenhaus?“

„Eben der. Wie es scheint, war auch er in den Londoner Wettbüros. Er wettet, dass die *Bella Nicola* den Wettbewerb gewinnt. Und er hat viel gesetzt. Und wenn dein Vater nicht gewinnt, wird Clankson sein Kapital zurückziehen.“

Nicole stockte der Atem. Die Reederei ihres Vaters gehörte zur Hälfte diesem Clankson. „Wenn er sich zurückzieht, ist unser Unternehmen ruiniert.“ Sie stieß ein freudloses Lachen aus.

Sie hatte geahnt, wie wichtig ein Sieg sein würde, aber bis jetzt hatte sie keine Vorstellung davon gehabt, dass ihre ganze Existenz von dem Wettsegeln abhing. Alles, was ihr Vater besaß, war über Kredite finanziert, und wenn Clankson nun den Geldhahn zudrehte, würde die Schiffslinie wie ein Kartenhaus zusammenbrechen. Und Nicoles Großmutter würde keinen Finger krumm machen, um die Flotte ihres Schwiegersohns vor dem Ruin zu bewahren.

Chancey blickte ins Leere und schien seine Pfeife vergessen zu haben. „Nic, ich weiß wirklich nicht, was wir als Nächstes tun sollen.“

Sie schluckte schwer. „Sutherland hat mich heute erneut angesprochen."

„Und?"

„Offenbar hat er die Anklage gegen Vater zurückgezogen und ließ erkennen, er habe gehört, dass die Kaution abgelehnt wurde. Er deutete an, diesbezüglich Informationen für mich zu haben."

Der Maat stützte sich mit den Ellbogen auf den Knien ab und beugte sich vor. „Und weiter?"

„Mehr hat er mir nicht gesagt. Chancey, vermutlich steckt er hinter all dem. Wie sollte er sonst davon erfahren haben?"

„Möglich, dass er dahinter steckt. Männer wie Sutherland haben überall ihre Finger im Spiel. Vermutlich weiß er über fast alles Bescheid, was hier im Hafengebiet vor sich geht, da er sich häufig in den Schenken rumtreibt."

„Wenn nicht er, wer ist es dann?"

„Lord Tallywood", antwortete Chancey. Er lehnte sich zurück und verschränkte die Arme vor der breiten Brust.

„Dieser Geck?" Sie dachte an den verweichlichten Dandy, der aus irgendeinem unerklärlichen Grund das Segeln genauso liebte wie die Welt der Mode.

„Geck oder nicht, was die beschädigten Schiffe betrifft, so hat dein Vater ihn ganz oben auf der Liste der Verdächtigen. Je länger ich darüber nachdenke, desto klarer wird mir, dass wohl nur ein Mann hinter der Sabotage stecken kann. Dein Vater hat von Anfang an befürchtet, selbst Ziel eines Angriffs zu werden."

Erneut dachte Nicole an den blassen, schwächlichen Kapitän und schüttelte den Kopf. „Ich habe Tallywood gesehen – ich gebe ja zu, dass er sich sonderbar benimmt, aber er sieht eher so aus, als würde er in Gegenwart von Schurken wie Clive und Pretty in Ohnmacht fallen. Daher kann ich mir nicht vorstellen, dass er der ‚Boss' sein soll, von dem die beiden gesprochen haben." Es musste Sutherland sein. Denn das größte Verbrechen, das Tallywood je begehen würde, wäre der entsetzliche Fauxpas, bei einer Soiree die gleiche Weste wie ein anderer Geck zu tragen. „Warum ziehst du Sutherland nicht in Betracht?"

„Dein Vater hasst diesen Mann, das ist wahr, aber selbst er glaubt nicht, dass er der Saboteur ist. Das, was hier vorgeht, ist eine hinterhältige Schurkerei. Sutherland mag ein gefährlicher Mann sein und vielleicht auch kein guter Mensch, aber ich habe nicht den Eindruck, dass er sich so niederträchtig benehmen würde."

Nicole erhob sich und trat an den Ofen. Stirnrunzelnd stellte sie fest, dass sie keinen Brennstoff mehr hatten. Stand es so schlecht um das Schiff? Sie wandte sich wieder zu Chancey um. „Man hat Vaters Kaution verweigert, und Sutherland erfährt noch am selben Tag zufällig davon! Er wusste es eher als ich. Ich kann nicht verstehen, warum du ihn nicht verdächtigst. Ist er nun Vaters ärgster Rivale oder nicht?"

„Doch, das ist er natürlich", erwiderte Chancey widerwillig. „Aber ..."

„Und würde er nicht am meisten davon profitieren, wenn Vater nicht segeln kann?"

„Vermutlich", räumte der Maat ein, „aber es gibt da noch einige andere Leute, die alles geben würden, um deinen Vater aus dem Wettkampf zu werfen. Wir haben eine ganze Liste von Verdächtigen."

Nicole war immer noch nicht überzeugt und schüttelte den Kopf. Es stimmte, manch einen Teilnehmer mochte es im Stillen freuen, dass Captain Lassiter im Gefängnis saß, aber niemand war so sehr in finanziellen Schwierigkeiten, dass er auf das Ausscheiden eines Konkurrenten angewiesen war.

„Wenn ich mich recht erinnere, hat Vater mir in einem Brief mitgeteilt, es stehe schlecht um Sutherlands Reederei."

„Ja, das habe auch ich gehört. Aber das heißt noch nicht, dass er sich so hinterhältig benehmen würde."

„Aber was ist, wenn er doch hinter allem steckt?"

Chancey schnaubte ungeduldig. „Selbst dein Vater glaubt nicht, dass er es ist."

Nicole sah den Maat eindringlich an. „Ich muss mich mit Sutherland treffen und herausfinden, was für Informationen er hat. Mir bleibt keine andere Wahl, als ihn zur Rede zu stellen."

„Ist das dein Ernst?" fragte er verblüfft. Dann beruhigte er sich wieder und meinte: „Also gut, dann gehen wir heute Abend zu Sutherland. Ich habe schon Schlimmeres hinter mir."

„Aber er hat gesagt, ich soll allein kommen."

„Das kann ich mir denken!" rief Chancey ungehalten.

Doch Nicole fügte ungerührt hinzu: „Ich glaube, er wird Vater nicht länger festhalten lassen, wenn ich ihm unsere Lage schildere." Wenn sie auch nicht wusste, warum, so war sie tatsächlich doch davon überzeugt, Einfluss auf Sutherland zu haben.

Der Seemann hingegen sah sie an, als habe sie den Verstand verloren.

„Chancey, sag bloß, eine wagemutige Idee bringt dich aus der Fassung!“ Sie zeigte mit einem Finger auf ihn. „Das kann ich nicht glauben, denn du hast einst zu dem Kreis der Liverpooler Iren gehört. Ich glaube, diese Bande war in der ganzen Welt berühmt für ihr ungehobeltes Verhalten und ihre verrückten Unternehmungen.“

Der Erste Maat errötete. „Ich habe mich gebessert!“

„Nun, eines Tages werde ich mich auch bessern!“

Mit finsterem Blick sah er sie an. „Nun, ich glaube einfach nicht, dass Sutherland irgendetwas mit der Sache zu tun hat. Denn wenn ich von seiner Schuld überzeugt wäre, würde *ich* ihn zur Rede stellen, nicht Jason Lassiters Tochter!“

Nicole konnte beim besten Willen nicht begreifen, warum er Vertrauen in Sutherland setzte. „Ich kann nicht hilflos hier herumsitzen, wenn alles auf diesen Mann hindeutet. Was soll schon passieren? Selbst wenn ich ihn nicht dazu bringe, uns zu helfen, kann ich mich auf seinem Schiff ein bisschen umsehen und nach Beweisen suchen, die ihn belasten.“

Chancey stieß einen unwirschen Laut aus, sprang dann unvermittelt auf und machte seinem Zorn Luft, was sonst gar nicht seine Art war. Zum ersten Mal in all den Jahren, die sie mit ihm gesegelt war, setzte er seinen hünenhaften Körper ein, um sie einzuschüchtern.

„Ich weiß genau, was du vorhast“, fuhr er sie an und drohte ihr mit dem Zeigefinger. „Du wirst nicht hinter diesem dunkelhaarigen Schurken herlaufen!“

Nicole schaute an ihm vorbei und sah, dass einige Matrosen an der Tür mithörten. Sie warf den Männern einen finsteren Blick zu, worauf sie sich schnell entfernten. Obwohl

Chanceys Zorn aufgeflammt war, war sie immer noch davon überzeugt, dass sie sich am Ende gegen ihn durchsetzen würde. Denn sie verstand es, ihren Willen zu bekommen.

„Das werde ich nicht zulassen", warnte er sie eindringlich, während er auf und ab ging. „Dein Vater würde nicht wollen, dass du das für ihn tust." Er packte ihren Arm und schüttelte sie leicht. „Wir leben in gefährlichen Zeiten, vergiss das nicht. Du wurdest auf deinem eigenen Schiff angegriffen."

Erneut versuchte sie, den starrsinnigen Mann zu überzeugen, aber Chancey gebot ihr mit seiner großen, narbigen Hand zu schweigen. „Du bist jetzt eine junge Frau. Es geht nicht, dass du mit so einem Mann allein bist." Er zögerte, schaute sie kurz an und stammelte dann mit belegter Stimme: „Du bist hübsch, und ein Mann wie er wird nicht lange zögern, dich in sein Bett zu ziehen."

Nicole hob die Brauen und schnaubte verstimmt. Sie war nicht hübsch. Sie hatte sonderbare Gesichtszüge, und mochte ihr Vater sie auch des Öfteren „geschmeidig" genannt haben, so fand sie sich zu dünn. „Da muss ein Mann sich schon mehr einfallen lassen", spottete sie.

Einen Moment lang sah er sie mit gerunzelter Stirn an, als habe ihre Bemerkung ihn verwirrt. „Hör zu, Nic, ich mag den Mann nicht – ich mag niemanden, der seinen dunklen Seiten erliegt", murmelte er vor sich hin, „aber wer auch immer Jason im Gefängnis festhalten lässt, ist ein mieser Betrüger, und ich bin davon überzeugt, dass Sutherland nicht auf diese Weise gewinnen will."

Sie war im Begriff zu entgegnen, dass sie den Hass zwischen Sutherland und ihrem Vater nicht vergessen konnte, auch wenn

Chancey diesen Mann nicht für einen hinterhältigen Betrüger hielt. Doch ihr lief die Zeit davon. Daher ließ sie den Streit auf sich beruhen und beschloss, das Problem von einer anderen Seite her in Angriff zu nehmen. Übertrieben seufzte sie auf, ließ die Schultern hängen und sagte: „Ich mache mir doch bloß Sorgen um Vater. Ich bin mir sicher, dass du Recht hast."

Für den Rest des Tages wollte sie so tun, als habe Chancey sie überzeugt. Und sobald er sie nicht mehr so genau beobachtete, würde sie sich zur *Southern Cross* aufmachen. Ihr Herz sagte ihr zwar, dass Sutherland nicht der Übeltäter war, doch sie musste Gewissheit haben. Von seinen Informationen hing mehr ab, als die anderen sich vorstellen konnten.

Nicole hatte das Gefühl gehabt, eine unsichtbare Schlinge habe sich um ihren Hals gelegt, als die Kaution abgelehnt worden war. Und nach Clanksons unverhohlener Drohung hatte die Schlinge sich weiter zugezogen. Ohne ihren Vater gäbe es keinen Sieg. Und ohne einen Sieg hätten sie kein Kapital. In diesen schwierigen Zeiten kein Geld zu haben bedeutete, dass die Reederei Konkurs anmelden müsste, um die Gläubiger auszuzahlen.

Sie würde zu Sutherland gehen, hören, was er ihr zu sagen hatte, und ihm dann ihre Lage schildern, um zu sehen, ob sie ihn dazu bringen könnte, ihnen zu helfen. Wenn sie nicht mit Worten zum Ziel käme, würde sie ihn manipulieren. Es war ein verwegener Plan, denn sie hatte nicht das Gefühl, dass dieser Mann sich leicht beeinflussen ließ. Doch sie war erfahren, wenn es darum ging, anderen Leuten ihren Willen aufzuzwingen. Und falls auch das nicht ausreichte ... nun, darüber wollte sie jetzt noch nicht nachdenken.

Wenn sie ehrlich gegenüber sich selbst war, musste sie sich eingestehen, dass sie sich in beschämender Weise zu diesem Mann hingezogen fühlte. Schon als sie ihm das erste Mal begegnet war, hatte sie ihn faszinierend gefunden, und mit dem leidenschaftlichen Kuss hatte er sie weiter in seinen Bann gezogen. Daher versuchte sie sich einzureden, dass sie bloß neugierig war.

Als die Uhr zehn schlug, gelang es ihr, sich Chanceys sonst so wachsamen Augen zu entziehen. Eigentlich hasste sie es, diesen Mann zu hintergehen, denn er hielt sie für genauso ehrlich wie sich selbst. Doch an diesem Abend hatte sie keine andere Wahl.

Daher zwängte sie sich heimlich aus dem großen Bullauge, als er endlich fort war, um … ihre Wissbegierde zu stillen.

7. KAPITEL

„Ich erwarte heute Abend noch Besuch", teilte Derek seinem Bootsmann Jebediah Grolly mit, der für die reibungslose Fahrt seines Schiffes zuständig war. „Wenn die Dame kommt, führst du sie in den Salon." Mit Nachdruck fügte er hinzu: „Und sorge dafür, dass sie dort bleibt."

„Aye, Captain", erwiderte der ältere Seemann scheinbar unbeeindruckt, obgleich er die Augenbrauen fragend hochzog.

Derek wusste, warum. Zum ersten Mal kehrte ein und dieselbe Frau auf das Schiff zurück.

„Glauben Sie, danach wäre ein Landgang für mich drin, Sir?"

Derek wusste genau, wie gerne Jeb und der Rest der Crew den Abend an Land verbringen wollten – obwohl es ihnen tagsüber nichts ausgemacht hatte, an Bord zu bleiben. Man sah die Männer stets auf dem Schiff, auch wenn sie ihre Pflicht längst erfüllt hatten, damit jeder vom Kai aus mitbekam, dass sie an dem größten Wettsegeln des Jahrhunderts teilnahmen. Doch spät abends waren sie gern gesehene Gäste in den Hafenschenken, wo ihnen begeisterte Segelfreunde einen Krug Bier nach dem anderen bestellten, um alles über das bevorstehende Rennen zu erfahren.

„Kein Problem", sagte er knapp. Jeb verließ beschwingt die Kajüte, und ein breites Lächeln ließ sein altes Gesicht erstrahlen.

Derek hatte nie diese alles verzehrende Aufregung verspürt, die seine Matrosen empfanden, wenn sie vor einer langen Seereise standen. Für einen Mann, der nirgends hingehörte, waren die weiten Fahrten stets das kleinere Übel gewesen.

Und jetzt konnte er ohnehin an nichts anderes als an Nicole denken. Obwohl sie Lassiters Tochter war, hatte sein Verlangen nach ihr nicht abgenommen.

Er nahm ein Buch aus einer Glasvitrine, während er voller Ungeduld wartete, doch als er dieselbe Seite zum vierten Mal las, warf er das Buch auf den Tisch. Er überlegte gerade, ob sie womöglich gar nicht käme, da klopfte Jeb an die Tür.

„Captain, Ihr Besuch ist da."

Er gab die Erlaubnis, einzutreten, als Jeb auch schon hereinplatzte. „Sie haben mir nicht gesagt, dass es sich um das Mädchen handelt, das am Morgen einfach das Schiff verlassen hat", schalt er seinen Kapitän mit einem verschlagenen Lächeln. „Ich habe sie hereingebeten und ihr aufgetragen, sich nicht von der Stelle zu rühren." Mit zusammengezogenen Brauen räumte er ein: „Sie war ein bisschen frech zu mir." Derek konnte sich sehr wohl vorstellen, wie Nicole auf den Befehl seines Bootsmannes reagiert hatte.

Als er Augenblicke später den Salon betrat, sah er, dass sie noch gar nicht Platz genommen hatte. Stattdessen betrachtete sie eingehend die Bilder an den Wänden, die allesamt Motive der Seefahrt darstellten.

Er ging auf sie zu, und als er unmittelbar hinter ihr stand, sagte sie: „Ausgezeichnete Bilder, Captain Sutherland."

„Ich wusste nicht, dass Sie eine Kunstliebhaberin sind."

Während sie sich zu ihm umdrehte, hob sie unwillkürlich die Hand und berührte die Prellungen in seinem Gesicht, die im Laufe des Tages noch dunkler geworden waren. Sanft strich sie mit den Fingerspitzen über sein wundes Kinn, und er konnte sich gerade noch zurückhalten, verträumt die Augen zu schließen.

„Es ist nichts“, brachte er schroff hervor. „Ich versichere Ihnen, ich habe schon schlimmer ausgesehen.“

Erst jetzt wurde ihr Gesicht von einer brennenden Röte überzogen. Offenbar hatte sie ihn unbewusst berührt. „Es tut mir Leid, dass es zu diesem Kampf kommen musste“, sagte sie steif und trat einen Schritt zurück.

„Früher oder später wäre es ohnehin geschehen.“ Seine Stimme klang angespannt, während er zusah, wie sie ungezwungen ihren Mantel ablegte und ihre unkonventionelle Kleidung zum Vorschein kam – Hosen, eine dunkle Weste und eine dazu passende Bluse, die nichts von Nicoles Vorzügen verbarg.

Es kam ihm so vor, als habe sie sich mit ihrem herrlichen Haar besonders viel Mühe gegeben. Sie hatte es in raffinierter Weise an ihrem Hinterkopf aufgesteckt, sodass die goldenen Strähnen noch besser zur Geltung kamen.

Obwohl sie beinahe zerbrechlich und schmächtig wirkte, hatte sie sich weich angefühlt, als er ihre Rundungen gespürt hatte. Rasch schob Derek die allzu verlockenden Erinnerungen beiseite und fragte mit belegter Stimme: „Kann ich Ihnen etwas zu trinken anbieten?“

„Oh, ich denke, ich sollte lieber nicht …“ Sie hielt inne und meinte dann: „Ja, ich nehme gerne einen Drink – was Sie da haben.“

Er selbst hatte sich zuvor Whiskey eingeschenkt – pur –, aber das schien ihm nicht das passende Getränk für eine junge

Dame zu sein. Daher verdünnte er ihren mit Wasser, bevor er ihr das Glas reichte. „Ich hätte da einige Fragen."

„Ich auch", erwiderte sie. „Aber ich würde Ihre gern zuerst hören."

„Wie Sie wollen." Er trat an einen Stuhl und bedeutete ihr, Platz zu nehmen. Sie sank in ein kleineres Plüschsofa und schlug die Beine übereinander. Statt nur an ihrem Glas zu nippen, nahm sie einen kräftigen Schluck. Es amüsierte Derek im Stillen, als er sah, wie ihr bei dem scharfen Getränk Tränen in die Augen stiegen und sie mehrmals schlucken musste. Der Whiskey war hochprozentig, und da sie offensichtlich nicht ans Trinken gewohnt war, fand er es beeindruckend, dass sie keinen Hustenanfall bekommen hatte.

Als sie sich ein wenig erholt hatte, fragte er: „Wer waren die Männer, die Sie verfolgt haben?"

Ihre Miene verhärtete sich, da sie sich an jenen Abend erinnerte. Er sah jetzt keine Furcht mehr in ihren Zügen, sondern unbändigen Zorn. „Sie hatten sich auf unser Schiff geschlichen. Ich habe sie zufällig entdeckt", erwiderte sie und kniff ein wenig die Augen zusammen. Er glaubte, dass sie ihn musterte, so als wolle sie ergründen, wie ihre Worte auf ihn wirkten.

Da sie begriff, dass er mit ihrer knappen Antwort nicht zufrieden war, fügte sie hinzu: „Mehr kann ich nicht sagen."

Derek spürte, dass er zu diesem Thema nicht mehr erfahren würde, und daher fragte er: „Warum waren Sie an jenem Abend im ‚Mermaid'?"

Erneut nahm sie einen Schluck von dem Whiskey. „Ich hatte erfahren, dass mein Vater dorthin gegangen war, um sich Informationen zu verschaffen."

„Das haben Sie nett umschrieben."

Sie sah ihn überrascht an, ehe sie den Kopf senkte, als wollte sie ein Lächeln verbergen. Doch als sie wieder aufschaute, hatte sie die Brauen zusammengezogen und wirkte verärgert. „Waren Sie nicht auch da, um an *Informationen* heranzukommen, Captain Sutherland?"

Beinahe hätte er gelächelt, räumte dann jedoch ein: „Ich war dort, weil ich zu betrunken war, um mir klarzumachen, welchen Ruf diese Schenke hat."

Erstaunt sah sie ihn an. Offenbar hatte sie nicht mit einer derartigen Antwort gerechnet.

„Mir war auch nicht klar, was für einen Ort ich betreten hatte", entgegnete sie mit einem leichten Erröten.

Er mochte es, wenn sie errötete. Ohne sich der Bedeutung seiner Worte bewusst zu sein, fragte er mit einem bewundernden Ton in seiner Stimme: „Und warum sind Sie mir vorher noch nicht aufgefallen?"

Sie starrte auf ihr Glas: „Weil ich nicht da war."

„Nicht da? Wo waren Sie denn?"

Sie hob ihr Gesicht wieder. „Oh, hier und dort."

Derek verzog die Lippen zu einem schmalen Lächeln, aber er wusste, dass seine Miene nicht gerade freundlich wirkte. Versuchte sie, ihre Vergangenheit zu verbergen? „Warum haben Sie mir nicht gesagt, wer Sie sind?"

Nicole nahm einen weiteren kräftigen Schluck aus ihrem Glas. „Ich wusste nicht, was für ein Mann Sie sind. Sie hätten mir ja wehtun können, aus reiner Gehässigkeit gegenüber meinem Vater – ich konnte mir da nicht sicher sein."

„Dennoch sind Sie heute Abend hierher gekommen?"

Sie nickte, während sie eine widerspenstige Strähne hinter ihr Ohr steckte. „Ich muss wissen, was Sie mir zu sagen haben. Ich möchte, dass mein Vater freigelassen wird … ich hatte keine andere Wahl.“

Er wusste nicht viel und gewiss nicht genug, um sie in irgendeiner Weise beruhigen zu können. An diesem Abend hatte er sie einfach nur um sich haben wollen.

Langsam lehnte er sich zurück. „Ich werde Ihnen sagen, was ich weiß. Ich habe die Klage gegen Ihren Vater fallen lassen. Ich bin sogar persönlich zur Wache gegangen, um sicherzustellen, dass er freigelassen würde. Der Konstabler sagte mir, er habe Beweise, dass Ihr Vater andere Verbrechen begangen hat …“

„Das ist nicht …“

„Ich glaube, der Mann hat mich belogen“, unterbrach er sie. „Ich bezweifle, dass es noch andere Straftaten gibt.“

Zu seiner Verwunderung sah sie erleichtert aus. Warum sollte es sie interessieren, was er dachte?

„Der Gedanke, dass Ihr Vater nicht an dem Wettsegeln teilnehmen kann, weil ich … die Nacht mit Ihnen verbracht habe, hat mir Unbehagen bereitet. Ich habe Verschiedenes unternommen, um ihn freizubekommen“, fügte er vage hinzu. „Die Art und Weise, wie ich abgewiesen wurde, lässt in mir allerdings den Verdacht aufkommen, dass die Person, die für die Haft Ihres Vaters verantwortlich ist, sehr einflussreich ist oder zumindest eine beträchtliche Bestechungssumme gezahlt hat.“

Nicole schwieg einen Augenblick und sagte dann: „Wenn Sie nun in meiner Position wären und verzweifelt versuchen würden, jemanden freizubekommen, der Ihnen am Herzen liegt, was würden *Sie* dann tun? Und wen würden Sie verdächtigen?"

Derek wurde von zwei Gedanken zugleich bestürmt. Erstens hatte er niemanden, der ihm am Herzen lag. Zweitens bat sie ihn um Rat, und es gefiel ihm, dass ihr etwas an seiner Meinung lag.

„Wenn Sie mich fragen, so glaube ich, dass es sich um einen Adligen handelt. Ein Mann meines Ranges oder noch höher gestellt. Und dieser Jemand dürfte sehr vermögend sein und hat vermutlich viel Geld bei dem Wettsegeln gesetzt."

„Warum sollte ich nicht auf den Gedanken kommen, dass Sie derjenige sind?"

Er fand ihre Offenheit äußerst erfrischend. „Weil ich Ihren Vater ohnehin besiegen würde. Um genauer zu sein, ich *will* Ihren Vater besiegen", erklärte er mit der gleichen Offenheit.

Sie biss sich auf die Unterlippe und wirkte sehr nachdenklich. „Ich weiß nicht, ob ich Ihnen glauben soll. Aber wenn Sie mir alles gesagt haben, was Sie wissen ..." Langsam erhob sie sich, tat aber noch einen letzten großen Zug aus dem Glas, bevor sie es absetzte.

Derek hatte nicht die Absicht, sie schon gehen zu lassen. Er bewunderte ihren starken Willen, und als sie vorhin sein Gesicht berührt hatte, hatte er gespürt, dass sie im Begriff gewesen war, ihre Zurückhaltung aufzugeben, mochte es auch nur für einen Augenblick gewesen sein. Und genau in dem Moment war sie unwiderstehlich gewesen.

Der Abend verlief wahrlich nicht nach Plan. Sie müsste verrückt sein, wenn sie glaubte, mit diesem Mann ein leichtes

Spiel zu haben. Nicole war nicht dumm – ihr war von vornherein klar gewesen, dass sie nur dann Erfolg gehabt hätte, wenn er betrunken gewesen wäre. Doch nun saß er ihr gegenüber und machte nicht den Eindruck, zu tief ins Glas geschaut zu haben. Sein Blick war ungetrübt, und er sah so aus, als könnte er in ihr Innerstes schauen und all ihre Geheimnisse erraten.

Wenn er ihr die Wahrheit gesagt hatte, war sie nicht viel schlauer als zuvor. Sie glaubte nicht, dass er sie täuschte; er war *wirklich* darauf aus, ihren Vater zu besiegen.

Unter diesen Umständen hielt sie es für das Beste, sich zurückzuziehen. Als sie an ihm vorbeiging, um ihren Mantel zu holen, blickte sie ein letztes Mal in sein Gesicht, das so faszinierend war, auch wenn stets eine Spur von Verbitterung oder Wut in seinen Zügen lag. Er sah wie ein gefallener Engel aus, kalt und grausam, und doch verriet ihr etwas in seinem Blick, was für ein Mensch er einst gewesen war. Und eben dies brachte sie beinahe um den Verstand …

Hör auf, ihn anzustarren. Danke ihm und verabschiede dich. „Sutherland, ich …“

„Da ist noch mehr …“, verhieß er ihr mit einer tiefen Stimme. Sie versuchte sich einzureden, dass er auf weitere Informationen anspielte, doch sie wusste, dass es ihm nicht darum ging. Als er die Hand ausstreckte und ihr mit den Fingern sanft über die Wange strich, wandte sie sich nicht ab.

Er war im Begriff, etwas zu sagen, doch laute Geräusche an Deck unterbrachen ihn. Eine aufgebrachte Frauenstimme war deutlich zu vernehmen. Nicole spürte, wie angespannt ihr Gastgeber mit einem Mal war, während er aufsprang und sich abrupt zur Tür wandte. Ehe er den Raum verließ, drehte er sich zu ihr um und schien sie mit seinen silbergrauen Augen durchbohren zu wollen. „Nicole“, sagte er, „wagen Sie es nicht, diesen Raum zu verlassen.“

Kaum war die Tür ins Schloss gefallen, begannen ihre Beine zu zittern. Sie war vollkommen durcheinander und hatte sich so sehr nach einem weiteren Kuss gesehnt, dass sie die wahre Absicht ihres Kommens völlig vergessen hatte.

Warum bin ich überhaupt gekommen? Um Einfluss zu nehmen und zu spionieren. Ja.

Nicole hatte nicht damit gerechnet, sich auf seinem Schiff umsehen zu können, und sie wusste, dass sie die Gelegenheit, die sich ihr jetzt bot, ausnutzen sollte. Normalerweise hätte sie keinen Augenblick gezögert, aber der warnende Ausdruck, der in seinen Augen gelegen hatte, brachte ihr Vorhaben ins Wanken. Offenbar hatte er keinen Moment daran gezweifelt, dass sie seinem Befehl Folge leisten würde, sonst hätte er sie bestimmt nicht allein gelassen.

Sein Fehler. Ein Irrtum, den sie sich zu Nutze machen würde. Schon öffnete sie die Tür einen Spaltbreit, um hinauszuspähen, doch da fiel ihr Blick auf die Frau, die an Deck ihrem Unmut Luft gemacht hatte. Nicole sank das Herz.

Die Dame, die wild gestikulierend vor Sutherland stand, war … wunderschön. Sie hatte ein makelloses Gesicht und trug ein farbenprächtiges Kleid. Enttäuscht dachte Nicole an ihre eigenen schmalen Beine, die in abgetragenen Männerhosen steckten. Sonderbar, aber die Kehle war ihr wie zugeschnürt, als sie die beiden beobachtete, denn sie wusste, dass Captain Sutherland und die schöne Frau eine gemeinsame Vergangenheit hatten.

Warum überraschte sie das? Dort stand Sutherland, ein Wüstling, der vermutlich von zahllosen Frauen bewundert wurde. Als sie das schwarze Haar und die üppigen Rundungen der Dame sah, war ihr klar, welche Vorzüge er an Frauen liebte. Obwohl der unwillkommene Anblick sie innerlich aufwühlte, fasste sie sich schnell wieder. Sie atmete tief durch und schaute sich nochmals um, ehe sie zur Kapitänskajüte eilte.

Als sie den Raum betrat, vermied sie es, auf das Bett zu schauen, und stürmte geradewegs zu dem Schreibpult. Sie durchstöberte sämtliche Schubladen, fand indes nichts, das ihr weitergeholfen hätte. Schließlich entdeckte sie eine unbeschriftete Akte im hinteren Teil einer Schublade. Ihre Aufregung wuchs, doch als sie voller Spannung die ersten Seiten überflog, staunte sie. Vor ihr lagen Listen von Waren, die Sutherland bestellt hatte und die am zweiten Weihnachtstag an die Familien vermisster Seeleute und an einige Waisenhäuser in den Hafenvierteln verteilt werden sollten.

Wohltätigkeit, passte das zu Sutherland? Die Spenden waren beträchtlich. Wenn er in finanziellen Schwierigkeiten war, würde er dann Bedürftige unterstützen? Im gleichen Moment wurde ihr klar, dass Chancey – verflucht sei er – Sutherland richtig eingeschätzt hatte.

Dennoch, sie war auf seinem Schiff und würde sich überall umschauen. Eigentlich wusste Nicole überhaupt nicht, wonach sie suchte. Ich werde mich überraschen lassen, dachte sie in ihrem Übermut und spürte, dass der Alkohol offenbar seine Wirkung tat.

Sutherlands wütende Stimme schallte bis unter Deck, und

Nicole konnte ein Lächeln nicht unterdrücken. Dass er die schöne Dame offenbar nicht mochte, ließ sie den schmerzhaften Stich beinahe vergessen, den der Anblick dieser Frau ihr versetzt hatte.

Als Nicole weiter durch das Schiff schlich, stellte sie fest, dass der Klipper in tadellosem Zustand war. Die Unterkünfte der Seeleute waren makellos, und jeder Zoll von der Kapitänskabine bis zum Vorderdeck war sauber gehalten. Sutherlands Schiff war genauso ordentlich wie das übertrieben gewartete Schiff ihres Vaters.

Mit einer Hand strich sie versonnen über die Wand, als sie in den Laderaum ging. Sie glaubte, die Wirkung des Whiskeys zu spüren, denn sie ließ sich ablenken und dachte gleichsam verträumt an Sutherland. Was mochte ein Kapitän wie er seiner Crew zu essen geben? Vielleicht gab er zusätzliche Summen aus, um ihnen gute Rationen zu ermöglichen.

Sie würde wohl nicht erfahren, welche leicht verderblichen Waren er an Bord zu nehmen gedachte, da sie erst kurz vor der Abfahrt geladen würden, doch sie entdeckte eine großzügige Ladung Alkohol. Hätte Nicole nicht gewusst, dass er an dem Wettsegeln teilnahm, hätte die Vermutung nahe gelegen, dass er damit Handel trieb.

Schließlich blieb sie erstaunt stehen, da ihr Blick auf mehrere Eisenfässer für Trinkwasser fiel, die in einer Ecke des Laderaums standen. Neid flammte in ihr auf. Ihr Vater benutzte immer noch Holzfässer, und daher war sie enttäuscht, dass die Mannschaft der *Bella Nicola* nicht so frisches Wasser bekäme wie Sutherlands Crew. Sie trat näher an die Fässer, um die silbernen Behälter besser in Augenschein nehmen zu können, und klopfte gegen das erste Fass; der harte, metallene Klang gefiel ihr.

Sutherland war in so vielen Belangen im Vorteil. Doch das wird uns den Sieg nur versüßen, redete sie sich ein, drehte sich um – und prallte gegen Sutherlands harte Brust.

„Wo wollten Sie denn hin?“ fuhr er sie schroff an, packte sie unsanft am Arm und zerrte sie aus dem Laderaum. Er schlug die Tür zu und fasste sie scharf ins Auge. „Was, zum Teufel, haben Sie hier unten zu suchen? Und versuchen Sie nicht, mich zu belügen!“

Denk nach ... denk doch nach! Wie lange mochte er schon hinter ihr gestanden haben? „Ich habe mich auf dem Rückweg vom Bug verlaufen“, erwiderte sie mit halbwegs fester Stimme.

„Und das soll ich Ihnen glauben?“ Er drückte ihren Arm.

„Natürlich“, log sie. Um ihn abzulenken, wagte sie eine kühne Frage. „Wer war diese Frau?“

Seine Miene verfinsterte sich. „Jemand, den ich hoffentlich nie wieder sehen werde“, entgegnete er wie abwesend. „Jetzt sagen Sie mir ...“

„Aber wieso?“ hakte sie beharrlich nach. „Sie ist wunderschön.“

„Nicht“, entgegnete er angespannt, „wenn man ihr in die Augen schaut.“

„Ich verstehe.“ Tatsächlich wusste sie nicht recht, wovon er eigentlich sprach.

Sutherland atmete hörbar aus und stützte sich über ihrem Kopf mit einer Hand an der Wand ab. „Was soll ich jetzt mit Ihnen machen?“

„Ich habe nichts angestellt", brachte sie mit einem flehenden Tonfall hervor. „Ich habe mich bloß verlaufen, als ich zurück in den Salon wollte." Sie sah, dass er ihr keinen Glauben schenkte.

Durchdringend musterte er sie, und Nicole erwiderte seinen Blick. Sie musste betrunken sein, denn als sie ihm jetzt in die Augen sah, konnte sie deutlich erkennen, dass sie blau gesprenkelt waren und einfach … bezaubernd aussahen. So ausdrucksstark, so dunkel, dass sie das Verlangen spürte, seine Lider und die tiefe Falte zwischen seinen Brauen zu küssen, ehe sie sich diesen Lippen widmen wollte, die wie aus Stein gemeißelt wirkten.

Er musste ihre Absicht erraten haben, denn sie konnte sehen, wie der Zorn in seinen Zügen einer gänzlich anderen Gefühlsregung wich. Mit einer tiefen, rauen Stimme murmelte er beinahe resignierend: „Verflucht seien Sie", und schon im nächsten Augenblick beugte er sich hinab und verschloss ihre Lippen mit einem fordernden Kuss.

Deswegen war sie nicht hergekommen. Sie musste aufhören, diesen Mann zu küssen. Doch ihr fiel nicht ein einziger Grund ein, warum sie ihn nicht für eine Nacht genießen sollte. Es erstaunte sie, dass dieser große Mann mit dem kraftvollen Leib offenbar nicht in der Lage war, die Finger von ihr zu lassen.

Diese Gelegenheit werde ich mir nicht entgehen lassen, dachte sie, als sie ihn kühn am Kragen packte, um ihn näher an sich zu ziehen. Ihre Großmutter würde sie mit irgendeinem alten Edelmann verheiraten, und dann würde sie dieses unbeschreibliche Gefühl, das sie in Sutherlands Nähe empfand, nie wieder erleben können. Noch nie in ihrem ganzen Leben hatte sie sich so sehr zu einem Mann hingezogen gefühlt wie zu dem Kapitän der *Southern Cross.*

Sie schmiegte sich an ihn und berührte zögerlich mit der Zungenspitze seine Zunge. Schließlich wurde sie kühner, ließ ihrer Zunge freien Lauf und erkundete die warmen Tiefen seines Mundes. Er umschloss ihre Hüften mit kraftvollen Händen und stöhnte auf, ein tiefer, wonnevoller Laut, der eine sengende Hitze in ihrem Leib entfachte. Seine starke Erregung ermunterte sie, mit der Verführung fortzufahren.

Bei der ersten Begegnung hatte sie gelernt, wie sie ihn dazu bringen konnte, sie noch inniger zu küssen, und daher schmiegte sie sich enger an ihn und presste ihren Unterleib gegen seine Männlichkeit. Augenblicklich löste er seine Hände von ihren Hüften, fuhr an ihrem Rücken hinab und hob sie leicht an, bis sie auf den Zehenspitzen stand und ihre rundlichen Formen sich besser seinem Leib anpassten. Als sie, ohne sich dessen bewusst zu sein, die Hüften bewegte, stöhnte er erneut auf, barg sein Gesicht an ihrer Halsbeuge und berührte sie dort mit seiner feurigen Zunge. Eine heiße Woge erfasste Nicole, als er fordernd gegen ihren Unterleib drückte.

Dann hatte sie eine plötzliche Eingebung, eine wahrlich schockierende Idee ... Hastig strich sie über seine Brust und machte sich weiter unten an seiner Hose zu schaffen. Sie würde ihn an seiner empfindlichsten Stelle berühren und ihn zu noch leidenschaftlicheren Küssen verleiten.

Doch anstatt Gefallen an ihrem gewagten Vorhaben zu finden, klang er ausgesprochen angespannt, als er ihre Handgelenke umfasste und raunte: „Willst du, dass ich mich gleich hier verströme?“

Ihre Leidenschaft machte Derek ganz schwindelig. Er vermutete, dass sie nur versucht hatte, ihn abzulenken, denn natürlich hatte sie gelogen. Er war wütend, dass sie ihn ausspioniert hatte; und doch begehrte er sie.

Und jetzt wollte er, dass sie sich nicht verstellte, sondern sich genauso nach ihm verzehrte wie er nach ihr. Rasch verdrängte er seine Bedenken und widmete sich wieder der feurigen Frau in seinen Armen. Er konnte sich nicht entsinnen, je so viel bei einem Kuss empfunden zu haben. Warum waren sie so entflammt füreinander? Lag es nur daran, dass er nüchtern war, oder vielmehr daran, dass die kleine Frau seinem überraschend starken Verlangen in nichts nachstand?

Sie ließ seine neckende Zunge gewähren, öffnete sich ihm bereitwillig und schmeckte ihn, als wollte sie ihn ganz in sich aufnehmen. Und dies erregte ihn ungemein. Doch womöglich verlor er noch die Beherrschung, könnte sie gar mit seinem kraftvollen Leib verletzen. Unversehens löste er sich von ihr.

„Gott, was machen Sie da mit mir?" fragte er mit heiserer Stimme. Dieses kleine Rätsel vermochte er nicht zu durchdringen; als er jedoch in ihr Gesicht schaute und die geschwollenen Lippen und geweiteten Pupillen sah, war er davon überzeugt, dass er an diesem Abend ihr Verlangen nach ihm ins Unermessliche steigern würde. Ohne länger zu zögern, hob er sie hoch, trug sie in seine Kajüte und schloss die Tür hinter sich.

Als er sie auf das Bett legte, stützte sie sich auf den Ellbogen ab, um ihn zu berühren, wobei ihre harten Spitzen sich unter dem weichen Stoff ihrer Bluse abzeichneten. Er drückte sie zurück auf die Decken und raunte: *„Lass das jetzt."*

Doch sie hörte nicht auf ihn. Als er sich das Hemd vom

Leib riss, war sie bereits auf den Knien und strich mit beiden Händen über seinen harten Oberkörper. Sie massierte seine Schultern und richtete sich weiter auf, um mit ihren heißen Lippen seine Brust zu versengen. Derek warf den Kopf in den Nacken. Er konnte es nicht verhindern, er wollte sie sehen; aufgewühlt senkte er den Blick … anscheinend war sie in ihrem fiebrigen Verlangen wie von Sinnen. Und, bei Gott, er begehrte sie auch und verlor allmählich die Kontrolle über sich.

Er drückte sie auf das Bett, legte eine Hand zwischen ihre Brüste und zog ihr mit der anderen die Stiefel aus. Rasch folgte die Hose. Er spürte, dass sie zögerte, während er sie weiter entkleidete und mit einem harschen Lächeln bedachte. „Hast du Angst, ich könnte bemerken, dass du deine Begierde nur vortäuschst?"

Verwirrung zeichnete sich auf ihren Zügen ab. „Könnten Sie so etwas vortäuschen?" entgegnete sie verhalten.

Mit einem stillen Fluch überdachte er ihre Worte – wahre Worte, die sein Blut weiter in Wallung brachten und den Wunsch verstärkten, sich in ihr zu verlieren.

„Zieh dein Hemd aus", befahl er, und sie zögerte, ehe sie der Aufforderung nachkam. Was, um alles in der Welt, mochte in ihr vorgehen, nachdem sie seine Lust entfesselt hatte? Glaubte sie etwa … plötzlich dämmerte es ihm, und er spürte Wut in sich aufsteigen. Empört machte er sich bewusst, dass sie ihm vermutlich vorspielte, noch Jungfrau zu sein. Als ob eine Frau, die sich in solch fordernder Weise an ihn schmiegte und dann sogar im Begriff gewesen war, in seine Hose zu fassen, noch unberührt war!

Eigentlich müsste er sie hinauswerfen. Doch als er ihre

vollendet geformten Brüste mit den rosigen Knospen sah, war dieser Gedanke sogleich verflogen. Nein, erst musste er von ihrem Liebreiz kosten.

Derek ließ sich neben ihr auf dem Bett nieder und zog sich die Stiefel und die Hose aus; ihr Blick ruhte auf seiner männlichen Erregung, und ihre Augen weiteten sich vor Erstaunen. Er spürte, wie Nicole seinen Leib betrachtete und so tat, als habe sie noch nie einen erregten Mann gesehen. Allein der Gedanke, dass sie – eine lüsterne Frau – vorgab, unschuldig zu sein … verflucht!

Er würde ihr schon in Erinnerung rufen, was sie war.

Sanft streichelte er mit den Handflächen über ihre Brüste und nahm wahr, wie die Lust sich in ihren Augen widerspiegelte; sie stöhnte auf, doch er achtete nicht weiter darauf, sondern beugte sich hinab. Rasch schob er ihre Brüste zusammen, sodass er sich beiden perlengroßen Knospen gleichzeitig widmen konnte. Langsam umkreiste er mit der Zunge erst eine rosige Spitze, dann die andere und saugte an ihnen. Sie wand sich unter ihm, bäumte sich ihm entgegen und vergrub ihre Finger in seinem Haar.

Sie brachte ihn um den Verstand. Nie zuvor hatte sein Körper in dieser Weise auf eine Frau angesprochen. Und aus einem unerfindlichen Grund, dem er später nachgehen wollte, war es für ihn von allergrößter Bedeutung, wie sie auf ihn ansprach.

Mit beinahe zittrigen Fingern strich er über ihren Bauch. Als er auf ihrem Schoß innehielt, begann sie am ganzen Leib zu beben. Selbst die kleinen Brüste, die noch feucht waren von seinen Liebkosungen, bewegten sich.

Langsam schob er seine Finger zwischen ihre Beine.

Sie war feucht und heiß. Sacht spreizte er ihre Schenkel, kniete zwischen den Beinen und drückte die Knie nach oben. Dann drang er langsam mit einem Finger in sie ein. Ihr ganzer Körper verspannte sich. Hatte er sie verletzt? Doch sein Finger war feucht, als er ihn zurückzog. Erneut drang er in sie, und sie warf stöhnend den Kopf zur Seite, ehe sie begann, nach seiner Hand zu tasten. Er lächelte voller Vorfreude.

Immer und immer wieder erkundete er sie mit seinem Finger und fühlte die heiße Tiefe ihrer Weiblichkeit. Bei jeder Bewegung kamen ihre keuchenden Atemzüge und leisen Schreie in schnellerer Folge. Ihre blassen Arme fielen zurück, und sie spreizte die Beine noch weiter. Sie war kurz vor dem Höhepunkt.

Er drang mit dem Finger erneut in sie ein und beobachtete fasziniert, was für eine Wirkung er erzielte, als er mit der Hand nach oben drückte. Ein lustvolles, lang gezogenes Stöhnen entrang sich ihrer Kehle, und die Frau wölbte sich ihm entgegen … ein atemberaubender Anblick der Lust.

Als sie den Gipfelpunkt erreichte, riss sie die Augen auf und starrte ihn ungläubig und beinahe fassungslos an.

Derek war nicht weniger überrascht, denn er hatte versucht, einen zweiten Finger in sie zu schieben, und im selben Augenblick erkannt, dass sie noch unberührt war.

Nach dieser wohl einzigartigen Begegnung, die Nicole bislang in ihrem Leben zuteil geworden war, beruhigte sich ihr Atem ein wenig. Sie wollte die neuen Empfindungen auskosten und in ihrem Herzen bewahren. Zum ersten Mal seit Monaten fühlte sie sich entspannt und ausgeglichen. Gerade wollte sie den unbeschwerten Moment genießen, als sie entdeckte, dass Sutherland, der Augenblicke zuvor noch verblüfft ausgesehen hatte, sich mit wütender Miene über sie beugte.

„Ich verlange eine Erklärung!“

Sein Tonfall hätte sie vermutlich erschrecken müssen, doch sie fühlte sich benommen und wünschte sich nichts sehnlicher, als ihn zu liebkosen und sich für die erfahrenen Freuden zu revanchieren. Versonnen fuhr sie mit der Hand durch die Haare auf seiner Brust und lächelte, als er scharf die Luft einsog, als Nicole über seine Brustwarzen strich.

Kalt schaute er sie an und packte sie hart an den Handgelenken. „*Genug.* Soll das eine Falle sein?“

„Fa…Falle?“ stammelte sie und zwang sich schließlich, sich aufzusetzen.

Sein Blick ruhte auf ihren Brüsten, und unvermittelt gab er sie frei. „Bedecke dich.“

Rasch zog sie das Laken bis unter das Kinn. Sie wollte dies jetzt beenden und ihm alles erzählen, damit er sich gegen denjenigen wappnen könnte, der hinter der Sabotage steckte. Und dann wollte sie gehen. Gerade überlegte sie, wie sie beginnen sollte, als seine nächste Bemerkung ihr den Atem verschlug.

„Eine unberührte Verführerin. Du würdest sogar etwas so Kostbares wie deine Jungfräulichkeit einsetzen, um deinen Vater aus dem Gefängnis freizubekommen?“

Bei diesen Worten zuckte sie zusammen, doch ihr wurde noch unbehaglicher zumute, als Zorn in seinen Augen aufloderte, denn offenbar war ihm soeben etwas klar geworden. „Warst du deshalb so willig – weil du versuchen wolltest, einen Earl einzufangen?“ fragte er mit einem drohenden Unterton.

Einen Earl einfangen? Was, zum Teufel, redete er da? Glaubte er etwa, sie wollte ihn in eine Heirat locken? Nie würde sie so etwas tun. Ihr ganzes Leben war ihr bewusst gewesen, dass sie, wenn sie tatsächlich heiratete, mit jemandem vermählt werden würde, den ihre Großmutter für sie ausgesucht hatte.

Wie es schien, erzürnte ihr Schweigen ihn noch mehr, denn er packte sie unsanft an den Schultern. „Ich stelle dir diese Frage nur einmal, und du wirst mir antworten“, fuhr er sie an. „Was ...“ Ein dumpfer Schlag unterbrach seine hitzigen Worte.

Nicole schaute erschrocken auf und sah, wie Schmerz sein Gesicht blitzartig durchzuckte, bevor seine Lider sich langsam schlossen.

8. KAPITEL

„Bei Gott, Chancey, du hast ihn getötet!“ rief Nicole aus, während sie sich hastig in das Laken hüllte. Sofort eilte sie zu Sutherland, der reglos am Boden lag, und bettete seinen Kopf schützend auf ihren Schoß.

„Warum sollte es dir was ausmachen?“ brummte Chancey und umklammerte den Knüppel, mit dem er Sutherland auf den Hinterkopf geschlagen hatte.

„Natürlich macht es mir etwas aus“, stieß sie mit belegter Stimme hervor, während sie behutsam die Prellung am Kopf begutachtete und auf Dereks Atem horchte – zum Glück ging er regelmäßig. „Ich möchte nicht, dass er stirbt … ich würde nicht wollen, dass irgendjemand stirbt“, ergänzte sie, als sie in Chanceys zornige Augen schaute. „Es ist nicht so, wie es aussieht“, fuhr sie peinlich berührt fort und wünschte sich, ihr Gesicht wäre nicht von dieser verräterischen Röte überzogen.

Der Maat ließ den Knüppel bedrohlich in seine Handfläche klatschen. „Ach ja? Ich finde dich im Bett eines berüchtigten Londoner Wüstlings, und du willst mir weismachen, es wäre nichts passiert?“ Er warf einen unheilvollen Blick auf Sutherland. „Sag mir jetzt genau, was sich hier abgespielt hat, damit ich weiß, auf welche Weise ich den Bastard ins Jenseits befördern soll.“

„Nein!“ Schützend warf sie sich über Dereks reglosen Körper. „Ich kam hierher und … im Grunde habe ich *ihn* verführt.“

„Ach, so war das“, schnaubte der Seemann verächtlich. Nicole wusste gleich, dass er ihr nicht glaubte, aber er ließ zumindest den Knüppel los, der nun an einem Lederriemen an seinem Handgelenk baumelte.

Nicole musste Zeit gewinnen, um den bewusstlosen Kapitän vor dem wutentbrannten Chancey zu schützen. „Ich muss mich anziehen.“ Prompt drehte der hünenhafte Maat ihr den Rücken zu. Schnell nutzte sie die Atempause, um das Gespräch in eine andere Richtung zu lenken. „Woher wusstest du, wo ich bin? Und wie bist du an seinen Wachposten vorbeigekommen?“

„Ich hatte so ein merkwürdiges Gefühl, dass etwas nicht stimmt, und daher kehrte ich zum Schiff zurück, um nach dir zu sehen. Als ich dich nicht fand, war mir sofort klar, wohin du gegangen warst. Was seine Wachen anbelangt, nun, ihnen erging es wie ihrem Captain“, sagte er mit einem höhnischen Tonfall.

Nicole brachte vor Schreck kein Wort heraus. Sie legte das Laken über Sutherlands Oberkörper und Beine und streifte sich rasch das Hemd über.

„Beeil dich. Seine Crew wird bald zurück sein, und ich brauche noch Zeit, um meine Aufgabe hier zu Ende zu bringen.“

„Warte, Chancey“, rief sie aufgeregt, während sie ein Kissen unter Sutherlands Kopf schob. Allmählich fürchtete sie tatsächlich um sein Wohlergehen. „Hör zu. Ich habe dir die Wahrheit gesagt – *ich* habe damit begonnen. Ich würde dich nicht anlügen. Habe ich dich denn je belogen?“ fragte sie. „Ich bin doch immer ehrlich und aufrichtig zu dir gewesen.“

Der Maat schaute immer noch auf die gegenüberliegende

Wand. „Oh, ja, zum Beispiel als du mir versprochen hast, in der Schule zu bleiben. Oder als du mir weismachen wolltest, der Koch habe seine eigenen Kuchen aufgegessen. Und dann heute Abend – als du mich unter einem Vorwand fortgeschickt hast. Dabei war das Ganze völlig harmlos, und du hast es von vornherein gewusst." Die Enttäuschung in seiner Stimme war nicht zu überhören.

„Das ... das war ein wichtiger Hinweis, dem du nachgehen solltest. Du hättest mehr über Tallywood erfahren können, der immerhin *dein* Hauptverdächtiger ist", entgegnete sie steif, als sie gerade ihre Hose zuknöpfte.

Er quittierte ihre Ausrede mit einem groben Lachen. Es stimmte, sie hätte sich etwas Besseres zurechtlegen sollen. Was sie getan hatte, war kaum zu entschuldigen. Sie hatte Chancey losgeschickt, um dem verdächtigen Lord nachzustellen, obwohl sie genau gewusst hatte, dass Tallywood lediglich eine mitternächtliche Bridgeparty gab.

„Du hast ja Recht", räumte sie mürrisch ein. „Aber diesmal musst du mir glauben."

Als sie sich in ihre Stiefel zwängte, drehte Chancey sich um und sah sie spöttisch an. „Vielleicht stimmt es ja, dass wir die Schuld nicht allein bei Sutherland suchen dürfen. Du bist hübsch und ohne Begleitung zu ihm gegangen, nachdem du dich von unserem Schiff gestohlen hast. Der Kerl dort hat dich vermutlich für eine leichte Beute gehalten."

Nicole erhob sich und sah ihm unverwandt in die Augen. „Chancey, ich wollte, dass es so kommt. Und ich bereue nichts." Sie meinte, was sie sagte – Sutherland hatte ihr ein Geschenk gemacht. Trotz seiner harten Worte und seines Zorns würde sie die Zeit in seinem Bett gegen nichts eintauschen wollen.

Schließlich stieß Chancey einen Seufzer aus. „Diesmal lass ich ihn leben. Aber nur …", er bedeutete ihr unmissverständlich, zu schweigen, „weil du ihn heiraten wirst."

Mich heiraten? dachte Derek, als er wieder zu sich kam. Nur mühsam hielt er einen lauten Fluch zurück, da der stechende Schmerz in seinem Kopf nicht aufhören wollte. Er blinzelte und unterdrückte ein Aufstöhnen, denn ihm war klar, dass der Riese mit der Keule ihn gleich wieder ins Reich der Träume schicken würde, wenn er jetzt irgendeinen Laut von sich gäbe.

Als er wieder einigermaßen klar sehen konnte, schaute er durch gesenkte Wimpern zu dem ungleichen Paar hinüber. Von dem großen Mann konnte Derek nur den ungeheuer breiten Rücken sehen. Vermutlich handelte es sich um den Kerl, der Nicole zum Gefängnis begleitet hatte. Derek war gewiss kein Fliegengewicht, aber dieser Koloss brachte gewiss noch etliche Pfunde mehr auf die Waage.

Und Nicole … die zierliche Tochter seines Konkurrenten trotzte dem Riesen unverhohlen und begegnete der Aufforderung, Derek zu heiraten, mit einem heftigen Kopfschütteln.

„Er hat dich kompromittiert. Selbst dein Vater sähe sich gezwungen, eine Ehe mit ihm anzustreben, Nic."

„Mit Sutherland? Merkst du überhaupt, was du da redest?" fragte sie fassungslos. „Außerdem braucht Vater nichts von all dem zu erfahren."

„Du weißt, dass ich es ihm erzählen werde, Mädchen."

Nicoles Gesicht wurde aschfahl, und schließlich ließ der große Mann die Schultern sinken. Schnell durchmaß er die Kabine, beugte sich linkisch zu der kleinen Frau hinab und tätschelte ihren Kopf mit seiner großen Hand. Derek hörte nicht, was die beiden flüsterten. Schließlich richtete der Mann sich wieder auf.

„Und, erzähl schon, hast du dich überall auf dem Schiff umsehen können?"

Überall?

„Ja."

„Und?"

„Ich tat das, weswegen ich gekommen bin. Du kannst Sutherland von deiner Liste streichen."

Welche verfluchte Liste?

„Es stimmt mich nicht froh, was du hier heute Abend getan hast, aber immerhin hast du etwas erreicht", erwiderte der Mann, bevor er laut vernehmlich ausatmete. „Das Übrige schaffen wir schon. Wir sollten allerdings ein paar von unseren Leuten holen, ehe seine Crew zurückkehrt. Wenn wir ihn zu der Ehe zwingen müssen, dann werden wir das tun."

Derek ahnte, dass eine heftige Auseinandersetzung in der Luft lag, und das schien auch dem großen Seebär bewusst zu sein, denn er fügte rasch hinzu: „Wir sprechen unterwegs darüber. Aber Nic – komme, was wolle, du wirst diesen Schurken heiraten, für das, was er dir angetan hat."

Entschieden schüttelte Nicole den Kopf, um dem Riesen deutlich zu machen, dass sie ihn, Derek, auf gar keinen Fall heiraten würde. Ihre Reaktion verblüffte Derek; es fiel ihm schwer, die Lider gesenkt zu halten, als sie in seine Richtung schaute. Doch da sie so aufgebracht war, würde sie ohnehin nicht merken, dass er wieder zu sich gekommen war. Im Augenblick hätte sie vermutlich nicht einmal bemerkt, wenn er aufgesprungen wäre. Dieses Weib kochte ja vor Wut bei dem Gedanken, ihn heiraten zu müssen.

Als ob er jemals eine Frau wie sie heiraten würde! Aber verflucht, ist der Gedanke, mich zu heiraten, denn so abstoßend? dachte er. Viele Frauen hatten es auf ihn abgesehen und insgeheim gehofft, er würde sie mit einem Heiratsantrag beglücken – und einige, dachte er grimmig, hatten sogar vor, mich durch Intrigen in eine Ehe zu drängen.

Aber sie nicht. Dieses kleine Biest bebte vor Zorn. Das konnte doch unmöglich sein! Ihr Verhalten widersprach jeglicher Vernunft. Hätte sein Kopf nicht derart geschmerzt, hätte er versucht, ihre Beweggründe zu hinterfragen.

„Chancey“, sagte sie jetzt mit gedämpfter Stimme, „zum letzten Mal, ich werde ihn nicht heiraten. Er ist ein Herumtreiber, ein Trinker und ein schrecklicher Schürzenjäger. Willst du mich an so einen Tunichtgut ketten?“ Mit einer abfälligen Handbewegung deutete sie in Dereks Richtung. „Für den Rest meines Lebens?“

Was, zur Hölle, hat sie da eben gesagt? Derek konnte genau spüren, wie die Wut in ihm hochstieg. Er war weder ein Herumtreiber noch ein Trinker. Und er hielt sich auch nicht für einen Schürzenjäger. Aber eine schwache Stimme in ihm gab zu, dass er sich über sie hergemacht hätte, wenn er nicht zu Boden geschlagen worden wäre.

Dennoch konnte er nicht glauben, was diese Frau soeben von sich gegeben hatte. Hatte sie ihn deshalb an jenem Abend im „Mermaid“ so merkwürdig angesehen? Hielt sie ihn wirklich für einen Trunkenbold?

Ihre schlechte Meinung über ihn war ihm tatsächlich unangenehm; er fühlte sich bloßgestellt. Verflucht, am liebsten wäre er aufgesprungen und hätte sie so lange geschüttelt, bis sie die Worte zurücknehmen würde.

Stattdessen beobachtete er heimlich, wie sie mit straffen Schultern und blitzenden Augen auf den grauhaarigen Seebär zuging. Derek fand ihre Haltung wahrhaft königlich, als sie sagte: „Chancey, du musst das Schiff jetzt mit mir verlassen. Du weißt, dass ich kürzlich Versprechen gegeben habe, die nicht ihn betreffen. Wir werden ihn in Ruhe lassen.“ In ihrer Stimme lag ein warnender Unterton.

Der große Mann zögerte; dann begab er sich kopfschüttelnd auf die andere Seite der Kajüte. Er musste den Kopf einziehen, als er über die Schwelle trat. Sie verließen gerade den Raum, da grummelte der Hüne vor sich hin, dass man sie früher hätte fortschicken sollen.

Vorsichtig richtete Derek sich auf, doch da ihm schwarz vor Augen wurde, sank er hilflos zurück auf den Boden und kochte vor Wut angesichts seiner Kraftlosigkeit. Mochte er auch in dieser Nacht nicht mehr in der Lage sein, ihnen zu folgen, so schwor er sich doch, dass sie für das, was sie getan hatten, zahlen mussten.

Er würde sie in seinem Bett haben, selbst wenn das sein Ende bedeutete. Und er würde dieser Kleinen beibringen, in ihm keinen – wie hatte sie ihn noch gleich genannt, einen schrecklichen Schürzenjäger? – zu sehen. Bei Gott, sie würde sich noch nach ihm verzehren.

In seinem aufwallenden Zorn richtete er sich erneut auf, fiel aber auch diesmal entkräftet zurück. Das schmerzhafte Pochen in seinem Kopf wollte nicht aufhören, und seine umherschwirrenden Gedanken, die immer in irgendeiner Weise um Lassiters Tochter kreisten, waren unzusammenhängend und verwirrend ...

Dann vernahm er leise Schritte und schloss rasch die Lider. Nicole.

Doch ihre unerwartete Rückkehr trug lediglich zu einer noch größeren Verwirrung bei. Tatsächlich glaubte er, einem Trugbild zu erliegen, als sie den Raum wieder betrat und ihn zudeckte. Es bestand kein Zweifel, dass er träumte, als sie seinen schmerzenden Kopf küsste und an seinem Ohr raunte: „Danke für heute Nacht", ehe sie aufsprang und entschwand.

Noch sechzig Stunden. Bis zum Großen Wettsegeln waren es noch sechzig Stunden, und Derek hatte keinen Anhaltspunkt, wo Nicole hingegangen war. Nachdem er und seine Crew sie nirgends hatten ausfindig machen können, war in ihm der Entschluss gereift, im Hafen zu bleiben. Er würde verrückt, wenn er sieben Monate warten müsste, um die Dinge zu klären.

Auf seine Anordnung hin hatten seine Männer jede Unterkunft in Hafennähe abgesucht, da sie Nicole nicht auf der *Bella Nicola* gefunden hatten. Inzwischen hatten sie jeden Winkel in den Docks überprüft und sogar Belohnungen überall in der Stadt ausgesetzt, aber jeder Hinweis war im Sande verlaufen.

Derek rieb sich über den Nasenrücken und starrte auf sein Schreibpult. Es war keineswegs so, dass diese Frau nur *ganz allmählich* zu einer Besessenheit wurde, denn sie hatte ihn bereits vollkommen in ihren Bann gezogen. Er lehnte sich in seinem Stuhl zurück und ließ die Nacht Revue passieren. Obgleich er geglaubt hatte, sie habe ihn in die Ehe locken wollen, hatte sie sich dieser Aussicht vehement widersetzt und ihn zurückgewiesen. Doch alles, was sich vor seiner Bewusstlosigkeit abgespielt hatte, war einfach unglaublich gewesen.

Verflucht, er spürte noch zu gut, was in dieser Nacht vorgefallen war. Abermals erregte ihn die Erinnerung an ihr wonnevolles Stöhnen und ihren schnellen Höhepunkt in beinahe schmerzlicher Weise. Und nachdem er niedergeschlagen worden war und sie ihn zum Abschied geküsst hatte, war ihr Kuss lieblich gewesen und hatte ihn die Schmerzen vergessen lassen. Sie hatte sich bei ihm *bedankt.* Und war verschwunden.

Das war zu viel für ihn. Beinahe hatte er geglaubt, er habe sich die ganze Begegnung nur eingebildet, doch da war der Geschmack ihrer Lippen gewesen und der bezaubernde Duft, der seine Sinne umspielt hatte. Abgesehen von dem abrupten Ende wollte er diese Nacht wieder erleben.

Langsam begriff er, aus welchem Grund er den Knüppel zu spüren bekommen hatte, aber dass er und seine Crewmitglieder ausgerechnet auf seinem Schiff niedergeschlagen worden waren, machte ihn noch jetzt zornig. Ganz zu schweigen von den übrigen schmerzhaften Stunden jener Nacht. Er musste in Erfahrung bringen, was das für eine Liste war, die sie erwähnt hatte und warum sie sich überall auf seinem Schiff umgesehen hatte. Dass die Tochter seines ärgsten Widersachers ungehindert ein Schiff ausspionierte, würde jeden Reeder zur Verzweiflung bringen. Er musste sie finden und zur Rede stellen.

Als er sie im Salon zurückgelassen hatte, war er davon überzeugt gewesen, sie würde sich nicht von der Stelle rühren. Er konnte sich nicht erinnern, dass ihm irgendjemand absichtlich schon einmal nicht gehorcht hatte. Doch das kleine Biest hatte sich vermutlich genau in dem Augenblick aus dem Raum geschlichen, als er die Gangway erreichte, wo Lydia einen der Wachposten geohrfeigt hatte, um an Bord gelassen zu werden. Wieder hatte sie Geld von ihm verlangt.

Vor Lydias unwillkommenem Auftritt waren seine Gedanken immerzu um Nicole gekreist, sodass er einige Tage überhaupt nicht an diese Hexe gedacht hatte, obwohl sie ihn schon seit Jahren heimsuchte …

Ein Klopfen riss ihn aus seinen Gedanken.

Augenblicke später stand sein jüngerer Bruder auf der Türschwelle und zog den Kopf ein, um einzutreten. Warum war ihm in den letzten vier Jahren entgangen, was für eine eindrucksvolle Erscheinung Grant war? Sein Bruder war zwar immer hoch gewachsen gewesen, aber jetzt füllte seine stattliche Gestalt beinahe den gesamten Türrahmen aus.

Obwohl Grant keine grauen Augen wie Derek hatte, sondern blaue, und seine Gesichtszüge nicht von Ausschweifungen und Groll gezeichnet waren, sahen die Brüder sich ähnlich. Vom Wesen her konnten die Unterschiede indes kaum größer sein. War Derek offenbar stolz darauf, ein verantwortungsloser Wüstling zu sein, der dem Genuss frönte, so hatte Grant seinen festen Platz in der Gesellschaft und war inzwischen so reserviert wie ihr seliger Vater, der Earl of Stanhope. Dennoch konnte Derek sich noch genau entsinnen, dass Grant in jüngeren Jahren zu allerhand haarsträubenden Streichen aufgelegt gewesen war, die ihn nicht selten in Schwierigkeiten gebracht hatten.

„Guten Morgen." Grant nahm auf einem Stuhl vor dem Schreibtisch Platz, und Derek konnte sich des Eindrucks nicht erwehren, dass sein Bruder vor Kraft und Zielstrebigkeit nur so strotzte. Er selbst sank tiefer in seinen Stuhl und legte ungeniert die abgenutzten Stiefel auf den Tisch – auch in dieser Situation ein völliger Kontrast zu Grant.

Insgeheim war es ihm immer noch unangenehm, dass Grant ihn in jener Nacht so betrunken aufgefunden hatte. „Was ist denn jetzt wieder?" fragte er unumwunden, ohne die Begrüßung zu erwidern.

Grant schaute sich in dem gut ausgestatteten Raum um, ehe er hörbar Luft holte. „Nun, ich wollte mit dir reden, bevor du lossegelst, aber du hattest neulich morgens schon das Haus verlassen, als ich noch schlief."

„Dann sprich dich aus."

„Nun gut." Grant beugte sich in seinem Stuhl vor, bevor er vorsichtig fragte: „Lord Belmont ist dir ein Begriff?"

Plötzlich war Derek ganz Ohr. „Jeder kennt diesen verrückten alten Bastard. Was ist mit ihm?"

„Er hat mich diese Woche aufgesucht." Grant holte erneut Luft. „Er hat mir ein verlockendes Angebot gemacht, nach seiner Familie zu suchen."

„Unglaublich." Derek schüttelte den Kopf. „Er ist vermutlich nur deshalb zu dir gekommen, da er bei allen anderen Reedern in London, die sich bislang noch nicht auf diesen Narren eingelassen haben, auf taube Ohren gestoßen ist. Mich hat er auch schon aufgesucht. Ich habe ihn gleich wieder nach Hause geschickt." Prüfend betrachtete Derek die starre, ausdruckslose Miene seines Bruders. „Was, zum Teufel, könnte er dir anbieten? Er hat sein Vermögen bereits bei einem Dutzend anderer Versuche durchgebracht."

Grant wirkte zurückhaltend, als er antwortete. „Wenn ich erfolgreich bin, überlässt er mir nach seinem Ableben die Ländereien von Belmont Castle."

Derek pfiff vor Überraschung durch die Zähne. „Ist er wirklich schon so verzweifelt?" Gerüchten zufolge hatte Belmont versucht, seinen Besitz, für den es nun keinen Erben mehr gab, zu veräußern, um damit eine letzte Suche zu finanzieren.

Dieses Gespräch, beschloss Derek, verlangt nach einem Drink, und daher erhob er sich und holte eine Flasche Brandy. Wie nicht anders zu erwarten, lehnte Grant mit einem kurzen Kopfschütteln ab. Obgleich es erst Mittag war, schien Grant nicht erstaunt zu sein, als sein Bruder sich großzügig einschenkte.

„Du kannst sein Angebot doch wohl nicht ernstlich in Betracht ziehen", sagte Derek über die Schulter, bevor er an sein Pult zurückkehrte.

„Ich hatte mich in der Tat schon dagegen entschieden", räumte Grant ein. „Aber jetzt denke ich wieder darüber nach. Wenn ich allerdings tatsächlich vorhabe, aufzubrechen, sollte ich dazu auch in der Lage sein."

„Was soll das jetzt wieder heißen?" fragte Derek. „Die Peregrine Reederei gehört zur Hälfte dir. Du kannst doch fahren, wohin du willst ..."

„Nein, das kann ich nicht", unterbrach Grant ihn. „Ich bin zu sehr mit der Verwaltung von Whitestone beschäftigt, ganz zu schweigen von deinen anderen vernachlässigten Besitztümern."

„Das ist doch lächerlich. Ich habe einen Verwalter ..."

„Den ich vor einigen Monaten gefeuert habe; nicht nur, weil er dich um eine größere Summe betrogen hat, sondern weil er dir obendrein deine Pächter abspenstig gemacht hat." Seine Miene war undurchdringlich. „Ich wäre nicht eingeschritten, wären da nicht die Pächter gewesen."

Sprachlos sank Derek in den Stuhl zurück. Nicht allein die Nachricht, sein Verwalter habe Gelder veruntreut, machte ihm zu schaffen; vor allem erschütterte ihn die Vorstellung, dass Grant den Untergang seines Bruders womöglich nicht verhindert hätte. Er nahm einen kräftigen Schluck. „Warum habe ich von alledem nichts erfahren?"

Grant deutete mit einem Kopfnicken auf den Stapel Briefe auf dem Pult, den Derek seit Monaten ignoriert hatte. „Ich habe mich mehrfach an dich gewandt. Hättest du dich dazu herabgelassen, nachzuschauen, hättest du gesehen, dass mehrere Briefe den Weg auf dein Schiff gefunden haben."

Derek bemühte sich, nicht schuldbewusst dreinzublicken. „Ja, ich glaube, ich erinnere mich, dass ich einige Briefe erhalten habe, aber ich hatte noch keine Zeit, sie zu öffnen."

Grant zuckte mit den Schultern. „Ich will damit nur sagen, dass du heute in einer misslichen Lage wärst, wenn ich nach deinem überstürzten Aufbruch nicht zur Stelle gewesen wäre, um alles zusammenzuhalten. Aber ich bin es wirklich leid. Ich wurde nicht erzogen, um Whitestone zu übernehmen …"

„Genauso wenig wie ich", warf Derek ein. Der Tod seines älteren Bruders lag nun schon Jahre zurück, aber Derek hatte immer noch seine Schwierigkeiten zu akzeptieren, dass William nicht mehr da war und die gesamte Verantwortung nun auf seinen Schultern lastete.

„*Es gehört mir nicht*“, sagte Grant und rang sichtlich nach Beherrschung. „Whitestone ist nicht mein Besitz. Ich möchte meinen eigenen Platz in der Gesellschaft erwerben. Meinen eigenen Weg gehen. Du hast ja keine Vorstellung davon, wie hart es ist, für eine Sache zu arbeiten, die dir ohnehin keine Zukunft bietet.“

„Was meinst du damit, ‚keine Zukunft‘? Du bist mein Erbe. Alles fällt dir zu. Und ich führe nicht gerade einen Lebenswandel, der mir ein hohes Alter bescheren wird.“

„Eines Tages wirst du einen Erben haben“, sagte Grant leise, aber im Brustton der Überzeugung.

Dereks Knöchel traten weiß hervor, als er mit festem Griff das Glas umklammerte. „Ich werde *keinen* Erben haben. Darüber haben wir schon gesprochen. Dazu wird es nicht kommen.“

Grant fuhr sich mit der Hand durchs Gesicht. Plötzlich sah er müde aus, und seine Selbstbeherrschung geriet ins Wanken. „Das akzeptiere ich nicht. Ich möchte in der Reederei arbeiten, aber das ist mir nicht möglich, wenn du auf dem Platz sitzt, der eigentlich mir zugedacht war.“

„Das Unternehmen gehört zur Hälfte mir.“

„Aber denk doch zurück, warum es vor all den Jahren gegründet wurde. Wir lernten das Segeln, um unseren Lebensunterhalt bestreiten zu können, solange William das Erbe innehatte. Jetzt ist der Titel eines Earl auf dich übergegangen. Nach Lydia warst du zu …“ Grant hielt inne, da ihm sichtlich unwohl zumute war. „Nun, ich habe die Zügel in die Hand genommen. Aber, verflucht, das ist Jahre her. Du hattest Zeit genug, um dich mit deinem Schicksal abzufinden. Ich werde in meiner Lebensplanung so lange eingeschränkt sein, bis du über einen anderen Verwalter nachdenkst und mich von meinen Pflichten entbindest.“

So hatte Derek es noch nie gesehen. Er hatte stets angenommen, er tue Grant und allen anderen einen Gefallen, indem er sich aus der Verwaltung der Besitztümer heraushielt. Dementsprechend hatte er wohlweislich den Stammsitz und sämtliche damit verbundenen Verpflichtungen gemieden, da sein jüngerer Bruder ausgezeichnete Arbeit leistete.

Als Derek jetzt erfuhr, dass Grant der Pflichten überdrüssig war, begriff er, dass es ungerecht war, den Bruder mit den eigenen Angelegenheiten zu belasten. Doch darüber konnte er sich im Augenblick nicht weiter den Kopf zerbrechen. Außerdem hätte Grant wissen müssen, dass es ihn verdross, wenn Lydia und William im selben Atemzug erwähnt wurden.

„Zur Hölle mit dir, Grant. Ich verfolge andere Pläne. Es interessiert mich nicht im Geringsten, was während meiner Abwesenheit geschieht. Niemand zwingt dich, zu bleiben.“

Bittere Enttäuschung zeichnete sich in Grants Miene ab, ehe er aufstand und sich abwandte. Er schien sich mit den Ansichten seines Bruders abgefunden zu haben, trat an das Fenster und verfolgte eingehend das geschäftige Treiben auf den Docks. Derek ließ sich nichts vormachen. Er wusste, dass das letzte Wort in dieser Angelegenheit noch nicht gesprochen war und Grant nur deshalb schwieg, weil er emotional aufgeladene Szenen verabscheute.

Jetzt wandte Grant sich einem anderen Thema zu. „Es freut mich, dass du dich zumindest bereit erklärst, an dem Wettsegeln teilzunehmen. Wir brauchen den Sieg.“ Abrupt drehte er sich um und bedachte Derek mit einem eindringlichen Blick. „Wir haben diesen Sieg bitter nötig. Unser guter Ruf hat gelitten – kein Wunder, wenn man zwölf Ladungen allein im letzten Jahr verloren hat. Aber du fährst unbeirrt damit fort, die riskantesten Aufträge anzunehmen. Falls du es noch nicht bemerkt haben solltest, mehrere Aufträge wurden zurückgezogen."

„Natürlich habe ich das bemerkt", entgegnete Derek gereizt. Es war ihm tatsächlich nicht entgangen. Neue Verträge über Schiffsladungen basierten auf dem Ruf der Reederei und der Qualität der erbrachten Leistungen. Untergegangene Schiffe und ein angeschlagener Ruf konnten eine Schiffsgesellschaft in den Ruin stürzen.

„Wenn Lassiter das Wettsegeln gewinnt, wird sein Unternehmen wieder festen Boden unter den Füßen haben. Es wäre ihm ein Leichtes, noch mehr von unseren Geschäften an sich zu reißen."

„Ich werde *nie* zulassen, dass es so weit kommt."

Grant zog die Brauen zusammen. „Warum hasst ihr beide euch eigentlich so abgrundtief?"

Derek nahm einen Schluck, während er über eine Antwort nachdachte. „Er belästigt mich ständig, da er als Amerikaner eine Abneigung gegen die Aristokratie hat und meint, ein Mann sollte aus eigener Kraft emporkommen und all das Geschwätz." Er schaute auf und begriff, dass Grant wenige Augenblicke zuvor ungefähr dasselbe gesagt hatte, achtete indes nicht weiter auf die finstere Miene seines Bruders. „Er hängt jedem damit in den Ohren, dass mir alles in den Schoß gefallen ist, während er ohne Unterlass arbeiten muss."

„Du weißt, dass das nicht stimmt", sagte Grant. „Und du? Warum hasst du ihn?"

„Von den zwölf untergegangenen Ladungen, die du erwähnt hast, ist er mindestens für vier verantwortlich ..."

Ein Klopfen unterbrach die angespannte Unterhaltung.

Nach Dereks Aufforderung trat Jeb ein und sagte: „Captain, es ist Frachtgut geliefert worden. Ich wollte nur sichergehen, dass wir keine verderblichen Waren an Bord nehmen, solange die Entscheidung noch nicht gefallen ist, ob wir in See stechen."

Was Grant auch immer in Dereks Miene entdeckt haben mochte, veranlasste ihn dazu, die Hände zu Fäusten zu ballen. „Was für eine *Entscheidung?*" entgegnete er aufgebracht. „Warum habt ihr noch keinen Proviant an Bord?"

Jeb hatte offenbar beschlossen, sich aus der Sache herauszuhalten, und daher murmelte er: „Tut mir Leid, Captain" und stahl sich rasch aus der Kabine.

„Beruhige dich. Ich werde die Segel setzen", sagte Derek. „Aber noch nicht jetzt." Da er sich dem strengen Blick seines Bruders ausgesetzt sah, erzählte er ihm widerwillig von Nicole.

„Derek, versuch doch nicht, mich zum Narren zu halten", meinte Grant, als Derek zu Ende gesprochen hatte. „Soll ich dir wirklich abnehmen, dass du eine Frau suchst? Und zudem ausgerechnet Lassiters Tochter."

„Aber es ist wahr. Und es ist mir wichtig." Er nahm einen großzügigen Schluck Brandy. „Lassiter sitzt, wie du offenbar noch nicht weißt, gerade im Gefängnis und wird wahrscheinlich erst nach dem Wettsegeln entlassen. Ohne ihn gibt es für die *Southern Cross* keine ernst zu nehmende Konkurrenz."

Während Grant diese neue Wendung verarbeitete, fuhr Derek fort: „Und warum sollte ich schon heute in See stechen? Ich werde gewinnen, und falls nicht, was könnte uns schlimmstenfalls widerfahren? Verlieren wir etwa ein paar Aufträge mehr? Du weißt genau, dass das unsere Konten nicht in Mitleidenschaft ziehen wird."

Drohend baute sich Grant vor dem Schreibtisch auf. „Hast du denn gar keinen Stolz mehr? Peregrine könnte die mächtigste Schiffslinie in ganz England werden. Es gab eine Zeit, da waren wir auf dem besten Weg dahin. Aber dann lässt du dich von einer Frau in die Enge drängen. Soll es dem Unternehmen etwa genauso ergehen?" Durchdringend sah Grant seinen Bruder an. „Ich bin froh, dass der Amerikaner uns den Rang abläuft. Er verdient den Sieg mehr als wir."

„Du übertreibst maßlos ..."

„Nein, das tue ich nicht. Denk an die Leute, die für uns arbeiten. Was geschieht mit unseren Angestellten? Mit den Familien der Seeleute? Ich kann dir gar nicht sagen, wie es mich gefreut hat, das Unternehmen wachsen zu sehen, als wir in anderen Seehäfen Fuß fassen konnten. Und jetzt nimmst du auf niemanden Rücksicht und zerstörst die eine Sache, auf die ich immer stolz gewesen bin."

Derek gab sich unbeeindruckt und zuckte bloß mit den Schultern; offenbar legte er es darauf an, seinen Bruder wütend zu machen.

Doch Grant atmete tief aus und entschied sich für eine andere Vorgehensweise. „Du magst vielleicht jedem aus dem Weg gehen, mit dem dich einst etwas verband, aber der Rest der Familie kann das nicht."

„Ach, darum geht es dir also?“ fragte Derek aufgebracht. „Du redest schon wie die anderen. Ich kann mir lebhaft vorstellen, wie du mit Mutter zu Lady Sarahs Abendgesellschaft gehst und dir Geschichten über den betrunkenen und verkommenen Erben anhören musst. Reden die Leute über mich? Raunen sie sich zu, dass ich das Unternehmen ruiniere, das für ein alteingesessenes Adelsgeschlecht wie das unsrige von Anfang an nur ein peinlicher Vorstoß in die Welt des Handels war?“

Die Brüder starrten sich wütend an, und keiner von beiden schien bereit, nachzugeben.

Grants Blick war eiskalt, als er schließlich sagte: „Ich werde dieses Schiff segeln, wenn du es nicht tust.“

Derek erkannte, worauf sein Bruder hinauswollte. Sicher, in diesem Falle hätte er alle Zeit der Welt, um nach Nicole zu suchen. Aber dann müsste er ebenfalls die Verwaltung der Besitztümer übernehmen.

„Vergiss es. Ich werde in See stechen“, erwiderte Derek. „Wenn mir danach ist.“

Grant bedachte ihn mit einem zornigen Blick, und Derek glaubte schon, sein Bruder würde auf ihn losgehen – tatsächlich hoffte er sogar darauf. Doch dann gewann Grants Zurückhaltung die Oberhand. Diese verfluchte Beherrschtheit, die ihn an seinen Vater erinnerte. Grant hatte sich unter Kontrolle, sagte aber in hartem Tonfall: „Wie es scheint, wirst du dich ein weiteres Mal wegen einer Frau zugrunde richten. Diesmal wirst du allerdings alle anderen mit in die Tiefe ziehen.“ Er war bereits auf dem Weg zur Tür, drehte sich aber noch einmal um. „Du bist der selbstsüchtigste Bastard, dem ich je begegnet bin. Und dass wir verwandt sind, ist eine noch größere Beleidigung.“

9. KAPITEL

„Entspann dich, Chancey."

„Hier will ich keinen Augenblick länger bleiben", grummelte er und schaute sich unsicher im Salon des prachtvollen Stadthauses von Nicoles Großmutter um. An seinem gehetzten Blick konnte Nicole ablesen, wie unwohl der Hüne sich in einer Umgebung fühlte, in der es von unbezahlbaren zerbrechlichen Gegenständen nur so wimmelte.

Sie schüttelte den Kopf. „Glaubst du etwa, ich fühle mich hier wohl?" Ihnen war keine andere Wahl geblieben, da Sutherland überall im Hafengebiet nach ihnen gesucht hatte. Sie hatten unmöglich auf den Kaianlagen bleiben können, ganz zu schweigen davon, auf ihrem Schiff Zuflucht zu suchen. „Es nützt nichts, die Vasen finster anzustarren, Chancey", meinte sie amüsiert. „Wenn sie es darauf abgesehen haben, werden sie dir in den Schoß fallen und in tausend Stücke zerbrechen."

Der große Maat blickte düster drein. Nicole hatte noch nie jemanden erlebt, der so unsicher war wie jetzt Chancey; dabei hatte er Zeit genug gehabt, sich an die neue Umgebung zu gewöhnen, denn mittlerweile hatten sie schon zwei Nächte hier verbracht. Doch er zupfte nach wie vor an dem ungewohnt engen Kragen herum und rutschte unsicher auf seinem Platz hin und her. Die Witwe, die Chancey noch mehr Angst einjagte als das stattliche Haus, hatte angeordnet, wie sie sich in ihrem Haus zu kleiden hätten. Dabei war es beinahe unmöglich gewesen, anständige Kleidungsstücke aufzutreiben, die dem hünenhaften Seebären wenigstens annähernd passten. Aber Nicole hatte ihre Großmutter nicht von ihrem Entschluss abbringen können.

„Wenn ihr in meinem Haus bleiben wollt“, hatte die alte Dame ihnen unmissverständlich zu verstehen gegeben, „dann zieht euch gefälligst anständige Kleidung an!“

Plötzlich sprang Chancey auf. „Ich werde ihn heute zur Rede stellen.“

Nicole stieß einen Seufzer aus und nahm sich ein paar Weintrauben. „Ich dachte, das wäre geklärt. Das letzte Mal, als jemand Sutherland ‚zur Rede stellen‘ wollte, endete das Ganze mit einem Gefängnisaufenthalt auf unbestimmte Zeit!“ Dann wurde ihr Tonfall weicher. „Ich weiß, dass du dich hier elend fühlst. Aber ich will nicht auch noch dich verlieren. Denk doch nach – hier sind wir sicher. Sutherland käme nie auf die Idee, im Haus meiner Großmutter nach uns zu suchen.“

„Ich will mich nicht länger verstecken. Und er muss dafür bezahlen, dass er deine Ehre verletzt hat.“

„Er soll meine Ehre verletzt haben?“ rief sie aus. Dann schaute sie sich im Raum um und senkte die Stimme. „Noch einmal – ich wurde nicht bedrängt. Und selbst wenn er es getan hätte, würdest du es dann gerne sehen, wenn ich ein Leben lang an einen Tunichtgut gekettet wäre?“

Chancey presste die Lippen zusammen und betrachtete die Zimmerdecke, ehe er mit Nachdruck antwortete: „Nein, du wirst so heiraten, wie du es deiner Großmutter versprochen hast.“

„Genau.“ Würde er letzten Endes auf ihrer Seite stehen?

„Trotzdem gefällt es mir nicht, deinem Vater nichts zu sagen. Er sollte es wissen …“

Und so stritten sie erneut, ob Jason Lassiter erfahren sollte, was sich auf Sutherlands Schiff zugetragen hatte. Schließlich hatte sie Chancey davon überzeugen können, dass ihr Vater außer sich wäre, da er Sutherland augenblicklich nicht zur Rede stellen konnte. Und was wäre, wenn er ihm später einmal über den Weg liefe? Dann würden die beiden Streithähne sich gewiss umbringen.

Dieser Sutherland machte ihnen ohnehin schon genug Schwierigkeiten. Und er war wütend auf sie gewesen, bevor er niedergeschlagen worden war, denn er hatte angenommen, sie setze alles daran, ihn in die Ehe zu locken. Was für eine Arroganz! Als ob sie ihn heiraten wollte! Nein, sie würde ihm schon klarmachen, dass sie ihn niemals heiraten würde und dass Chancey sie nur beschützt hatte.

Doch wegen Sutherland waren sie nun gezwungen, in Mayfair zu wohnen. Selbst ein Besuch bei ihrem Vater gestaltete sich als schwierig, da Männer von Sutherlands Besatzung regelmäßig vor dem Gefängnis auftauchten.

Ja, sie war wirklich zornig auf den Captain. Aber warum musste sie dann immer wieder an jenen gemeinsam verbrachten, unvergesslichen Abend denken, der sich sogar in ihre Träume schlich?

In seiner unbeholfenen Art hatte Chancey versucht, ihr deutlich zu machen, nicht mehr länger an diesen Mann zu denken. Seine Worte hatten sie bis ins Mark getroffen. Sie hatte zwar immer gewusst, dass Sutherland ein Wüstling war, doch die Art und Weise, wie er sie geküsst und an ihren intimsten Stellen berührt hatte, war einfach … einzigartig gewesen.

Für ihn, Sutherland, war der Abend sicher nichts weiter als

eine flüchtige Begegnung gewesen. Und sie war bloß eine weitere Eroberung dieses Schürzenjägers …

Nicole wurde in ihren Gedanken unterbrochen, als Chapman an die Salontür klopfte. Er lächelte entschuldigend. „Ihre Frau Großmutter würde gern wissen, warum Sie eine Kutsche haben vorfahren lassen."

„Ich beabsichtige, meinen Vater zu besuchen."

Chapman nickte ernst. „Wenn Sie dies vorhaben, soll ich Sie auffordern, die Kutsche wieder zurückzuschicken."

Nicole verdrehte die Augen, und der Diener hüstelte verlegen.

„Sagen Sie ihr, ich werde es das nächste Mal beherzigen. Und danke", rief sie hinter ihm her, als er den Salon verließ. Ungeschickt legte sie sich den kostbaren Schleier um, den sie tragen wollte, wenn sie ihrem Vater einen Besuch abstattete. Denn keiner von Sutherlands Männern würde je auf den Gedanken kommen, dass es sich bei einer königlich gewandeten Dame vor dem Gefängnis um Nicole handelte.

„Hör zu, Chancey …"

„Christina Banning!" rief ihre Großmutter in diesem Augenblick von der Tür aus, und ihre schwarzen Röcke raschelten, als sie abrupt stehen blieb. Zorn flammte in ihren Augen auf, und obgleich sie eine kleine Frau war, schien sie den ganzen Türrahmen auszufüllen.

„Mein Name ist *Nicole Lassiter.*" Diese unsinnige Streiterei um den richtigen Namen hatten sie schon unzählige Male ausgetragen. Ihre Großmutter verlangte von ihr, den mittleren Namen sowie den Mädchennamen ihrer Mutter zu benutzen, damit niemand auf den Gedanken käme, die segelnde Tochter von Jason Lassiter mit Evelyn Bannings Enkelin in Verbindung zu bringen, bis sie sicher verheiratet war.

Die alte Dame kniff die Augen zusammen; Nicole wusste, dass der Kampf noch nicht ausgestanden war. Merkwürdigerweise fand sie allmählich Gefallen an diesem irrwitzigen Kräftemessen.

„Wenn du dich nicht an meine Regeln halten kannst, dann brauchst du dir gar nicht erst die Mühe zu machen, für die Heirat zurückzukommen, denn dann will dich niemand mehr haben. Wenn man herausfindet, wer du bist, ist es unwichtig, ob du hübsch oder mit einer Mitgift ausgestattet bist – kein Mann von Bedeutung wird eine Frau mit deinem Lebenswandel ehelichen."

„Glaubst du wirklich, ich bin hübsch?" fragte Nicole mit einem affektierten Lächeln, das die alte Dame ohne Zweifel verärgerte.

Ihre Großmutter ignorierte die Frage. „Es darf einfach nicht an die Öffentlichkeit dringen. Seit zwei Jahrzehnten bemühe ich mich jetzt schon, dein verwerfliches Leben geheim zu halten. Nicole Lassiter ist eine Seefahrerin – in meinem Haus bist du Christina Banning."

Der Streit zog sich noch einige Minuten hin, bis die Witwe meinte: „Lass dir eins gesagt sein, Kind. Ich tue das nicht für mich – ich tue es nur für dich!" Mit einem finsteren Blick in Chanceys Richtung verließ sie den Raum mit wehenden Röcken.

Der Riese schüttelte den Kopf. „Ich habe es dir ja immer gesagt – du hast mehr Mut als Verstand. Was für eine Furie!"

Die dauernden Zurechtweisungen in Atworth House machten dem Seemann gehörig zu schaffen. Doch etwas anderes bekümmerte ihn noch mehr: Er hatte sich endlich überwunden und seine Zustimmung gegeben, Nicoles Vater jenen Abend zu verschweigen – in Chanceys Augen kam dies einer Lüge gleich.

Am Nachmittag musste Nicole einen herben Rückschlag hinnehmen, als sie ihren Vater besuchten. Er teilte ihr mit, dass er nicht rechtzeitig zum Start des Wettsegelns freigelassen würde.

„Demnach soll die *Bella Nicola* bei dem größten Wettsegeln aller Zeiten untätig im Hafen bleiben?" Nicole hätte weinen mögen und schaute verzweifelt von einem zum anderen.

Der Erste Maat warf einen verstohlenen Blick auf seinen Kapitän, bevor er ihr wieder in die Augen sah. „Nein, wir haben beschlossen, dass wir ohne Jason an dem Segeln teilnehmen. Dein Vater hat zu hart für die Linie gearbeitet, um sie jetzt auf Grund laufen zu lassen. Ich werde das Schiff befehligen."

Nicole sah ihn eindringlich an. „Du hast keine Papiere." Chancey war ein geborener Seemann, aber er war kein ausgewiesener Kapitän, da er weder lesen noch fachgerecht navigieren konnte.

„Ich kenne mich mit dem Schiff aus und werde schon jemanden finden, der mir bei dem Rest behilflich ist."

„Dann nimm doch mich." Nicole klang allzu sehr von sich überzeugt, als handelte es sich schon um eine ausgemachte Sache.

„Vergiss es, Nicole", entgegnete Lassiter unwirsch.

„Und wer soll dann navigieren?“ fragte sie aufgebracht.

Beide Männer schwiegen.

„Wer, frage ich?“

„Chancey und ich haben darüber nachgedacht – Dennis wird die Sache in die Hand nehmen.“

„Dennis!“ rief sie spöttisch aus und dachte an den sorglosen Steuermann. „Das ist doch wohl nicht euer Ernst. Da muss er aber in meiner Abwesenheit einiges dazugelernt haben, denn sonst macht er aus dem Schiff Treibholz. Bestimmt käme noch jemand anders infrage – vielleicht jemand von unseren anderen Besatzungen?“

Lassiter erhob sich und ging auf und ab. „Nein, all unsere Schiffe sind auf See. Und jeder fähige Navigator in der Stadt ist bereits woanders unter Vertrag.“

„Vater, du weißt, dass ich besser bin als Dennis.“

„Daran besteht kein Zweifel.“

„Warum nimmst du dann nicht mich?“

„Weil du meine Tochter bist und das Wettsegeln über die gefährlichsten Meere geht!“

„Aber Vater …“ Selbst als ihr Flehen einen drohenden Unterton annahm, ließ sich keiner der Männer erweichen. Sie sollte bei ihrer Großmutter bleiben, während Chancey und die Crew sich auf den Weg machen würden.

„Das war wirklich dein letztes Wort?“ fragte sie mit Tränen in den Augen.

Er presste die Lippen zusammen. Schließlich sagte er bestimmt: „Ja, Mädchen.“

In ihrer grenzenlosen Verzweiflung wusste sie nicht, ob sie weinen oder schreien sollte. Ihr Vater ließ sich nicht überreden. Nicole, die es gewohnt war, ihren Willen zu bekommen, hatte plötzlich das Gefühl, die ganze Welt habe sich gegen sie verschworen.

„Sobald man mich freigelassen hat, werde ich mit dir an einen schönen Ort fahren", versprach Lassiter ihr, um sie aufzumuntern. „Sollen wir vielleicht nach Connecticut segeln? Was hältst du davon, in Mystic vorbeizuschauen – die alte Nachbarschaft besuchen?"

„Dort haben wir nur einige Monate gewohnt. Die *Bella Nicola* gehört zu meiner alten Nachbarschaft."

Lassiter seufzte. „Nur Geduld, Nic. Du bist nur noch ein paar Tage bei deiner Großmutter – ich verspreche es."

Er konnte nicht wissen, wie Recht er damit hatte.

„Mein Anwalt glaubt, dass sie mich in einer Woche freilassen", sagte er optimistisch.

„Warum hat er keine Beschwerde eingelegt?"

Wieder nur Schweigen.

„Warum nicht, Vater?" hakte sie energischer nach.

„Weil der Anlass für den Kampf in die Öffentlichkeit dringen würde." Sie schaute ihn ungläubig an, als er hinzufügte: „Es ist nur eine Woche mehr."

Er blieb ihretwegen im Gefängnis. *Oh, Papa.*

„Wirklich, es ist keine große Sache. Und es ist ja nicht so, dass ich gar keine Annehmlichkeiten hätte." Mit einer ausladenden Geste deutete er auf den Raum.

Die unfreiwillige Unterkunft sah in der Tat nicht schlecht aus. Nicole hatte die Zelle – sehr zum Missfallen des Gefängniswärters, der jedoch letzten Endes nichts gesagt hatte – mit Decken, Kissen und Läufern ausgestattet, die sie aus Atworth

House entwendet hatte. Nun machte der Raum einen lächerlich vornehmen Eindruck. Ihrem Vater standen Papier, Schreibfeder und Tinte zur Verfügung, und Nicole hatte sogar die Köchin ihrer Großmutter dazu gebracht, dem armen Häftling bis zu seiner Entlassung drei Mahlzeiten am Tag zukommen zu lassen. Für sein Wohlergehen war demnach gesorgt.

Auch für die Zeit, wenn sie längst auf hoher See sein würde ...

Als sie sich verabschiedete, tat sie so, als wäre alles in bester Ordnung, doch sie umarmte ihren Vater länger als sonst. Wenig später saß sie auf der weichen Sitzbank in der Kutsche ihrer Großmutter und dachte über ihre Entscheidung nach.

Nach dem Wettsegeln, wenn sie von ihren Erinnerungen zehren würde, wäre sie vielleicht bereit, sich dem Wunsch ihrer Großmutter zu beugen und ein gesittetes Leben zu führen. Sie würde dem Mann die Hand reichen, den die Witwe dann für sie auserkoren hatte. Ihr Leben würde eine Lüge sein. Doch die alte Dame würde sich kaum erweichen lassen. Schon jetzt ließ sie keine Stunde vergehen, in der sie Nicole nicht daran erinnerte, dass sie versucht hatte, ihrem Vater mit der Kaution auszuhelfen. Überdies hatte sie einen Anwalt eingeschaltet. Keine Frage, Evelyn Banning würde eine Entschädigung verlangen.

Ihr Vater würde zweifelsohne einen Wutanfall bekommen, sobald er von Nicoles jähen Abreise erführe. Ihrer Großmutter würde es nicht viel anders ergehen. Aber Nicole tat dies für einen guten Zweck. Allerdings musste sie sich eingestehen, dass sie es nicht allein für ihren Vater und die Besatzung, sondern auch für sich selbst tat. Erwarteten etwa alle von ihr, folgsam in Atworth House zu bleiben, während Dennis – ein großartiger Steuermann, aber beileibe kein Navigator – den Kurs der *Bella Nicola* bestimmte?

Das war lächerlich, denn sie hatte noch nie das getan, was andere von ihr verlangten.

Ihrer Großmutter wollte sie dann erzählen, sie würde einige Schulfreunde auf dem Kontinent besuchen und ihre Garderobe für die kommende Saison aufbessern. Mit etwas Überredung glaubte Nicole, die Witwe dazu bringen zu können, ihren Vater im Auge zu behalten, solange sie fort war.

Dann war da noch Chancey …

Als sie am Morgen des Wettsegelns ein Gespann von Atworth House nahm, ihre Seekisten im Schlepptau, war ihr angesichts ihres Vorhabens ein wenig unwohl zumute, und das schlechte Gewissen meldete sich in ihr mit leiser Stimme. Für den Fall, dass Lassiter ihr nach seiner Entlassung folgen würde, hatte sie ihm einen Brief hinterlassen, der verdeutlichte, sie würde immer darunter leiden, dass er nicht an sie glaubte und ihr nicht zutraute, diese Aufgabe erfüllen zu können. In dem Schreiben hatte sie ein wenig übertrieben, jedoch grundsätzlich zum Ausdruck gebracht, was sie empfand. Immer wieder beruhigte sie ihr Gewissen, indem sie sich einredete, dass ihr Vater ihr eines Tages danken würde.

„Guten Morgen, Chancey", rief sie dem Hünen zu, der mit dem Rücken an der Reling lehnte, als sie an Bord der *Bella Nicola* ging. Seine Schultern versteiften sich, ehe er sich langsam zu ihr umdrehte.

„Bitte sag mir, dass ich träume."

„Ich fürchte, das geht nicht, denn ich bin es wirklich", erwiderte sie unbefangen. „Und ich bleibe. Lass uns also meine Kisten an Bord holen und in See stechen."

Er starrte sie an, als ob ihr Hörner auf ihrem Lockenschopf gewachsen wären. „Du vertust dich, wenn du glaubst, ich würde dich so einfach segeln lassen. Und jetzt fahr zurück zu deiner Großmutter."

Nicole kam so nahe, dass er gezwungen war, ihr in die Augen zu schauen. „Chancey, wenn du mich von Bord wirfst, gehe ich geradewegs zur *Southern Cross* und segle mit Sutherland. Du weißt, dass er mich nicht fortschickt." Sie warf ihm einen durchtriebenen Blick zu.

„Verflucht! Dein Vater wird einen Anfall bekommen, du wirst schon sehen. Und er wird sich an deine Fersen heften."

„Wird er nicht – ich habe ihm einen Brief geschrieben. Ihm wird es gut gehen", erwiderte sie fröhlich, obgleich sie davon überzeugt war, dass er nicht untätig in London bleiben würde. „Wie dem auch sei, ich nehme an dem Wettsegeln teil. Und da du mich brauchst, könnte ich ebenso gut mit dir segeln."

Da er immer noch nicht überzeugt schien, fuhr sie fort: „Du hast mir immer geraten, mich auf mein Gefühl zu verlassen – meinem Instinkt zu folgen. Nun, im Augenblick sagt mir mein Instinkt, dass ich an dem Wettsegeln teilnehmen sollte."

Chancey sah aus, als ob die Vorstellung ihm behagte, doch dann grinste er. „Ich bleibe einfach hier, bis Sutherland in See sticht. Wo wirst du dann sein?"

Sie erwiderte sein Grinsen. „Wenn du an seinem Schiff vorbeigehst, wirst du feststellen, dass er heute gar nicht ablegt. Den Gerüchten zufolge wird er auch noch die nächsten Tage im Hafen bleiben. Wer weiß, Chancey, vielleicht will er so lange warten, bis er mich gefunden hat." Sie glaubte zwar nicht, was sie da erzählte, aber ihre Worte verfehlten ihre Wirkung nicht. „Ich werde ihn nur kurz wissen lassen, wo ich bin." Sie drehte sich auf dem Absatz um und war über sich selbst erstaunt, wie berechnend sie sein konnte. Doch dies war ein besonderer Fall – sie musste einfach segeln.

Gerade erreichte sie die Gangway, als der Hüne einen Fluch ausstieß. Mit schroffer Stimme rief er ihr zu: „Ich hoffe nur, dass du bei all den Tanzstunden nicht verlernt hast, wie man navigiert."

Einige hundert Schiffe flussaufwärts saß Derek an diesem Nachmittag an seinem Pult vor einer Flasche Brandy. Das Wettsegeln würde bald beginnen, und daher verließ er seine Kajüte und ging an Deck. Er atmete die Luft ein, die während der Flut noch frischer war, und ließ den Blick über den Hafen schweifen, in dem die Schiffe dicht gedrängt nebeneinander lagen und ihre Masten hoch in den Himmel reckten. Er hörte die beschwingte Musik einer Kapelle, die der Wind über das Wasser trug. Überall entlang der Themse hatten Ladenbesitzer ihre farbenprächtigen Stände auf den Kais eröffnet, und die Fahnen aller teilnehmenden Nationen flatterten in der Nachmittagsbrise. Es war eine große Feier, an der er und seine Leute teilnehmen müssten. Aber daran konnte er jetzt noch nicht denken.

Eigentlich hatte er erwartet, dass der Anblick der ernst zu nehmenden Rivalen mit ihren makellosen Schiffen ihm vor Augen führen würde, was für ein Narr er wäre, wenn er im Hafen bliebe. Aber er hatte seine Entscheidung noch nicht bereut. Aus einem ihm unerfindlichen Grund musste er Nicole aufspüren, bevor er in See stach. Er unterlag einem inneren Zwang, den er sich selbst nicht erklären konnte, geschweige denn seinem verstimmten Bruder oder der grollenden Besatzung.

Mit einem Lächeln erinnerte er sich an die verblüfften Gesichter seiner Seeleute, als er ihnen seine Entscheidung mitgeteilt hatte. Ihm war nicht entgangen, dass Münzen von Hand zu Hand gingen; offensichtlich hatten die Männer Wetten abgeschlossen. Nun, sollten sie ihren Spaß haben; die Entscheidung, Nicole zu finden, war … richtig.

Seine vom Brandy leicht benebelten Gedanken wurden unterbrochen, als ihm auffiel, dass die *Bella Nicola* sich auf den Weg machte, neben den anderen Schiffen die Startposition einzunehmen. Er wusste, dass Lassiter immer noch im Gefängnis saß und nicht einmal den ohnehin aussichtslosen Versuch unternommen hatte, einen anderen Kapitän aufzutreiben. Wer, zum Teufel, führte also jetzt das Schiff?

Derek eilte über das Achterdeck, um sein Fernrohr zu holen. Mit zittriger Hand richtete er es auf das langsam vorbeigleitende Schiff.

Sein Blick fiel auf Nicole, die mit wehenden Haaren am Bug der *Bella Nicola* stand. Chancey befand sich auf der Brücke.

Derek wollte seinen Augen nicht trauen. Rasch fuhr er sich mit der Hand durchs Gesicht; es musste Jahre her sein, dass er so aufgeregt gewesen war wie jetzt, als er sich an seine Besatzung wandte und aus vollem Halse schrie: „Setzt die Segel!“

10. KAPITEL

Gezwungenermaßen überstanden Nicole und Chancey den Tag ohne Streit. Dann kam der Abend ...

„Verdammt nochmal, was hast du dir bloß dabei gedacht?“ bellte der Maat beim Abendessen. Seine Stimme donnerte so laut, dass Nicole glaubte, die Blechteller klappern zu hören.

Sie atmete hörbar aus. „Chancey, wir haben uns den ganzen Tag über vertragen“, merkte sie ausweichend an.

Mit seiner großen Hand umklammerte er den Griff seines Krugs, den er nun unsanft absetzte, um seinen Worten Nachdruck zu verleihen. „Dies ist kein Schulausflug. Wir segeln in der Zone des vierzigsten Breitengrads – du weißt, was für Stürme auf uns zukommen!“

„Ja, und ich kann es kaum abwarten.“ Sie strich Butter auf ihren Keks und biss herzhaft hinein.

„Wegen dir werden wir unseren Kurs ändern müssen. Verflucht, wir sollten überhaupt nicht an diesem Wettsegeln teilnehmen.“ Wieder knallte er den Krug auf die Tischplatte. „Mit dir an Bord haben wir keine Chance.“

„Da irrst du dich“, entgegnete Nicole und war kurz davor, ihren Krug ebenfalls auf den Tisch zu knallen. „Ich habe vor, die Navigation zu übernehmen, das Wettsegeln zu gewinnen und die Reederei zu retten. Sofern du nicht die Zukunft meines Vaters und auch unsere aufs Spiel setzen willst, werden wir alles so handhaben wie geplant.“

„Und was ist mit Sutherland? Wir haben alle gesehen, wie er seiner Crew Befehle zugerufen hat, und dann alle eilig über

Deck gelaufen sind – du weißt, dass er kommt. Was, glaubst du, wird er jetzt unternehmen?"

„Ich denke, er wird die nächsten dreizehntausend Meilen nur unser Kielwasser sehen", entgegnete sie mit einem überlegenen Lächeln und achtete nicht auf Chanceys verdrossene Miene. Sie nahm einen Apfel und ein Messer und schnitt die Frucht in Viertel. „Was soll er schon tun, da wir einmal unterwegs sind? Uns einholen?" höhnte sie.

„Nein, er kann die *Bella Nicola* nicht einholen. Aber was wäre, wenn?"

„Ich weiß es nicht", gab sie zu. „Ich kann mich nicht in einen Mann wie ihn hineinversetzen. Chancey, warum wollte er heute noch nicht in See stechen? Weiß er denn nicht, dass dies vermutlich das wichtigste Wettsegeln in seinem Leben ist?"

„Manchmal kümmern sich Männer wie er um überhaupt nichts mehr", erwiderte der Ire, als er den Krug abstellte und den Teller beiseite schob.

„Und warum?"

Er griff in seine Tasche und holte Tabak für seine Tonpfeife hervor. „Weil er keine Hoffnung mehr auf sich setzt."

„Was wird dann aus jemandem wie ihm? Werden solche Leute sich nicht mehr ändern?" fragte sie und fügte rasch hinzu: „Oh, schau mich nicht so argwöhnisch an. Ich habe keine Pläne mit ihm – ich bin nur neugierig. Wahrscheinlich werde ich ihn ohnehin nie wieder sehen."

Der Maat beäugte sie skeptisch, entspannte sich aber, da er auf ihre vorgetäuschte Unschuldsmiene hereinfiel. Gemächlich zündete er die Pfeife an und erklärte: „Ein Mensch kann sich ändern, aber nur wenn er zuversichtlich in die Zukunft schaut. Wenn man hingegen jeden neuen Morgen fürchtet, dann kümmert man sich um überhaupt nichts mehr."

„Ist es dir so ergangen, als deine Frau starb?"

Chancey nahm einen langen Zug aus der Pfeife, wobei sein breiter Brustkorb sich hob, und blies dann den Rauch langsam wieder aus. „Ja. Es war verdammt hart – so hart, dass ich mit dem Leben abgeschlossen hatte. Doch dann heuerte dein Vater mich an. Er ließ keine Widerrede gelten und verstand wie kein Zweiter, was ich durchmachte. Und ich begriff sofort, dass ich ihm helfen musste, dich zu erziehen. Du warst so ausgelassen und hast nur das getan, was dir gefiel. Und er konnte dir nichts verbieten. Kann es immer noch nicht, wenn du mich fragst", grummelte er.

Sie überhörte die letzte Bemerkung und fragte: „Also haben wir dir zu neuer Hoffnung verholfen?"

„Ja. Man braucht einen Anstoß, um wieder Hoffnung zu schöpfen und zu erkennen, dass die Zukunft sich als gut erweisen könnte."

War das der Grund, warum Sutherland alles verwarf, was ihm im Leben zuteil geworden war? Seine Einstellung begann sie zu ärgern, und sie war gut beraten, diese Wut aufrechtzuerhalten, denn inzwischen hegte sie für diesen Mann zärtliche Gefühle, die sie schwach machten – obgleich sie begriffen hatte, wie verachtenswert er in Wirklichkeit war. Sie konnte einfach nicht an ihn denken, ohne dass sich eine schmerzhafte Sehnsucht in ihrem Herzen regte, doch für ihn war sie bloß eine … Ablenkung gewesen. Die Schimpfworte, mit denen sie ihn in jener sonderbaren Nacht bedacht hatte – nicht zuletzt, um Chancey die Vorstellung von einer Heirat auszutreiben –, hatten hart und übertrieben geklungen. Tatsächlich trafen sie genau auf einen Mann wie Sutherland zu.

Schlimm daran war nur, dass sie es tief in ihrem Innern gewusst hatte. Sie hatte die Bedrohung gespürt, die von ihm ausging, und noch bevor sie sich in dieser schäbigen Hafenschenke begegnet waren, hatte sie schon viel über seinen verdorbenen Lebenswandel gehört.

Wenn sie jetzt darüber nachdachte, warum sie Sutherland nicht wirklich hassen konnte, fiel ihr ein, dass sie ihn in gleicher Weise ausgenutzt hatte. Sie hatte ihre geheimsten Wünsche und ihre Neugier stillen wollen, denn bis zu jener Nacht hatte sie sich immer schlaflos im Bett gewälzt und sich gefragt, was Leidenschaft bedeutete. Und diese Unkenntnis hätte sie fast wahnsinnig gemacht.

Zu ihrem Leidwesen wälzte sie sich auch jetzt noch im Bett, doch nun lag es daran, dass sie verstanden hatte, was Leidenschaft hieß.

Warum verspürte er nicht die gleiche Sehnsucht wie sie?

„Nic, du siehst aus, als würdest du jeden Augenblick in Tränen ausbrechen", sagte Chancey vorsichtig, als er die Pfeife wieder anzündete.

Sie schüttelte den Kopf. „Ich habe nur nachgedacht ... und werde nicht anfangen zu weinen." Die Vorstellung erschreckte sie. „Wann hast du mich das letzte Mal weinen sehen?"

Er überlegte einen Moment, ehe er antwortete: „Als du acht Jahre alt warst, bist du aus den Wanten gefallen und hast dir den Arm gebrochen. Du bist wie ein kleines Äffchen geklettert", gluckste er. „Ich dachte, dein Vater würde einen Anfall bekommen."

Bei der Erwähnung ihres Vaters richtete Nicole ihre Aufmerksamkeit wieder auf das Schiff und die bedrohlichen Vorfälle vor der Abfahrt. Da sie inzwischen ziemlich sicher war, dass Sutherland nichts mit der verlängerten Haft ihres Vaters oder der Sabotage zu tun hatte, würde sie die Erinnerung an ihn in ihrem Herzen bewahren und ansonsten nicht mehr an ihn denken. Die nächsten Monate würden noch zermürbend genug werden.

„Wir werden uns behaupten, Chancey“, sagte Nicole entschlossen. „Vater zählt auf uns beide, auch wenn er im Augenblick noch nichts davon weiß. Ich werde nicht zulassen, dass ein Trunkenbold wie Sutherland mich vom Kurs abbringt.“

Lassiters Haft dauerte indes nicht eine Woche, sondern zwei. Nachdem er Nicoles Brief erhalten hatte, war er wie ein Wahnsinniger in seiner Zelle auf und ab gegangen, da er sie nicht mehr aufhalten konnte. Unmittelbar nach seiner Entlassung tauchte er in Mayfair auf und klopfte laut an die Türen von Atworth House.

Rüde stieß er den ältlichen Butler zur Seite und marschierte geradewegs in den Salon. Ein Ort, der sich in sein Gedächtnis eingebrannt hatte, denn in diesem Raum hatte Evelyn Banning ihm unmissverständlich bedeutet, dass er schuld am Tod ihrer Tochter sei. Nicole hatte sie damals als wildes, verwahrlostes Ding bezeichnet. Und sie hatte ihm ein Versprechen entlockt, seine Tochter an ihrem zwölften Geburtstag in ihre Obhut zu geben. Es war das einzige Versprechen, das er je gebrochen hatte.

Unversehens hielt er inne, als sein Blick auf das große Porträt von Laurel fiel, das die Wand über dem Kamin einnahm. Nein, er hatte noch ein anderes Versprechen nicht gehalten. In jener heißen Nacht vor der Küste Brasiliens hatte er seiner Frau gesagt, dass sie überleben würde.

Er hatte seine geliebte Laurel nicht retten können, aber er war in der Lage, seiner Tochter zu folgen.

„Nicole nimmt auf meinem Schiff an dem großen Wettsegeln teil“, verkündete Jason ohne Umschweife und blieb vor der schwarz gewandeten Witwe stehen, die in ihre Stickerei vertieft war.

Evelyn hielt es nicht für nötig, den unerwarteten Besucher eines Blickes zu würdigen, und konzentrierte sich auf die Nadel in ihrer Hand. „Mir hat sie erzählt, sie würde nach Paris zurückkehren. Von Australien war keine Rede.“

„Ich muss ihr nach, doch in den nächsten zwei Wochen kehrt keines meiner Schiffe hierher zurück.“ Sein Hals war wie zugeschnürt. „Ich … ich brauche eine Überfahrt“, brachte er mühsam hervor.

Abrupt ließ sie die Handarbeit sinken. „Also wirklich, Jason! Sei nicht so melodramatisch. Auch ich bin zornig, aber wir können jetzt nichts mehr ändern. Sie wird schon bald wieder hier sein. Das Kind wird allerdings viel in der kommenden Saison verpassen.“ Dann fügte sie unterkühlt hinzu: „Halte mich auf dem Laufenden, wo sie sich aufhält.“

„Ich glaube, du hast mich nicht richtig verstanden. Sie ist in Gefahr, und ich muss ihr schleunigst nach.“

Die Witwe erhob sich mit einem spöttischen Schnauben. „Lächerlich. All die Jahre hast du mir geschrieben, Nicole könne nirgends sicherer sein als auf deinem Schiff, und das Segeln sei ja so förderlich für das Mädchen – also versuch jetzt nicht, mir etwas anderes zu erzählen!" Sie war im Begriff, den Salon zu verlassen.

„Ich konnte für ihre Sicherheit sorgen, denn ich war bei ihr", entgegnete Jason und packte die Witwe am Arm. Sie warf ihm einen vernichtenden Blick zu, doch er ließ sich nicht abschrecken. „Verflucht, ich wollte dir die Einzelheiten ersparen, aber du lässt mir keine andere Wahl. Ich habe eine Serie von merkwürdigen Unfällen untersucht, von denen mehrere Schiffslinien betroffen waren. Ich weiß, dass auch mein Schiff Ziel von Saboteuren war, da Nicole zwei von diesen Halsabschneidern bei ihrer niederträchtigen Arbeit überrascht hat. Sie ist gerade noch mit dem Leben davongekommen."

Die Witwe rang nach Luft, als Lassiter unbeirrt fortfuhr: „Sie segelt durch den vierzigsten Breitengrad, eine Zone, die zu den stürmischsten Teilen der Weltmeere gehört. Die Wellen sind dort zwischen dreißig und sechzig Fuß hoch und haben schon Schiffe verschlungen, die weitaus mehr Tonnage hatten als mein Schiff. Der Kurs, auf dem sie sich im Augenblick befinden, ist von unzähligen Wracks auf dem Meeresgrund gesäumt. Und wenn ich Nicole richtig einschätze, wird sie die *Bella Nicola* vermutlich bis in den fünfzigsten Breitengrad hineinmanövrieren, wo es noch ..."

„Ich will davon nichts hören!" Die Stickerei, die Evelyn fest umklammert hatte, fiel zu Boden. „Um Himmels willen, wie konntest du sie in der Vergangenheit nur solchen Gefahren aussetzen?" rief sie erregt.

„Wir haben nie diese extremen Kurse eingeschlagen. Aber Nicole ist zufällig die Seeroute eines ernst zu nehmenden Konkurrenten in die Hände gefallen. Der ausgearbeitete Kurs war mehr als halsbrecherisch. Da sie jetzt weiß, wie weit sich dieser Mann in den vierzigsten Breitengrad hineinwagt, wird sie versuchen, noch weiter südlich zu segeln."

„Ich kann das alles nicht glauben." Mit zittrigen Fingern fasste Evelyn sich an den engen Kragen. „Das ist deine Schuld. Wieder einmal!"

Gequält zog Lassiter die Brauen zusammen. „Für gewöhnlich ist es nicht so gefährlich. Unter anderen Umständen würde ich mir keine großen Sorgen um sie machen, da sie fähige Leute um sich hat. Sie kennt sich ja selbst gut mit allem aus. Und bis vor Kurzem bestand kein Zweifel an der Beschaffenheit unseres Schiffs – doch jetzt weiß ich nicht, ob diese Halunken mehr angerichtet haben, als wir ahnen. Gar nicht auszudenken, wenn sie es darauf abgesehen haben, dass unser Schiff ausgerechnet in einem heftigen Sturm beschädigt wird." Mit flehendem Blick sah er seine Schwiegermutter an. „Ich muss zu meiner Tochter, denn sie könnte die Hölle durchleben."

11. KAPITEL

„Wie peinlich“, hörte Nicole einen ihrer Matrosen auf Deck murmeln. Und das war noch untertrieben. Stunden zuvor hatten sie das Ruder verloren, und daher war die *Bella Nicola* vollkommen fahruntüchtig. Das schöne, majestätische Schiff mit den Wimpeln in den Farben der amerikanischen Flagge trieb hilflos auf See – und stellte obendrein eine Gefahr für die Boote der Fischer dar, die vor der Küste Brasiliens ihrem täglichen Broterwerb nachgingen.

Nach einigen Stunden hatte die Crew ein Behelfsruder befestigt, mit dem man das Land ansteuern konnte, um weitere Hilfe zu holen. Wichtiger war indes noch, dass sie auf diese Weise außer Sichtweise waren, bevor die anderen Schiffe des Wettbewerbs aufholten. Nicole wusste, dass sie sich töricht verhielt, doch sie würde sich vor Scham in die Fluten stürzen, wenn Sutherland sie in dieser misslichen Lage sähe.

Mit hängenden Schultern stand sie an der Reling und seufzte auf, als sie zum Bug schaute. Sie hatten Hilfe gefunden.

Die *Bella Nicola* wurde von einem voll beladenen Guanofrachter ins Schlepptau genommen.

Selbst inmitten der stürmischen See im Golf von Biscaya, einer Zone, die Derek insgeheim für den besten Teil des Segelns hielt, waren seine Gedanken immerzu um Nicole gekreist. Offensichtlich hatte sie die Konkurrenz ausspioniert – und zwar sämtliche Wettbewerbsteilnehmer, einschließlich seiner selbst, falls sein Name auf einer Liste stand.

Verflucht, er hatte ja gesehen, dass sie seine Seekarte studiert hatte. Und jetzt, da sie wusste, wie weit südlich er zu segeln gedachte, würde sie versuchen, ihn zu besiegen. Nun sah er sich gezwungen, näher an der Antarktis vorbeizusegeln, als er sich vorgenommen hatte.

Wenn er Nicole in die Finger bekäme, würde er ... verdammt, er wusste nicht, was er tun würde.

Seit nunmehr fast sechstausend Seemeilen war er der *Bella Nicola* geduldig gefolgt und war selten von seinem Kurs Südsüdwest abgewichen. Er hatte bereits andere Konkurrenten überholt und war mit seiner Position zufrieden, obgleich Nicole in Führung lag und ihren Vorsprung vermutlich weiter ausbaute. Doch er zweifelte nicht daran, im südlichen Ozean aufzuholen – in diesen Meeren war kein Schiff stärker als die *Southern Cross.*

Als sie den östlichsten Zipfel von Südamerika erreichten und das Wasser die in dieser Gegend so charakteristische jadegrüne Färbung annahm, erblickte seine Besatzung ungefähr sechzig Meilen vor der Küste einige heimische Fischerboote. Da Derek bestrebt war, seinen zweiten Platz bestätigt zu sehen, ließ er Kurs auf die Fischer nehmen und Zeichen geben. Die Einheimischen kamen auf ihren Holzflößen, den „Jangadas“, näher und berichteten, dass die *Desirade* bereits vorbeigekommen sei.

An Deck herrschte mit einem Mal drückendes Schweigen. Die Nachricht von Tallywoods Vorsprung lähmte die gesamte Crew. Obwohl die *Desirade* ein ausgezeichneter Klipper war, hatte Lord Tallywood nie auch nur annähernd die Geschwindigkeit erreicht, für die sein Schiff ausgelegt war. Durch seine hochnäsige Art und seine Nachlässigkeit bei der Schiffsführung war er in den Kreisen der Segler zu einer verhassten Person geworden.

Tallywoods Vorsprung war allein schon eine große Überraschung, doch dann erfuhr Derek, dass die *Bella Nicola* in den Hafen von Recife, Brasilien, geschleppt worden war.

Geschleppt?

Er dachte an seine eigene viel versprechende Position und an all die Schiffe, die sie im Golf von Biscaya hinter sich gelassen hatten. Es dürfte ein Leichtes sein, Tallywood auf dem südlichen Kurs die Führung streitig zu machen und dann in östlicher Richtung auf Afrika und das Kap der Guten Hoffnung zuzuhalten. Daher glaubte Derek, sich einen Zwischenstopp leisten zu können. Sein ärgster Konkurrent war die *Bella Nicola,* die im Augenblick ihren Vorsprung nicht weiter ausbauen konnte. Nachdem er der Besatzung befohlen hatte, Kurs auf Recife zu nehmen, ging er in seine Kabine, um sich umzuziehen.

Er lächelte durchtrieben, da ihm ein weiterer verlockender Grund in den Sinn kam, in Recife anzuhalten – Madam Maria Delgados Bordell …

Ohne Vorankündigung stand ihm plötzlich der Traum vor Augen, den er vor zwei Nächten gehabt hatte. Nicole lag vollkommen unbekleidet neben ihm in seinem Bett und fuhr mit ungeduldigen Händen über seinen nackten Leib. Er zog sie fordernd näher heran und presste seinen heißen Leib gegen ihren.

Bereitwillig öffnete sie sich seinem feurigen Kuss und umspielte seine Zungenspitze mit ihrer. Seine Hände streichelten über ihren Bauch, bis sie auf ihren Brüsten ruhten und die Daumen gegen ihre Spitzen drückten.

Immer und immer wieder strich er über die Knospen, während sein Mund ihre Lippen eroberte. Sie begann, sich leise stöhnend unter ihm zu winden, und wölbte sich mit ihrem Becken seiner Erregung entgegen, sodass er sich kaum noch zurückzuhalten vermochte.

Das heisere Aufstöhnen, das ihren weichen Lippen entwich, steigerte sein Verlangen, sie endlich zu besitzen und mit kraftvollen Stößen zu nehmen, ins Unermessliche – er wollte spüren, wie sie sich in Ekstase unter ihm aufbäumte und seinen Namen rief. Doch sie raubte ihm den Verstand, als sie sich ihm jedes Mal mit ihren Bewegungen entzog. Schließlich erlaubte sie ihm, zwischen ihren Schenkeln zu liegen und ihren Mund mit weiteren leidenschaftlichen Küssen zu erobern.

Plötzlich unterbrach sie den Kuss, und er spürte, dass sie sich ihm aufs Neue entziehen würde. Um sie in dieser Position unter sich zu behalten, spreizte er schnell die Beine und stützte sich mit den Knien beiderseits ihrer Beine ab, sodass ihr Leib ganz von seinem Körper eingeschlossen war. Doch dann drückte sie mit ihren kleinen Händen gegen seine Brust, und ehe er sie aufhalten konnte, rutschte sie weiter nach unten, bis er über ihren Schultern kniete und ihr Kopf genau zwischen seinen Beinen ruhte. Er war wie benommen und zu stark erregt, um sich zu bewegen. Und als sie dann seine Männlichkeit umgriff und ihren heißen, feuchten Mund über seine empfindlichste Stelle schob, wusste er nicht, ob er es noch verhindern konnte, sich schon jetzt in ihr zu verströmen …

Dann war er aus dem erotischsten Traum, den er je erlebt

hatte, hochgefahren. In der Dunkelheit hatte er aufgestöhnt, da der Druck in der Lendengegend beinahe unerträglich war. Seine schmerzhafte Erregung wollte nicht nachlassen, und bei jeder Sekunde, die verstrich, hatte er sich geschworen, sie für diese Nacht bezahlen zu lassen. *Sie* hatte ihm das eingebrockt – wegen ihr durchlebte er nun gewaltige Träume, aufgeladen mit glühender Sinnlichkeit, die er nicht einmal als junger Mann gehabt hatte. Umso entschlossener hatte er sich vorgenommen, beim nächsten Aufenthalt eine Frau zu suchen und zu nehmen, bis Nicole letztendlich in den Hintergrund gerückt war.

Und nun war es an der Zeit.

Als sie im Hafen von Recife neben all den anderen Schiffen anlegten, erfuhr Derek, dass es sich bei dem Schaden an der *Bella Nicola* nur um ein gebrochenes Ruder handelte. Die Reparaturen würden keinen halben Tag dauern, und danach könnten sie schon wieder in See stechen. Bis dahin hätte er eine Frau oder womöglich zwei besessen, neuen Proviant an Bord genommen und erneut die Segel setzen lassen.

Während er sich an den dicht umlagerten Marktständen vorbeizwängte, die den Hafen säumten, nahm er weder den aufdringlichen Duft von Kaffee noch den sauren Geruch von verrottendem Zuckerrohr wahr. Seine Gedanken waren gänzlich nach innen gerichtet, und daher entgingen ihm auch die Blicke der Einheimischen, die ihn wegen seiner Größe und der düsteren Erscheinung anstarrten.

Eigentlich hatte er sich nicht vorgenommen, zu ihrem Schiff zu gehen. Ehe es ihm jedoch richtig bewusst wurde, befand er sich bereits auf dem Weg dorthin; um sein Handeln zu rechtfertigen, redete er sich ein, diese Richtung nur eingeschlagen zu haben, da die *Bella Nicola* auf dem Weg zu Marias Etablissement lag. Als er sich dem prächtigen Schiff näherte, fragte er einen Seemann, der gerade das Deck schrubbte, ob er mit Miss Lassiter sprechen könne. Doch der Mann ignorierte ihn.

Ein anderes Mitglied der Crew verweigerte ihm die Erlaubnis, an Bord kommen zu dürfen. Derek wusste, dass es besser war, sich zurückzuziehen, falls er es nicht auf einen Kampf zwischen seiner und Lassiters Besatzung ankommen lassen wollte. Noch ein letztes Mal erkundigte er sich nach Nicole, und diesmal erhielt er eine Antwort von Chancey, der plötzlich hinter ihm aufgetaucht war. Derek drehte sich langsam um und war auf einen Kampf gefasst.

Doch der große Mann stierte ihn bloß feindselig an und musterte ihn von Kopf bis Fuß. Schließlich sagte er: „Wenn du sie noch einmal anfasst, bist du ein toter Mann", und betrat die Gangway.

Derek warf einen letzten Blick auf das Schiff. Er würde es zwar vorziehen, Nicole zu besitzen, aber im Augenblick musste er sich mit dem Rückzug begnügen.

Entschlossen machte er sich auf den Weg zu einem eleganten Palazzo im spanischen Stil mit Blick auf den Hafen. Casa de Delgado war das größte und eindrucksvollste Gebäude in der Stadt, und wenn er sich richtig erinnerte, spiegelte das Innere die makellose äußere Erscheinung wider. Die Zimmer waren weitläufig und hoch und in den kräftigen Farben gehalten, die man auf den Plantagen bevorzugte. Kurz nachdem er die schweren Holztüren passiert hatte, führte ihn ein Lakai in ein geschmackvoll eingerichtetes Arbeitszimmer.

Als er eintrat, schaute Maria Delgado von ihren Rechnungsbüchern auf. Unbewusst rückte sie ihre Brille zurecht, mit der sie eher wie eine Direktorin denn wie eine Bordellbesitzerin aussah. Derek war ihr vor vielen Jahren begegnet, als er zum ersten Mal auf dem Weg zum Pazifischen Ozean gewesen war, und gelegentlich erinnerte er sich mit Freuden an seine prickelnden Erlebnisse in dem vornehmen Bordell.

„Captain Sutherland, wie nett von Ihnen, uns wieder einmal einen Besuch abzustatten." Sie lächelte ihn freundlich an, als sie sich erhob und seine Hand ergriff. „Sie waren lange nicht mehr hier." Sicher, es war lange her, aber dass so viel Zeit vergangen war, konnte man ihrem Verhalten nicht entnehmen. Nach all den Jahren schien seine Ankunft sie keineswegs zu überraschen. Eingehend musterte sie ihn.

„Sie sind natürlich willkommen." Madam Delgado pflegte jeden möglichen Kunden genau unter die Lupe zu nehmen, ehe sie ihm gestattete, ihr Haus in Anspruch zu nehmen. Derek erinnerte sich, dass viele Stammkunden gescherzt hatten, neue Kunden müssten bei Maria erst Empfehlungsschreiben vorweisen, wenn sie in den Genuss ihres exklusiven Etablissements kommen wollten.

Er drückte ihre Hand. „Es ist schön, Sie wiederzusehen, Madam. Sie sehen wie immer bezaubernd aus." Und das war nicht gelogen. Mit ihren ungefähr vierzig Jahren besaß sie eine jugendliche Ausstrahlung, die ihre dunklen Augen glitzern ließ. Ihr dichtes schwarzes Haar wies noch keine Spuren des Alterns auf.

„Ich nehme an, Sie möchten schnell hinein und ebenso schnell wieder hinaus, oder etwa nicht?"

Derek sah sie belustigt an, als sie fragte: „Nehmen Sie an dem großen Wettsegeln teil?"

„Ja, ich nehme an dem Segeln teil, aber wir liegen weit vorne, und daher bringe ich etwas Zeit mit."

„Ich verstehe." Sie lächelte und legte den Kopf leicht schräg, während sie ihn eingehend betrachtete. Seltsamerweise erinnerte Maria ihn in diesem Moment an Nicole.

Bei ihrem neugierig forschenden Blick sträubten sich ihm die Nackenhaare. Er war froh, dass er sich auf einen Schreck eingestellt hatte, denn die Dame fragte geheimnisvoll: „Wie können wir Ihnen heute dienen, *bello?* Ich denke, Sie sind in der Stimmung für eine schlanke, rothaarige Frau mit dunkelblauen Augen. Nicht wahr?"

Die Sonne stand bereits hoch am Himmel, als Derek im Begriff war, den Palazzo wieder zu verlassen. Nach dem, was er getan hatte, hätte er das Gebäude fluchtartig verlassen sollen, aber es widerstrebte ihm sonderbarerweise, so rasch aufzubrechen, und daher ging er langsam.

„Oh, Captain Sutherland?" rief Maria hinter ihm er, und er stöhnte innerlich auf. „Captain Sutherland ..."

Er blieb vor dem Ausgang stehen und wartete, bis sie ihn eingeholt hatte. Es wunderte ihn, dass sie zufrieden aussah.

„Captain, Sie hätten Juliette nicht so viel zu zahlen brauchen. Das ist viel zu viel, selbst wenn Sie eintausend Minuten bei ihr gewesen wären", sagte sie mit einem verschlagenen Lächeln.

Seine Lippen wurden zu einem dünnen Strich. Das Letzte, was er jetzt gebrauchen konnte, war der kaum zu überhörende

Spott einer brasilianischen Bordellbesitzerin. „Ich habe Julia für das bezahlt, was ich …"

„Juliette", verbesserte Maria ihn.

„*Juliette* hat so viel Geld bekommen", sagte er schroff, „weil sie nicht aufhören wollte zu weinen." Und weil er die peinliche Situation so schnell wie möglich vergessen wollte.

„Ah, *bello,* ich necke Sie doch nur", entgegnete Maria und lachte. „Das war sehr großzügig von Ihnen. Zumal ich zwanzig Prozent erhalte", fügte sie mit einem zufriedenen Lächeln hinzu. „Aber ich weiß ja, dass Sie uns verlassen müssen. Ich möchte Sie nur bitten, den östlichen Ausgang zu benutzen, über die Stufen dort." Sie deutete auf die Treppe. „Sie werden durch einen Garten gehen, zu meinem bescheidenen Haus, und dürfen sich an all den herrlichen Blumen und kleinen Teichen erfreuen."

„Ich werde daran vorbeigehen", sagte er, und in seiner Stimme lag kein Bedauern. „Denn ich habe wenig Interesse an Pflanzen."

„Ich fürchte, Sie werden mich beleidigen", sagte sie schmollend, und ihr Lachen war verflogen. „Eine Einladung in mein privates Haus wird sonst keinem Mann zuteil."

Er beäugte sie argwöhnisch und wusste, dass irgendetwas nicht stimmte. Doch er war im Augenblick mit zu viel anderen Dingen beschäftigt und wollte sich nicht mit dieser Frau streiten, die offenbar keine Widerrede duldete.

„Wie Sie wünschen, Madam", sagte er mit einer kurzen Verbeugung. „Die Stufen dort drüben?" Als sie nickte, wandte er sich zum Gehen und machte sich bewusst, wie merkwürdig dieser Tag sich gestaltete. Er betrat den Garten, der zwar ansprechend war, aber nicht das außergewöhnliche Erlebnis zu bieten vermochte, das Maria angedeutet hatte.

Das Gebäude wies zwei Seitenflügel auf und wurde durch den Garten und ein stabiles, jetzt offen stehendes Tor vom Palazzo getrennt. Das Haus war hübsch, verblasste hingegen neben dem prächtigen Baustil des Bordells. Marias Verhalten an diesem Morgen war verwirrend gewesen …

Seine Gedanken wurden von Stimmen unterbrochen, die durch eine angelehnte Tür an einem der Seitenflügel ins Freie drangen; offenbar unterhielten sich zwei Frauen.

Eine Frau hatte den starken Akzent aus den britischen Kolonien; er hielt sie für eine Inderin. Mit einem kühlen, nüchternen Tonfall sagte sie: „Jetzt entspann dich bitte. Und knöpf dein Hemd ein wenig weiter auf." Neugierig verlangsamte er die Schritte vor der Tür.

Bei der nächsten Bemerkung der Frau erstarrte er.

„Du musst dich entspannen, Nicole. Vertrau mir doch. Wenn ich fertig bin, wirst du dich wie neugeboren fühlen. Also vergiss deine Sorgen und Ängste. Chancey wird sich um das Boot kümmern …"

„Schiff."

„Nun gut, Schiff. Jetzt atme kräftig ein, damit wir fertig werden, bevor du aufbrechen musst."

Sie konnte unmöglich mit seiner Nicole sprechen. Aber die wohlklingende Stimme, die er zu genau kannte, erwiderte: „Sasha, das tut ja gar nicht weh."

„Natürlich nicht, du Dummerchen."

Sein ganzer Leib verspannte sich, als er näher an die Tür trat. Verlor er jetzt schon den Verstand, oder entkleidete sich Nicole

Lassiter tatsächlich in dem Haus einer brasilianischen Bordellbesitzerin vor einer anderen Frau? Seine Hand schnellte zum Türknauf, doch rasch hielt er inne. Er wollte die Frauen zunächst belauschen, um mehr zu erfahren.

„Ich habe das nie zuvor getan."

„Du hättest es tun sollen", ließ die Inderin sich wieder vernehmen. „Es macht die Männer verrückt."

„Ah, das *kitzelt!*"

„Bleib ruhig liegen, Nic."

Plötzlich herrschte Stille, bis Derek die ungehaltene Ermahnung der Frau namens Sasha hörte: „Nic, was habe ich gesagt?"

„Du solltest mehr Mitgefühl haben. Wann hast du das zum letzten Mal getan?"

„Ich mache es bei mir selbst. Ich könnte es dir beibringen, wenn wir mehr Zeit hätten." Verflucht, über was sprachen die beiden bloß?

Nicoles Stimme klang jetzt wehmütig. „Ich wünschte, wir hätten mehr Zeit. Ich habe dieses Haus schon vermisst", sagte sie, bevor sie zu kichern begann.

„Wir haben dich auch vermisst. Nic, ich kann nicht weitermachen, wenn dein Bauch vor Lachen nur so zittert."

Genug. Sein Blut kochte. Mit verbissener Miene riss Derek die Tür auf und hielt den Atem an. Schnell hatte er den Anblick, der sich ihm bot, eingeordnet und war wieder in der Lage, ruhig auszuatmen. Eine dürftig bekleidete Inderin beugte sich über Nicole, die ihr Hemd freizügig über die Schultern gestreift hatte. Glücklicherweise zog die Frau genau in dem Moment die Hand zurück, als Nicole hochfuhr, denn ansonsten hätte – wie er erst jetzt erkannte – ein Strich aus rotem Henna ihren Hals geschmückt.

Eine Woge der Erleichterung durchflutete ihn. Die Frau verzierte Nicoles Körper mit Henna in der traditionellen indischen Art, die *mehndi* genannt wurde. Derek musste unwillkürlich lächeln, denn Maria hatte offenbar genau gewusst, wonach es ihn verlangte.

„Sutherland! Was machen Sie denn hier?" rief Nicole verblüfft aus. Ob sie wusste, welche Wirkung ihr offenes Hemd und die mit Henna verzierte Haut auf ihn ausübten?

„Dasselbe könnte ich Sie fragen. Ich war mir sicher, Ihnen wieder zu begegnen – ich hatte nur nicht damit gerechnet, dass wir uns im Haus einer Bordellbesitzerin wieder treffen", antwortete er. Dann verschlug ihm der Anblick der Blumenverzierungen auf ihrer milchweißen Haut den Atem. Die Ranken legten sich wie ein Reif um ihre Taille und wanderten dann in Form von Ästen und Blüten an ihrem Oberkörper hinauf, um sich in der Vertiefung zwischen ihren Brüsten zu treffen. Und im selben Moment wusste er, dass der Anblick ihrer vor Erstaunen geweiteten Augen und ihres verführerisch verzierten Körpers für immer in seiner Erinnerung haften würde.

Sie war zu verblüfft und starrte ihn bloß an, bis ihr aufging, dass er ihren Leib mit begehrlichen Blicken in sich aufnahm. Rasch bedeckte sie sich mit dem Hemd.

„Oh, nein, lass das", befahl die Inderin mit strenger Stimme und schlug Nicole tadelnd auf die Hände. „Die letzten Striche müssen noch trocknen."

Nicole warf der Frau einen missmutigen Blick zu und

drehte sich von Derek weg. Unter unwirschen Lauten knöpfte sie ihr Hemd zu.

Doch sie hielt inne, als Sasha ihr einen Klaps auf den Hinterkopf gab. „Tut mir Leid, Nic. Aber du wirst dieses *mehndi* nicht ruinieren."

Jetzt wandte die Frau sich an Derek, und ihre großen Ohrringe klimperten, während ihre braunen Augen über seine Gestalt huschten. Dann schaute sie Nicole mit offenkundigem Erstaunen an. „Ist das Sutherland, der Mann, von dem du mir erzählt hast?"

Nicole verzog das Gesicht, und eine heftige Röte ergoss sich über ihre Wangen. Derek war erstaunt und angenehm überrascht, dass sie dieser Frau von ihm erzählt hatte. Und offensichtlich auch Madam Maria.

Prüfend schaute Nicole an sich hinab. Offenbar glaubte sie, sich ausreichend bedeckt zu haben, und daher drehte sie sich zu Sutherland um, nachdem sie Sasha einen finsteren Blick zugeworfen hatte, der so viel bedeuten sollte wie: *Bist du nun zufrieden?*

Sasha schaute wieder zu Derek herüber, blickte ihn ehrfurchtsvoll an und murmelte etwas von kraftvoller Magie.

Entgeistert sah Nicole die Inderin an. „Was redest du da vor dich hin?"

„Das *mehndi* ist sehr mächtig. Es beginnt bereits schon zu wirken."

„Zu wirken?" brachte Nicole atemlos hervor. „Du hast gesagt, es würde mir Glück bringen und das Böse von mir fern halten. Das Gegenteil ist der Fall, denn Sutherlands Ankunft bringt Unglück. Er wurde eben nicht fern gehalten, und deshalb wage ich zu behaupten, dass dieses Zeug", sie schaute verächtlich auf ihr Dekollete, „beileibe nicht wirkt."

Sasha sah sie mit einer hochgezogenen Braue an. „Nein, nein, Nicole. Siehst du nicht die Lotosblüte hier?" Sie schob Nicoles Hemd hoch und deutete auf eine fein gezeichnete Blume auf ihrem flachen Bauch. „Diese habe ich für Fruchtbarkeit und Liebe gemalt. Und schon kommt dein Partner zur Tür herein! Also wirkt es sehr wohl."

Nicole blieb vor Entrüstung der Mund offen stehen. „Sutherland ist nicht mein Partner! Und du kannst dich darauf verlassen, dass wir keine Fruchtbarkeitswünsche benötigen, denn es kam zu überhaupt keiner … keiner …"

„Verschmelzung?" bot er an und musste sich ein Grinsen verkneifen.

„*Verschmelzung?*"

Derek wusste, dass sie wütend war, weil er mit ihr spielte, aber er konnte sich einfach nicht zurückhalten. Es gefiel ihm, sie zu necken.

„Nochmals, was haben Sie hier zu suchen?"

Es hatte ihn amüsiert, die kleine Auseinandersetzung zwischen Sasha und Nicole zu verfolgen. Doch sein Lächeln schwand augenblicklich, als der Aufschlag von Nicoles Hemd über eine harte, rosafarbene Brustspitze strich, die unter dem dünnen Stoff sichtbar war. Da dieser Anblick ihn ganz in seinen Bann geschlagen hatte, sah er sich nicht in der Lage, eine zusammenhängende Antwort zu geben, und daher lächelte er sie bloß an und hoffte, dass sein Blick nicht zu viel von seiner Erregung verriet. Statt zu antworten, rettete er sich mit einer Gegenfrage: „Was, glauben Sie, tue ich in einem Bordell?"

„Oh, hinaus mit Ihnen!“ Sie schleuderte ihm ein seidenes Kissen entgegen, dem er leicht ausweichen konnte, merkte jedoch nicht, dass ihr Hemd sich weiter öffnete. „Sie haben kein Recht, hier zu sein. Dies ist ein Privathaus! Wenn Sie gekommen sind, um mich fortzuschaffen, werden Sie schnell feststellen, dass es aussichtslos ist.“

Er war nicht mit dieser Absicht hergekommen, aber sie jetzt mitzunehmen würde ihm ohne Zweifel gefallen. Doch was bildete sie sich eigentlich ein? Mit einem höhnischen Lächeln sagte er: „Überschätzen Sie sich nicht, Prinzessin – ich bin nicht wegen *Ihnen* hierher gekommen.“

Sie blinzelte kurz, und er hätte schwören können, dass er einen Anflug von Bedauern in ihren Augen gesehen hatte, bevor sie sich an die verwirrte Inderin wandte. „Sasha, geh bitte zu Berto und sorge dafür, dass dieser Mann vor die Tür gesetzt wird. Gewaltsam!“

„Ich fürchte, das können wir nicht tun“, ließ sich eine andere Stimme vernehmen; es war die Hausherrin, die den Raum in diesem Moment in einem prächtigen Seidengewand betrat, das leise raschelte. Als sie an Derek vorbeiging, nahm er ihren exotischen Duft wahr. Auf ein Kopfnicken hin zog Sasha sich zurück, während Maria fortfuhr: „Wir müssen zu einer Art Übereinkunft kommen. Du bist meine kleine *bella,* aber er ist ein guter Kunde“, sagte sie, als sie Derek scharf ins Auge fasste.

Beinahe wäre er errötet. Um das Thema zu wechseln, sagte er rasch: „Maria, ich würde gern wissen, warum Jason Lassiters Tochter sich an diesem Ort hier aufhält.“

„An diesem *Ort?* Das klingt ja furchtbar. Sie hatten doch zuvor keinen Grund zur Klage.“

Es ärgerte ihn, als er merkte, dass Nicole sich bei Marias tadelndem Unterton ein Lächeln verkniff.

„Ich verlange eine Antwort!“

In einem unerwartet beiläufigen Ton sagte Maria: „Sie ist wie eine Tochter für mich.“

Maria sah, dass Sutherland vor Staunen der Mund offen stehen blieb, und unterdrückte ein Lachen. Sie wollte es mit dem Spaß nicht übertreiben.

„Wie eine Tochter?“ brachte er verwirrt hervor.

„Ja, ich kenne sie seit fünfzehn Jahren.“ Sie hielt inne, bevor sie fragte: „Und wie lange kennen Sie Nicole?“

Sutherland bedachte sie mit einem angespannten, ungeduldigen Blick. „Wie haben Sie sie kennen gelernt?“

Maria sah Nicole fragend an, die nur mit den Schultern zuckte und meinte: „Nur zu. Es macht mir nichts aus.“

Doch Maria zögerte. Die Geschichte betraf nicht sie allein. Außerdem fürchtete sie, ihre Gefühle für Jason nicht verbergen zu können, wenn sie über ihn sprach. Aber was tat es zur Sache? Nicole wusste es ohnehin. Jeder schien es zu wissen. Nur Jason nicht.

Und Maria spürte, dass Nicole nichts dagegen hatte, wenn Sutherland mehr über sie erfuhr. Zögerlich begann sie: „Eines Abends war ich in ein Buch vertieft, als ein Bote mir eine dringende Bitte überbrachte. Die Frau eines amerikanischen Kapitäns drohte bei der Geburt ihres Kindes zu sterben.“

Sie schwieg und schluckte. „Niemand, nicht einmal der einzige Arzt hier, bot Hilfe an, da einige Fälle von Gelbfieber, das die Woche zuvor von einem amerikanischen Schiff eingeschleppt worden war, aufgetreten waren. Auch ich hatte Angst, aber ich dachte an die arme Frau ... Nun, ich hatte keine Erfahrung in der Krankenpflege, doch in meinem Gewerbe habe ich natürlich bei der Geburt manch eines Kindes geholfen. Das muss auch der Amerikaner vermutet haben, als er nach mir schickte."

Maria wurde von der gewohnten Traurigkeit befallen und fuhr fort: „Als ich auf dem Schiff ankam, zerrissen die Schreie die Stille auf den Docks. Ich eilte weiter. Dann sah ich schließlich die Frau und wusste, dass es zu spät war. Sie hatte viel zu viel Blut verloren. Jason Lassiter war der Kapitän. Nie zuvor hatte ich einen Menschen gesehen, der so von Verzweiflung gezeichnet war." Ihre Stimme glich mittlerweile einem Flüstern.

Sie ging zu Nicole, sah sie an, als wäre sie ihre geliebte Tochter und strich ihr zärtlich eine Haarlocke aus der Stirn. Mit kräftigerer Stimme hob sie erneut an: „Er störte sich nicht an meinem Beruf. Er machte sich nur Sorgen um seine junge Frau. Wir kämpften die ganze Nacht gegen das Schicksal an, und schließlich kam ein kleines Mädchen zur Welt. Doch Mutter und Kind waren zu schwach, und binnen einer Stunde waren beide tot."

Maria hielt inne, als sie sah, dass Nicoles Augen sich mit Tränen füllten. Sutherland wirkte eher überrascht, als ob er begriff, wie wenig er von Nicole und ihrem Vater wusste. Schließlich sah er wieder zu Maria herüber und befahl: „Fahren Sie fort." Sie hob nur eine Braue, und er fügte widerwillig hinzu: „Bitte."

„Jason war ... untröstlich." Die Erinnerung an jene schicksalhafte Nacht stand so lebhaft vor ihr, dass sie immer noch seine Schreie und sein Weinen hörte, als er alles um sich herum kurz und klein schlug. „Keiner von seiner Besatzung konnte ihn beruhigen."

Wie abwesend streichelte sie über Nicoles leuchtendes Haar. „Mit dem Herzen war ich bei ihnen, bei der tapferen jungen Mutter und ihrem Mann, der sie so geliebt hatte. Gerade war ich im Begriff aufzubrechen, um Vorkehrungen für die Beerdigung zu treffen, als ein hübsches kleines Mädchen hinter mir herlief; es war Nicole. Sie war verschreckt und weinte, und als ich sie hochhob, um sie zu beruhigen, klammerte sie sich an mich, als wollte sie mich nie wieder loslassen. Ich sagte einem Matrosen, ich würde sie mitnehmen, und ich musste ihn erst gehörig einschüchtern, bis er uns gehen ließ. Das Mädchen schlief auf meinem Arm ein, und seit jener Nacht habe ich nicht aufgehört, es zu lieben."

Sutherland schwieg. Er schien all die Ereignisse zu verarbeiten, die sie ihm berichtet hatte, doch dann zuckte ein Muskel in seiner Wange. „Der Besuch ist beendet", sagte er plötzlich, ging auf Nicole zu und packte sie am Arm. „Sie kommen mit mir zurück auf das Schiff."

„Maria!" rief Nicole verzweifelt und versuchte, sich aus dem Griff zu befreien.

„Alles, was Sie Nicole zu sagen haben, können Sie ihr auch hier sagen", erwiderte Maria mit einem strengen Unterton.

„Maria, bitte! Du wirst ihm doch nicht erlauben, hier zu bleiben! Dieser Mann hat Chancey und mich in London suchen lassen und hohe Belohnungen auf uns ausgesetzt ..."

„Das wussten Sie also?" Er fuhr sich mit der freien Hand durchs Haar. „Und warum haben Sie sich vor mir versteckt?"

„Warum? Halten Sie mich für so dumm?“ fragte sie und löste sich endlich von ihm. „Sie waren auf Rache aus.“

„Das habe ich Ihrer Meinung nach also gesucht?“

„Was haben Sie nach so einer Nacht sonst von mir gewollt?“

Maria sah, wie aufgewühlt die beiden sich gegenüberstanden, und wusste, dass Nicoles Frage Sutherland wütend gemacht hatte. Wenn er nach der kurzen Zeit, die sie sich kannten, sogar Belohnungen auf sie ausgesetzt hatte, hatte er gewiss mehr gewollt. Als sie jetzt jedoch ihre geliebte Nicole ansah und die spürbare Spannung zwischen diesen beiden Menschen wahrnahm, war sie fest davon überzeugt, dass die junge Frau diesem groben Sutherland keineswegs gleichgültig war.

Doch anstatt sich seine Gefühle anmerken zu lassen, sah er sie nur kalt an und sagte dann: „Nun gut, vermutlich haben Sie Recht.“

Gütiger Himmel, vielleicht habe ich mich geirrt, als ich mich schon für die beiden freute.

„Natürlich. Hörst du, Maria ...“ Nicole wandte sich mit einem flehenden Blick an sie. „Er will sich rächen für diese Nacht. Das darfst du nicht zulassen!“

„Sie hat überhaupt kein Mitspracherecht“, fuhr er dazwischen.

„Aber natürlich habe ich das, Captain“, entgegnete Maria. „Ich brauche nur zu rufen, und schon kommen Lakaien, die Sie aufhalten werden. Oder Sie beruhigen sich und sprechen hier mit ihr. Aber ich warne Sie, wenn Sie auch nur die Stimme heben, lasse ich Sie hinauswerfen. *Comprenda?*“

Er schaute von ihr zu Nicole und stimmte schließlich mit einem Kopfnicken zu.

„Na schön“, fauchte Nicole. „Er hat die Wahl, hier zu bleiben, aber ich muss mich darauf nicht einlassen. Lassen Sie meinen Arm los, Sie Tier.“

„In jener Nacht in meiner Kajüte haben Sie mich nicht für ein Tier gehalten …“

Maria beobachtete die beiden, die einen weiteren Wortwechsel führten. Sie hatte noch nie zwei Menschen gesehen, die so gut zueinander passten.

Zwei Menschen allerdings, die diese Tatsache überhaupt nicht zu erkennen schienen.

Doch Sutherland würde seinem unbändigen Verlangen nach Nicole sicher nicht lange widerstehen können. Er würde nicht versuchen, ihr leidenschaftliches Feuer zu mäßigen, denn genau danach sehnte er sich. Und Nicole, eine so impulsive und ausgelassene junge Frau, brauchte die Gewissheit, einen starken Mann mit einem eisernen Willen an ihrer Seite zu haben. Sie brauchte überdies seine ungeheure Sinnlichkeit, um ihr eigenes Verlangen zu stillen.

Wie sie es geahnt hatte, konnte der hoch gewachsene Kapitän Nicole einfach nicht aus dem Kopf bekommen. Und dies, zusammen mit Dereks Verhalten in Juliettes Gegenwart, festigte ihren Entschluss.

Maria ging zur Tür und lächelte. „Ich denke, meine kleinen *amantes,* dass ich euch jetzt allein lassen werde, um euch Zeit zu geben, in Ruhe über alles zu sprechen.“

Sie schlug die schwere Eichentür zu und verschloss sie.

12. KAPITEL

„Ja, meine Liebe, jetzt hat Maria dich ohne Begleiterin zurückgelassen, und ich versichere dir, dass ich meinen Vorteil zu nutzen weiß.“ Ein überlegenes Lächeln umspielte Dereks Lippen, als er zu ihr trat. „Im Gegensatz zu dir bin ich mit den Umständen, die uns zusammengeführt haben, bestens zufrieden“, sagte er mit gesenkter Stimme.

Sie konnte es einfach nicht glauben. Gerade noch hatte er seine Lust an einer von Marias Frauen gestillt. Immerhin hatte er zugegeben, dass er nur gekommen war, um das Bordell aufzusuchen – er war nicht wegen ihr hier. Wie oft mochte ein Mann an einem einzigen Tag in der Lage sein, bei einer Frau zu liegen?

Nun, sie würde es ganz sicher nicht darauf anlegen, dies jetzt herausfinden zu wollen. Schon stellte sie sich vor, wie er ihren Körper und ihr Gesicht mit den schönen Kurtisanen in Marias Etablissement verglich. Sie würde wahrlich schlecht abschneiden.

„Bleiben Sie mir vom Leib. Lassen Sie mich zur Tür.“

„Ich soll dich gehen lassen? Einfach so?“ höhnte er. „Da bin ich anderer Meinung ... Ich musste einen ganzen Monat warten, um dich wieder berühren zu können.“ Er streckte die Hand aus und strich ihr eine Locke aus der Stirn. „Weißt du überhaupt, wie oft ich an unsere gemeinsame Nacht gedacht habe?“

Die Worte waren heraus, ehe sie es noch verhindern konnte. „Ist ... das wahr?“

„Natürlich. Ich will dich."

Beinähe hätte sie ihn gefragt, ob er gerade einen zufrieden stellenden Ersatz gehabt habe, aber sie wollte nicht den Eindruck erwecken, eifersüchtig zu sein. „Warum können Sie mich nicht in Ruhe lassen? Ich will das alles nicht."

Er musterte sie mit leicht gesenkten Wimpern. „Du redest dir nur ein, dass du das nicht willst, aber dein Leib sagt mir etwas anderes." Seine Hand fuhr über ihre Brust; es war nur eine flüchtige Berührung, und doch spürte sie die aufwallende Hitze in ihrem Innern. Schnell wandte sie sich von ihm ab und unterdrückte ein wohliges Seufzen.

„Verflucht, Sutherland. Lassen Sie mich jetzt in Ruhe."

„Dazu bin ich nicht in der Lage", erwiderte er langsam, als sei er von diesem Geständnis selbst überrascht.

„Nun, Sie haben keine andere Wahl. Auch wenn ich mich zu Ihnen hingezogen fühlte – was nicht der Fall ist –, könnte ich mich Ihnen niemals vertrauensvoll öffnen. Wir sind Gegner. Ihnen mag nichts an diesem Wettsegeln liegen, aber für meinen Vater und mich bedeutet es alles."

„Ich weiß um die Bedeutung dieses Wettbewerbs." Er fuhr sich mit der Hand durchs Haar. „Tallywood, dieser Schurke, liegt in Führung."

„Wie bitte?"

„Ich habe heute Morgen davon erfahren. Ich weiß, dass ich aufbrechen müsste, um ihn wieder einzuholen, aber aus irgendeinem Grund, der nicht zuletzt mit dir zu tun hat …" Seine Stimme verlor sich, bevor er Nicole am Handgelenk packte und sie an sich zog. Er beugte sich hinab und berührte ihren Hals mit einem zärtlichen Kuss, und seine feurige Zungenspitze ließ sie erbeben. „Obwohl ich weiß, dass ich wieder in See stechen müsste, werde ich dennoch den Rest des Tages mit dir im Bett verbringen."

Sie konnte all das nicht mehr länger ertragen. Die Gedanken an das Wettsegeln und Tallywoods Führung traten mit jeder von Sutherlands Berührungen mehr und mehr in den Hintergrund. Sie ertappte sich dabei, dass sie sich ausmalte, was sie an einem langen Nachmittag alles miteinander erleben könnten.

Was war sie nur für eine lüsterne Frau? Dieser Bastard hatte gerade noch bei einer anderen Frau gelegen; doch nur Minuten später küsste er sie. Hatte sie denn noch nicht begriffen, dass sie für ihn nur eine Frau unter vielen war? Sie wusste nicht warum, aber es machte sie wütend, dass sie diese wundervollen Augenblicke voller Sinnlichkeit mit keinem anderen Mann erleben würde, während er diese Gefühle wahrscheinlich jeden Abend genoss.

Sie rief sich in Erinnerung, dass sie nicht nur ihre eigene Zukunft, sondern auch die ihres Vaters und Chanceys sicherte, wenn sie diesen Mann, der sie in seinen Armen hielt, besiegen und das Wettsegeln gewinnen würde. Es musste ihr gelingen, die alte Feindschaft zwischen ihnen wieder aufleben zu lassen, denn sie wusste, dass es ihr schwer fallen würde in seiner Gegenwart standhaft zu bleiben.

Den Entschluss vor Augen, wich sie vor Derek zurück und starrte wütend auf seine Finger, die ihr Handgelenk umklammerten. Mit finsterer Miene gab er sie schließlich frei.

„Navigieren Sie Ihr Schiff?" fragte sie.

Er wirkte verwundert. „Gewiss."

Sie schluckte, sagte dann jedoch mit einem überheblichen Unterton: „Ausgezeichnet. Es wird für mich noch schöner sein, Sie zu besiegen."

„Willst du damit andeuten, dass du das Schiff führst?" Er stieß ein kurzes, verächtliches Lachen aus und fügte spöttisch hinzu: „Kein Wunder, dass ihr das Ruder verloren habt."

Nicoles Blut geriet erneut in Wallung, doch diesmal vor Wut. „Ich werde Ihre nachlässigen Berechnungen nicht noch einmal verbessern", entgegnete sie scharf. „Mit etwas Glück finden Sie den Weg aus dem Hafen."

„Was du gesehen hast, waren nichts weiter als grobe ..." Er verstummte, als ihm offenbar bewusst wurde, dass diese Ausrede nicht sonderlich gelungen war. Jetzt sah er wieder verärgert aus, doch das Verlangen lag nach wie vor in seinem Blick.

„Dein Trick wirkt bei mir nicht, Nicole. Die Tatsache, dass du ein Kräftemessen ersinnst, zeigt mir, dass du mich genauso willst, wie ich dich will."

Sie schüttelte wenig überzeugend den Kopf. Schon streckte er erneut die Arme nach ihr aus, um sie wieder an sich zu ziehen.

Ohne weiter nachzudenken ergriff Nicole einen Stuhl, machte einen Satz nach hinten und brachte das Möbelstück zwischen sich und Sutherland. Ein Stuhlbein traf ihn genau zwischen seinen Beinen.

Mit schmerzverzerrtem Gesicht schloss er die Augen und blieb reglos stehen, als wollte er warten, dass der Schmerz nachließ. Dann öffnete er die Augen und warf ihr einen hasserfüllten Blick zu. Doch anstatt sich auf sie zu stürzen, sank er hilflos zu Boden.

„Oh, mein Gott!“ rief sie erschrocken aus, als sie neben ihm auf die Knie sank. „Es tut mir so Leid … ich wollte doch nur fort.“

Diese Worte fachten seinen Zorn nur noch weiter an. Unter Schmerzen brachte er mühsam hervor: „Dafür … wirst … du bezahlen …“

Nicole wartete keine Sekunde länger, sondern stürzte zur Tür und hämmerte mit den Händen gegen das schwere Holz. Augenblicklich drehte sich ein Schlüssel im Schloss.

Ehe sie den Raum verließ, wandte sie sich noch einmal um. Er hatte Recht. Sie hatte ein Kräftemessen ersonnen, aber diesen Kampf hatte sie nicht gewollt; genauso wenig hatte sie ihn verletzen wollen. Sie war im Begriff, sich abermals zu entschuldigen, hielt sich aber zurück. Schließlich sagte sie: „Mir ist bewusst, was für Schmerzen Sie erleiden … aber ich habe es nicht mit Absicht getan.“ Sie wollte ihm noch mehr sagen, verschloss aber ihr Herz. „Viel Glück weiterhin bei dem Wettsegeln, Captain. Sie können es brauchen.“

Derek zuckte zusammen, als er einen weiteren Schluck Brandy nahm. Er konnte keinen kräftigen Zug tun, da der Schmerz in der Lendengegend auch nach zwei Stunden noch nicht abgeklungen war. Nicole hatte wahrlich einen bleibenden Eindruck bei ihm hinterlassen.

Als er wieder in der Lage gewesen war, aufrecht zu gehen, hatte er überall in Marias Haus nach Nicole gesucht. Er war zum Bordell gegangen, hatte jedoch erfahren, dass Nicole zu keinem Zeitpunkt dort gewesen war. Offenbar hatte sich sein rüdes Benehmen schnell herumgesprochen, denn die Frauen im Bordell wirkten verschlossen und abweisend, als er von ihnen wissen wollte, wo Nicole sich aufhielt.

Demnach war das kleine Biest wieder an Bord des Schiffes. Bislang war es für ihn lediglich wichtig gewesen, sie zu sehen und schließlich bei ihr zu liegen. Doch wenn er jetzt an ihren beißenden Spott dachte, spürte er, dass er sie besiegen musste.

Mehr hinkend als gehend, schleppte er sich nun an Deck und traf dort auf den Hafenaufseher von Recife, der soeben das Frachtgut auf dem Schiff in Augenschein genommen hatte. Die Zollbeamten des aufstrebenden kleinen Hafens suchten unnachgiebig nach Waren, die verzollt werden mussten. Derek war sogar einst zu Ohren gekommen, dass Maria Delgado für die scharfen Zollbestimmungen des Hafens verantwortlich war. Da er wusste, wie geschäftstüchtig sie war, zweifelte er nicht daran.

Als der Mann mit seinem Untersuchungsbericht fertig war, sagte Derek: „Das ging schnell, *Senhor.* Nicht, dass ich mich beklagen würde“, setzte er scherzhaft hinzu. Insgeheim hatte er den Entschluss gefasst, dem überheblichen kleinen Beamten ein paar Informationen über Lassiters Crew zu entlocken.

„Ich weiß ja, dass Sie an dem großen Wettsegeln teilnehmen, da dachte ich mir, Ihnen eine längere Inspektion zu ersparen“, entgegnete er mit großzügiger Miene und reichte Sutherland die Papiere.

„Meinen Dank.“ Derek wartete einen Augenblick, ehe er beiläufig fragte: „Haben Sie schon die *Bella Nicola* untersucht?“

„Noch nicht.“ Der Mann zwirbelte seinen kecken Schnurrbart, beugte sich vor und fügte beinahe verschwörerisch hinzu:

„Ich beeile mich auch deshalb, weil ich Captain Lassiters Tochter sehen möchte."

Derek zwang sich ein freundliches Lächeln auf die Lippen, obwohl er dem Mann am liebsten an die Gurgel gesprungen wäre. Offensichtlich hatte Miss Lassiter überall ihre Bewunderer. Er versuchte, sich nichts anmerken zu lassen, als er wie beiläufig meinte: „Sie ist hübsch, nicht wahr?"

Der Beamte stimmte ihm mit leuchtenden Augen zu, und Derek sagte: „Wissen Sie, vielleicht möchten Sie zu Miss Lassiter besonders freundlich sein."

Da der Mann sofort interessiert aufhorchte, schüttelte Derek den Kopf und fuhr fort: „Wie es scheint, hat das Mädchen Gefallen an mir gefunden. Doch als sie mir ihre Zuneigung offenbarte, musste ich sie leider zurückweisen. Hübsches Ding, aber ich als Earl – nun, Männer meines Standes können unmöglich eine Bürgerliche ehelichen, das verstehen Sie sicher." Der Mann nickte, als ob er die vielfältigen Belastungen nachvollziehen könnte, die ein solcher Adelstitel mit sich brachte.

Derek hatte Mühe, ernst zu bleiben, während er die Geschichte weiter ausschmückte. „Sie war natürlich am Boden zerstört. So sehr übrigens, dass sie geschworen hat, nicht mehr länger zu warten und den nächsten Mann zu heiraten, der ihr einen Antrag macht."

„Ist das wahr?" fragte der Beamte aufgeregt und fuhr sich mit der Zunge über die Lippen.

„Ja, es ist wahr. Vermutlich wird sie sich anfangs zieren, da ich sie zurückweisen musste. Aber Tatsache ist, dass das Mädchen nur allzu gern heiraten möchte. Und da ihr Vater sie schon seit Längerem im Stand der Ehe sehen will, wäre er, davon bin ich überzeugt, sofort bereit, ausführlich über ihre beträchtliche Mitgift zu sprechen."

„Haben Sie Dank, *Capitão.* Vielen Dank", sagte der Hafenbeamte überschwänglich. Schnell ergriff er Sutherlands Hand und schüttelte sie übertrieben lange.

Nachdem es Derek endlich gelungen war, seine Hand zurückzuziehen, fügte er hinzu: „Und, *Senhor* … Miss Lassiter bewundert starke, ich möchte sagen, dominante Männer – Männer, die sich nicht von einem einmal eingeschlagenen Kurs abbringen lassen und ein klares Ziel vor Augen haben. Seien Sie gewarnt, die kluge Frau könnte Ihre Hingabe auf die Probe stellen."

„Vielen Dank. Ich werde mich unverzüglich zu Miss Lassiter begeben!" Selbstbewusst hob er die Hand zum Gruß und entfernte sich.

Als der Mann seines Weges ging, hätte Derek schwören können, dass der Beamte leise vor sich hinsang: *„Forte, bravo, dominante!"*

Derek verspürte Schadenfreude bei dem Gedanken, dass Nicole keine Vorstellung davon hatte, was auf sie zukam.

„Dieser anmaßende, arrogante Mann! Er wollte mich ins Bett ziehen, Maria. Als ob ich mich auf so etwas einlassen würde. Ich wollte ihm eine Ohrfeige verpassen. Diesen Wettbewerb werde ich gewinnen, und er wird als Verlierer dastehen …"

„Nicole! Wenn du für einen Moment damit aufhören könntest, den *Capitão* zu verfluchen", entgegnete Maria, „würde ich dir gern etwas mitteilen."

Nicole schwieg artig, runzelte die Stirn und schenkte Tee ein. „Nun gut …“, murmelte sie dann.

Maria nahm die Tasse, die Nicole ihr anbot. „Seit wir mein Haus verlassen haben, versuche ich dir zu sagen, dass Captain Sutherland Juliette nicht angerührt hat. Nach einem flüchtigen Kuss sagte er ihr, er könne nicht bei ihr liegen.“

Nicoles Herz schlug mit einem Mal schneller, und zahllose Gedanken schwirrten ihr durch den Kopf. Er hatte gar nicht mit Juliette geschlafen? Aber woher sollte sie wissen, dass er nicht mit einer anderen Frau zusammen gewesen war?

Sie hatte die Vorstellung als angenehm empfunden, die Gegnerin dieses Wüstlings zu sein, besonders da sie davon ausgegangen war, er habe bei Juliette gelegen. Doch jetzt, da Maria ihr die Wahrheit erzählt hatte, wurde sie erneut von heftig widerstreitenden Gefühlen erfasst. Sie dachte an die letzte Begegnung, die einen so unglücklichen Verlauf genommen hatte, und stellte sich vor, was gewesen wäre, wenn sie sich vollkommen anders verhalten und ihn nicht so derb verletzt hätte.

Musste sie jetzt bis nach dem Wettsegeln warten, um ihm zu sagen, wie Leid es ihr tat?

„Oh Gott, Maria! Ich empfinde etwas für den Captain!“

„*Muito bem.* Sehr gut.“ Sie lächelte. „Ich spreche aus Erfahrung, mein Mädchen. Der *Capitão* hat sich so verhalten, weil er bereits in dich verliebt ist.“

Gedankenverloren spielte Nicole mit ihrem Zopf. „Nein, es kann seinerseits unmöglich Liebe sein.“

„Vertrau mir. Zwischen euch besteht eine starke Anziehungskraft. Ihr beide würdet gut zueinander passen. Es wäre zwar nicht immer einfach, aber das ist die Liebe selten.“

Der Kapitän der *Southern Cross* sollte Liebe für sie empfinden? Nicole schüttelte den Kopf. „Vermutlich hasst er mich jetzt. Hast du etwa vergessen, dass ich ihn heute Nachmittag angegriffen habe?“

„Er wird sich davon erholen. Du könntest ihm dabei helfen, wenn du ihn das nächste Mal triffst“, sagte sie und kicherte.

Nicole sah sie mit großen Augen an. „Maria, ich muss mit dir über … all das reden. Du musst mir alles erzählen, damit ich mich bei unserer nächsten Begegnung nicht zum Narren mache.“

„Ah, *bella,* das ist einfach.“

Nicole beugte sich neugierig auf ihrem Stuhl vor.

„Du brauchst nur eine Regel zu beachten. Du musst nichts weiter tun, als …“

Sie wurde von einem Klopfen an der Tür unterbrochen. Nicole setzte eine finstere Miene auf. „Was ist?“ rief sie.

Chancey trat ein. „Ich hab eine Nachricht für dich, und der Hafenmeister ist hier und verlangt deine Unterschrift.“

Nicole erhob sich missmutig, nahm die Nachricht entgegen und warf sie ungelesen auf ihr Pult. „Maria, ich bin gleich zurück. Mach uns bitte noch etwas Tee – ich habe noch so viele Fragen an dich.“

Sie eilte zur Tür hinaus, um mit dem Beamten zu sprechen. Er war ein kleiner, untersetzter Mann, der in seinem ganzen Auftreten herablassend und überheblich wirkte. Selbst nachdem sie die Papiere unterzeichnet hatte, machte er keine Anstalten zu gehen, sondern blieb vor ihr stehen.

„Ist noch etwas?“ fragte sie hochnäsig. Sie wollte unbedingt zurück in ihre Kabine, um endlich von Maria zu erfahren, was sie bei einer nächsten Begegnung mit Sutherland zu beachten hätte.

„Miss Lassiter – ich möchte mit Ihnen über Ihre letzte Affäre sprechen, die für Sie so tragisch endete."

„Wie bitte? Worüber wollen Sie mit mir sprechen?" Sie erstarrte.

„Über Ihren großen Kummer. Ich weiß davon, genauso wie von Ihren Plänen, alsbald zu heiraten. Ich bin gekommen, um Ihnen einen Antrag zu machen."

Sprachlos schaute sie den Hafenmeister einen Moment an, dann sagte sie ungehalten: „Sir, ich habe nicht die Absicht zu heiraten." Sie zwang sich zur Ruhe. „Es tut mir Leid, aber Sie sollten mein Schiff jetzt verlassen."

Unbeeindruckt strich er sich über den Schnurrbart. „Nun ja, jetzt zieren Sie sich noch, aber ich werde Sie zu überzeugen wissen."

Der Mann hatte offenbar vollkommen den Verstand verloren.

Hinter dem Beamten erschien Maria im Türrahmen und warf Nicole einen fragenden Blick zu. Nicole konnte nur mit dem Kopf schütteln, als ihr dieser kleine, anmaßende Mann mit vor Stolz geschwellter Brust versicherte, er würde über ihre niedere Geburt hinwegsehen und sie dennoch heiraten, obwohl er ein angesehener Beamter sei.

Aufgebracht entgegnete sie: „Wenn Sie glauben, ich würde *Sie* heiraten …"

Doch der Mann unterbrach sie. „Sie haben Ihr Spielchen jetzt lange genug gespielt." Er war mittlerweile in seinem

Stolz verletzt und fing an, mit seinen Händen, die zuvor ruhig auf seinem rundlichen Bauch gelegen hatten, hitzig zu gestikulieren. „Ich möchte auf der Stelle mit Ihrem Vater über Ihre Mitgift reden."

„Mein Vater", stieß sie verärgert hervor, „empfängt keinen Besuch."

Er ließ sich jedoch nicht beirren und verlangte, unverzüglich ihren Vater zu sprechen. Als sie sich weiterhin weigerte, ihn vorzulassen, drückte er seine Verwunderung darüber aus, dass Captain Lassiter bei der Flut noch nicht an Deck erschienen war.

Wie sollte sie diesem Beamten verdeutlichen, dass die Besatzung ohne den Kapitän losgesegelt war und obendrein keinen befugten Schiffsführer vorzuweisen hatte? Er konnte ihnen Schwierigkeiten machen, aus reiner Boshaftigkeit.

„Er kann Sie nicht empfangen, da er sich zurzeit bei Madam Delgado aufhält", log sie. Die meisten in Recife wussten, dass er sehr gut mit Maria befreundet war, daher klang die Ausrede glaubwürdig. „Er wird erst gegen Morgen zurück sein."

Maria, die diese Worte vernommen hatte, warf ihr eine Kusshand zu und schlich sich von Bord, damit Nicole ihre Lüge aufrechterhalten konnte.

Es schien eine Ewigkeit vergangen zu sein, bis sie den Mann endlich losgeworden war. Schlecht gelaunt kehrte sie in ihre Kajüte zurück, da sie sich nicht von Maria hatte verabschieden können. Doch vor allem war sie auch deshalb verärgert, weil sie nun nichts über die *eine einfache Regel* erfahren hatte. Missmutig sank sie auf ihren Stuhl; sie war erschöpft und fühlte sich unwohl nach der unangenehmen Begegnung mit dem feisten und aufdringlichen Beamten. Erst jetzt fiel ihr Blick auf die Nachricht, die sie so achtlos auf ihr Pult geworfen hatte.

Mit zusammengezogenen Brauen nahm sie das gefaltete Papier und öffnete es. Die lieblos hingekritzelte Nachricht lautete: *Ich denke, Ihr zwei passt gut zueinander.*

Sutherland, dieser Bastard! Unter der Zeile prangte seine Unterschrift in großen Buchstaben. Grimmig machte sie sich bewusst, dass er sich über sie lustig gemacht hatte, vermutlich auch jetzt noch.

Sein Scherz kostete sie wertvolle Stunden. Da sie fürchteten, dass der Beamte ihr Schiff beobachten ließ, warteten sie bis zum Sonnenuntergang und setzten erst in der Dunkelheit die Segel. Es war gewagt, die letzten Waren im Finstern an Bord zu nehmen, und die Besatzung empfand es als demütigend, sich in der Nacht davonstehlen zu müssen.

Dafür würde er bezahlen.

Sie hätte es nie für möglich gehalten, dass die Schande, von einem Guanofrachter abgeschleppt zu werden, noch gesteigert werden konnte. Und all dies war nur deshalb geschehen, weil Sutherland einen teuflischen Humor hatte.

Als Nicole in dieser Nacht an Deck stand und es kaum abwarten konnte, die offene See zu erreichen, rief sie sich in Erinnerung, dass sie sich bei ihm eigentlich hatte *entschuldigen* wollen. Doch der durchtriebene Schurke hatte nichts Besseres zu tun gehabt, als einen liebeskranken Hafenbeamten auf sie zu hetzen.

Zu einer Entschuldigung würde es demnach nicht kommen. Darauf konnte er warten, bis er schwarz wurde.

„Glaubst du, wir holen die anderen Schiffe noch ein?" vernahm sie Chanceys Stimme hinter sich.

Ihre Miene verfinsterte sich. „Wir werden sie einholen." *Vor allem Sutherland.*

Stunden später, als die Sonne ihre ersten Strahlen über das Wasser sandte, erblickten sie mehrere Masten am Horizont. Es musste sich um die Teilnehmer des Segelwettbewerbs handeln. Wie so oft bei einem Wettsegeln waren viele Schiffe für eine bestimmte Geschwindigkeit ausgelegt, und daher gelang es keiner Besatzung, einen nennenswerten Vorsprung zu erzielen. Selbst auf einer Reise von mehr als dreizehntausend Seemeilen würden die meisten Schiffe nicht mehr als ein paar Meilen voneinander entfernt sein.

Auf Chanceys Befehl hin setzte die Crew beinahe alle Segel, und tatsächlich holten sie auf.

Am Kartentisch auf Deck beugte Nicole sich über die Seekarte, die sie mit Steinen beschwert hatte, und spielte mit dem Bleistift, der hinter ihrem Ohr steckte. „Kurs Südsüdwest", lautete ihre Anweisung nach einer gründlichen Neuberechnung.

„Die Schiffe segeln Südwest", gab Chancey zu bedenken.

Sie sah ihn mit hochgezogenen Brauen an, und er gab nach; kurze Zeit später segelten sie einen südlicheren Kurs als die anderen Schiffe.

Nicole spürte, dass sie dem Ersten Maat eine Erklärung schuldig war. „Wir müssten ihnen viele Meilen folgen, ehe sich uns die Gelegenheit böte, durchzubrechen."

Nachdenklich rieb sich Chancey das Kinn. „Bislang hat es uns nichts ausgemacht. Jetzt verlängerst du unsere Strecke noch. Wozu wird dies nützlich sein?"

„Letzten Endes werden wir schneller sein …"

„Aber es wird schwieriger für die Besatzung", unterbrach er sie.

Nicole schwieg und schaute wieder durch ihr Fernrohr, in der Hoffnung, nicht auf Chanceys Bemerkung eingehen zu müssen.

„Das hat nicht zufällig etwas mit Sutherland zu tun? Schau dich nur an", meinte er mit einem Kichern, „es nagt an dir, dass er uns voraus ist."

Sie wandte sich ihm zu und kniff die Augen zusammen. „Das war ein gemeiner Trick, mit dem er uns abgehängt hat."

Chancey grinste. „Es war ganz schön gerissen, wenn du mich fragst. Und dein Vater hätte nicht anders gehandelt."

Sie öffnete den Mund, um zu protestieren, doch Chancey hatte vermutlich Recht.

„Und was ist mit dir? Hast du schon vergessen, dass du seinen Kurs ausspioniert hast?" fragte er.

„Ich habe ihn nicht ausspioniert, ich …"

„Ich weiß, du hast ihn dir nur gemerkt und ihn später auf deiner Seekarte eingetragen."

Sie bedachte ihn mit einem düsteren Blick.

„Schon gut, ich werde deinem Kurs folgen", meinte er einlenkend. „Sag mir nur, wohin du möchtest."

Und dann nahm alles seinen Lauf. Die eiligen Schritte der emsigen Matrosen an Deck, das Geräusch eines leichten Windes, der die Segel erfasste, und die Freudenrufe der Crew, als ein weiteres Schiff überholt wurde – sie liebte all dies. Liebte es, wie die Besatzung Hand in Hand arbeitete, wie das schnittige Schiff nach ihren Vorstellungen über die Wellen huschte und einen Konkurrenten nach dem anderen hinter sich ließ. Wenn es nicht gerade um Kursänderungen oder Geschwindigkeitsberechnungen ging, bot sich ihr kaum Gelegenheit, mit Chancey zu sprechen, da die Besatzung in ihrem ungehemmten Eifer versuchte, Tallywood einzuholen.

Während einer Flaute rief ein Mann im Ausguck: „Kein Zeichen von Tallywood." Dem arroganten Lord folgen zu müssen war für die Matrosen wie ein Schlag ins Gesicht, denn alle hassten den Mann abgrundtief. Da sie den Stimmungsumschwung in der Crew wahrnahm, rief Nicole mit fester Stimme: „Wir können uns jetzt noch nicht um Tallywood kümmern. Wenn er noch genauso ist, wie ich ihn kenne, wird er die Führung irgendwo leichtfertig verspielen. Wir haben einen anderen Rivalen, den wir schlagen müssen."

Mehr zu sich selbst fügte sie hinzu: „Jetzt jagen wir Sutherland hinterher."

Aber Chancey hatte ihre Worte sehr genau vernommen. „Solltest du nicht besser sagen ‚Jetzt jagen wir der *Southern Cross* hinterher'?"

13. KAPITEL

Als Nicole ihr Fernrohr hob und das Heck der *Southern Cross* sah, fühlte sie eine tiefe Befriedigung, da sie Sutherland nun endlich eingeholt hatten. Sie unterdrückte ein Lächeln.

Und jetzt werden wir ihn überholen.

Allerdings sah es nicht danach aus, dass Sutherland sich so einfach würde abhängen lassen. Denn als sie nah genug herangekommen waren, um zu einem Überholmanöver anzusetzen, behielt er beharrlich die Führung und wusste ihr Vorhaben durch geschicktes Manövrieren zu verhindern.

Fassungslos musste Nicole mit ansehen, wie die *Southern Cross* ihrem schnelleren, wendigeren Schiff den Rang streitig machte. Rasch wandte sie sich Chancey zu und war im Begriff, ihren Unmut kundzutun, hielt sich indes zurück. Sie musste ihren Verstand walten lassen.

„Um deine Frage zu beantworten", begann er aufgeräumt, „Sutherland tut dies, weil er gut und berechnend ist. Das nenne ich klares, methodisches Segeln."

„Du hörst dich an, als würdest du ihn bewundern", sagte sie ungläubig.

„Ich muss ihn ja nicht mögen, um seinen Segelstil zu bewundern."

Sie hatte genug davon. „Chancey, Kurs Nordnordwest", stieß sie zwischen zusammengebissenen Zähnen hervor.

Seine Miene verfinsterte sich. „Oh, nein. Du wirst unsere Strecke nicht verlängern, nur um ihm voraus zu sein", entgegnete er mit gedämpfter Stimme, damit die Crewmitglieder in seiner Nähe ihn nicht hörten. „Wir haben noch einige tausend Meilen vor uns – du musst dich in Geduld fassen."

„Aber ich weiß, dass er sich jetzt diebisch freut. Und ich weiß auch, wie ich ihm seine Schadenfreude austreiben kann", sagte sie grimmig.

Chancey schaute auf die Wellen und dann zum Himmel hinauf. „Der Wind wird sich bald drehen; dann können wir ihn einholen."

Nicole riss sich die Mütze vom Kopf und schwieg. Natürlich hatte Chancey Recht. Wenn der Wind sich drehte, würde die *Bella Nicola* der *Southern Cross* buchstäblich den Wind aus den Segeln nehmen können. Doch sie wurde den Gedanken nicht los, dass ihr Vater genauso handeln würde wie sie.

Eine halbe Stunde später wehte der Wind tatsächlich aus östlicher Richtung, und die *Bella Nicola* nutzte den Vorteil aus.

„Wenn wir schnell sind, überholen wir ihn vor den Meerengen", sagte Nicole. Sie näherten sich den berüchtigten Riffen, auf die jedes Schiff Acht geben musste, das sich in östlicher Richtung von Südamerika entfernte. Sie hatte sich die Felsen immer als großes Tor vorgestellt, das die Achtsamen von den Untüchtigen trennte, deren zerborstene Schiffe auf dem kalten Meeresgrund ruhten.

Chancey schüttelte den Kopf. „Das schaffen wir nie. Wir werden auf gleicher Höhe mit ihm sein und müssten uns dann zurückziehen." Er schaute sie an. „Sutherland ist kein Mann, neben dem man einfach so hersegeln kann, Nicole. Das solltest du doch wissen."

„Wenn wir ihn hinter uns lassen könnten, würden wir Tallywood einholen, anstatt weiterhin in Sutherlands Kielwasser zu treiben.“ Sie schlug die Hände zusammen, um ihren Standpunkt zu unterstreichen. „Kalkulierte Risiken, Chancey, darum geht es in einem Wettbewerb! Die Crew wird begeistert sein. Du weißt, dass man noch in Jahren davon sprechen wird, wenn es uns jetzt gelingt, uns an ihm vorbeizuzwängen.“

„Bald zieht ein Unwetter auf“, grummelte ihr Erster Maat. „Dein Manöver bringt uns zwar durch die Meerenge, aber danach haben wir noch mit dem Sturm zu kämpfen.“

Nicole lächelte überlegen, obgleich ihr bewusst war, wie skrupellos ihr Vorhaben war. „Dann sollten wir uns besser beeilen.“

Lange sah er sie mit düsterer Miene an. Doch nach einem leisen Fluch rief er mit lauter Stimme: „Also gut, Männer, Nordnordwest, und setzt alle Segel!“

„Captain, Schiff ahoi!“ ließ sich Dereks Wachposten deutlich vernehmen.

„Aus welcher Richtung?“ rief er zurück.

„Achtern – ich habe eben erst das Schiff ausmachen können, das aus südlicher Richtung mit vollen Segeln auf uns zuhält! Der Beflaggung nach ist es wahrscheinlich dieser amerikanische Klipper.“

Derek holte sein Fernrohr hervor und sah, dass es sich wirklich um Lassiters Schiff handelte. Als er die ihm vertrauten Segel und Wimpel der *Bella Nicola* erkannte, schob er das Fernrohr wieder zusammen.

Es überraschte ihn nicht, dass sie aufgeholt hatten. Kein anderes Schiff war bei gutem Wetter und kräftigem Wind schneller als Lassiters. Und sie hatten wahrlich Mut, der *Southern Cross* so dicht zu folgen.

Plötzlich schaute Derek auf, als aus der Ferne ein leises Donnergrollen zu hören war. Das Unwetter, das langsam im Süden aufgezogen war, wurde stärker. Und dann konnte er sehen, wie die Wellen ab und an Felsspitzen umspülten, die zuvor noch verborgen gewesen waren.

„In diesen Breiten habe ich mich noch nie wohl gefühlt", sagte jemand hinter ihm. Derek drehte sich um und sah, dass Jebediah an die Reling trat.

„Ich auch nicht", gab Derek zu, und gemeinsam blickten sie auf die See. Er fragte sich, ob Jeb nur gekommen war, um sicherzustellen, dass sein Kapitän auch wirklich nüchtern war, und sagte beruhigend: „Wir werden die Meerenge hinter uns haben, bevor der Sturm losbricht."

„Ich möchte nicht neben den armen Wracks enden, die unter uns liegen", meinte Jeb und rieb sich über die Knöchel seiner vernarbten Hand.

„Wie bitte? Zweifelst du etwa an meiner Erfahrung?"

„Keineswegs. Aber Sie wissen, dass man sich hier nicht allein auf seine Erfahrung verlassen darf. Vielleicht finden Sie ja sogar Gefallen an dem vierzigsten Breitengrad, da Sie Stürme lieben", fügte der alte Mann hinzu, bevor er in Richtung Kombüse davonging.

Derek hatte geglaubt, dass es sein Geheimnis wäre, aber dieser Mann wusste es: Er liebte Stürme auf See. Vermutlich deshalb, weil er beim Anblick der entfesselten Elemente spürte, dass er noch lebte. Aber hier in diesen trügerischen Breiten war selbst ihm beklommen zumute.

Er dachte darüber nach, wie die *Bella Nicola* sich wohl in diesem Unwetter schlagen mochte. Der hünenhafte Ire an Bord hatte vermutlich schon tausend Stürme gemeistert. Gewiss waren ihm die Wucht des Windes und die gefährlichen Strömungen bekannt, die sich in diesen Breiten zwischen den zerklüfteten Felsen unter Wasser bildeten.

Derek war in Brasilien außerdem zu Ohren gekommen, dass dieser Chancey sich als ein sehr gewissenhafter Kapitän erwies und nicht so unberechenbar segelte wie Lassiter. Dennoch gingen Derek der nahende Sturm und die tückischen Untiefen nicht aus dem Sinn, über die sie im Augenblick hinwegglitten. Er begann sich Sorgen um Nicole zu machen.

Verflucht, es ging ihn nichts an, was diesem Schiff oder seiner Crew widerfuhr, Lassiters Tochter inbegriffen. Sie hatte ihn ausspioniert, ihn angelogen, hatte diesen Koloss von Chancey auf ihn losgelassen, ganz zu schweigen von ihrem letzten Angriff auf seine ... Person.

Und dann waren da noch die schier unerträglichen Träume, für die sie verantwortlich war.

Ich mache mir bloß Sorgen, weil ich sie noch nicht gehabt habe, rief Derek sich vor Augen.

Gerade malte er sich aus, wie es wäre, wenn seine sinnlichen Träume wahr würden, als Bigsby, der Schiffsarzt, nach ihm rief.

„Captain, auf ein Wort, bitte.“ Bigsby sah besorgt aus.

Als Derek die Sorgenfalten auf der Stirn des Arztes sah, dachte er sofort an das sonderbare Fieber, von dem einige Besatzungsmitglieder befallen waren. Gewiss hatte Bigsby dafür gesorgt, dass der Zustand der Kranken sich nicht verschlimmert hatte. Derek steckte sein Fernrohr wieder in seine Jackentasche; auf sein Nicken hin übernahm der Erste Maat die Brücke.

Er folgte dem Arzt in den Kartenraum und wartete ungeduldig, während Bigsby die Tür hinter sich schloss. „Captain, ich möchte keine Panik in der Besatzung auslösen", sagte er, wobei er versuchte, seine Aufregung zu unterdrücken, „aber … zwei weitere Männer aus der Kombüse und ein Kabinensteward sind an dem Fieber erkrankt."

Ein unsichtbarer Feind fügte seiner Crew Schaden zu. Einer, vor dem Derek sie nicht zu schützen vermochte. „Jetzt sind es bereits elf Mann." Derek rieb sich mit der Hand über den Nacken. „Ich habe Sie angeheuert, da Sie ein vortrefflicher Arzt sind. Warum ist es Ihnen noch nicht gelungen, herauszufinden, woran meine Leute erkrankt sind?"

Bigsby errötete und trat unsicher von einem Bein auf das andere; seine Stimme hatte einen unheilvollen Unterton, als er sagte: „Ich glaube, ich weiß, was es mit dem Fieber auf sich hat." Er hielt inne und sah Derek mit ernster Miene an, als gelte es, ein Todesurteil zu verkünden.

„Das Wasser auf diesem Schiff ist … vergiftet worden."

Derek konnte es nicht glauben – aber bei Gott, es machte Sinn. Er dachte an die Männer, die krank in den Zwischendecks lagen, vom Fieber gezeichnet, und tapfer ihr schmerzvolles Stöhnen zurückhielten. Er hatte es schon als gewöhnliches Fieber abgetan, das hin und wieder in einer Crew ausbrach. Aber nie hatte ein Fieber solch unerträgliche, krampfartige Schmerzen hervorgerufen wie dieses. Sein Gespür sagte ihm, dass der Arzt mit seinem Verdacht richtig lag.

Gift. Derek konnte es kaum fassen und starrte blicklos auf die Seekarten. Jetzt musste schnell gehandelt werden. „Sind alle restlichen Fässer vergiftet?" fragte er, doch die betroffene Miene des Schiffsarztes gab ihm bereits die Antwort.

„Ich fürchte, ja. Ich habe sie selbst geöffnet und das Wasser einigen Hühnern zu trinken gegeben." Bigsby zog die Stirn in Falten und schaute auf den Hut, den er, ganz in Gedanken, mit seinen Händen bearbeitet hatte. „So qualvoll, wie die Tiere verendet sind, bin ich mir sicher, dass es an dem Wasser liegt. Sämtliche Fässer sind betroffen."

Kein Wasser? Sie brauchten noch etwa eine Woche bis zum Kap der Guten Hoffnung – falls seine Männer noch in der Lage waren, ihre Arbeit zu verrichten. Es war schon jetzt schwierig genug, mit nur wenigen Matrosen die Segel zu setzen und einzuholen, und die gefürchteten stürmischen Breitengrade vor der Südspitze Afrikas lagen noch vor ihnen. Und was wäre, wenn noch mehr Seeleute erkrankten?

Der Ruf eines Matrosen riss ihn aus seinen trüben Gedanken. „Seht, das Schiff hat volle Fahrt und kommt näher." Demnach holte die *Bella Nicola* weiter auf. Von ihrer Besatzung durfte er auf keine Hilfe hoffen.

„Captain, wir haben Glück", rief Bigsby erleichtert aus, und seine Miene hellte sich auf. „Wir können signalisieren, dass wir Hilfe brauchen. Sie haben gewiss Wasser übrig, und vielleicht auch den ein oder anderen Matrosen …"

Das Wasser! Nicole im Laderaum … Das Blut pochte in seinen Schläfen, als er versuchte, die Gedanken zu ordnen, die in seinem Kopf herumschwirrten. Dann schlug er so heftig mit der Hand auf den Tisch, dass der Arzt vor Schreck zusammenzuckte. „Die Crew soll sich an Deck versammeln“, befahl er schroff. *„Auf der Stelle.“*

Minuten später hatten sich die Männer, die von der Krankheit verschont geblieben waren, an Deck eingefunden. Derek betrachtete seine erschöpften Matrosen, und neuer Zorn stieg in ihm hoch. Doch er zwang sich, gelassen zu sprechen.

„Wir sind zu dem Schluss gekommen, dass an Bord kein tropisches Fieber grassiert.“ Als er die hoffnungsvollen Blicke seiner Leute sah, hielt er warnend eine Hand hoch. „Ich fürchte, dass das, was ich euch jetzt sagen muss, nicht weniger alarmierend ist. Die Krankheit kommt von unseren Wasservorräten.“

Er sah jedem Mann in die Augen, ohne den Blick abzuwenden. „Wir haben kein unversehrtes Trinkwasser mehr an Bord.“

Jähes Entsetzen befiel die Crew.

„Den unmittelbaren Wasserbedarf werden wir, so hoffe ich, in dem aufziehenden Unwetter decken können. Aber es ist zu riskant, wenn wir uns auf einer so langen Reise auf Regen verlassen.“ Derek war im Begriff, sich verzweifelt mit der Hand durchs Gesicht zu fahren, doch er riss sich zusammen und straffte stattdessen die Schultern.

„Am meisten Sorgen bereitet mir allerdings, dass wir in diesen Breiten nicht genug fähige Hände zur Verfügung haben. Wenn jedoch niemand mehr krank wird, müssten wir in der Lage sein, den Kurs zu halten.“

„Captain, ich muss Ihnen gestehen“, sagte einer der Männer mit brüchiger Stimme, „dass ich es schon spüre – ich fürchte, ich kann Ihnen nicht mehr lange zur Verfügung stehen.“ Er schaute zu Boden, da es ihm offenbar unangenehm war, seine Schwäche zugeben zu müssen.

Kaum hatte er geendet, da meldete sich ein weiterer Matrose zu Wort und schließlich noch einer. Auch sie klagten über die ersten Symptome, die ihnen bereits zu schaffen machten.

„Captain, was ist mit dem kleinen Klipper an achtern?“ fragte sein Beobachtungsposten. „Auch wenn es sich um Lassiters Schiff handelt, die Crew würde uns helfen, wenn wir ihnen ein Signal geben.“

Derek brachte die aufgeregten Matrosen mit einer Handbewegung zum Schweigen. „Wir können nicht darauf zählen, dass sie uns aus freien Stücken Hilfe anbieten.“ Er mochte sich nicht einmal vorstellen, wie die Besatzung der *Bella Nicola* sich verhalten würde.

Doch seine Leute waren davon überzeugt, dass Matrosen sich untereinander stets halfen, Konkurrenten hin oder her – das habe die Erfahrung sie gelehrt. Eigentlich hatte Derek seinen Verdacht für sich behalten wollen, aber es widerstrebte ihm, dass seine Männer sich Illusionen hingaben. Außerdem musste er sie noch auf die ungewöhnlichen Befehle vorbereiten, die er ihnen in Kürze geben würde.

„Alles spricht dafür, dass die Person, die unser Wasser vergiftet hat, sich an Bord der *Bella Nicola* befindet.“

Nicole schob ihr Fernrohr zusammen und schritt wieder rastlos an Deck auf und ab. Der Augenblick stand bevor, Sutherland in der Meerenge zuvorzukommen. Einer der Gründe, warum sie so darauf gedrängt hatte, ihn einzuholen, bestand darin, dass sie nicht damit gerechnet hatte, er würde seinen Kurs beibehalten. Zwar hatte er ihn auf seiner Karte eingezeichnet, aber sie hatte angenommen, er hätte sich doch noch anders besonnen. Er ging ein großes Risiko ein, wenn er ein Schiff von der Größe der *Southern Cross* so nah an die Riffe mit ihren unberechenbaren, reißenden Strömungen brachte. Sie zog die Brauen zusammen. *Entweder ist er zu allem entschlossen oder vollkommen verrückt.* Sie entschied sich für die letzte Vermutung.

Nachdenklich strich sie sich eine Locke aus der Stirn, steckte sie unter ihre Mütze und beobachtete die düsteren Wolken, die sich drohend am Firmament auftürmten. Es wäre glatter Wahnsinn, wenn Sutherland wirklich vorhatte, die Meerenge bei einem Sturm zu passieren.

Aber er war ihr eine gute Viertelmeile voraus. Aus ihrem Blickwinkel sah es so aus, als könnte es ihm gelingen, sich gerade noch an den tückischen Felsen vorbeizustehlen, ehe der Sturm losbrach. Und was ist mit uns? dachte sie mit wachsendem Unbehagen und betrachtete die gefährlich aufragenden Wolkengebilde.

Doch sie vertraute auf ihre Besatzung und, um die Wahrheit zu sagen, auf sich selbst. Diese Wasser hatte sie schon unzählige Male mit ihrem Vater überquert. Und ihr Schiff war so beschaffen, dass es bei starken Winden Fahrt aufnahm. Gern erinnerte sie sich an die heftigen Stürme, die sie gemeinsam mit ihrem Vater erlebt hatte. Sie hatten sämtliche Segel gesetzt und waren in voller Geschwindigkeit an größeren Schiffen vorbeigezogen, die ihre Segel vorsichtshalber eingeholt hatten.

Als Chancey die Befehle gab, das Schiff für die raue See

klarzumachen, ging sie in ihre Kajüte, um ihren Regenmantel zu holen. Erneut wanderten ihre Gedanken zu Sutherland.

Eben hatte sie den zweiten Arm in die Regenjacke gezwängt, als sie von einer kalten Angst erfasst wurde, die so stark war, dass sie sich setzen musste.

Sutherlands riskantes Vorhaben konnte tödlich enden.

Doch was kümmerte es sie? Wegen seines hinterhältigen Scherzes hatten sie sich wie Diebe aus dem brasilianischen Hafen stehlen müssen. Seit Wochen war sie nun schon wütend auf ihn. Doch als sie jetzt an den Sturm dachte und sich ausmalte, dass Sutherland sich womöglich verletzte oder gar sein Leben verlöre, fiel der Zorn augenblicklich von ihr ab.

Schließlich hatte sie keinen Grund, ihn abgrundtief zu hassen. Und die Wut angesichts seines Tricks war auch längst verraucht. Insbesondere jetzt, da sie unmittelbar davor waren, ihn zu überholen, und immer noch die halbe Strecke nach Sydney vor sich hatten, um Tallywood einzuholen. Ihr Groll verebbte; sie hatte Angst um Sutherland und spürte kalten Schweiß auf ihrer Stirn. Sofort sprang sie auf, um an Deck zu eilen.

In ihrer Hast stolperte sie zur Reling und riss das Fernrohr aus der Tasche. Dann bemerkte sie Chanceys fragenden Blick. Rasch zwang sie sich zur Ruhe, holte tief Luft und rang sich sogar ein dünnes Lächeln ab. Ihre törichten Ängste lösten sich auf. *Schließlich hatte Sutherland schon beinahe das Ende der Meerenge erreicht, als ich ihn das letzte Mal sah.*

Im Stillen lachte sie über ihre unnötigen Befürchtungen und schaute durch ihr Fernrohr.

Abrupt ließ sie es wieder sinken.

Die *Southern Cross* lag bewegungslos im Wasser.

14. KAPITEL

„*Um Himmels willen, was macht er denn da?*" Es kümmerte sie nicht, dass Chancey oder andere Besatzungsmitglieder ihre Angst um Sutherland mitbekamen. „Seine Segel sind eingeholt – ich verstehe das nicht."

Chancey entriss ihr das Fernrohr und murmelte: „Dieser Idiot."

„Warum sollte er hier ... wir müssen ihnen helfen!"

Die letzten Worte musste sie bereits rufen, da genau in diesem Moment die ersten Ausläufer des Unwetters das Schiff erfassten; selbst die sturmerprobte *Bella Nicola* begann bedrohlich zu schlingern, und die Matrosen beeilten sich, die Segel einzuholen.

„Keine Angst", rief Chancey und tätschelte aufmunternd Nicoles Wange. „Wir holen die Großsegel ein und machen uns zu ihnen auf."

Sie nickte ihm kurz zu und übernahm das Steuerrad; es war der einzige Ort, an dem sie der Crew aushelfen konnte, da jeder an Bord den Zorn ihres Vaters fürchtete, wenn sie in die Wanten steigen sollte. Während sie mit aller Kraft an dem Steuerrad drehte, ließ sie Sutherlands Schiff keinen Moment aus den Augen. Sie machte sich tatsächlich Sorgen und überlegte immer wieder, was er wohl denken mochte?

Plötzlich starrte sie verwirrt auf ihre Hände auf dem Steuerrad. Bildete sie sich das nur ein, oder war das Schiff mit einem Mal schwerer zu steuern? Es wirkte träge und schien nicht mehr auf das Ruder anzusprechen. Es kam ihr so vor, als habe die *Bella Nicola* Frachtgut im Laderaum, das nicht richtig festgezurrt war. Mit wachsendem Unbehagen nahm sie wahr, wie das Schiff ihr weiter entglitt und der Druck auf das Steuerruder in bedrohlicher Weise zunahm. Sie hatte das Gefühl, als ob der mittlere Teil des Schiffes allmählich nachgab.

Das war doch nicht möglich! Sie konnten nicht mit den Riffen zusammengestoßen sein, da sie genau in der Fahrrinne geblieben waren. Außerdem hatte es keinen Aufprall gegeben, verflucht noch mal! Unsicher schaute sie auf und sah die Besorgnis in Chanceys Gesichtszügen. Auch er spürte, dass das Schiff Schlagseite bekam.

Mit einer Hand das Steuer umklammernd, hielt sie die andere Hand hoch und schüttelte heftig den Kopf. „Hier war alles in Ordnung – ich begreife das nicht!“ rief sie. Er nickte kurz und rannte dann unter Deck. Seine Rückkehr brauchte sie gar nicht abzuwarten, um zu wissen, dass sich der Laderaum langsam mit Wasser füllte.

Sie unterdrückte ein bitteres Auflachen. *Jetzt, da mein eigenes Schiff in Gefahr ist, kann ich endlich aufhören, mir um Sutherland Sorgen zu machen.*

Chancey erschien wieder an Deck und befahl einigen Männern, die Pumpen zu bedienen, ehe er sorgenvoll auf das Unwetter blickte, das sich ihnen mit zuckenden Blitzen näherte. Er rief nach Dennis, der inzwischen mit den Segeln fertig war, damit er Nicole am Steuer ablöste. Schon wollte sie protestieren, schwieg aber, als Chancey sie mit einem traurigen Lächeln bedachte.

Mit schroffer Stimme sagte er: „Binde dich fest, Mädchen. Uns steht einiges bevor.“

Ohne Widerworte kam sie dem Befehl nach. Nachdem der Maat den Sitz der Knoten in ihrem Seil begutachtet hatte, stürmte er davon, um die Takelage zu überprüfen und sicherzustellen, dass die Crew den Ernst der Lage erfasst hatte.

Erneut versuchte Nicole, einen Blick auf die *Southern Cross* zu werfen, doch in diesem Moment erreichten die düsteren Wolken das Schiff, und der Himmel öffnete seine Schleusen. Regen prasselte auf das Deck und peitschte gegen die restlichen Segel. Man konnte kaum noch die Hand vor Augen sehen. Und dann entlud sich das Gewitter unmittelbar über ihnen.

Bei jedem grellen Blitz, der aus den bleifarbenen Wolken auf das Schiff niederfuhr, zuckte Nicole innerlich zusammen und duckte sich.

Fassungslos und entsetzt musste sie mit ansehen, wie ein Blitz in den mittleren Mast einschlug und die Spitze abbrach. Instinktiv wandte sie sich ab, da sie einen versengenden Hitzeschwall spürte. Dem Blitzstrahl folgte ein Geräusch wie brutzelndes Fett, und ihre Augen schmerzten von dem ungeheuer grellen Licht. Der ohrenbetäubende Donnerschlag ließ nicht nur sie und das Schiff, sondern auch die ganze schwarze Welt um sie herum erzittern.

Sie blinzelte immer wieder, bis sie den Mast klar und deutlich sehen konnte. Die geborstene Spitze qualmte, und der restliche Mast wurde nur noch von der Takelage an den Wanten gehalten.

Nicole verschlug es den Atem. *Wenn die Taue nachgeben …*

Und dann geschah es. Wie ein Holzstäbchen knickte der

restliche Mast in der Mitte ein, stürzte krachend neben das Steuerrad und durchschlug mit seiner ganzen Wucht das obere Deck; die Spiere waren wie gefährliche Klauen und rissen sämtliche Segel und Leinen mit sich. Fassungslos musste sie mit ansehen, dass Dennis von der Wucht des Aufschlags gegen das Ruderhaus geschleudert wurde.

Mit angehaltenem Atem wartete sie, dass er sich wieder aufrichtete, aber er blieb reglos liegen. Zitternd machte sie sich an ihren Knoten zu schaffen. Gerade hatte sie sich befreit, da erreichte Chancey den Mann und brachte ihn in das Ruderhaus. Nicoles Blick schweifte hinüber zum führerlosen Steuerrad, das sich wie wild drehte. Auf allen vieren begann sie, in Richtung des Steuers zu kriechen.

Doch das hilflos treibende, vom Sturm geschüttelte Schiff bäumte sich immer wieder auf, sodass Nicole nur langsam vorankam und über die Holzteile an Deck schlitterte. Endlich hatte sie das Steuerrad erreicht und versuchte verzweifelt, es festzuhalten, aber das Rad drehte sich so schnell, dass die runden Griffe gegen ihre Hand schlugen. In ihrer Verzweiflung warf sie sich schließlich mit ihrem ganzen Körper gegen das rotierende Rad und brachte es zum Stehen.

Als sie einen Blick über die Schulter wagte, sah sie, dass Chancey mit finsterer Miene und schwankenden Schrittes auf sie zukam.

„*Lass los! Ich muss das Steuer übernehmen!*“, schrie er gegen den Sturm an. Wie aus dem Nichts sauste ein Tau durch die Luft und schlug ihm wie eine Peitsche durchs Gesicht, sodass er aufschrie.

Mit einem drohenden Knurren schaute er von ihr zu dem

Seil. „Mach dich wieder fest, verdammt. Mit kräftigen Knoten!" Er bekam das Tau zu fassen und stürmte wieder davon.

Nicole band sich an das Rad und versuchte, es ruhig zu halten, da das Schiff sich erneut aufbäumte. Als sie das Steuerrad endlich unter Kontrolle bekam und sicheren Halt hatte, schaute sie sich an Deck um. Ein Schrei des Entsetzens entriss sich ihrer Kehle. Über dem Bug schlug eine große Welle zusammen und schleuderte Chanceys mächtigen Körper über Deck, als sei er eine Puppe.

Ihr Herz pochte wie wild in ihrer Brust, als sie mit bangem Blick das Deck absuchte. *Chancey, wo bist du? Steh wieder auf!*

Schließlich sah sie, dass er taumelnd auf die Beine kam und sich zu dem Tau zurückschleppte, das er hatte festzurren wollen. Erleichtert atmete sie auf und versuchte, ihre Angst zu bekämpfen. Doch der Sturm fegte nun noch heftiger über das Deck hinweg und spülte eine schaumbedeckte Welle nach der anderen über die Bordwände. Als sie Chancey schließlich ganz aus den Augen verloren hatte, durchzuckte sie ein panischer Schrecken. Sie wollte schreien, doch die Kehle war ihr vor Angst wie zugeschnürt.

Sie betete für ihn und hoffte inständig, ihn jeden Augenblick wieder irgendwo am gischtumspülten Bug zu erblicken. Dann betete sie für ihre Crew – denn die Matrosen kämpften mit letzter Kraft gegen das Unwetter an, schrien in den Sturm hinein und stemmten sich mutig gegen das drohende Ende. Und sie betete, ihr Vater möge wieder heiraten und sein Leben ohne sie und seine Besatzung weiterleben.

Inmitten der entfesselten Naturgewalten, die unbarmherzig über ihr Schiff hereinbrachen, betete sie auch für Sutherland ...

In diesem Moment wussten alle an Bord, dass ihr Schicksal in der Hand der unberechenbaren, tosenden See lag, und jeder hatte den eigenen Tod vor Augen. Nicole wusste, dass sie verloren waren. Und dass sie versagt hatte.

Obgleich die Gewitterwolken von dem heftigen Wind rasend schnell übers Meer geweht worden waren, blieben sie jetzt für Stunden gleichsam in der Luft stehen, um sich zu entladen. Während dieser Zeit war es Derek nicht mehr möglich, die *Bella Nicola* auszumachen. Ursprünglich hatte er seiner Besatzung gesagt, sie würden Lassiters Schiff kapern, sämtliche notwendigen Vorräte beschlagnahmen und die Crew zum Dienst auf seinem Schiff zwingen. Schließlich hatte er in der Mitte der Meerenge den Anker auswerfen lassen und gewartet, denn der Ire hätte keine andere Wahl gehabt, als dicht an der *Southern Cross* vorbeizusegeln. Er wollte sie durch entsprechende Signalzeichen anlocken, und falls sie der Aufforderung nicht nachkämen, würde er sie mit einem Kanonenschuss über ihren Bug zum Halten zwingen. Ein einfacher und effektiver Plan.

Doch er hatte nicht damit gerechnet, dass der Sturm derart heftig werden würde. Schon bald prasselte der Regen auf das Schiff, aber er kam nicht von oben, sondern von der Seite, als entstamme er der aufgewühlten See. Derek war nichts anderes übrig geblieben, als den Anker zu lichten und das Schiff in sicherere Fahrwasser zu bringen.

Mit etwas Glück könnte es Nicole gelingen, im Schutz

der düsteren Gewitterwolken an ihm vorbeizukommen. Sein Zorn wuchs, aber er musste sich eingestehen, dass er noch eine andere Empfindung verspürte, die ihm schon fremd geworden war.

Angst.

Zunächst wollte er dies leugnen. Doch die Brust schnürte sich ihm jedes Mal zu, wenn er sich Nicole auf einem Schiff vorstellte, das leicht an den gefährlichen Felsen zerschellen könnte. Beharrlich versuchte er sich einzureden, er habe für sie nichts anderes übrig als Verachtung.

Aber selbst wenn sie eine böse, verlogene Hexe wäre, wollte er nicht, dass sie den Tod fand. Falls es diesem Chancey nicht gelang, das Schiff vor dem Sturm in Sicherheit zu bringen, war das Ende für die Besatzung der *Bella Nicola* mehr als wahrscheinlich. Er wollte sich gar nicht ausmalen, wie verängstigt Nicole sein musste, eingeschlossen in einer eiskalten und undichten Kabine, in der man das Holz unter dem Druck des Wassers ächzen hörte.

Von Ungeduld getrieben wartete er, bis endlich einzelne verheißungsvolle Sonnenstrahlen durch die dichte schwarze Wolkendecke drangen. Zum Glück hatte seine eigene Rumpfmannschaft den Sturm überstanden, ohne dass am Schiff nennenswerter Schaden entstanden wäre, und nachdem er die See für sicher befunden hatte, hielten sie unverzüglich Ausschau nach der *Bella Nicola.* Doch Stunden vergingen, und sie fanden nichts anderes von dem Klipper als einen geborstenen Mast.

Der Anblick dieser kläglichen Überreste rief in ihm ein lähmendes Gefühl der Machtlosigkeit hervor. Und er schwor sich, Lassiters Tochter nicht für ihren Verrat zu bestrafen, wenn er sie lebend fände.

„Captain, die Mannschaft beginnt allmählich zu murren", sagte Jeb, der hinter ihm stand. „Sie wollen den Rückstand aufholen und das Kap ansteuern."

Derek drehte sich um. „Wir setzen die Suche fort bis Sonnenuntergang."

Der alte Seemann sah ihn an und meinte zögerlich: „Wir haben heute schon ein großes Stück abgesucht. Glauben Sie, der Sturm hat sie so weit abgetrieben?"

„Ich weiß es nicht", räumte Derek ein. „Wenn ihr Mast geborsten ist, müssen sie hier irgendwo sein."

„Falls sie nicht ..."

„Genug jetzt, Jeb", fuhr er seinen Bootsmann an und führte den schrecklichen Satz im Geiste zu Ende. *Wenn sie nicht untergegangen sind.* „Wir suchen weiter. Sag den Männern, dass ich für die kommende Woche ihre Rationen verdoppeln werde."

„Aye, Sir." Der Mann überlegte einen Augenblick, wandte sich Derck dann mit gerunzelter Stirn zu und sagte unsicher: „Captain ... wegen des Mädchens, sie war ..."

Jeb konnte seinen Satz nicht beenden, da er von dem Ruf des Wachpostens unterbrochen wurde. „Schiff ahoi!"

Derek riss das Fernrohr aus der Tasche. Sein Blick fiel auf ein zerfetztes Segel, das an dem übrig gebliebenen Mast der *Bella Nicola* hing, die ziellos auf den Wellen trieb. Die Hochstimmung wich rasch einer wachsenden Ungeduld, als er seiner Besatzung befahl, die Segel zu setzen.

Obgleich die Sonne immer noch gegen düstere Wolkentürme ankämpfte, konnte Derek erkennen, dass das Schiff ungewöhnlich tief im Wasser lag und offenbar sank. Der Hauptmast war abgebrochen und durch das Oberdeck geschlagen; dort war er in einer bizarren Stellung stecken geblieben und bot einen unheimlichen Anblick.

Man hörte qualvolles Stöhnen, als einige Männer der bewusstlosen Crew erwachten. Derek verspürte augenblicklich Mitleid mit den armen Seeleuten, die offensichtlich die Hölle durchlebt haben mussten. Doch er unterdrückte den Anflug von Mitgefühl. Lassiter hatte eine erfahrene, eingeschworene Mannschaft, und die meisten segelten schon seit zwei Jahrzehnten mit ihm. Daher lag der Schluss nahe, dass einige, wenn nicht gar alle, von der Vergiftung wussten.

Im Stillen ärgerte Derek sich über sich selbst, da er mit ungeduldigen Blicken das Deck absuchte und immer unruhiger wurde, als er Nicole nirgends entdecken konnte. Hockte das kleine hinterhältige Biest immer noch in der Kajüte? Nun durfte er sie nicht länger einfach nur Diebin oder Spionin nennen. Wenn sie das Wasser vergiftet hatte, so hatte sie sich des versuchten Mordes schuldig gemacht.

Niemand war gestorben ... noch nicht, wie er sofort grimmig in Gedanken hinzufügte, aber seine Männer wurden weiterhin von der fürchterlichen Übelkeit heimgesucht.

Ich möchte sie nur lebend finden, damit ich ihr den niedlichen kleinen Hals umdrehen kann.

Während die *Southern Cross* sich dem Schiff näherte, nahmen er und seine Crew das Ausmaß der Verwüstung an Deck wahr. Über dem Steuerrad hing eine kleine Gestalt, halb erfroren, doch sie schien sich zu bewegen. Schließlich konnte

Derek sehen, dass die Bewegungen von langen, zerzausten Haaren herrührten, mit denen der Wind sein Spiel trieb.

Dort am Steuer kauerte niemand anders als Nicole.

Benommen erwachte Nicole aus einem dumpfen Halbschlaf auf und vermochte an nichts anderes zu denken als an den fürchterlichen Schmerz; sie wusste nicht zu sagen, ob sämtliche Knochen gebrochen waren oder ihre Schädeldecke zertrümmert war.

Als sie ein klagendes Aufstöhnen auf Deck vernahm, schüttelte sie instinktiv den Kopf, um sich des Geräuschs zu erwehren. Durch die Bewegung verlor sie das Gleichgewicht, doch die Seile an ihrer Taille hielten sie aufrecht. Wie betäubt hob sie leicht die Lider und sah verwirrt an sich hinab. Sie war an das Steuerrad gebunden?

Es gelang ihr schließlich, die Knoten aufzubekommen, und als sie frei war, trat sie einen Schritt zurück und brach augenblicklich zusammen. Mühsam kam sie wieder auf die Beine. Von einem unbestimmten Entsetzen gepackt, strich sie sich die Haarsträhnen aus der Stirn. Traumwandlerisch hatte sie zehn unsichere Schritte gemacht, als das ungewohnte Schwanken des Schiffs sie endgültig wachrüttelte.

Wie aus einem Dämmerzustand erwachend, riss sie erschrocken die Augen auf, als sie sich an die schier endlosen Stunden in dem Sturm erinnerte. Wasser war unter Deck eingedrungen. *Nicht dieses Schiff! Nicht dieses!* Aber hatte sie nicht schon vor Stunden geahnt, dass die *Bella Nicola* sinken würde? Oder war es bereits Tage her?

Mehr kriechend als gehend schleppte sie sich so schnell,

wie ihr schmerzender Körper es zuließ, zur Reling, wo Chancey sich mit einem Tau gesichert hatte. Sie schüttelte ihren Maat, und tatsächlich kam er nach kurzer Zeit wieder zu sich. Wenig später schaute er sich benommen auf Deck um und versuchte, die Lage einzuschätzen.

Es sah nicht gut aus.

„Die Rettungsboote?" krächzte er.

„Eins wurde fortgespült, das andere ist geborsten."

Nicole wusste, dass viele der Seeleute absichtlich nie schwimmen gelernt hatten. Denn hilflos im offenen Meer zu treiben, das war für sie schlimmer als der Tod. Bei diesen beklemmenden Gedanken begannen ihre Hände so stark zu zittern, dass sie nicht in der Lage war, Chancey loszubinden. Der Ire musste ihr helfen, die Seile zu lösen, die sich tief in seine durchgeweichte, geschwollene Haut eingeschnitten hatten.

„Ein Signal. Vielleicht können wir noch ein Signal aussenden." Mühsam zog er sich an der Reling hoch und humpelte zum Achterdeck.

Wie betäubt kauerte Nicole auf den Planken. Sie wusste nicht, ob sie je wieder auf die Beine kommen würde. Chancey würde ein Leuchtsignal abfeuern. Wenn Sutherland noch nicht weit weg war, durften sie noch auf Rettung hoffen …

Plötzlich stampfte der Ire mit dem Fuß auf und klatschte in die Hände, als habe er neuen Lebensmut gefasst. „Nic, steh auf", rief er mit brüchiger Stimme aus. „Dein Captain ist gekommen, um uns zu retten." Seine Stimme klang belegt, von Zuversicht und Erleichterung beseelt.

Langsam drehte sie den Kopf, ungläubig und zu ängstlich, sich einer Hoffnung hinzugeben.

Doch da war er. Bei Gott, wie gut er aussah!

Nie hatte sie einen willkommeneren Anblick gesehen als Sutherland, der an Deck seines Schiffes stand, das langsam längsseits vorbeiglitt. Wahrscheinlich würde sie sich immer daran erinnern, wie sein dichtes schwarzes Haar im Wind wehte und er sich lässig mit einem Bein auf der unteren Reling abstützte. Die kraftvollen Arme hatte er über der breiten Brust gekreuzt. Sie lächelte ihn wie ein einfältiges Ding an. Obwohl sie immer noch keinen klaren Kopf hatte und sich fast in einem Traum wähnte, verspürte sie die grenzenlose Freude, die ihre tiefe Verzweiflung verdrängte. Sie wusste nicht nur, dass er gerettet war, sondern auch, dass er sie retten würde …

Enterhaken wurden an Deck der *Bella Nicola* geworfen.

Nicole sah entsetzt zu, wie die Haken über das geborstene Deck kratzten, ehe die Greifklauen sich an der vormals weiß getünchten Bordwand verfingen. Enterhaken? Die Beschädigung ihres Schiffes, mochte es auch dem Untergang geweiht sein, jagte ihr einen Schauer über den Rücken. Warum sollte er … Glaubte Sutherland etwa, sie würden sich ihm widersetzen? Warum konnte sie keinen klaren Gedanken fassen?

Fassungslos sah Nicole zu, wie seine Männer sich über die Reling schwangen – bewaffnet, als wollten sie eine feindliche Crew überwältigen. Sie hob den Kopf und blickte in Sutherlands eiskalte Augen. Ihr Herz begann wie wild zu pochen. Diesmal allerdings nicht vor Aufregung, die sie noch Augenblicke zuvor bei seinem Anblick verspürt hatte. Jetzt hatte sie Angst.

Denn Captain Sutherland bedachte sie mit einem vernichtenden Blick.

Da er nun endlich nah genug herangekommen war, um Nicole deutlich erkennen zu können, wollte er die Schuld auf ihrem Gesicht sehen. Nein, verflucht, er wollte Bedauern und Reue sehen.

Daher war er nicht nur überrascht, sondern geradezu erschrocken, als er ihr strahlendes Lächeln sah, das ihn wie ein blendender Lichtstrahl erfasste. Derek konnte den Blick nicht von diesem Lächeln wenden, das vormals eine so große Wirkung auf ihn ausgeübt hatte. Und es immer noch tat, verflucht sollte sie sein.

Seinen bohrenden Blick schien sie überhaupt nicht wahrzunehmen, und offenbar war sie hocherfreut … nein, er konnte nicht nachvollziehen, warum sie sich freuen sollte, ihn zu sehen. Gewiss, er würde ihr das Leben lassen, aber ihr musste doch klar sein, dass er herausfinden würde, wer seine Männer vergiftet hatte. Ihr musste doch bewusst sein, dass er Vergeltung üben würde. Aber sie schaute ihn mit diesen leuchtenden Augen an, als sei er der Retter in strahlender Rüstung.

Es war zermürbend.

Schließlich hatte etwas anderes ihre Aufmerksamkeit erregt, und als ihr freudiger Gesichtsausdruck schwand, verspürte Derek ein merkwürdiges Gefühl der Enttäuschung. Während seine Männer die Haken auswarfen, um ihr Schiff zu sichern, erstarb dieses schöne Lächeln, und Fassungslosigkeit breitete sich auf ihrer Miene aus.

Es durfte ihm nicht Leid tun. Er redete sich ein, dass er befriedigt zusah, wie ihre Augen jede Bewegung seiner Leute verfolgte. Als sie gewahr wurde, dass die Crew bewaffnet war, schaute sie wieder zu ihm, senkte dann den Kopf und ließ die

Schultern hängen. Sie hatte Angst. Er hatte damit gerechnet, dass sie vor ihm zittern, ihn anflehen würde. Doch ihr nächster Schritt ließ ihn von dieser Gewissheit abrücken.

Das Haar fiel ihr in dunklen, feuchten Strähnen übers Gesicht, als sie plötzlich aufsprang und eine selbstbewusste Haltung einnahm. Die eben noch furchtsamen Gesichtszüge spiegelten offenkundigen Zorn wider. Dann schrie sie ihn an. Dieses kleine Biest wagte es tatsächlich, ihn *anzubrüllen.*

„Was, zum Teufel, hat das zu bedeuten, Sutherland?"

Er ließ sich seine Entrüstung nicht anmerken, sondern erwiderte in ruhigem, aber bestimmtem Tonfall: „Ich beabsichtige, Ihre restlichen Vorräte zu beschlagnahmen und Ihre Crew zum Dienst auf meinem Schiff zu zwingen."

Sie hatte eine Antwort auf den Lippen, schloss aber den Mund wieder.

Derek war erstaunt über ihr Schweigen und starrte sie mit finsterer Miene an. „Sie scheinen überrascht zu sein, dass ich Ihr Schiff kapere und Ihre Crew gefangen nehme" – er machte eine Pause –, „obwohl wir beide wissen, dass diese Maßnahmen Sie nicht verwundern sollten."

Blicklos starrte sie ihn an und hielt sich die Hände an die Schläfen. Sie wirkte unsicher und verwirrt, doch dann sah es so aus, als ob sie sich schlagartig an etwas erinnerte. Ihre Miene wurde undurchsichtig.

Jetzt holte sie hörbar Luft und sagte dann mit lauter Stimme: „Sie haben Recht, ich weiß genau, warum Sie mein Schiff kapern."

Offenbar hatte sie nicht einmal die Absicht, ihre Tat zu leugnen. Hatte er im Stillen gehofft, sie würde jegliche Schuld so überzeugend von sich weisen, dass er an ihre Unschuld glauben könnte? Stattdessen sah sie verloren und niedergeschlagen aus. Mit einem Mal sank sie auf die Knie, und ihm fiel plötzlich auf, wie klein und zerbrechlich sie in ihrer Regenkleidung aussah.

Er zuckte zusammen, als einer seiner Matrosen sie wieder auf die Füße zog. Unter Aufbietung ihrer vermutlich letzten Kraftreserve trat sie so heftig nach dem Mann, dass er sie freigab. Derek sah, dass sie trotz ihrer Erschöpfung bereit war, sich zu verteidigen.

Er wusste, dass sie eine Kämpferin war. Aber er wusste sich nicht zu erklären, warum er insgeheim auf ihrer Seite stand.

Es gab nichts, was Nicole hätte tun können. Sie musste sich damit abfinden, Sutherlands Gefangene zu sein. Ihr Schiff lag so tief, dass ihr Deck sich beinahe auf gleicher Höhe mit der Wasserlinie der *Southern Cross* befand. Das Ende war nahe. Chancey und die meisten Männer ihrer Besatzung, von denen viele das Bewusstsein noch nicht wiedererlangt hatten, waren bereits auf Sutherlands Schiff gebracht und gefesselt worden. Mit einem heftigen Ruck löste sie sich von der Hand des Seemanns, der sie festhalten wollte. Wenn sie sich schon ergab, dann würde sie es auf *ihre* Weise tun.

Sie straffte die Schultern und ging erhobenen Hauptes und kerzengerade auf die steile Gangway zu.

Sutherland besaß doch tatsächlich die Frechheit, den Mund zu einem überlegenen Lächeln zu verziehen. Offensichtlich genoss er diesen Augenblick.

Er war demnach nicht gekommen, um sie zu retten. *Törich-*

tes Mädchen. Nein, sie hatte ihn im Grunde doch richtig eingeschätzt. *Er* steckte hinter all den Unfällen. Und es reichte ihm nicht, die Schiffe seiner Konkurrenten zu beschädigen. Er wollte sie vollkommen zerstören.

Der stechende Schmerz in ihrem Kopf wollte nicht nachlassen, und ihre Gedanken über Sutherlands hinterhältiges Wesen verschlimmerte ihre Pein noch. Kein Wunder, dass sein Schiff sich nicht von der Stelle gerührt hatte; er hatte so lange abgewartet, bis sein Zerstörungswerk ihr Schiff während des Sturms fahruntüchtig gemacht hatte. Und es handelte sich zweifelsfrei um Sabotage. Er und seine Helfershelfer waren nicht zufällig in Recife eingelaufen.

Nicole musste schwer schlucken, um nicht laut aufzuschreien. Unzählige Stunden hatten sie und ihre Besatzung den Tod vor Augen gehabt. Sie hatten nichts gegessen, nicht geschlafen und nichts getrunken. Und zu allem Überfluss waren sie von dem Mann gefangen genommen worden, der für das Ende ihres Schiffes verantwortlich war ... Diese Erkenntnis lähmte sie, und sie hatte das Gefühl, in einen tiefen Abgrund zu stürzen.

Doch als sie gezwungen war, an Sutherland vorbeizugehen, reckte sie trotzig das Kinn empor und blickte stolz geradeaus.

„Sieh mich an, verflucht", verlangte er von ihr mit leiser Stimme. Da sie sich weigerte, packte er sie und zwang sie, ihm in die Augen zu sehen. Das, was er in ihrem Blick wahrnahm, schien ihn zu überraschen, und sie hoffte, er möge den Hass gleichsam *spüren,* der in ihr loderte. Als sie in sein Gesicht sah, das ihr immer noch so ungemein fesselnd vorkam, wusste sie nicht, ob sie weinend auf die Knie sinken oder ihn töten sollte.

Schließlich wich sein anfängliches Erstaunen einem selbstgefälligen, finsteren Blick. Und da wusste sie, dass sie ganz sicher nicht weinend auf die Knie sinken würde.

Derek war immer wieder verblüfft, wie stark er auf Nicole ansprach. Als er sie am Arm gepackt und an sich gezogen hatte, hatte er nur mit Mühe verhindern können, zu viel von seinen Gefühlen preiszugeben. Er hatte sie seit Wochen nicht gesehen, und sie jetzt in diesem Zustand vorzufinden ... Er konnte den Blick nicht von ihren Augen lösen, in denen sich offenkundiger Schmerz und Entsetzen spiegelten. Ihre Haut wirkte unnatürlich blass und verlieh ihr ein unheimliches Aussehen. Salz hatte sich in ihren Brauen, Wimpern und Haaren gesammelt und glitzerte im Schein der untergehenden Sonne auf ihrem Gesicht. *Ich finde sie immer noch wunderschön.* Trotz allem.

Erstaunlich. Nach all dem, was er über sie erfahren hatte, sprach er nach wie vor auf sie an. Es war kein fleischliches Verlangen, das er in ihrer Gegenwart verspürte, obwohl er ihren bloßen Leib noch allzu gut vor Augen hatte. Vielmehr fühlte er sich ungewöhnlich stark zu ihr hingezogen. Offensichtlich machte es ihm in einem Winkel seines Herzens nichts aus, dass sie ein hinterhältiges kleines Biest war.

Als er jedoch erneut an das Leiden seiner Crew dachte, packte er sie unbarmherzig an den Oberarmen. „Warum?“ fuhr er sie scharf an. „Warum hast du das getan?“ Da sie blicklos an ihm vorbeistierte, begann er sie heftig zu schütteln.

„Hat dich irgendjemand dazu angestiftet? Hat dir jemand den Auftrag erteilt?"

Wie von ferne vernahm er, dass ihre Crew ihrem Unmut Luft machte, und er begriff, dass die Männer ihn ablenken wollten. Nicole schwieg beharrlich und weigerte sich, ihm in die Augen zu sehen. Er packte sie noch fester an den Armen und bedrängte sie weiter: „Wer ist dein Auftraggeber?" Schließlich schaute sie auf, doch sie zog die Stirn in Falten, als habe die Frage sie verwirrt.

Der unsanfte Umgang mit seiner Gefangenen hatte die wenigen Seeleute erzürnt, die noch bei Bewusstsein waren, und so versuchten sie, ihre Fesseln zu lösen und ihren Bewachern zu entkommen. Mochten sie doch aufbegehren, wie sie wollten, niemand wäre in der Lage, sich seiner Rache in den Weg zu stellen. Zudem hatte Nicole sich seiner Meinung nach so viel zu Schulden kommen lassen, dass er nun mit ihr umspringen konnte, wie es ihm beliebte.

Sie hatte mit ihm *gespielt.* Sie hatte ihn überlistet. Er hatte geglaubt, sie sei nur wegen ihres Vaters zu ihm gekommen, dabei war sie mit Berechnung vorgegangen, um sich in dem Wettbewerb einen Vorteil zu verschaffen. Viel schlimmer wog indes die Tatsache, dass sie willentlich seiner Besatzung geschadet hatte.

Jetzt, da sie sich auf seinem Schiff befand, konnte er sie ebenso gut besitzen. Mit einem höhnischen Lächeln wandte er sich an Lassiters Crew. Als sie ihre Anstrengungen noch verdoppelten, um ihr zu Hilfe zu eilen, lachte er spöttisch auf, ehe er seine Aufmerksamkeit wieder auf Nicole richtete.

Er musste in Erfahrung bringen, warum sie es getan hatte. Unbarmherzig presste er ihre Arme zusammen, bis sie mit einem beißenden Unterton erwiderte: „Niemand hat mich zu irgendetwas angestiftet – ich mache, was ich will!“

Da er es nicht fertig brachte, eine Frau zu schlagen, fasste er sie an den Schultern und schüttelte sie heftig.

Bis sie unvermutet mit einem unterdrückten Seufzer in seinen Armen zusammenbrach.

Eine unbestimmte Angst kroch in ihm hoch, während Nicoles Körper in seinen Armen erschlaffte. Rasch fing er sie auf und hob sie hoch. Als er aufschaute, spürte er den hasserfüllten Blick des hünenhaften Iren und errötete. Es war nicht seine Absicht gewesen, dem Mädchen wehzutun. Verflucht! Nie war er auf einen anderen Menschen zorniger gewesen. Nicht einmal auf Lydia.

Das schlechte Gewissen plagte ihn, und sofort wollte er sich ihrer entledigen. Kurz entschlossen trat er vor und gab die bewusstlose Nicole in Chanceys Obhut. Der große Mann wiegte sie beschützend in seinen starken Armen, obwohl seine Hände gebunden waren.

Derek eilte zur Bordwand und sprang auf das Deck der *Bella Nicola,* um seinen Leuten bei der Suche nach brauchbaren Vorräten behilflich zu sein. Während er sich an Bord des langsam sinkenden Klippers bewegte, musste er immerzu daran denken, wie schlecht er die junge, zierliche Frau behandelt hatte, und zuckte innerlich zusammen; dennoch war ihm nicht entgangen, dass seine Männer alles zusammengerafft hatten, was nicht niet- und nagelfest war. Doch die Besatzung hatte sich an seine Anordnung gehalten, die Quartiere der Offiziere und des Kapitäns im Achterdeck unberührt zu lassen. Dort wollte nur er allein sich umsehen.

Nachdem er mehrmals die Schulter gegen die verschlossene Tür der größten Kabine gerammt hatte, gab das Holz nach, und wenig später stand Derek knietief im Wasser. Der stechende Geruch einer zerbrochenen Petroleumlampe stieg ihm in die Nase. Der Schreibtisch und der Schrank voller Männerkleidung bestärkten ihn in seiner Vermutung, dass es sich um Lassiters Kajüte handelte. Sie wirkte karg, ohne Luxusgegenstände.

Schließlich watete er in die nächste Kabine und schaute sich in dem Raum um; sein Blick fiel auf das polierte Schreibpult und das verzierte Mahagonibett. Offensichtlich befand er sich in Nicoles Kajüte. Mehrere Kompasse, zerbrochene Barometer und Thermometer trieben an der Wasseroberfläche. An der mit Holz vertäfelten Wand fielen ihm zwei außergewöhnlich geschmackvolle Landschaftsgemälde ins Auge.

Während Lassiters Behausung leer wirkte, wies die Kabine seiner Tochter eine ausgefallene Einrichtung auf. Ihr Vater hat wahrlich keine Ausgaben für das Dekor gescheut, dachte Derek, als er die teuren Spitzenvorhänge an den Bullaugen sah. Er wusste um den Wert all dieser Gegenstände und wunderte sich daher nicht, dass Lassiter in finanziellen Schwierigkeiten steckte.

Überall schwammen aufgeweichte Karten. Selbst er besaß nicht so viele Karten. In einer Ecke lag ein Segel; wahrscheinlich machte Nicole sich gelegentlich nützlich, indem sie gerissene Segel zusammennähte. Er watete zu den Seekisten, die von der Verzierung her zu einer Frau passten, und durchsuchte sie.

Der Inhalt der ersten Truhe erstaunte ihn. Sie war angefüllt mit Unterwäsche aus Spitze und Seide. Damenunterwäsche. Bislang hatte er sie immer nur in Männerkleidung gesehen. Hätte er, wenn er aufmerksamer gewesen wäre, wahrgenommen, was sie am Leib trug, als er sie in jener Nacht hastig entkleidet hatte? Vielleicht sollte er ihr für die lange Reise die Kleidungsstücke bringen lassen. Er entsann sich nur zu gut, wie weich und zart ihre Haut sich anfühlte. War gewöhnliche Kleidung zu rau für sie?

Mit einem Mal fiel ihm ein, dass er nicht hier war, um dieser Frau Annehmlichkeiten zu bieten – er wollte sie bestrafen. Dennoch rief er an der Tür zwei Seeleuten zu, die Truhe vom Boden zu lösen und auf sein Schiff zu bringen.

„Captain, es dauert nicht mehr lange, bis das gute Stück sinkt", rief ihm einer seiner Leute zu.

„Stellt sicher, dass alle Männer von Bord sind – ich komme gleich nach." Der Boden unter seinen Füßen begann sich zu bewegen und nahm ihm den festen Halt. Es war das letzte Aufbäumen vor dem Untergang. Traurig schüttelte er den Kopf und lief über das sich bedrohlich neigende Deck.

Nachdem er wieder auf der *Southern Cross* angekommen war, begab er sich zu Chancey und entriss ihm – mit Hilfe weiterer Matrosen – das scheinbar leblose Mädchen. Derek hielt sich eigentlich für einen tapferen Mann, doch als er Chanceys Furcht einflößendes Grollen vernahm, sträubten sich ihm die Nackenhaare. Mit Nicole in seinen Armen wandte er sich dem hünenhaften Iren zu, bereute es indes sogleich.

Denn ehe Dereks Leute ihn festhalten konnten, hatte der große Mann sich losgerissen und fuhr sich mit einem Finger quer über die Kehle. Der finstere, unheilvolle Blick, den er Sutherland zuwarf, ließ keinen Zweifel daran, dass er ihn töten würde.

Derek begegnete dieser Drohung mit einem dünnen Lächeln, das jedoch sofort erstarb, als das laute, krachende Geräusch von berstendem Holz zu vernehmen war. Die *Bella Nicola* sank.

Derek und der Ire sahen bestürzt zu, wie der einst stolze Klipper sich auf die Seite legte, von einem unbarmherzigen Sog erfasst wurde und schließlich noch an der Wasseroberfläche auseinander brach. Derek zuckte zusammen, als der aufwendig bemalte Schiffsrumpf aufplatzte und sämtliche Planken mit einem Geräusch barsten, das einem Kreischen gleichkam; es klang geradezu unheimlich. Doch selbst das war noch erträglicher als die beklemmende Stille, die sich wie ein Leichentuch über die See legte, nachdem der gierige Strudel den Klipper verschluckt hatte.

Derek bemerkte, dass die bewusstlose Frau sich während der schrecklichen Geschehnisse nicht bewegt hatte. Doch als die dämonische Stille eintrat, strömten Tränen über ihre Wangen, und ihrer Kehle entrang sich ein verzweifeltes Aufstöhnen.

15. KAPITEL

Besorgt lief Dr. Bigsby hinter Derek her, der Nicole zu seiner Kajüte trug, doch ehe der Arzt sich versah, hatte Derek ihm die Tür vor der Nase zugeschlagen. „Aber Captain Sutherland! Die Frau braucht medizinische Versorgung. Sie könnte schwer verletzt sein."

Derek beachtete ihn nicht; er war sich sicher, dass Nicole bald aufwachen würde, und dann würde er sie erneut fragen, was sie ihnen ins Trinkwasser getan hatte. Als er sie eher unsanft auf sein Bett legte, schrie sie vor Schmerz auf. Derek verschlug es vor Schreck den Atem.

Rasch zog er ihr die Stiefel und die Regenkleidung aus. Ihre Haut war eiskalt, und er konnte sich nicht entsinnen, je einen Menschen berührt zu haben, der sich derart kalt angefühlt hatte. Beim Anblick ihrer abgeschürften Handgelenke rief er mit belegter Stimme nach dem Arzt. Offenbar hatte der Mann sich nicht von der Stelle gerührt, denn er stürmte augenblicklich mit seiner schwarzen Tasche herein.

„Was können Sie dagegen tun?" fragte Derek und hielt ihre Handgelenke hoch. Salz hatte sich auf der Regenkleidung gesammelt und wie Sandpapier über ihre Haut gescheuert.

„Ich habe eine Heilsalbe, doch um die Schürfwunden sollten wir uns später kümmern. Ich habe ihre Crewmitglieder untersucht und bei vielen ernste Verletzungen festgestellt. Und die Frau wirkt so zerbrechlich, dass bei ihr vielleicht sogar mit inneren Verletzungen zu rechnen ist. Wir müssen sie unverzüglich wärmen."

Da Derek, erschüttert von dem besorgten Unterton des

Arztes, sich nicht von der Stelle rührte, schob Bigsby ihn beiseite und begann, Nicoles salzverkrustetes und am Leib festgeklebtes Hemd aufzuschneiden.

Kaum hatte er den ersten Schnitt gemacht, als er sagte: „Was, zum Teufel ...?“

Es war das *mehndi*, das immer noch schwach auf Nicoles Haut zu erkennen war.

„Ich mache das!“ Derek entriss dem Arzt die Schere, denn es behagte ihm ganz und gar nicht, dass ein anderer Mann den bemalten Körper sah. Der für ihn verziert worden war.

Bigsby starrte ihn verständnislos an. „Wenn sie ... tätowiert ist, macht mir das nichts aus. Ich war nur überrascht.“

Mit der Schere in der Hand stand Derek regungslos vor dem Bett und starrte mit krauser Stirn auf die junge Frau.

Verwundert sah Bigsby ihn an. „Was haben Sie mit ihr vor?“

„Ich kann mich nicht entscheiden, sobald es um sie geht“, bekannte er und fuhr sich mit einer ungeduldigen Geste durchs Haar.

„Offensichtlich“, murmelte der Arzt. Dann sagte er mit lauterer Stimme: „Wenn Sie mich ihr nicht helfen lassen, dann müssen Sie die Frau selbst von ihrer nassen Kleidung befreien und sie wärmen.“

Derek fuhr fort, mit unsicheren Händen das Hemd aufzuschneiden. Doch der Anblick, der sich ihm bot, ließ ihn scharf den Atem einziehen. Prellungen verunstalteten ihren Oberkörper. Ohne nachzudenken streckte er die Hand aus und strich mit den Fingern über die dunkel verfärbten Stellen.

„Captain Sutherland“, sagte Bigsby mit einem scharfen Tonfall, „Sie sollten draußen warten, während ich sie untersuche. Sie wird beunruhigt sein, wenn sie aufwacht.“

„Das kümmert mich nicht“, entgegnete Derek schroff. „Jetzt bin ich für sie verantwortlich. Sie ... gehört mir. Ich lasse sie nicht allein.“

Bigsby schüttelte den Kopf, ging dann zur Tür und rief nach einem Eimer Wasser. Dann kam er zurück, beugte sich tief über die bewusstlose Frau und begann mit seinen Untersuchungen. Zunächst entfernte er sämtliche Kleidungsstücke, legte aber immer eine wollene Decke über die Körperpartien, die er gerade nicht untersuchte.

Als er schließlich fertig war, sagte er: „Sie hat eine dicke Beule am Kopf. Das macht mir am meisten Sorgen. Man weiß nie, wie Kopfverletzungen sich entwickeln. Außerdem bereitet es mir Sorgen, dass sie während des Unwetters in ihrer nassen Kleidung steckte. Es würde mich wundern, wenn sie kein Fieber bekommt.“

„Was wollen Sie jetzt machen?“ fragte Derek, als der Arzt dem Seemann mit dem heißen Wasser bedeutete, den Eimer neben dem Bett abzustellen.

„Ich werde ihre Wunden säubern“, antwortete er.

„Die anderen Crewmitglieder haben Ihre Hilfe nötiger, und meine Leute stehen an erster Stelle.“ Als er die besorgte Miene des Arztes sah, fügte er schnell und schroff hinzu: „Ich mache das.“

Bigsby nickte. „Bitte beeilen Sie sich. Sie muss so rasch wie möglich trocken und warm liegen. Captain Sutherland, ich übertreibe nicht, wenn ich sage, dass es um Leben und Tod geht, wenn Sie die Frau nicht warm halten. Und gehen Sie sanfter mit ihr um. Selbst wenn sie bewusstlos ist, nimmt ihr Körper den Schmerz wahr. Sie dürfen ihr nicht weiter wehtun."

Bevor er den Raum verließ, fügte er hinzu: „Da ich nicht mit Sicherheit sagen kann, ob sie innere Verletzungen davongetragen hat, dürfen Sie sie auf keinen Fall aus dem Bett entfernen."

Voller Ungeduld schob Derek den Arzt aus der Kabine.

Dann wandte er sich wieder Nicole zu, tauchte ein Stück Leinen in den dampfenden Eimer und begann, ihre Wunden zu säubern. Er empfand es als Strafe, jetzt für sie sorgen zu müssen, denn bei jeder Berührung stieß sie leise Schmerzenslaute aus. Obwohl er sie für ihre Taten hasste, zuckte er jedes Mal betroffen zusammen.

Ihre Beine und die leicht hervorstehenden Hüftknochen wiesen schlimmere Prellungen auf als ihr Oberkörper. An ihrer schmalen Taille konnte er genau erkennen, wo das Seil gesessen und ihre zarte Haut aufgeschürft hatte. Die Beule an ihrem Kopf war nicht abgeschwollen, und ihre Haut war an mehreren Stellen rau und rissig. Beim Anblick all dieser Verletzungen wurde ihm angst und bange.

Er bemühte sich, ihre Reize nicht wahrzunehmen, doch immer wieder bestürmte ihn die Erinnerung an jenen Abend, als er ihre milchweiße Haut und ihren herrlich geformten Leib genossen hatte. Der Schweiß lief ihm über die Stirn, während er schließlich das Salz von ihrem Körper und aus ihren Wunden wusch. Noch nie hatte er eine kranke oder verletzte Person gepflegt, geschweige denn eine verletzte *Frau.* Jedes Mal, wenn er seine rauen Hände auf ihren schmalen Körper legte, kam er sich ungelenk und unbeholfen vor.

Nachdem er sie abgetrocknet hatte, suchte er in einer ihrer Seekisten nach geeigneten Kleidungsstücken, sah sich aber nicht in der Lage, aus der Vielzahl von feiner Spitzenunterwäsche das Passende auszusuchen. Schlimmer war noch, dass es ihm in dieser Situation sogar Vergnügen bereitete, sich die junge Frau in all diesen seidenen Stoffen vorzustellen.

Wütend über sich selbst, stopfte er alles zurück in die Kiste und schlug unzufrieden den Deckel zu. Mit der zweiten Kiste gab er sich nicht einmal ab, sondern streifte Nicole hastig eines seiner Hemden über, ehe er sie in jede verfügbare Decke hüllte, die er fand.

„Ihre Prellungen sehen sehr schlimm aus", teilte er Bigsby später am Abend mit. „Und sie ist noch immer nicht aufgewacht."

„Captain, bitte lassen Sie mich *abermals* darauf hinweisen, dass ich sehr zuversichtlich bin, was ihre Verletzungen anbelangt. Sie hat weder Knochenbrüche noch Verletzungen erlitten, die nicht mehr zu heilen sind. Und Schlaf ist im Augenblick das Beste für sie. Nur so kann der Körper mit den traumatischen Erlebnissen und den Verwundungen fertig werden."

Schweigend ging Derek wieder davon. Er vertraute Bigsby. Und nicht nur das. Er hatte ihn sogar seine Untersuchungen durchführen lassen, obwohl ihn allein schon der Gedanke erzürnt hatte, dass ein anderer Mann diese Frau berührte. Seit sie Nicole an Bord gebracht hatten, war ihm bei jeder Begegnung mit dem Arzt aufgefallen, dass dieser eine eigentümlich wissende Miene aufsetzte. Manchmal konnte Derek sich des Eindrucks nicht erwehren, dass Bigsby ihn bedauerte.

Wenn sich Nicoles Zustand allerdings auch am kommenden Tag nicht sichtlich verbessert haben würde, wollte er sich nach einem anderen Arzt umschauen, sobald sie Kapstadt erreicht hatten. Und nach einem Richter. Kaum war ihm der Gedanke gekommen, da verwarf er ihn wieder. Nein, er würde sie nicht dem korrupten Gerichtswesen dieser Stadt überlassen, nicht nur weil er wusste, wie man mit einer jungen Frau wie ihr umgehen würde. Er redete sich ein, dass er sie an Bord behalten wollte, weil sie ihm nun auf Gedeih und Verderb ausgeliefert war.

Als er in seine Kajüte zurückkehrte, drehte sie sich gerade im Bett. Sie erzitterte unter der Bewegung und stöhnte leise im Schlaf auf. In diesem Augenblick wollte er den Iren dafür *töten,* dass er sie auf diese Reise mitgenommen und ihr Leben aufs Spiel gesetzt hatte, als er das Schiff in diese berüchtigten Breitengrade steuerte. Und ihre Besatzung hatte es zugelassen, sie während eines Unwetters ans Steuerrad zu stellen. Vermutlich war es der mangelnden Umsicht der Crew zuzuschreiben, dass Nicole gegen die gefährlichen Felsen geprallt war und das Schiff ihres Vaters zerstört hatte. Wäre er nicht in der Nähe gewesen, hätte womöglich keiner auf der *Bella Nicola* überlebt.

„Captain, kommen Sie schnell an Deck!" schrie Bigsby aufgelöst vor seiner Tür.

„Was ist passiert?" rief er ungehalten, als er an dem Arzt vorbeilief.

„Wie es aussieht, versucht Lassiters Crew, das Schiff einzunehmen."

Als Derek bei Sonnenaufgang erschöpft in seine Kabine zurückkehrte, fand er Bigsby an Nicoles Bett. Während des

Handgemenges der vergangenen Nacht hatte der Arzt offenbar an ihrer Seite gewacht. Derek mochte nicht weiter darüber nachdenken. Eigentlich war es *seine* Aufgabe, so gut es ging für sie zu sorgen, damit sie möglichst bald wieder auf die Beine käme.

Und dann würde er nicht eher von ihr ablassen, bis sie ein volles Geständnis abgelegt hatte.

„Geht es ihr gut?"

„Ja, Captain …"

„Hinaus."

Erschrocken sprang Bigsby auf. „Natürlich, Captain", sagte er und wandte sich zum Gehen. „Ich denke, sie wird bald aufwachen."

Als die Tür zufiel, nahm Derek neben dem Bett Platz. Ohne ihren Mantel, der ihrer schlanken Erscheinung etwas mehr Fülle verliehen hatte, wirkte sie furchtbar dünn in dem Hemd. Er konnte es kaum abwarten, dass sie die Augen aufschlug, und fragte sich zugleich, warum er sich so große Sorgen um ihren Gesundheitszustand machte. Doch er wollte seine Gefühle für sie nicht weiter ergründen und redete sich daher ein, dass er ihr nur deshalb gute Besserung wünschte, um endlich Vergeltung üben zu können.

Derek ahnte, dass er in den kommenden Tagen mehr Brandy als Nahrung zu sich nehmen und wenig schlafen würde.

Nachdem er in dieser Nacht seinen Pflichten an Deck nachgekommen war, setzte er sich an sein Schreibpult und tat sich an dem Brandy gütlich, während sein Blick immer wieder auf die Seekisten fiel, die er hatte an Bord bringen lassen. Er vermochte nicht zu sagen, ob sie Dinge enthielten, auf die Frauen auf keinen Fall verzichten konnten, da er nie den Koffer einer Frau gepackt oder mit einer zusammengelebt hatte.

Er betrachtete sie mit einem sonderbaren Unbehagen. Sie standen einfach nur da, diese damenhaft wirkenden Seekisten. Unmittelbar neben seinen. Mit einem Anflug von Entsetzen machte er sich bewusst, dass sie auch weiterhin in seiner Kajüte stehen würden, da Nicole – dem Arzt zufolge – das Bett nicht verlassen durfte.

Kurz nachdem er Nicole an Bord gebracht hatte, hatte er eine Hängematte in seiner Kabine aufgespannt, doch er malte sich schon jetzt aus, wie schlecht er darin liegen würde, falls er überhaupt Schlaf fände. Verflucht, er wollte in sein eigenes Bett zurück.

Sicher würde sie Schmerzen erleiden, wenn er sie in der Nacht aus Versehen anstoßen würde, aber sie war klein und nahm in seinem großen Bett nur wenig Platz ein. Sein Entschluss stand so gut wie fest, sich zu ihr ins Bett zu legen. Doch er blieb noch stundenlang sitzen und trank seinen Brandy. Bis sie zu zittern begann.

Im Raum war es keinesfalls kühl, da der Schiffsjunge wegen Nicole ständig den Ofen nachfüllte. Doch da lag sie nun und zitterte immer stärker. Er könnte nach Bigsby rufen. Nein, er wollte sich selbst um sie kümmern. Er entledigte sich seiner Kleidung und legte sich neben sie, um sie mit seinem Körper zu wärmen.

Aber es half wenig. Ihr Atem war flach, und er befürchtete, sie könnte Fieber bekommen. Vorsichtig rückte er näher zu ihr und schlang die Arme um ihren bebenden Leib. Allmählich wurde sie ruhiger und schmiegte sich an ihn.

Er war seltsam überrascht, da er offenbar etwas bewirkt hatte. Denn er hatte es allein durch seine Gegenwart und Wärme geschafft, dass sie nicht mehr zitterte. Diesmal schlief er ungewöhnlich schnell ein.

Irgendwann in der Nacht wachte er auf und merkte, dass sie sich mit dem Rücken eng an seine Brust gekuschelt hatte und ihr Kopf auf seinem ausgestreckten Arm ruhte. Sofort verspannte sich sein Körper. Ihr Hemd war im Schlaf verrutscht, und er konnte ihre Schenkel und … die Rundungen ihrer Hüften spüren.

Diese Qualen! Seine Erregung war beinahe schmerzhaft. Sie nicht berühren zu dürfen, wenn er nichts sehnlicher wollte, als sich in ihr zu verlieren, raubte ihm den Verstand.

Er war sich beinahe sicher, dass die kleine Hexe ihn absichtlich quälte, als sie ihren Po enger an ihn schmiegte. Er biss die Zähne zusammen und bemühte sich, an etwas anderes zu denken als an den betörenden Duft ihrer Haare, die seine Brust kitzelten. Doch immerzu musste er daran denken, dass ihre Körper füreinander geschaffen waren, und er wusste, dass er sein Verlangen, sie zu nehmen, nicht mehr lange zügeln konnte.

Hätte sie ihn nicht verraten, würde er sie jetzt mit den Wonnen des Liebesspiels verwöhnen. Mit der Zunge hätte er eine feurige Spur auf der Innenseite ihrer Schenkel hinterlassen, ihre geheimsten Stellen erkundet und sich ausgiebig ihren wohlgeformten Brüsten gewidmet. Doch jetzt stieg nur das rohe Verlangen in ihm hoch, mit harten und unerbittlichen Stößen in sie einzudringen. Der Gedanke rief Unbehagen in ihm hervor: Er wünschte, er könnte beides sein – ein zärtlicher Liebhaber und ein von Begierde getriebener Mann.

In den folgenden Nächten schlich er sich erst spät in sein Bett, um ein wenig Schlaf zu finden. Und in der Frühe verließ er es sofort, damit Nicole nicht aufwachte. Dann, nachdem er die nötigen Anweisungen für den Tag gegeben hatte, kehrte er noch einmal kurz in seine Kajüte zurück, um nach ihr zu schauen.

Da Bigsby es so eingerichtet hatte, sich um die Kranke zu kümmern, wenn Derek auf der Brücke sein musste, war sie die meiste Zeit des Tages in der Obhut des Arztes. Derek hatte nur die Möglichkeit, ihr während der Nacht bei ihrer Genesung zu helfen, und er empfand seine Aufgabe nicht als Bürde. Es war vielmehr eine Herausforderung für ihn, die junge Frau zu beruhigen. Dem Arzt hatte er verschwiegen, dass sie des Nachts von heftigen Zuckungen geschüttelt wurde. Doch da ihre Haut sich nicht sonderlich heiß anfühlte, kam er zu dem Schluss, dass Nicole offenbar von Albträumen geplagt wurde. Bis er sich zu ihr ins Bett legte.

In der dritten Nacht aber konnte er nicht verhindern, dass sie unaufhörlich zitterte, obwohl er sich neben sie gelegt und obendrein noch drei Decken über ihr ausgebreitet hatte. Ihre bloßen Leiber berührten sich beinahe überall, und doch stöhnte sie leise auf und zitterte. In seiner Verzweiflung fuhr Derek mit der Hand durch ihr Haar und streichelte sie. Als die zärtliche Zuwendung Wirkung zeigte, beugte er sich dicht über ihr Ohr und raunte: „Scht, Nicole. Du musst jetzt schlafen."

Sie wurde ruhiger und schmiegte sich an ihn. Derek fluchte.

Ein Fieber wäre vermutlich besser als diese dauernden Albträume. Albträume von dem schrecklichen Sturm, ohne Zweifel. Er streichelte sie weiter, und allmählich ging ihr Atem ruhiger. Bevor er sich für sein widersinniges Benehmen schelten konnte, wisperte er noch: „Gutes Mädchen", und schlief dann augenblicklich ein.

Am vierten Tag wurde er belohnt, da ihre Lider aufflatterten.

Als sie die bleichen Lippen öffnete, füllte er ihr ein Glas mit Wasser und wartete auf ihre Fragen. Nachdem sie mehrmals geblinzelt hatte, öffnete sie die Augen. Sofort zeichneten sich Verwirrung und Entsetzen in ihrem Blick ab, und daher war er erleichtert, dass sie überhaupt in der Lage war, eine klare Frage zu stellen.

„Wo bin ich?" kam es aus ihrer heiseren Kehle, bevor sie sich aufrichten ließ, um einen Schluck Wasser zu nehmen.

„An Bord der *Southern Cross.*"

Sie nahm einen kräftigen Schluck und sank dann wieder verwirrt zurück in die Kissen. „Mein Schiff ...?"

„Ist untergegangen."

Entsetzt bedeckte sie die Augen mit einer bebenden Hand und fragte mit leiser, brüchiger Stimme: „Und die Crew?"

„Die *Crew*", er verlieh dem Wort eine unheilvolle Betonung, „wird in Kapstadt wegen versuchter Meuterei ins Gefängnis gebracht. Anscheinend hat es die Bastarde verrückt gemacht, nicht zu wissen, wie es um Ihre Sicherheit bestellt ist."

„Haben Sie ... ihnen wehgetan?" fragte sie und bedachte ihn mit einem anklagenden Blick.

„Natürlich wurden sie verletzt, als wir mein Schiff verteidigen mussten!“ Sie wurde noch blasser, und als er sah, dass ihre Lippen bebten, fügte er schroff hinzu: „Wenn Sie wissen möchten, ob jemand umgekommen ist, so lautet die Antwort nein.“

Die Erleichterung, die sich auf ihrem Gesicht ausbreitete, verblüffte ihn. Was bedeuteten ihr diese Leute nur?

Plötzlich umklammerte sie sein Handgelenk mit einer ungeahnten Kraft. „Ich muss Chancey sprechen.“ Ihre Berührung durchzuckte ihn wie ein Blitzschlag. Doch als ihm klar wurde, was sie von ihm verlangte, wurde er zornig.

„Dazu wird es nicht kommen, Prinzessin“, sagte er kurz angebunden.

Augenblicklich ließ sie seine Hand los und schien jeglicher Kraft beraubt. Sie sah niedergeschlagen aus, und ihr Blick war so trostlos, dass er kurz davor war, die Worte zurückzunehmen.

Innerlich zuckte er zusammen, wie schwach er doch war, sobald es um Lassiters Tochter ging. Verlor er allmählich den Verstand, oder warum zog er in Erwägung, die Frau, die seine Besatzung vergiftet hatte, genau zu dem Mann zu lassen, der versucht hatte, sein Schiff zu erobern? Die Vorstellung war geradezu lächerlich, und natürlich würde er ihrer Bitte nicht nachkommen.

„Ich habe versucht, Ihren Crewmitgliedern Informationen über das Gift zu entlocken, aber alle beteuern hartnäckig, nichts mit der Sache zu tun zu haben.“ Er kniff ein wenig die Augen zusammen und sah sie mit finsterer Miene an. „Und jetzt werden Sie mir von der Sabotage erzählen.“

Vor Erstaunen wurden ihre Augen ganz groß, ehe sie zischte: „*Als ob Sie nicht alles darüber wüssten!*"

„Was, zum Teufel, soll das nun wieder bedeuten? Was sollte ich wissen?"

Obwohl sie kraftlos wirkte, sprach sie mit unerwartet aufgebrachter Stimme. „Sie wissen es nur zu gut, da Sie dafür verantwortlich sind."

„*Ich* soll dafür verantwortlich sein?" Er unterdrückte ein Lachen, als er sich erhob und die Kabine durchmaß. „Ich habe keine Veranlassung, irgendein Schiff zu beschädigen", sagte er sichtlich amüsiert, nahm die fast leere Brandyflasche und schenkte sich ein Glas ein.

„Sie haben mein Schiff beschädigt", entgegnete sie, als er einen kräftigen Schluck nahm.

„Es war bereits verloren, bevor wir es erreichten, weil Sie es in der Meerenge gegen die Felsen gesteuert haben", sagte er. „Sie müssten mir eigentlich zu Dank verpflichtet sein. Hätte ich Sie nicht rechtzeitig von dem sinkenden Schiff geholt, wären Sie jetzt mausetot."

Sie schwieg und versuchte offenbar, sich an die Stunden vor dem Untergang zu erinnern. Schließlich musste sie eingesehen haben, dass er Recht hatte, denn sie antwortete: „Es ist wahr, Sie haben mir das Leben gerettet. Aber ich versichere Ihnen, dass ich keinen Felsen gerammt habe."

„Also ist die *Bella Nicola* einfach so untergegangen."

Nicole schnaubte ungehalten, doch in ihrem Zustand klang es eher wie ein Seufzen. „Das Schiff ist gesunken, weil irgendjemand es vorsätzlich beschädigt hat."

„Sie wollen also bei dieser lächerlichen Geschichte bleiben? Nun gut.“ Er hob sein Glas und prostete ihr mit einem höhnischen Lächeln zu. „Auf die Wahrheitsliebe!“

Wütend funkelte sie ihn an. „Werden Sie mich in Kapstadt zu meiner Crew lassen?“

„Nein.“ Wieder nahm er einen Schluck und trat dann an das Bett.

„Das ist Entführung“, rief sie mit heiserer Stimme aus. Mühsam wich sie zurück, als er auf der Bettkante Platz nahm.

„Nein, nur Gerechtigkeit, du hinterhältige kleine Hexe.“ Er spürte ihre Abneigung und sprang gleich wieder vom Bett auf. „Nach all dem, was Sie meiner Crew angetan haben, habe ich das Recht, Sie zu bestrafen.“

„Was ich Ihrer Crew angetan habe?“ wiederholte sie verwirrt und strich sich über die Schläfen.

Es wäre einfach, in ihr nichts als eine unschuldige junge Frau zu sehen, die nach einer Tragödie auf sich allein gestellt war. Doch er wusste, was für ein Mensch sie tatsächlich war. Sie war die Tochter seines verhassten Gegners, und er hatte sie selbst aus seinem Laderaum gezerrt, als sie gerade die Trinkfässer vergiftet hatte.

Angewidert wandte er sich zum Gehen. Gerade hatte er die Tür erreicht, da drehte er sich noch einmal wütend um und spürte das Verlangen, ihr wehzutun, so wie sie ihm wehgetan hatte. Aber sie wirkte völlig aufgelöst, und als eine einsame Träne über ihre Wange lief, schalt er sich im Stillen einen Narren und trat über die Türschwelle. Doch er hörte noch, als sie mit heiserer Stimme hinter ihm herrief: „Kaum zu glauben, dass ich mir Sorgen um *Sie* gemacht habe!“

Erst Stunden nach der Begegnung mit Sutherland wachte Nicole wieder auf, zu schwach, um sich bewegen zu können. Ein flüchtiger Blick auf ihren Körper verriet ihr, dass sie schlimme Verwundungen davongetragen hatte. Nie hatte sie geglaubt, dass sie sich je verletzen würde, aber nun lag sie da, und ihr Leib war grün und blau. Auch wenn sie selten weinte, so quollen jetzt die Tränen unaufhaltsam aus ihren Augen, während sie an die *Bella Nicola* dachte, die zerschellt am Meeresgrund lag. Sie versuchte sich einzureden, sie habe auf Grund des Schocks und der Verletzungen einen Zusammenbruch erlitten. Aber in Wahrheit weinte sie bittere Tränen, weil das Leben, das sie von klein auf kannte und sich stets gewünscht hatte, für immer verloren war. Für sie, ihren Vater und Chancey.

Lange Zeit lag sie in dem großen Bett und zauberte sich Bilder von dem einst stolzen Klipper vor die Augen, um sie für immer in Erinnerung zu behalten. Ihre Träumereien wurden unterbrochen, als ein schmächtiger Mann mit hellblondem Haar und einem engelhaften Gesichtsausdruck die Kajüte betrat.

„Oh, es tut mir Leid, dass ich nicht angeklopft habe. Ich dachte, Sie schlafen", sagte er und trat an das Bett. „Ich bin Dr. Bigsby, der Schiffsarzt, und kümmere mich um die schwereren Verletzungen."

„Wie schlecht steht es um mich, Doktor?"

„Sie haben uns einen gehörigen Schrecken eingejagt, weil sie während der drei ersten Tage nicht aufgewacht sind. Aber jetzt, da Sie bei Bewusstsein sind und auch sprechen, bin ich mir sicher, dass es Ihnen bald besser gehen wird."

„*Drei Tage* … ich war tatsächlich drei Tage lang nicht bei Bewusstsein? Oh, Gott!"

„Das ist richtig. Die Ruhe hat zu Ihrer Heilung beigetragen.“ Er holte eine kleine Linse aus seiner Arzttasche hervor und hielt sie vor ihr Auge. „Wenn Sie einmal nach oben schauen würden ... nach links, jetzt nach rechts. Sehr gut. Jetzt das andere Auge.“

Als er das Hilfsmittel zur Seite legte, fragte sie: „Wie ist es meiner Crew ergangen, nachdem wir auf dieses Schiff gebracht wurden?“

Er antwortete zurückhaltend, während er ihren Puls fühlte: „Nun, da gab es diesen Aufstand hier an Bord, aber keiner von Ihren Leuten wurde ernsthaft verwundet. Ich habe dafür gesorgt, dass die Männer ausreichend Wasser und Nahrung erhalten. Als Sie erwacht sind, konnte ich Ihrer Besatzung mitteilen, dass es Ihnen schon wieder besser geht.“

„Ich kann gar nicht glauben, dass sie gemeutert haben.“

„Sie waren nah dran, das Schiff einzunehmen, aber alles in allem war der Versuch kein Erfolg.“

„Und Chancey? Geht es ihm gut?“

„Er ging im Laderaum wie ein eingesperrter Tiger auf und ab, doch er beruhigte sich ein wenig, als ich ihm sagte, wie gut man Sie behandelt hat.“

Rasch ergriff sie die Hand des Arztes und drückte sie fest. „Oh, danke, Dr. Bigsby. Haben Sie vielen Dank.“

In diesem Moment betrat Sutherland den Raum, und sein kalter Blick ruhte auf ihren Händen.

„Bigsby – hinaus. Auf der Stelle!“ rief er ungehalten. Der Arzt sah von Sutherland zu Nicole, ehe er aufmunternd ihre Hand tätschelte. „Ich komme wieder“, sagte er und folgte dem Kapitän auf den Gang.

Nicole konnte nicht verstehen, was draußen gesprochen wurde; schließlich kehrte Sutherland allein zurück.

„Sie brauchen die Hilfe des Arztes nicht mehr länger." Mit diesen Worten ließ er den verdutzten Bigsby auf dem Gang stehen und schloss die Tür.

Sie zuckte zusammen. Seine Stimme klang so streng und hart, so ganz anders als die beruhigende Stimme von Dr. Bigsby. Vorsichtig beobachtete sie ihn, als er durch die Kabine schritt und trockene Kleidung zusammensuchte. Sosehr sie auch dagegen ankämpfte, um diesen unberechenbaren Mann im Auge zu behalten, der Schlaf übermannte sie erneut.

Dann krachte Holz gegen Holz – die Laute durchzuckten ihren Leib, aber sie konnte nirgends hinlaufen ...

Sie riss die Augen auf. War sie gar nicht auf ihrem Schiff? Nein, sie lag in einem fremden Bett, warm, trocken ... und sicher?

Die Kajütentür war aufgedrückt worden. Ein kränklicher Junge mit aschfahler Haut brachte ein Tablett mit Speisen herein, doch es glitt ihm aus der Hand und fiel zu Boden.

Missmutig blickte der Bursche durch lange Haarsträhnen, die ihm weit ins Gesicht fielen, auf das Durcheinander und murmelte vor sich hin, dass man ihr nicht einmal einen einzigen Bissen geben sollte.

An der Tür drehte er sich zu ihr um und starrte sie aus tief liegenden Augen feindselig an, bevor er die Tür zuschlug. Dann schloss er die Tür ab, genau wie Sutherland es an diesem Morgen getan hatte.

Dachten sie etwa, sie könne vom Schiff fliehen? Diese Narren! Was glauben die?

Nach einiger Zeit richtete sie sich langsam im Bett auf und überlegte, ob sie sich zu dem Essen hinabbeugen könnte, ohne ohnmächtig zu werden. Doch dann beschloss sie, nicht einmal einen Versuch zu wagen – nicht nur wegen ihrer Verletzungen. Sie würde keinen Bissen hinunterbekommen, wenn selbst ein Junge, den sie gar nicht kannte, ihr einen so hasserfüllten Blick zuwarf. Sie spürte, wie ihre Kräfte schwanden und der Schlaf sie abermals übermannte.

Vier Tage später erreichten sie Kapstadt. Nicole litt nach wie vor unter Kopfschmerzen und schlief die meiste Zeit des Tages. Derek hatte gehofft, sie würde auch noch schlafen, wenn sie im Hafen anlegten und sich Lassiters Crew entledigten.

Als er zusah, wie seine Männer die gefesselten Seeleute an Deck brachten, begriff er, dass mit einer Reaktion von Nicole zu rechnen war.

Denn Chancey begann aus voller Kehle zu rufen.

„Nic, sei tapfer – du bist eine Lassiter!“

Während er Luft holte, um sich erneut lautstark bemerkbar zu machen, sah der Seemann neben ihm zu Derek herüber, der ihm mit einem Nicken zu verstehen gab, was zu tun sei. Als Chancey wieder anhob und rief: „Lauf ihm in Sydney davon, dann komme ich und …“, wurde er von mehreren heftigen Schlägen in die Magengrube unterbrochen.

Mit wachsendem Unbehagen schaute Derek auf den Niedergang zu den Kabinen. Der Zwischenfall hatte Nicole vermutlich aufgeweckt. Sie könnte sich verletzten, wenn sie versuchte aufzustehen. Keine Minute später riss er die Tür zu seiner Kajüte auf und sah seine Befürchtungen bestätigt. Nicole war zusammengebrochen und lag hilflos und halb ohnmächtig am Boden.

Sofort hob er sie auf und erschrak, wie leicht sie geworden war. In den letzten Tagen hatte sie einiges an Gewicht verloren. Er schwor, ihr mehr Essen zukommen zu lassen.

Dann wurde er in seinen Gedanken unterbrochen, als sie ihn mit beiden Händen am Kragen packte und wisperte: „Tun Sie das nicht, Sutherland. Bitte tun Sie das nicht." Ihr Gesicht war verzerrt, und es schien, als habe sie diese wenigen Worte nur unter größter Anstrengung hervorgepresst.

Doch er würde sich nicht umstimmen lassen. Er konnte es nicht. Je eher diese Crew sein Schiff verließ, desto sicherer würden sich seine eigenen Leute fühlen. Er musste zuallererst an seine Besatzung denken.

„Ich habe keine andere Wahl."

„Dann sorgen Sie bitte dafür, dass ihnen nichts geschieht. *Bitte!*" Wieder lag dieses Funkeln in ihren Augen, als sie versuchte, ihren Worten Nachdruck zu verleihen, aber er sah, dass ihre Kräfte schwanden. Mit einem Mal fiel die Anspannung von ihrem Körper ab, und sie verlor das Bewusstsein.

16. KAPITEL

„Oh, ja, sie ist wohlauf", sagte Dr. Bigsby eine Woche später nicht ohne Stolz zu jedem, der ihm gerade über den Weg lief. „Sie hat wieder rosige Wangen. Wirklich ein robustes Mädchen."

Derek wunderte sich, dass der Arzt die drohenden Blicke der Matrosen nicht bemerkte, die sich erst kürzlich von den Folgen der Vergiftung erholt hatten. Sie waren nicht unbedingt erpicht darauf, über die Genesung dieser Frau informiert zu werden.

„Captain Sutherland, da sind Sie ja!"

Derek stöhnte innerlich auf, als der Schiffsarzt seiner ansichtig wurde.

„Wie geht es unserer Patientin heute?" erkundigte sich Bigsby aufgeräumt.

„Gut", war die einsilbige Antwort.

Der Arzt hob die Brauen und wartete auf weitere Einzelheiten. Als Derek beharrlich schwieg, fragte er: „Und wie steht es um die Prellungen?"

„Bestens."

Bigsby runzelte die Stirn, lächelte dann jedoch wieder. „Reine Neugierde, nichts weiter, Sir. Da Sie mir nicht mehr gestatten, mit ihr zu sprechen, geschweige denn sie zu untersuchen, bin ich eben nur neugierig."

In den Worten des Arztes schwang unverhohlener Tadel mit. Derek gefiel seine Haltung ganz und gar nicht. „Sie erholt sich ... prächtig." Tatsächlich wusste er es jedoch nicht genau. Sie wusch und zog sich allein an, deshalb konnte er nichts über den Zustand ihrer Prellungen sagen. Außerdem war er der Letzte, dem sie ihre Sorgen anvertrauen würde. Mit zusammengezogenen Brauen entfernte er sich von Bigsby und fragte sich, wie es Nicole wirklich gehen mochte. War sie immer noch krank? Verheilten die Wunden schnell genug? Verheilten sie überhaupt?

Am nächsten Morgen erwachte er vor der Dämmerung, während sie noch schlief. Sanft drehte er sie auf den Rücken und öffnete die mittleren Knöpfe ihres Hemdes. Er hielt die Luft an, als sie einen Arm über ihren Kopf legte und ihr Gesicht zum Kissen drehte. Dann lag sie wieder still da, und er schob das Hemd ein wenig auseinander und sah mit Erleichterung, dass die Prellungen an ihrem Oberkörper allmählich abheilten. Doch zu seinem Leidwesen schwanden auch die Konturen des *mehndi.* Wie oft hatte er davon geträumt, mit den Fingern über die verschlungenen Muster zu fahren!

Was hielt ihn davon ab, es jetzt zu tun? Er konnte doch mit ihr machen, was er wollte.

Zögernd strich er über die fein gezogenen Ranken, die sich von ihrer Taille über ihren flachen Bauch ausbreiteten. Die Linien verschwanden unter dem Hemd, und daher öffnete er zwei weitere Knöpfe. Mit klopfendem Herzen fuhr er über die Rundungen ihrer Brüste und seufzte. Verflucht, er hatte schon zu lange Zeit keine Frau mehr gehabt! Bestimmt war genau das der Grund, warum er so sehr auf Lassiters Tochter ansprach. Er strich über die verblassenden Verzierungen und folgte den Umrissen der schön gestalteten Blume zwischen ihren Brüsten.

Da das Hemd nun beinahe ganz geöffnet war, sah er ihre

Hüften und die weiße Haut unterhalb ihres Bauchnabels. Er spürte das Verlangen, sie dort zu küssen, doch er fühlte, dass ihr Leib vor Kälte zu beben begann. Enttäuscht ließ er von seinem verbotenen Vorhaben ab und streichelte stattdessen sacht über ihren Unterleib, bevor er das Hemd widerwillig zuknöpfte.

Was war nur geschehen? Sie hatte geträumt, Sutherland habe sie überall gestreichelt, doch waren seine rauen Fingerspitzen überhaupt zu diesen sanften Berührungen fähig? Der Traum war lebendig und verwirrend gewesen, und ihre Verwunderung nahm noch zu, als sie die Augen aufriss und Sutherland unmittelbar neben sich erblickte. Der besitzergreifende und genießerische Ausdruck in seinen Augen, der allein ihrem Körper galt, löste ein heißes und sehnsuchtsvolles Gefühl in ihr aus, obwohl es sie gleichzeitig empörte, was für Freiheiten er sich herausnahm.

Ihr erster Gedanke war, sich rasch aufzurichten und ihm eine Ohrfeige zu verpassen. Stattdessen beobachtete sie heimlich, wie seine zitternden Finger federleicht über ihren Körper strichen.

Schon bald wurden seine Berührungen mehr als nur angenehm. Ihr wurde bewusst, dass sie ihre Blöße in seiner Gegenwart genoss, besonders da sie diese Faszination in seinem Blick entdeckte. Warum? Bedeutete dies, dass sie ihn nicht hasste? Immerhin musste man einen Menschen zumindest mögen, um derartige Empfindungen bei dessen Berührungen zu verspüren. Aber sie war sich sicher, dass sie diesen Mann verachtete. Und doch wollte sie noch mehr von sich preisgeben, als sie sah, wie seine angerauten Fingerspitzen so zärtlich und wohltuend über ihre Haut strichen.

Er musste ihre Gedanken gelesen haben, denn er knöpfte ihr Hemd weiter auf und fuhr mit den Fingern in die Vertiefung zwischen ihren Brüsten. Da sie befürchtete, er könne merken, dass sie wach war, schloss sie schnell die Augen. Doch genau das bereitete ihr nun ungeahnte Qualen.

Sie spürte ein Prickeln am ganzen Körper, denn sie wusste nicht, wo er sie als Nächstes berühren würde. Er könnte ihre Brust umschließen oder sie an einer viel intimeren Stelle berühren, wie er es zuvor getan hatte. Warum hielt sie ihn dann nicht zurück? Ihr Leib begann zu beben. Würde sie, wenn er mit den Liebkosungen fortfuhr, wieder diesen Gipfelpunkt erreichen, den er ihr geschenkt hatte? Gerade als das Verlangen sie allmählich schwindelig machte und sie schon daran dachte, seine Hand zu ergreifen und zwischen ihre Schenkel zu drücken, knöpfte er ihr Hemd wieder zu und legte die Decke über sie.

Sie hatte keine Kontrolle mehr über sich, wenn es um diesen Mann ging, und genau das löste Unbehagen in ihr aus. Nun hatte er sämtliche Trümpfe in der Hand. Einerseits hasste sie ihn, doch schon im nächsten Augenblick wollte sie durch ihn ihre Unschuld verlieren.

Immer wenn Derek an den folgenden Morgen von der Brücke zurückkehrte, sah er Nicole vor dem Bullauge sitzen, und ihre Augen waren blicklos auf die See gerichtet. Jedes Mal empfing ihn eine bleierne Stille. An diesem Morgen war es nicht viel anders, abgesehen davon, dass sie zum ersten Mal ihre eigene Kleidung trug und die Locken anmutig hochgesteckt hatte. Es missfiel ihm, dass die Männerhose und ihre Leinenbluse an ihrem schmalen Körper schlaff herabhingen.

„Ich habe gehört, dass Sie wach sind", sagte er ruppig, als er die Kabinentür hinter sich schloss.

Sie antwortete nicht, sondern blieb reglos sitzen und starrte weiter aus dem Bullauge. Ihr Schweigen beunruhigte ihn. Denn für gewöhnlich redeten die Frauen, die er kannte, unaufhörlich; vermutlich weil er selbst so wortkarg war. Nie war ihm eine Frau begegnet, die sich in ein so unheimliches Schweigen hüllte.

Außerdem fühlten Frauen sich für gewöhnlich zu ihm hingezogen, vielmehr zu seinem Geld. Doch Nicole fand ihn offensichtlich abstoßend. Hatte sie jemals etwas anderes für ihn empfunden?

Derek hatte nicht die geringste Ahnung, wie er mit ihr umgehen sollte. Er hatte sie für das bestrafen wollen, was sie getan hatte, aber selbst er war nicht grausam genug, ihr wehzutun, wenn sie verletzt war. Außerdem fragte er sich, ob sie sich jemals von dem Verlust ihres Klippers erholen würde. Vielleicht war das ja schon Strafe genug. Sie wirkte teilnahmslos und nahm seltsamerweise immer weiter ab.

Bigsby hatte vorgeschlagen, in Kapstadt Obst an Bord zu nehmen, um ihren Appetit anzuregen, und hatte dabei auf unerhört teure Orangen hingewiesen. Erstaunlicherweise hatte Derek diesen Vorschlag beherzigt.

„Ich habe Ihnen ein bisschen Obst mitgebracht. Ich stelle es hier …"

Er hatte nicht einmal Zeit zum Blinzeln, da stürzte sie sich auf das Obst, das er auf den Tisch gelegt hatte. Sie nahm drei

Orangen und zwei Äpfel, stopfte sie in ihre Armbeuge, hielt sie zusätzlich mit dem Kinn fest und versuchte, drei weitere Äpfel mit der freien Hand zu ergattern.

Nachdem sie sich hastig in eine Ecke des Bettes zurückgezogen hatte, ging ihr offenbar auf, dass Derek überhaupt nicht die Absicht hatte, ihr das Obst wieder wegzunehmen. Daher entspannte sie sich und biss herzhaft in einen Apfel.

Derek erkannte, was ihr Verhalten zu bedeuten hatte, und eine Woge des Zorns durchflutete ihn. „Wie ich sehe, haben Sie nicht viel gegessen, seit Sie an Bord gekommen sind."

Sie hob die Brauen und warf ihm einen Blick zu, der besagte: *Wie haben Sie das nur erraten?*

Er bemühte sich, nicht die Beherrschung zu verlieren, und verlieh seiner Stimme einen weicheren Tonfall. „Man hat Ihnen dreimal am Tag etwas zu essen gebracht, jeden Tag." Er drückte seine Nasenwurzel zusammen und sah sie fragend an. „Warum haben Sie nicht mehr gegessen?"

Sie schien sich nicht entscheiden zu können, ob sie ihm antworten oder weiter den Apfel verzehren sollte. Schließlich siegte ihr Appetit, und so musste er warten, bis sie den Apfel genüsslich verspeist hatte. Mit flinken Bewegungen pellte sie eine Orange ab und fragte in beiläufigem Ton: „Sie glauben, ich habe Ihre Crew vergiftet, nicht wahr?"

Er wollte sie schon darauf hinweisen, dass dies für ihn keine Frage des Glaubens sondern der Gewissheit war, doch dann nickte er nur.

„Und Sie haben meine Besatzung einsperren lassen, da meine Leute sich Sorgen um meinen Gesundheitszustand gemacht haben?"

Es gefiel ihm ganz und gar nicht, welchen Verlauf dieses Gespräch nahm.

Mit herablassendem Tonfall fuhr sie fort: „Da Sie nicht widersprechen, gehe ich davon aus, dass die Antwort ‚Ja, Miss Lassiter' heißt."

Unverschämtes Biest. Doch er gab nur einen unwirschen Laut von sich, da sie auch schon weitersprach: „Ihr Schiffsjunge hat sich anmerken lassen, dass ich nach der heimtückischen Tat, die ich angeblich begangen haben soll, kein Essen verdiene. Ich bin sicher, der Rest Ihrer Crew ist der gleichen Meinung."

Sie begann, einen Apfel mit dem Saum ihres Hemdes blank zu reiben. „Hätten *Sie* von dem Essen genommen, wenn Sie in meiner Lage gewesen wären?"

In diesem Fall hätte er vermutlich auch nicht zugegriffen, aber er wäre verflucht, wenn er ihr das gestehen würde.

Sie schüttelte den Kopf und biss dann herzhaft in den Apfel.

Warum hatte er dieses Problem nicht vorhergesehen? Verdammt, er wollte diese Frau doch nicht verhungern lassen! Er holte hörbar Luft. „Ich versichere Ihnen, dass ich nicht den Befehl gegeben habe, Ihren Speisen irgendetwas beizumengen. In Zukunft werde ich dafür sorgen, dass sich niemand an Ihrem Essen zu schaffen macht."

Als sie kaum merklich den Kopf neigte, wirkte diese Geste wie eine königliche Anerkennung. Zornig darüber, dass er in ihrer Gegenwart immer wieder weich wurde, griff er nach seinem Hut und wandte sich zum Gehen.

„Sutherland?" sagte sie, ehe er zur Tür hinaus war.

„Was ist?“

Sie fuhr sich mit dem Ärmel über das Kinn und holte tief Luft. „Obwohl es mir außerordentlich schwer fällt, Sie um etwas zu bitten, habe ich jetzt doch eine Frage an Sie, da ich wieder bei Kräften bin.“

Derek vermutete, dass es ihr um irgendeinen Luxusgegenstand ging, den sie an Bord seines Schiffes vermisste, und daher überraschte sie ihn mit ihrer folgenden Frage.

„Wie haben Sie mein Schiff zum Kentern gebracht?“

„*Wie bitte?*“

Sie sprang vom Bett auf. „Ich muss es wissen!“

„Ich habe mit dem Untergang Ihres Schiffes nichts zu tun. Sie und Ihre unfähige Crew haben das ganz allein bewerkstelligt!“ Er merkte gar nicht, dass er fast geschrien hatte.

„Nein“, sagte sie mit einem Kopfschütteln. „Sie müssen es gewesen sein.“

„Sie wollen bloß Ihrer gerechten Strafe entgehen, indem Sie mich ablenken ...“

Nicole begann, im Raum auf- und abzuschreiten. „Ich kenne Ihre Beweggründe“, fuhr sie unbeirrt fort, als habe sie seine Einwände überhört. „Schließlich war mein Vater der aussichtsreichste Kandidat dieses Wettbewerbs. Und bei Ihrem schlechten Ruf würde eine Niederlage für Ihr Schifffahrtsunternehmen das Aus bedeuten.“

„Sie übertreiben.“

Jetzt wandte sie sich ihm wieder zu. „Sie wissen, wie viel bei diesem Wettsegeln für Kapitäne und Reedereien auf dem Spiel steht. Ganz England ist darin verwickelt. Unser aller Ruf steht auf dem Spiel.“

„Da bin ich ganz Ihrer Meinung. Aber, glauben Sie mir, ein einzelner Wettbewerb könnte meiner Reederei niemals schaden, dafür ist Peregrine Shipping zu stark.“

Nicole warf ihm einen mitleidsvollen Blick zu. „Ich weiß über Ihr Unternehmen Bescheid. Mir ist sehr wohl bekannt, dass Ihnen in den letzten Jahren immer mehr Geschäfte entgangen sind. Vielleicht waren Sie geschickt genug, diese Tatsache nach außen hin zu vertuschen, aber jedem, der genau hingesehen hat, ist klar, dass Sie Peregrine in den Ruin treiben.“

Unweigerlich musste er an die Vorwürfe denken, die ihm sein Bruder vor Wochen gemacht hatte, doch er wollte nicht, dass diese Frau den Finger in die Wunde legte.

„Sie können mir viel erzählen, Prinzessin. Sie haben meine Besatzung vergiftet, damit Ihr Vater gewinnt.“

„Wie können Sie mich nur für die Krankheit Ihrer Matrosen verantwortlich machen?“ fragte sie erstaunt und empört zugleich.

„Vergessen Sie nicht, dass ich Sie in meinem Laderaum erwischt habe, als Sie gerade dabei waren, meine Wasserfässer in Augenschein zu nehmen“, erwiderte er ebenso hitzig. „Und ich habe gehört, als Sie dem Iren sagten, man könne mich von einer Liste streichen, da Sie mein ganzes Schiff untersucht hätten.“

„Gott, was sind Sie doch für ein Narr! Der Alkohol muss Ihre Sinne umnebelt haben.“

„Ich habe dem Alkohol einiges zu verdanken. Denn da ich mich immer an meinen Brandy gehalten habe, bin ich nicht dem Wasser zum Opfer gefallen, das *Sie* vergiftet haben!“ donnerte er.

„Ich sage Ihnen noch einmal, das hat jemand anderes getan. Höchstwahrscheinlich derselbe Mann, der mein Schiff beschädigen ließ."

„Was hatten Sie dann in meinem Laderaum zu suchen?"

„Natürlich war es meine Absicht, zu spionieren", gab sie unumwunden zu.

Er war versucht, ihr zu glauben, aber nie hatte er einen so erbitterten Feind wie Lassiter gehabt, und daher machte es immer noch Sinn, dass der Amerikaner nach dem Faustkampf eine Möglichkeit gesucht hatte, sich an ihm zu rächen. „Ich glaube Ihnen nicht. Ihr Vater hat vermutlich verzweifelt auf einen Sieg gehofft, um Ihr Luxusleben bezahlen zu können."

Nicole sah ihn mit einem merkwürdig leeren Blick an. „Mein Vater war dabei, die sich häufenden Unfälle bei den größeren Reedereien zu untersuchen. Er war an jenem Abend im ‚Mermaid', um Informationen zu sammeln, weil er glaubte, dass hinter den Unfällen Sabotageakte stecken. Ich war felsenfest davon überzeugt, dass Sie der Schuldige sind, doch mein Vater und Chancey glauben, es sei Tallywood ..."

Als er diesen Namen hörte, lachte er laut auf, aber insgeheim musste er zugeben, dass auch er den zwielichtigen Lord in Verdacht hatte.

„Da gibt es nichts zu lachen", meinte sie unbeeindruckt. „Ich war zudem der Auffassung, Sie hätten mit der verlängerten Haft meines Vaters zu tun. Wir hatten eine Liste mit mehreren Verdächtigen, aber ich war davon überzeugt, dass Sie kaltblütig genug sind, all diese Ränke zu schmieden. Daraufhin wollte ich sichergehen, ob ich mit meinen Verdächtigungen richtig lag, und machte mich auf die Suche nach Beweisen, die gegen Sie sprächen."

„Und, haben Sie etwas erreicht?"

„Zum damaligen Zeitpunkt kam ich zu dem Schluss, dass Sie nichts mit der Sache zu tun haben. Aber jetzt, da ich gesehen habe, was Sie mir und meiner Crew angetan haben, zweifle ich nicht mehr an Ihrer Schuld."

„Sie lügen", sagte er gelassen. „Etwas an Ihrer Geschichte klingt unglaubwürdig, Prinzessin. Niemand würde in einer solchen Angelegenheit Lord Tallywood verdächtigen, sondern immer nur mich." Mit einem letzten Blick über die Schulter stürmte er aus der Kajüte.

Nicole hatte sich inzwischen weit genug erholt, um sich ein wenig an Deck zu ergehen, aber Derek wusste nicht, wie er ihr dies ermöglichen sollte, da seine Crew sehr verärgert wirkte, dass sie überhaupt noch an Bord war. Obwohl seine Leute verstanden, warum ein Mann eine Gefangene wie sie behalten wollte, hatten sie insgeheim gehofft, der Kapitän würde sie zusammen mit ihrer Besatzung ins Gefängnis bringen.

Derek müsste also Nicole stets begleiten, wenn er sie an Deck ließe, und es widerstrebte ihm, so viel Zeit mit dieser schweigsamen Frau zu verbringen. Wenn sie überhaupt etwas sagte, so war sie streitsüchtig und beleidigend.

Wie er es erwartet hatte, verlangte sie an Deck gehen zu dürfen, kurz nachdem sie Kapstadt verlassen hatten.

Er glaubte, sie von ihrem Vorhaben ablenken zu können, indem er sagte: „Ich werde Sie an Deck bringen, sobald Sie mir sagen, warum Sie meine Mannschaft vergiftet haben."

„Ich wiederhole – ich habe Ihre verdammte Crew nicht vergiftet!"

„Wie Sie meinen. Wenn Sie bereit sind, ein Geständnis abzulegen, nehme ich Sie mit an Deck."

„Sie brauchen mich nicht *mitzunehmen.* Ich benötige keine Begleitung. Lassen Sie mich einfach gehen! Oder haben Sie etwa Angst, ich könnte fliehen? Ich war bislang nicht in der Lage, mich genau über unsere Position zu informieren, aber ich weiß, dass wir nicht weit von der Antarktis entfernt sind. Glauben Sie etwa, ich werde versuchen, davonzuschwimmen? Vielleicht könnte ich ja auf einer Eisscholle zurück zum Kap paddeln", fügte sie mit einem frechen Grinsen hinzu.

Er begegnete ihrem Spott mit einer herablassenden Miene. „Die Crew mag Sie nicht, um es vorsichtig auszudrücken. Daher rate ich Ihnen, sich nicht ohne mich an Deck blicken zu lassen."

Sie kniff die Augen zusammen und schien eine beleidigende Antwort zurückzuhalten, die ihr auf der Zunge lag. Diese Frau hatte wahrlich ein störrisches Wesen. Aber er selbst war nicht viel anders. Er meinte es ernst, wenn er sagte, sie müsse endlich ihre Schuld bekennen, bevor er sie an Deck ließe. Bei Gott, er würde sie in die Knie zwingen.

Nicole drehte sich zum Bullauge und holte tief Luft. „Sie müssen endlich begreifen, dass ich Ihnen nichts über das Gift erzählen kann, weil ich nichts darüber weiß. Sie rennen mit dem Kopf gegen eine unüberwindbare Mauer."

„Ich glaube, da irren Sie sich. Sie werden mir alles erzählen oder die nächsten zwei Monate in dieser Kabine hocken."

Sie schüttelte den Kopf und wandte sich ihm mit einem stolzen Gesichtsausdruck zu. „Diese Drohung zeigt mir, dass Sie mich überhaupt nicht kennen. Wenn Sie glauben, Sie könnten mich halten, wenn ich gehen möchte, dann sind Sie wirklich nicht mehr bei Sinnen."

Versonnen legte sie den Kopf schräg und tippte sich mit dem Finger an die Wange. „Ich habe gehört, dass es Leuten so ergeht, die ... Trinker sind. Aber in Ihrem Fall gehe ich davon aus, dass es", sie hielt inne und musterte ihn von Kopf bis Fuß, „am Alter liegen muss."

Für den Rest des Morgens dachte Nicole über den Wortwechsel mit Sutherland nach. Sie hatte ihm tapfer verdeutlicht, dass nur er für den Untergang ihres Schiffes infrage käme. Doch jetzt war sie sich gar nicht mehr so sicher. Denn er hätte nicht immer wieder auf seiner Unschuld beharrt, wenn er wirklich schuldig wäre. Ein Mann wie er, der sich über alles und jeden hinwegsetzte, würde seine Untaten offen zugeben. Außerdem hatte sie ihm angemerkt, dass auch er Tallywood für den Hauptverdächtigen hielt.

Wenn bereits seine traurige Erkenntnis, er würde ohnehin als Erster verdächtigt, sie nachdenklich gemacht hatte, so hatte seine unverminderte Feindseligkeit ihr gegenüber sie vollends überzeugt. Er glaubte tatsächlich, dass sie seine Besatzung vergiftet hatte. Und sie war sich sicher gewesen, dass er ihr Schiff zum Kentern gebracht hatte. Jetzt kam sie indes zu dem Schluss, dass ein anderer ihnen beiden geschadet hatte. Sie bekam ein schlechtes Gewissen, als sie sich in Erinnerung rief, wie sehr sie ihn beleidigt hatte, doch sie verdrängte es rasch wieder.

Also hatte nicht er ihr Schiff zum Kentern gebracht – ein Punkt weniger, um ihn zu hassen. Und sein Verhalten ihr gegenüber konnte sie ihm kaum verdenken, da er davon überzeugt war, dass sie seine Leute vergiftet hatte. Aber immerhin konnte sie ihn immer noch dafür hassen, dass er ihre Crew in Kapstadt ins Gefängnis gebracht hatte.

Ihr blieb nichts anderes übrig, als sich in Geduld zu fassen. Ihre Verletzungen waren verheilt, und das wusste er. Bislang hatte sie nicht darauf gedrängt, an Deck gehen zu dürfen, doch wenn sie nicht endlich nach draußen könnte, würde sie noch krank werden.

Als er zur Mittagszeit die Kajüte betrat, ging sie unruhig im Raum auf und ab.

„Captain Sutherland? Kann ich mit Ihnen sprechen?" Sie konnte durchaus höflich sein, wenn es ihr gelegen kam.

Sutherland ließ sich auf der Bettkante nieder und zog die Stiefel aus. Er war bis auf die Haut durchnässt und wirkte erschöpft. „Was wollen Sie?" Sein Tonfall war nicht gerade freundlich.

Bei Gott, ihre spitzen Bemerkungen am Morgen hatten ihm zu schaffen gemacht. Captain Sutherland war verletzbar. Diese Erkenntnis wollte sie sich später zu Nutze machen.

„Ich habe die Hoffnung, dass Sie vielleicht so freundlich wären, mich an Deck zu begleiten, da der Sturm sich endlich gelegt hat."

„Nein", erwiderte er, ohne auch nur einen Moment über die Bitte nachzudenken.

„Nein? Ist das Ihr letztes Wort?" rief sie.

„Ja."

Ihr Gesicht brannte, und sie war bemüht, all die bitteren Worte zurückzuhalten, die sie ihm am liebsten entgegengeschleudert hätte. Sie musste sich beherrschen. Bloß nicht noch ein Tag hier unten. „Sutherland ... *bitte.*“

Er achtete nicht weiter auf sie, sondern ging zu seiner Seekiste, um trockene Kleidung herauszuholen. Er warf sie auf das Bett und zog sein nasses Hemd aus.

Rasch wandte sie den Blick von seiner feucht schimmernden breiten Brust. Sutherland war ein hartherziger und arroganter Dickschädel; warum schlug der Anblick seines Körpers sie dennoch in seinen Bann?

Sie blickte wieder aus dem Bullauge, um ruhig weitersprechen zu können. „Ich möchte Sie bitten, Ihre Entscheidung noch einmal zu überdenken. Es ist fast schon unmenschlich, mich hier unten gefangen zu halten.“

Als er sich weiter anzog und dabei kein Wort verlor, wandte sie sich ihm erneut zu und vermochte nicht zu sagen, ob sie enttäuscht oder erleichtert war, dass er bereits seine Hosen gewechselt hatte.

Nun, wenn er sie nicht beachten wollte, musste sie eben zu einer Lüge greifen. Sie sank in einen Stuhl und hielt sich den Kopf. „Ich glaube, die schlechte Luft und das düstere Licht hier unten rufen wieder diese Kopfschmerzen hervor. Sie sind auf Dauer unerträglich.“

Eine Sekunde lang glaubte sie, er sähe besorgt aus.

„Tatsächlich?“

Verdammt, warum klang seine Frage so, als schenke er ihr keinen Glauben? „Ja, ich fürchte, so ist es. Bitte, nur für eine Stunde am Tag. Ich kann arbeiten, mich an Bord nützlich machen.“

„Wir brauchen niemanden, der für uns kocht oder Segel

flickt. Wir haben auch jemanden, der die Wäsche macht. Sie sind nutzlos für mich."

„Nutzlos? *Nutzlos?* Sie haben nur die Aufgaben erwähnt, die Frauen gemeinhin an Land verrichten. Zu mehr bin ich in Ihren Augen demnach nicht zu gebrauchen?"

„Ich kenne einige Dinge, für die Sie zu gebrauchen wären", höhnte er.

Dieser Bastard!

Als er sich erhob und zum Gehen wandte, war ihr klar, dass er das Gespräch für beendet erachtete. Ihr Zorn ebbte ab und machte Verzweiflung Platz. Bei dem Gedanken, einen weiteren Tag in der Kabine eingesperrt zu sein, brannten Tränen in ihren Augen.

Schließlich fand sie die Sprache wieder. „Aber was soll ich den ganzen Tag über machen?" fragte sie mit zaghafter Stimme.

„Es interessiert mich nicht, was Sie machen."

Die Tür wurde laut zugezogen, und erneut flammte Zorn in ihr auf. Bei jedem Shanty, den die Crew sang, und bei jeder Bewegung, die das Schiff machte, nahm ihre Verstimmung zu. Es war nicht richtig, hier unten eingesperrt zu sein, besonders da sie sich nichts hatte zu Schulden kommen lassen. Bei Gott, jetzt hätte sie ihn am liebsten tatsächlich vergiftet!

Sie suchte die Kajüte nach einem Gegenstand ab, den sie mutwillig zerschlagen oder verunstalten konnte. Doch im Grunde widersprach es ihrem Naturell, etwas aus Wut zu zerstören. Sie zog es vor, kreativ zu sein …

Plötzlich hatte sie eine Idee. Ihr Blick fiel auf eine ihrer Seekisten, und zwar auf genau die, die Sutherland bislang noch nicht angerührt hatte. Hier, unmittelbar vor ihr, bot sich die

Gelegenheit, Vergeltung zu üben. Er würde es noch bedauern, sie so behandelt zu haben. Und wenn sie fertig wäre, würde er nie mehr in der Lage sein, sie zu vergessen.

„Captain Sutherland?“ wandte sich der Schiffsarzt an Derek, kaum dass er an Deck erschienen war.

„Was wollen Sie?“

Der Mann schaute bewusst an Sutherland vorbei, als erwarte er noch eine andere Person. „Ich hatte gehofft, Miss Lassiter wäre bei Ihnen, da das Wetter so gut geworden ist.“

„Sie ist aber nicht bei mir.“ Derek begab sich in die entgegengesetzte Richtung.

Doch Bigsby folgte ihm beharrlich. „Oh. Wie geht es ihr denn? Leidet sie noch an Kopfschmerzen?“

Missmutig zog Derek die Brauen zusammen. Sie hatte ihm mit ihren Kopfschmerzen doch bloß etwas vorgemacht, oder etwa nicht? Doch, ganz bestimmt. Sie war eine bemitleidenswert schlechte Schauspielerin. Und dennoch ... „Warum erkundigen Sie sich nach ihren Kopfschmerzen?“

„Es hat mir von Anfang an Sorgen bereitet, dass sie offenbar einen heftigen Schlag auf den Kopf erhalten hat.“

„Sie hat keine Kopfschmerzen.“

„Oh, sehr gut. Würden Sie ihr von mir ausrichten, ich sei sehr beruhigt, dass es ihr wieder besser geht?“

Jetzt bereute Derek beinahe sein schlechtes Benehmen, wenn er an das freundliche Wesen des Schiffsarztes dachte. Zunächst hatte er sich eingeredet, von einer hinterhältigen Frau wie Nicole könne man ohnehin nichts anderes als Lügen erwarten. Als er nun über ihre Situation nachdachte, musste er sich eingestehen, dass er sich vermutlich nicht viel anders verhalten hätte.

Entgegen der Ansicht vieler Leute war er von Natur aus kein grausamer Mensch. Schon machte er kehrt, um in der Kabine nach ihr zu sehen.

„Captain, Schiff ahoi! Wie es scheint, ein englisches Schiff auf dem Heimweg. Ein Postschiff. Sie signalisieren, dass sie uns sprechen wollen."

Derek zögerte. Er war bestrebt, Informationen über das Wettsegeln zu erhalten und, falls möglich, frischen Proviant zu erhandeln. Nicole würde es auch noch ein paar Stunden länger in der Kajüte aushalten. Als die Schiffe auf gleicher Höhe lagen, nahm er die Einladung an, in dem Beiboot hinüberzurudern und dem Kapitän und seiner Gemahlin einen Besuch abzustatten.

Sobald er an Bord war, bot ihm das freundliche und sehr gesprächige Paar ein Glas Rotwein an und bestand wiederholt darauf, er müsse mit ihnen zu Abend essen. Derek willigte ein, denn im Moment wehte ohnehin nur eine laue Brise, und daher würden sie kaum Zeit verlieren. Außerdem war er froh über dieses Angebot, da er hoffte, auf diese Weise eine Weile nicht mehr an die Frau denken zu müssen, die er in seiner Kabine eingesperrt hatte.

Doch es wollte ihm nicht gelingen, Nicole aus seinen Gedanken zu verbannen. Einige Stunden später hatte sich für ihn endlich die Möglichkeit ergeben, sich von den Gastgebern zu verabschieden, ohne unhöflich zu erscheinen. Eigentlich hatte er gehofft, dass der Rotwein sein schlechtes Gewissen und seine Wut auf Nicole betäuben würde, aber nun spürte er, dass er nur angetrunken war.

Er stellte sich an die Reling und hoffte, der kalte Wind möge ihm einen klaren Kopf bescheren. Er wollte sich voll und ganz unter Kontrolle haben, wenn er Nicole gegenübertrat. Denn inzwischen würde sie bestimmt schon außer sich sein.

Nicole. Als er zu dem dunkelblauen Himmel hinaufschaute, glaubte er, endlich die Farbe ihrer Augen gefunden zu haben: Ja, sie waren so blau wie der Nachthimmel am Ende der Welt. Eine flüchtige Röte huschte über seine Wangen, da er sich bewusst machte, wie gefühlsgeladen seine Gedanken inzwischen geworden waren. Bei Gott, er musste endlich mit dem Trinken aufhören. Er war froh, als Jimmy, der Schiffsjunge, seine Gedanken unterbrach.

„Captain, ich sollte mich bei Ihnen melden, wenn irgendwas mit der Frau nicht stimmt. Sie hat heute den ganzen Tag noch nichts gegessen."

Falls sie auf diese Weise ein Schuldgefühl bei ihm hervorrufen wollte, so hatte sie den richtigen Weg gewählt. „Ist sie dir krank vorgekommen?" sagte er und bemühte sich, unbeeindruckt zu wirken.

Jimmy trat unruhig von einem Bein auf das andere und murmelte dann: „Ich habe sie nicht gesehen, Captain."

„Wie war das, Junge?"

„Als ich ihr mittags und am Abend das Essen bringen wollte, hat sie mich fortgeschickt. Sie sagte, sie sei nicht angezogen und könne mich nicht hereinlassen. Also habe ich die Tabletts vor der Tür abgestellt."

Derek vermutete, dass es Jimmy – ebenso wie den Rest der Crew – wenig kümmerte, ob Nicole etwas aß oder nicht.

„Sie hat von dem Essen nichts angerührt, aber sie hat die

Krüge mit Wasser genommen", fügte der Bursche hinzu und hoffte offenbar, mit dieser Information den harten Gesichtsausdruck des Kapitäns zu mildern.

Nicole hatte in den letzten Tagen nur wenig gegessen, aber seit er ihr versichert hatte, dass die Mahlzeiten nicht vergiftet waren, hatte sie zumindest regelmäßig etwas zu sich genommen. Irgendetwas stimmte da nicht.

Er begab sich zu seiner Kajüte, und obwohl ein kalter Wind über das Deck wehte, spürte er kleine Schweißperlen auf der Stirn. Er verstand nicht, warum er sich überhaupt so viele Gedanken machte. Doch da seine Mannschaft sich von den Folgen des vergifteten Wassers erholt hatte, fand er es schwierig, Nicole weiterhin wehzutun.

Bevor er die Tür öffnete, versuchte er, eine unbeteiligte Miene aufzusetzen.

Nicole lag auf dem Bett, eingehüllt in seine warmen Decken. Eine kluge Maßnahme, denn sie hatte das Bullauge weit aufgestellt, um die kalte Nachtluft hereinzulassen. Dennoch hatte Derek gleich das Gefühl, als sei der Raum von einem eigenartigen Geruch erfüllt. Er konnte sie im Bett nur erahnen, da sie die Öllampe herabgedreht hatte. Als er die Lampe an der Tür aufdrehte, stockte ihm beim Anblick seiner Kabine der Atem.

Nicole – die kleine Hexe – hatte die Wände angemalt. Sie hatte eine idyllische Landschaft gemalt, die ... bemerkenswert war.

Leider hatte sie sich bei ihrem Gemälde nicht auf ein Stück Leinwand beschränkt, sondern die *gesamte* Kajüte angemalt. Und selbst sein Hemd, das an der Wand hing, war nicht verschont worden. Die Bücher, die so schön aufgereiht in einem

Regal standen, besaßen nun einen grasgrünen Rücken. Aus seinem Spiegel hatte sie einen Teich gemacht, der von Binsen und Röhricht umgeben war. Irgendwie war es ihr gelungen, jedes Detail an den Wänden in ihre Landschaft mit einzubeziehen.

Sprachlos trat er näher und schaute auf die Wasserkrüge, die sie von den Tabletts genommen hatte. Pinsel standen darin. Die mit Silber überzogenen Griffe trugen die Inschrift ‚Für Nicole, Herzlichen Glückwunsch zum Geburtstag, E. B.'. Wer, zum Teufel, war E. B.? Noch mehr Luxusgegenstände, aber nicht von ihrem Vater.

Irgendjemand, vermutlich ein anderer Mann, hielt offenbar so große Stücke auf sie, dass er ihr diese wertvollen Geschenke gemacht hatte. Ganz bewusst wollte Derek nicht darüber nachdenken, wie herzlich sie dieser Person verbunden sein mochte, und schaute sich weiter um. Nicole hatte auch den letzten Tropfen Tinte aus seinen Tintenfässchen aufgebraucht, dazu die gesamte Schuhwichse. Darüber hinaus musste sie eine Menge eigener Farben gehabt haben.

Die Seekisten. Derek schalt sich im Stillen, dass er nicht sämtliche Kisten untersucht hatte, da eine offensichtlich mit Malutensilien angefüllt war.

Dann stammten also die Landschaftsmalereien auf den Wänden ihrer Kabine von ihr. *Sie* war die Künstlerin, deren Fähigkeiten er so bewundert hatte. Leise pfiff er durch die Zähne, während er ihr Werk betrachtete. Sie hatte ausgezeichnete Arbeit geleistet, doch wie hatte sie all das in so kurzer Zeit nur fertig stellen können?

Wieder verspürte er sein schlechtes Gewissen. Sie war für acht oder sogar neun Stunden allein in der Kajüte gewesen.

Dennoch, als er näher an die Wand trat, um die fein ausgearbeiteten Details besser erkennen zu können, wurde ihm klar, dass sie wie eine Besessene gearbeitet haben musste, um all dies an einem einzigen Tag zu malen. Denn sie hatte *alles* bemalt.

Nicole hatte sein gesamtes Eigentum mit Farbe überzogen – warum verspürte er dann nicht den vertrauten Zorn? Er müsste doch außer sich vor Wut sein. Aber in einem Winkel seines Herzens ahnte er, dass er genau das erhalten hatte, was er verdiente.

Als habe sie seine Gedanken gelesen, sagte sie plötzlich: „Sie haben mir selbst gesagt, dass es Sie nicht interessiert, was ich mache." Er wandte den Blick von den Wänden und schaute in ihr Gesicht. Ihre Augen standen offen, doch sie beobachtete ihn eher unbeteiligt.

„Da haben Sie Recht", räumte er ein. Kleine dunkle Schatten unter ihren Augen zeigten ihm, dass sie sich verausgabt hatte. Was, wenn sie nun zusammenbräche? Stärker als erwartet überkam ihn ein Gefühl der Schuld, und er war im Begriff, sich zu entschuldigen, um sein Gewissen zu erleichtern. Stattdessen stieß er hervor: „Ihnen ist hoffentlich klar, dass ich zornig sein müsste?"

Einen Augenblick lang herrschte Schweigen. „Es interessiert mich überhaupt nicht, was Sie empfinden", erwiderte sie mit müder Stimme und schloss die Augen.

Während der Schlaf sie übermannte, war Derek sich selbst und seinen zermürbenden Gedanken überlassen. Fassungslos und unschlüssig, wie er sich verhalten sollte, verlor er sich in dem übergroßen Landschaftsgemälde, das ihn umgab.

17. KAPITEL

Nicole saß gerade am Bullauge und flocht ihre Haare zu einem Zopf, als sie ein lautes Klopfen an der Tür vernahm. Sie wunderte sich, denn bei dieser ungehobelten Besatzung war höfliches Benehmen nicht an der Tagesordnung. Rasch schaute sie an sich hinab, um sicherzugehen, dass sie auch sittsam bedeckt war.

Seit der zurückhaltende Bigsby ihr keinen Besuch mehr abstatten durfte, war die Tür ohne Rücksichtnahme auf eine Frau an Bord beliebig geöffnet und geschlossen worden. Glücklicherweise war sie auf See großgeworden und hatte gelernt, dass Begriffe wie Sittsamkeit und Schamgefühl hier keine große Bedeutung hatten.

Sutherland kam herein und roch nach See, Salz und eisiger Luft. Gott, wie sehr sie sich danach sehnte, der Enge dieser Kabine entfliehen zu können!

Immer wieder war sie kurz davor gewesen, irgendeine Geschichte über die Vergiftung zu ersinnen, nur um an Deck gehen zu dürfen. Doch da sie herzlich wenig über Gift wusste, sah sie sich nicht in der Lage, eine überzeugende Geschichte zu Stande zu bringen.

Schon der Gedanke ärgerte sie, für ihre Freiheit eine Lüge auftischen zu müssen. Wenn Sutherland jetzt erneut erwartete, dass sie endlich redete, hatte er sich gründlich getäuscht. Sie war zu nichts anderem in der Lage, als ihn mit hasserfüllten Blicken anzustarren. Doch offenbar war er auf kein weiteres Verhör aus.

„Da Sie über kein Stück Leinwand mehr verfügen“, begann er und deutete mit dem Kopf auf die bemalten Wände, „habe ich mir gedacht, dass Sie welche gebrauchen könnten." Er legte einen Stapel rechteckig geschnittenes Segeltuch auf sein Pult und wirkte, als wollte er damit ein wildes Tier besänftigen. In der Tat hatte sie manchmal das Gefühl, allmählich zu einem Tier im Käfig zu verkommen. Das fehlende Licht und die schlechte Luft setzten ihr immer mehr zu.

Dann holte er aus einer flachen Kiste drei Dosen hervor. „Ein bisschen Farbe können Sie vermutlich auch brauchen." Er wirkte äußerst zufrieden mit sich, als er ihr die Dosen zeigte. Sollte sie ihm wegen dieser plötzlichen Großzügigkeit etwa die Füße küssen?

Anstatt ihm freundlich oder gar unterwürfig zu danken – womit er offenbar rechnete –, starrte sie ihn nur an und strich wie abwesend mit der Hand über die rechteckigen Stücke aus Segeltuch.

„Ich dachte, das würde Ihnen gefallen und vielleicht den Vorfall von gestern wieder gutmachen …" Seine Worte erstarben, als sie aufstand und vor ihn trat. Ehe er überhaupt ahnen konnte, was sie vorhatte, holte sie aus.

Und schlug ihm ins Gesicht.

„Was fällt Ihnen ein, verdammt! Warum haben Sie das gemacht?" rief er verdutzt aus und rieb sich das Kinn.

Nicole bebte gleichsam vor Zorn. „Wenn Sie glauben, ich würde wegen eines zerschnittenen Segeltuchs und ein paar Töpfen alter Farbe vergessen, dass Sie mich seit Tagen in dieser verfluchten Kajüte einsperren, dann haben Sie sich gründlich geirrt." Sie hielt inne und holte tief Luft. „Ich bin kein einfältiges Ding, das Sie mit einer kleinen Ablenkung glücklich machen können! Wenn ich male, dann tue ich das für gewöhnlich *nach* einem harten Arbeitstag!“

Sie hatte Sutherland ins Gesicht geschlagen! Kaum zu glauben, aber sie konnte deutlich spüren, dass ihre Hand von dem Schlag gegen dieses harte Kinn pochte und kribbelte. Dann vernahm sie ein Geräusch an der Tür; vermutlich stand Jimmy draußen auf dem Gang. Wie lange schon, das wusste sie nicht, aber sie war sich sicher, dass der Bursche mitbekommen hatte, wie sein Kapitän einen unterdrückten Fluch ausgestoßen hatte.

Nachdem sie endlich ihrem aufgestauten Ärger Luft gemacht hatte, konnte sie ein überlegenes Lächeln nicht unterdrücken. Es schwand auch nicht, als Sutherland einen bedrohlichen, unwirschen Laut ausstieß und schnaubend den Raum verließ.

Ihre heimliche Freude nahm sogar noch zu, da ihr klar wurde, dass die Neuigkeit von der beherzten Gefangenen sich in Windeseile auf dem ganzen Schiff ausbreiten würde.

Am nächsten Morgen klopfte erneut jemand an die Tür, als Nicole noch im Bett lag. Augenblicke später trat Jimmy ein und schlich auf Zehenspitzen durch den Raum, um sie nicht zu stören.

Wie bereits am Vortag, betrachtete er ehrfurchtsvoll die bemalten Wände, bevor er das Tablett abstellte. Nicole traute ihren Augen nicht; ihr Frühstück wurde nicht mehr länger auf dem Boden abgestellt sondern auf dem Tisch. Jetzt merkte der Bursche, dass sie wach war, errötete und wandte sich rasch zum Gehen, doch diesmal setzte er keine finstere Miene auf und drehte sich an der Tür noch einmal zögerlich um.

„Was willst du noch?“ rief sie ungehalten. Doch schon bereute sie den barschen Tonfall, denn im Grunde hatte sie nichts gegen den Jungen. Überhaupt schien die Mannschaft sich ihr gegenüber allmählich anders zu verhalten. Das spürte sie am Benehmen des Schiffsjungen, der sich zudem endlich von der langen Übelkeit erholt hatte.

Der Bursche wich ein wenig zurück und fragte zögerlich: „Haben Sie dem Captain wirklich eine runtergehauen?“

Nicole wusste nicht, ob in der Stimme des Burschen Ehrfurcht oder Empörung mitschwang. Sie sprang aus dem Bett und ging auf den Jungen zu, der kaum größer war als sie. „Ja, das habe ich“, brachte sie grimmig hervor. „Was willst du dagegen machen?“

„Warten Sie!“ rief er eingeschüchtert aus und streckte beide Arme in einer abwehrenden Geste aus. „Wie kommt es, dass Sie sich nicht schämen für das, was Sie getan haben?“ fragte er vorsichtig, stahl sich Schutz suchend auf den Gang hinaus und spähte durch den Türspalt.

Nicole wusste, dass er nicht auf den Vorfall mit dem Kapitän, sondern auf das vergiftete Wasser anspielte. Obwohl sie der Ansicht war, dass diese Frage keiner Antwort bedurfte, spürte sie, wie Zorn in ihr aufwallte.

„*Ich* soll mich schämen? Ich habe nichts getan, wofür ich mich schämen müsste!“ schrie sie den Burschen an. „Wenn du nicht genauso dumm wie dein Captain wärst, hättest du längst begriffen, dass ich niemanden vergiftet habe. Ich habe meine Fehler, aber ich bin nicht bösartig genug, um einen Menschen zu vergiften, obwohl ich allmählich den Wunsch verspüre, ich hätte es getan!“

Jimmy schnappte entsetzt nach Luft und starrte sie mit weit aufgerissenen Augen an, ehe er sich umdrehte und die Flucht ergriff. Er zwängte sich an den Matrosen vorbei, die sich inzwischen auf dem Gang vor der Kabine eingefunden hatten, angezogen von ihrem Wutausbruch. Nicole beschloss, dass der Zeitpunkt gekommen war, um der begriffsstutzigen Besatzung die Meinung zu sagen. Keinen Tag länger wollte sie eingesperrt in dieser Kajüte zubringen.

Mutig trat sie vor den Seemann, der am nächsten an der Tür stand. „Sie glauben also, ich hätte das Trinkwasser vergiftet?“ fuhr sie ihn an. Mit finsterer Miene schaute sie von einem Matrosen zum anderen. „Der Teufel soll euch alle holen!“ fauchte sie. „Ich habe nichts dergleichen getan. Doch leider habe ich das Pech, an Bord eines Schiffes eingesperrt zu sein, dessen Besatzung aus unfähigen und feigen Bastarden besteht!“ Sie hatte die Hände zu Fäusten geballt und sich inzwischen so sehr in Rage geredet, dass es nun kein Zurück mehr gab.

„Falls ihr die Absicht habt, mir etwas anzutun, so tut es jetzt, denn ich werde diese Kabine nun verlassen, um endlich wieder die Sonne auf meiner Haut zu spüren, auch wenn ich bei dem Versuch sterben sollte. *Habt ihr mich verstanden?*“

In ihrem unbändigen Zorn hörte sie nichts anderes als das Blut, das in ihren Schläfen pochte. Was die Seeleute von sich gaben, vermochte sie nicht zu sagen, und so verließ sie die Kajüte und schob unsanft diejenigen zur Seite, die ihr nicht rechtzeitig Platz gemacht hatten.

In dem Gang stand auch Sutherland.

Er hatte eine grimmige Miene aufgesetzt, doch er schien begriffen zu haben, dass nichts und niemand sie in diesem

Augenblick aufhalten konnte, und so stand er nur regungslos da.

Nicole zwängte sich auch an ihm vorbei, bevor sie die Stufen nach oben erklomm, an die Reling trat und den Blick über das Meer schweifen ließ.

In diesem Moment fühlte Derek sich wie der größte Narr unter der Sonne. Als er Nicole an der Reling stehen sah und beobachtete, wie ihre schmalen Schultern sich bei jedem tiefen Atemzug an der frischen Luft hoben, wusste er es.

Sie hatte es nicht getan.

Er konnte es nicht glauben, dass sie seine Crew angeschrien und ihn beiseite geschoben hatte. Aber ihr zorniger Auftritt hatte dazu beigetragen, ihm endgültig die Augen zu öffnen. Jetzt hatte er begriffen; sie hatte ihm die Wahrheit gesagt, als sie ihm erzählte, was sie in jener Nacht auf seinem Schiff getan hatte.

Schließlich wandte er den Blick von ihr ab und rief nach Jeb. „Sag dem Rest der Besatzung, dass Miss Lassiter von nun an Ehrengast an Bord unseres Seglers ist und auch als solcher behandelt werden muss."

„Aye, Captain. Wir haben uns schon so was gedacht, als wir hörten, dass sie Ihnen eine gelangt hat." Jeb konnte sich ein Grinsen nicht verkneifen.

Derek bedachte den Seemann mit einem düsteren Blick. „Dein Alter gibt dir nicht die Freiheit, dich respektlos gegenüber deinem Captain zu benehmen!"

„Richtig", meinte Jeb grinsend, „aber ich kann offen sprechen, wenn mein Captain sich zum Esel gemacht hat."

Mit einem letzten finsteren Blick wandte Derek sich von dem Bootsmann ab und suchte sich einen geeigneten Platz, um Nicole zu beobachten. Die nächsten zwei Stunden stand sie reglos an Deck, das Gesicht zur Sonne gewandt. Es war schon spät am Nachmittag, als sie schließlich den Kopf auf die Reling legte. Offenbar befürchtete sie, schon bald wieder unter Deck gezerrt zu werden.

Zwar hielt er es nicht für ratsam, sie jetzt anzusprechen, doch er wollte nicht, dass sie sich länger Sorgen machte, von ihm oder seiner Crew schlecht behandelt zu werden.

„Nicole", begann er, als er hinter ihr stand. Sie beachtete ihn nicht. „Schauen Sie mich bitte an", sagte er. Sanft drehte er sie zu sich und nahm bestürzt wahr, dass sie sich an die Reling festklammerte. „Ich glaube nicht, dass Sie das Wasser vergiftet haben."

Sie antwortete nicht.

„Hat jemand ... demnach hat jemand auch Ihr Schiff beschädigt."

„Das habe ich die ganze Zeit schon gesagt."

Er holte tief Luft. „Ich möchte mich bei Ihnen entschuldigen ..."

„Also gut", erwiderte sie kurz angebunden.

Er hatte sich entschuldigt, doch es schien ihr nichts zu bedeuten. „Ich sage, dass es mir Leid tut", setzte er leicht verärgert nach.

„Und ich sage ‚Also gut'."

„Was verlangen Sie von mir? Wie können wir den Streit beilegen?"

Sie schaute an ihm vorbei. „Ich möchte nach Sydney gebracht werden." Dann wandte sie sich von ihm ab und ging an der Reling entlang.

Wie schon so oft, wenn es um diese Frau ging, wusste er nicht mehr weiter. Jedes Mal, wenn er glaubte, ihr Wesen zu kennen, wurde sein Bild von ihr wieder auf den Kopf gestellt. Zunächst hatte er sie für eine Hafendirne und eine heimtückische Betrügerin gehalten. Und jetzt war er genauso schlau wie zuvor. War sie eine Frau, die nichts anderes wollte, als mit ihrem Vater zu segeln und ihm beim Ausbau der Schiffslinie zu helfen? Oder meinte sie es ernst mit ihrem unglaublichen künstlerischen Talent? Segelte sie vielleicht nur so lange, bis sie den richtigen Mann fand und eine Familie gründen konnte?

Der Gedanke, sie könnte einen anderen Mann heiraten, löste eine Woge der Eifersucht in ihm aus. In diesem Augenblick vermochte er sich nicht länger vorzumachen, nur seine Lust an ihr stillen zu wollen. Nein, er wollte sie verstehen lernen, sie kennen lernen.

Dass ihm das nicht sofort gelingen würde, war ihm sehr wohl bewusst. In den folgenden Tagen sagte sie kein Wort zu ihm, und er hielt sich klugerweise zurück. Er musste daran denken, was sie durchgemacht und verloren hatte. Und er hatte sie auf sein Schiff gebracht, eingesperrt und sie beinahe verhungern lassen, auch wenn er Letzteres nicht mit Absicht getan hatte.

Kein Wunder, dass sie ihm nun aus dem Weg ging – doch ihre Ablehnung nagte an ihm. Nie hätte er es für möglich gehalten, dass ihre abweisende Haltung ihm etwas ausmachen würde. Wenn sie überhaupt mit jemandem sprach, dann nur mit Bigsby. Obwohl inzwischen auch das letzte Mitglied der Besatzung von ihrer Unschuld überzeugt war und Nicole freundlich begegnete, war es offenkundig, dass sie mit niemandem etwas zu tun haben wollte.

Wenn sie sich an Deck aufhielt, machte sie sich zwar hier und da nützlich, aber Derek wusste ganz genau, dass sie es nicht tat, um ihm oder seiner Crew einen Gefallen zu tun, sondern um gegen ihre Langeweile anzukämpfen.

Jetzt blieb ihm nur noch ein Trost. Denn die Distanz, die sie tagsüber hielt, konnte sie des Nachts nicht aufrechterhalten, wenn sie bei ihm im Bett lag. Selbst nach ihrem Wutausbruch hatte sie wieder neben ihm geschlafen.

Als er an diesem Abend in seine Kabine kam, betrachtete er sie eingehend. Sie lag bereits unter der Decke und schlief. Ihr dichtes geflochtenes Haar ruhte auf ihrer Schulter. *Wunderschön.* Er fand sie wunderschön. Einmal mehr regte sich in ihm das Verlangen, mit ihr zu schlafen, aber diesmal war es keine rohe, fleischliche Begierde, sondern der Wunsch, sich mit dieser tapferen und starken Frau zu vereinigen.

Aus irgendeinem unerfindlichen Grund war das Verlangen nach dieser Frau, das nie abgenommen hatte, an diesem Abend stärker ausgeprägt als sonst. Er war es leid, sich ständig nach ihr verzehren zu müssen. Heute Nacht konnte er sich unmöglich neben sie legen. Also blieb er auf seinem Stuhl sitzen, dachte über sich und die Frau in seinem Bett nach und versuchte, sich mit dem feurigen Brandy zu betäuben. Als er sich erhob, um eine weitere Flasche zu holen, wachte sie auf und rieb sich verschlafen die Augen.

„Was machen Sie da?“ fragte sie gähnend.

„Ich hole mir noch etwas zu trinken. Möchten Sie auch einen Drink?“

Sie schüttelte den Kopf, setzte sich im Bett auf und zog die Beine an die Brust. „Warum tun Sie das? Warum trinken Sie so viel?"

Derek war verblüfft. Das war die erste persönliche Frage, die sie ihm gestellt hatte; zum ersten Mal hatte sie Interesse bekundet. Doch sie hatte sogleich auf seinen größten Schwachpunkt abgezielt.

Aber das kümmerte ihn wenig, denn er war bereits betrunken genug, um ihr eine ehrliche Antwort zu geben. „Ich trinke, um zu vergessen. Um zu vergessen, was ich nicht ändern kann."

Sie legte den Kopf schräg. „Und, hilft es?"

„Ich weiß es nicht", sagte er und blickte düster in das Glas. „Ich habe es mir zumindest immer eingeredet."

„Das tut mir Leid für Sie", erwiderte sie mitfühlend, bevor sie sich wieder hinlegte und weiterschlief.

Bis spät in die Nacht hinein dachte er an ihre Worte. „Das tut mir Leid für Sie", hatte sie gesagt und wohl eher gemeint: „Sie tun mir Leid."

Verflucht, er war ein stolzer Mann. Er wollte, dass sie ihn respektierte, ihn begehrte. Ihr Mitleid wollte er jedoch nicht.

Selbst wenn er jetzt mit dem Trinken aufhörte – wenn er es überhaupt könnte –, lief ihm die Zeit davon. Jede endlos scheinende Nacht näherten sie sich ein Stück weiter ihrem Zielhafen, und es stand mehr zwischen ihnen, als er je geglaubt hatte.

Er konnte nur ahnen, wie sehr sie sich nach Land sehnte. Was ihn betraf, so löste der Gedanke, in Sydney vor Anker zu liegen, kein Gefühl der Freude in ihm aus, denn Nicole würde ihn verlassen und sich nicht einmal nach ihm umdrehen.

18. KAPITEL

An den folgenden Abenden brachte Jimmy ihr das Essen und stellte das Tablett mit einer schwungvollen Geste auf den Tisch. Der Bursche war nun viel freundlicher und zugänglicher; er wich sogar kaum noch von ihrer Seite und löcherte sie mit Fragen. Offenbar tat es ihm Leid, dass er anfangs so unfreundlich zu ihr gewesen war, denn nun bot er ihr sämtliche Annehmlichkeiten, die an Bord zur Verfügung standen. So brachte er ihr Badewasser und ausgewählte Köstlichkeiten aus der Kombüse.

Die übrigen Crewmitglieder behandelten sie eher gleichgültig, ohne dabei unfreundlich zu sein, und blieben unter sich. Daran hatte sie nichts auszusetzen, denn sie hatte bereits eine Besatzung, an der ihr sehr viel lag.

Jetzt achtete sie nicht weiter auf Jimmys Fragen, nahm sich eine Hand voll Rosinen und dachte über ihre Situation nach. Sehr viel länger konnte sie ihren Groll gegen die Besatzung oder ihren Kapitän nicht aufrechterhalten, denn es entsprach nicht ihrem Wesen, nachtragend zu sein. Oft loderte ihr Zorn heftig auf, doch dann hatte sie Minuten später schon wieder vergessen, über was sie sich aufgeregt hatte. Außerdem konnte sie sehr gut nachvollziehen, dass Sutherland und seine Männer sie unter den gegebenen Umständen verdächtigt hatten.

Sutherland machte es ihr besonders schwer, weiterhin auf ihn zornig zu sein. Erst gestern, als sie einen französischen Dampfer auf dem Heimweg erblickt hatten, hatte er durch Signale angefragt, ob er an Bord kommen dürfe, obwohl sie dadurch Zeit verloren hatten, und war dann mit einem Matrosen hinübergerudert. Er hatte einen ganzen Sack mit Obst für sie mitgebracht – Äpfel, Orangen, diese Rosinen – und dafür vermutlich ein Vermögen bezahlt. Noch erstaunter war sie gewesen, als er ihr obendrein einen beachtlichen Vorrat an Tinte in die Kajüte gebracht hatte, mit den Worten, sie wolle doch gewiss ihrem Vater schreiben.

An seinem ganzen Benehmen konnte sie erkennen, dass er sie um Vergebung bat. Sooft er sie an Deck erblickte, suchte er ihre Nähe und legte im Vorübergehen kurz seine Hand auf ihren Rücken.

Auch die Nächte in seinem Bett gingen nicht spurlos an ihr vorüber. Offenbar glaubte er, sie schliefe tief und fest, wenn er spät abends in die Kabine schlich, aber natürlich merkte Nicole jedes Mal, dass er vorsichtig unter die Decke kroch.

Vielleicht hätte sie sich über die Freiheiten ärgern sollen, die er sich herausnahm, aber solange er nicht merkte, dass sie wach war, konnte sie weiterhin die Wärme genießen, die er ihr in den kalten Nächten spendete.

Und manchmal, wenn er den Arm um sie legte und sie an sich zog, streifte seine Hand ihre Brust. In diesen Augenblicken durchzuckte sie immer ein wonnevolles Kribbeln. Jede Nacht fiel es ihr schwerer, den Schlaf vorzutäuschen, und nur unter Aufbietung ihrer ganzen Willenskraft gelang es ihr, sich nicht mit einem wohligen Seufzer an ihn zu schmiegen.

In den Nächten davor, als sie sich noch von den Verletzungen hatte erholen müssen, war er stets schnell eingeschlafen, doch jetzt blieb er lange wach und angespannt liegen. Es verging keine Nacht, in der sie nicht seine harte Erregung gespürt hätte. Er hielt sich bewusst zurück, doch tief in ihrem

Herzen wünschte sie, er möge sie in die Arme nehmen und sie in betörender Weise berühren, so wie er es schon einmal getan hatte.

Schon im nächsten Augenblick plagte sie das schlechte Gewissen. Wie konnte sie ihn nur begehren, wenn er ihre Crew in eines der berüchtigten Gefängnisse in Kapstadt gebracht hatte? Nein, sie durfte nichts für einen Mann empfinden, der ihrer Besatzung absichtlich nicht gesagt hatte, wie es ihr ging, und dadurch erst die Meuterei provoziert hatte.

„Geht es Ihnen gut?" fragte Jimmy nun und unterbrach sie in ihren Gedanken.

Sie schaute an sich hinab und merkte erst jetzt, dass sie die Hände zu Fäusten geballt hatte. „Es ist nichts", meinte sie.

Jimmy zog die Stirn in Falten, als er das Tablett nahm. „Ich bringe das dann zurück in die Kombüse."

Als sie wie abwesend nickte, trug er das Tablett hinaus.

Kurze Zeit später verließ auch Nicole die Kajüte und stand, in mehrere Decken gehüllt, an der Reling. Der tief stehende Mond tauchte die sich schier endlos ausbreitende See in ein mildes, silbrig schimmerndes Licht.

„Ein unglaublich schöner Anblick, nicht wahr?" sagte Sutherland, der sich ihr von hinten näherte. Dann blieb er stehen und schien unschlüssig, ob er sich ebenfalls an die Reling stellen sollte.

Sie antwortete nicht und versuchte dem Verlangen zu widerstehen, sich in seine Arme fallen zu lassen und die Wärme seines Körpers zu genießen.

„Ich denke, das hier sind die schönsten Augenblicke der gesamten Fahrt – diese letzten Tage so weit im Süden."

Wie konnte seine Stimme nur eine so große Wirkung auf sie ausüben? Warum spürte sie das Verlangen, sich augenblicklich umzudrehen und sich an seine Brust zu schmiegen?

Mit einem Kopfschütteln rief sie sich in Erinnerung, dass er ihre Crewmitglieder ihrem Schicksal überlassen hatte. „Das überrascht mich nicht", begann sie in einem streitsüchtigen Tonfall, „denn es ist *kalt.*" Würde er sie in Ruhe lassen, wenn sie schroff genug war?

Zunächst herrschte Schweigen, und schon bereute sie den scharfen Unterton. Er legte eine Hand auf ihre Schulter.

„Sie zittern. Warum tragen Sie nie die warmen Kleidungsstücke, die ich für Sie ausgesucht habe?"

„Ach, deswegen haben Sie die Sachen auf das Bett gelegt?" fragte sie unbeteiligt.

„Ja, ich wusste nicht, wie ich Sie sonst dazu bringen sollte, meine Sachen zu tragen."

„Vergeuden Sie in Zukunft keine Zeit mehr damit."

Er holte hörbar Luft. „Nicole, Sie sollen wissen", begann er zögerlich, „dass es mir aufrichtig Leid tut, wie die Dinge sich zwischen uns entwickelt haben. Ich würde alles tun, um das Vergangene ungeschehen zu machen, aber das liegt leider nicht in meiner Macht."

Da sie nichts erwiderte, drehte er sie langsam zu sich. „Ich weiß, dass Sie mich womöglich hassen, aber zwischen uns besteht eine Bindung, die wir nicht länger leugnen dürfen. Fühlen Sie denn nicht, wie es sein könnte?" fragte er und streichelte ihr sanft über die Wange.

Als sie zu ihm aufschaute, war sie wie verzaubert von seinen Augen, die im Mondlicht silbrig leuchteten. Rasch blickte sie zur Seite und bemühte sich um einen gleichgültigen Tonfall. „Das klingt so, als hätten wir keine Entscheidungsfreiheit in dieser Angelegenheit, als hätten wir keine Kontrolle darüber."

„So ist es mir in der Tat vorgekommen. Selbst als ich davon überzeugt war, Sie hätten meiner Crew geschadet, habe ich Sie begehrt, mochte ich auch noch so stark gegen meine Gefühle ankämpfen."

Er beschrieb genau die Gefühle, die auch sie empfand. Jene Gefühle, gegen die sie nichts ausrichten konnte und die sie ihre Crew vergessen ließen – sogar Chancey.

Sie versteifte sich. „Es ist zu viel vorgefallen. Nun ist es zu spät. Wenn Sie jetzt ein schlechtes Gewissen plagt, wie Sie mich behandelt haben, können Sie Ihr Verhalten wieder gutmachen. Indem Sie mich allein lassen."

Am nächsten Morgen stand Dereks Entschluss fest. Tags zuvor hatte Nicole ihm deutlich gesagt, dass sie nichts mit ihm zu tun haben wollte. Doch ihr Körper, der sich bis zur Dämmerung an seinen schmiegte, verriet ein gänzlich anderes Verlangen. Wenn sie ihm tagsüber also keine Gelegenheit bot, sie für sich zu gewinnen, so musste er sich in den kommenden Nächten bemühen, sie von ihrer ablehnenden Haltung abzubringen.

Wie so oft in den Morgenstunden, beobachtete er sie von der Brücke aus, während er seinen Kaffee trank. Sie sah bezaubernd aus; der kalte Wind verlieh ihren Wangen eine frische Farbe, und ihre Zöpfe lugten unter der Krempe des Hutes hervor, den sie stets an Deck trug.

Erst als sie auf Jebediah zuging, fiel ihm auf, dass sie seinen dicken und sündhaft teuren Lieblingspullover angezogen hatte.

Nun, hatte er ihr nicht gesagt, sie solle seine Sachen tragen? Das war ein viel versprechender Anfang. Als der alte Jeb sich wieder an die Arbeit machte, hielt Derek es nicht mehr länger auf der Brücke aus und ging zu Nicole, die einmal mehr auf das Meer starrte.

Eigentlich hatte er sich genau überlegt, wie er sich in den kommenden Tagen verhalten wollte; er wollte geduldig abwarten und so oft wie möglich versuchen, sich mit ihr zu unterhalten, um ihr Vertrauen zu gewinnen.

Daher war er über sich selbst überrascht, als er plötzlich ihre Hand ergriff und Nicole ohne Vorankündigung mit sich zog. Natürlich war auch sie mehr als verblüfft, doch sie wehrte sich nicht, als er mit ihr an den scheinbar gleichgültigen Matrosen vorbeiging. Er begehrte sie, brauchte sie – jetzt!

Forschend schaute er in ihr Gesicht und sah, dass in ihren großen Augen Erstaunen lag – oder war es Furcht? Verflucht, seine Willkür hatte sie erschreckt. Der Anfang war schon schwer genug gewesen, und jetzt musste er erst recht behutsam mit ihr umgehen. Einen weiteren Fehler durfte er sich nicht erlauben. Leise schloss er die Kabinentür hinter sich und bedeutete ihr höflich, sich mit ihm an den Tisch zu setzen. Offenbar war sie zu verdutzt, um ihm die Bitte abzuschlagen, denn sie setzte langsam den Hut ab und nahm zögerlich Platz.

„Es gibt da ein … Missverständnis zwischen uns. Ich möchte mich nicht wiederholen, aber wir müssen uns aussprechen", sagte er mit einem Unterton, der selbst in seinen Ohren wie ein Befehl klang. Ihre Miene verhärtete sich.

Was für ein ausgezeichneter Gesprächsanfang! Großartig. Kein Wunder, dass sie dich meidet.

„Ein Missverständnis also", wiederholte sie, und ein Schatten huschte über ihr Gesicht. „Das klingt so harmlos, dabei war es die Hölle für mich. Ich wusste nicht, wie es meiner Crew ging, und musste die schreckliche Nachricht verarbeiten, dass mein Schiff gesunken ist." Tränen schimmerten in ihren Augen. „Es mag Ihnen nicht bewusst sein, aber dieses Schiff war mein Zuhause."

Er war im Begriff, sie zu berühren, und obwohl sie zurückwich, hatte er den Eindruck, dass ihre Ablehnung schwand.

Doch der Schmerz in ihren Augen zerriss ihm das Herz.

„Ich habe den größten Teil meines Lebens an Bord der *Bella Nicola* verbracht, und zwar fast immer mit derselben Crew. Sie war meine Familie, da ich nur noch meinen Vater hatte. Und jetzt, jetzt ist alles schlimmer", wisperte sie und wischte eine Träne fort. „Ich *weiß*, was Sie meinen Leuten angetan haben." Die Stimme drohte ihr zu versagen. „Für Meuterei wird man gehängt", flüsterte sie schluchzend.

Derek stieß einen unwirschen Laut aus und erhob sich. „Wenn Sie sich Sorgen um Ihre Crew machen, so können Sie beruhigt sein. Ich habe angeordnet, dass die Männer eine Woche nach unser Abreise wieder auf freien Fuß gesetzt werden."

Erstaunt und ungläubig sah sie Derek an. „Sie haben angeordnet, dass sie … freigelassen werden?"

„Ja." Er merkte ihr die Verwirrung an. „Ich hätte sie schon

früher freigelassen, aber ich wollte verhindern, dass sie uns folgen." Da ihr Gesicht vor Erleichterung erstrahlte, fügte er hinzu: „Ich versichere Ihnen ..." Es war ihm nicht möglich, den Satz zu Ende zu bringen, denn sie war aufgesprungen, hatte die Arme um seinen Hals geschlungen und sich an ihn geschmiegt. Als er sie in die Arme nehmen wollte, stellte sie sich auf die Zehenspitzen, umfasste seinen Kopf mit beiden Händen und verteilte Küsse auf seinem Gesicht und in seiner Halsbeuge.

Dann wich sie einen Schritt zurück. „Meine Crew ist in Sicherheit? Sie sind wieder frei?"

Er nickte. „Haben Sie die ganze Zeit geglaubt, ich hätte Ihre Leute wegen Meuterei vor Gericht gebracht?"

Für einen kurzen Moment schloss sie die Augen und schluckte.

„Mein Gott, Sie müssen mich für ein Ungeheuer gehalten haben", fuhr er fort und strich mit der Hand über ihr Haar. „Ich vermute, ich habe mir keine Mühe gegeben, damit Sie mich in einem anderen Licht sehen."

„Jetzt kann ich verstehen", meinte sie mit weicher Stimme, „warum Sie so wütend auf mich waren. Sie mussten mich verdächtigen. Dabei bin ich nur deshalb zu den Fässern zurückgegangen, weil ich nie zuvor Trinkwasserbehälter aus Eisen gesehen hatte."

Er seufzte leise und sagte mit einem tadelnden Unterton: „Ich kann nicht glauben, dass Sie trotzdem auf meinem Schiff spioniert haben."

„Nun, das will ich nicht leugnen." Sie errötete. „Aber ich wäre nie an Bord gekommen, wenn ich mich nicht zu Ihnen hingezogen gefühlt hätte.“ Sie stellte sich wieder auf die Zehenspitzen, um ihm mit beiden Händen durch das Haar zu fahren. „Und ich habe jene Nacht nie bereut.“

Derek zog die Brauen zusammen, denn er konnte nicht glauben, was er da soeben gehört hatte. Immer hatte er sich die Frage gestellt, ob sie sich ebenso wie er an diese Nacht erinnerte. Die Gewissheit, dass sie das Liebesspiel nicht vergessen hatte, verstärkte sein Verlangen nach ihr, und so zog er sie an sich. Er löste ihre dicken Zöpfe und fuhr mit den Fingern durch ihr Haar, während er ihren Hals mit Küssen bedeckte. Sie schmiegte sich eng an ihn und stieß einen Seufzer der Erleichterung aus.

„Heute Nacht haben wir viel Zeit füreinander“, raunte er in ihr Ohr.

An diesem Abend konnte Nicole nicht einschlafen, denn eine gespenstische Stille hatte sich über das Meer gelegt. Der Nebel, der in dichten Schwaden über dem Wasser hing, schien jedes Geräusch zu verschlucken. Diese unheimliche Stille war der Vorbote eines gefährlichen Wetterumschwungs. Sie fürchtete sich vor einem weiteren heftigen Sturm, doch wenn sie ehrlich zu sich selbst war, hatte sie an diesem Abend keine Angst vor einem Unwetter, sondern vor Sutherland.

Am Morgen hatte er sich wieder an Deck begeben und sie verwirrt in der Kajüte zurückgelassen. Hatte er gespürt, dass sie Zeit brauchte, um sich über ihre heftigen Gefühle klar zu werden? Sie glaubte, dass er sie in dieser Nacht lieben würde. Ihr war bewusst geworden, dass ihre Gefühle für diesen Mann tiefer gingen als bloße Fleischeslust. Sie vermochte nicht zu sagen, ob sie diese Empfindungen Liebe nennen durfte, aber was sie auch immer erfasst hatte, übte eine unwiderstehliche Macht auf sie aus.

Die Tür öffnete sich und schloss mit einem knarrenden Geräusch. Als Sutherland begann, seine Kleidung abzulegen, verspürte sie ein Kribbeln am ganzen Leib und eine ungewohnte Hitze zwischen ihren Schenkeln.

Vor Monaten hatte er ihr gezeigt, welchen Genuss er ihr bereiten konnte, und jetzt wollte das sehnsuchtsvolle Verlangen, das leidenschaftliche Begehren nicht mehr nachlassen, sondern steigerte sich unaufhaltsam. Als er neben ihr unter die Decke schlüpfte und den Arm um sie legte, musste sie all ihren Willen aufbringen, um sich nicht gleich zu ihm umzudrehen und ihn zu küssen.

Er zog sie enger an sich, während sie versuchte, ihren raschen Atem zu beruhigen, und als seine steife Erregung gegen ihren Rücken drückte, sog sie zischend die Luft ein.

Dieser Abend war auch für ihn anders. Anstatt die halbe Nacht angespannt neben ihr zu liegen und schließlich vor Erschöpfung einzuschlafen, beugte er sich über sie und berührte mit der Zungenspitze die empfindliche Haut an ihrem Ohr. Sie unterdrückte ein wohliges Seufzen, und ihr Körper begann zu zittern, denn schon verteilte er federleichte Küsse auf ihrem Hals und ihrer Schulter.

Nicole spürte, dass sie diesen Mann nicht länger hassen konnte, und fragte sich, ob sie ihn überhaupt je gehasst hatte. Jetzt konnte sie ihm und ihrem Verlangen nicht mehr länger widerstehen; sie musste ihren wahren Gefühlen freien Lauf lassen.

Als er mit den Fingern über den Stoff strich, der ihre Brüste bedeckte, stöhnte sie leise auf vor Wonne. Abrupt nahm er die Hand weg. Am liebsten hätte sie vor Enttäuschung aufgeschrien. So viele Nächte hatte sie neben ihm gelegen, ohne die Leidenschaft ausleben zu können, die er in ihr zu entfachen wusste. Nun durfte sie keine Zeit mehr verrinnen lassen.

Sie ergriff seinen Arm und fuhr mit den Fingern hinab, bis sie seine Hand spürte. Ehe der Mut sie verließ, legte sie seine Hand wieder auf ihre Brust. Er hielt den Atem an, als er ihre Rundung umschloss und mit dem Daumen über die Spitze strich.

Nicole stieß einen Seufzer aus und schmiegte sich eng an seinen harten Leib. Im selben Augenblick drehte er sie auf den Rücken, eroberte ihren Mund mit heißen Lippen und schob sich mit seinem ganzen Körper über sie.

Er fuhr mit dem Kopf nach unten und strich mit den Lippen über ihre festen Knospen, die sich deutlich unter dem Stoff abzeichneten. Es war zu viel für sie, und so konnte sie nicht anders, als ihm ihre Hüften entgegenzuschieben. Sie glaubte sogar, dieses überwältigende Gefühl schon jetzt zu erleben – sie war so kurz davor!

„Nicole, ich kann mich nicht mehr länger zurückhalten. Sag mir, ob du bereit bist …", keuchte er. Jetzt glitt er nicht mehr geschmeidig über ihren bebenden Leib, sondern drückte den harten Beweis seiner Männlichkeit gegen den Stoff, der ihre Schenkel bedeckte.

Voller Lust schaute sie ihn an. „Ja, ich will dich … ich möchte dich endlich in mir spüren."

Geräuschvoll sog er den Atem ein. „Es gibt kein Zurück mehr." Wieder suchte er mit dem Mund ihre festen Spitzen.

„Ich kann es nicht mehr abwarten. Bitte …“, hauchte sie, während sie sich unter ihm wand und die Schenkel für ihn spreizte.

Seine mühsam aufrechterhaltene Zurückhaltung brach in sich zusammen. Er stöhnte auf und zerriss ihr Hemd. Sie erzitterte. *Bei Gott, diese Stärke, und dieser große …* Schon gab sie sich der unbändig drängenden Kraft hin, die von seinem Körper ausging, auch wenn sie sich fürchtete.

Dann begann er sie mit dem Finger zu streicheln, wie in jener Nacht vor so vielen Wochen.

Zunächst streichelte er sie zärtlich, und jedes Mal, wenn er mit den Fingern in sie drang, hob sich sein Leib über ihr, und seine Erregung drückte hart gegen ihren Schenkel, als wollte er sie langsam auf das vorbereiten, was er im nächsten Augenblick tun würde.

Doch ihr Verlangen wurde allmählich unerträglich, und schließlich spürte sie nur noch die kalte Luft, die über ihre Brüste strich und den Druck, den seine kundigen Finger in ihr ausübten.

Keuchend umschloss er ihre Schenkel und spreizte sie weiter für sich. Mit sehnsuchtsvollem Blick nahm sie jede seiner Bewegungen in sich auf. Sein ganzer Körper verspannte sich.

Sie legte die Hände auf seine Brust und vergrub ihre Nägel in seinem harten Oberkörper. Er erschauerte. Mutig richtete sie sich auf, umschloss mit der Hand seine pulsierende Männlichkeit und strich über die heiße, samtweiche Haut.

„Nicole, nicht …“, stöhnte er lustvoll.

Seine Stimme klang beinahe schmerzhaft verzerrt, doch dann bewegte er sich in ihrer Hand, und sie fuhr mit ihren

Erkundungen fort. Mit dem Daumen strich sie über seine geschwollene Spitze und spürte, wie er von wonnevollen Schauern geschüttelt wurde. Ihre Augen wurden größer, als die Spitze unter ihrem Finger feucht wurde, und noch vor ihm stöhnte sie vor Erregung auf. Er warf den Kopf in den Nacken, während sie ihre Finger weiter spielen ließ, bis er ihren Blick suchte und sie mit feurig aufflammenden Augen zu durchbohren schien.

Er drückte sie auf die Matratze, schob ihre Hand zur Seite und drang langsam in sie ein, tastete sich vorsichtig vor und steigerte ihre Lust in ungeahnte Höhen. Dann zog er sich zurück und glitt sogleich wieder hinein, diesmal ein wenig tiefer.

„Oh Gott, bitte mach weiter ...", stöhnte sie, und die alles verzehrenden Empfindungen trieben sie in Schwindel erregende Höhen ...

Doch da war ein Geräusch außerhalb der Kabine, das sie wie von ferne wahrnahm, ein Klopfen, das sich zu einem heftigen Hämmern steigerte. Sie wusste nicht, wie lange diese Person schon vor der verschlossenen Tür gestanden hatte, aber es kümmerte sie auch nicht. All ihre Sinne waren auf die unbeschreiblichen Gefühle gerichtet, die durch ihren Leib strömten. Sie spürte Derek in sich, das Kribbeln in ihrem Bauch, die anschwellenden Schwingungen in ihrem Innern ...

Gerade als sie glaubte, er würde richtig in sie eindringen, zog er sich zurück, sprang aus dem Bett und ließ sie mit einem Gefühl der Leere zurück.

„*Was, zum Teufel, geht hier vor?*" schrie er wütend – noch nie hatte sie ihn derart zornig erlebt. Als er zu ihr zurückkam, zog er sie auf seinen Schoß. Immer noch spürte sie seine Erregung, und sie war völlig verwirrt, dass er sie und auch sich um das sinnliche Vergnügen gebracht hatte.

Er beugte sich hinab und drückte einen Kuss auf ihr Haar, bevor er sie wieder auf das Bett setzte und aufstand. „Zieh dich rasch an, Liebes." Noch einmal nahm er ihren entblößten Leib mit begehrlichen Blicken in sich auf und stieß dann einen leisen Fluch aus. „Wir sind in Schwierigkeiten."

19. KAPITEL

Die schwer angeschlagene *Southern Cross* schleppte sich nach Sydney. Wo einst große Segel gehangen hatten, flatterten jetzt nur noch Fetzen im Wind. Und die Besatzung auf Deck schien mehr tot als lebendig, so erschöpft waren die Männer von den Anstrengungen der letzten Stunden.

Mit letzter Kraft hielt Derek die Brücke. In den Stunden des Sturms hatte er an nichts anderes als das nackte Überleben denken können. Nun spürte er, wie die Erleichterung seinen Pulsschlag beruhigte; sie hatten den Sturm überstanden.

Das Schicksal der *Southern Cross* hatte auf Messers Schneide gestanden. Mit aller Kraft hatte er sich gegen den Sturm gestemmt und unaufhörlich seine Besatzung angetrieben, das Letzte aus sich herauszuholen. Nie zuvor hatte er Männer gesehen, die so für das Überleben gekämpft hatten. Keiner hatte geschlafen; alle hatten wachsam an Deck ausgeharrt, den Tod ständig vor Augen. Derek schaute auf seine zerschundenen Hände und wusste, dass er am ganzen Leib Schnittwunden und Prellungen hatte. Doch seltsamerweise spürte er keinen Schmerz.

Zu Beginn des Unwetters hatte ihn die kalte Furcht beschlichen, er würde sein Schiff verlieren, und mit dem Mut der Verzweiflung hatte er gegen das drohende Schicksal aufbegehrt. Dann war sein Blick auf Nicole gefallen, die sich beharrlich seinem Befehl widersetzt hatte, unter Deck zu gehen. In ihren Augen hatte er Zuversicht entdeckt, und sie hatte ihm mit ihrem Blick zu verstehen gegeben, dass sie ihm blind vertraute.

Ihre ungebrochene Hoffnung hatte ihn überwältigt. Sie hatte ihm mitteilen wollen, dass sie sich in seinem Schutz sicher fühlte.

Jetzt schaute er zum Bug, wo sie mit wehenden Haaren stand und darauf brannte, den Hafen von Sydney zu sehen. Er musste daran denken, wie tapfer sie gewesen war, und spürte, dass er stolz war auf sie. Selbst als der tosende Sturm an Bord gewütet hatte, war sie an Deck geblieben, hatte unermüdlich ausgeholfen, wo sie nur konnte, und gemeinsam mit den Seeleuten die Takelage gesichert. Immer wieder hatte er gesehen, wie seine Matrosen diese mutige Frau mit bewundernden Blicken bedacht hatten.

„Ahoi, ihr da!" rief Jeb in diesem Moment einem Fischerboot zu, das sich näherte. „Irgendetwas Neues von dem Großen Wettsegeln?"

„Ja", antwortete ein sonnenverbrannter Mann in einem kleinen Küstenboot. Mit einem Finger deutete er auf Derek. „Sind Sie Sutherland?"

Derek nickte, und der Mann rief ihm zu: „Leider muss ich Ihnen mitteilen, dass die *Desirade* bereits gestern eingetroffen ist."

Dereks Miene verfinsterte sich. Die *Desirade* war Tallywoods Schiff, und es nagte an ihm, gegen diesen aufgeblasenen Gecken verloren zu haben – besonders deshalb, da er den Lord der Sabotage verdächtigte. Doch Derek zwang sich zur Ruhe und dankte dem Fischer.

Eigentlich hatte ihm nicht viel an dem Wettbewerb gelegen, aber schließlich war ihm bewusst geworden, dass er Nicole mit einem Sieg beeindrucken wollte. Und er wollte den

Sieg mit ihr teilen, da der Sturm ihr jegliche Hoffnung auf einen ersten Platz genommen hatte.

Er spürte, dass sie eine Hand auf seinen Arm legte. Es tröstete ihn, dass sie seine Enttäuschung nachvollziehen konnte. Mit tonloser Stimme sagte er: „Verdammt nochmals, ich dachte, ich hätte ihn."

Später, als die *Southern Cross* sich dem Hafen näherte, stand Derek auf der Brücke und sah durch sein Fernrohr. Schon bald hatte er Tallywoods Schiff ausgemacht und sah, dass auch die *Desirade* unter dem Sturm gelitten hatte.

Nicoles unermüdlichem Einsatz hatte er es zu verdanken, dass sein Schiff nicht in einem erbärmlichen Zustand in den Hafen einlief, denn es war ihr gelungen, die Besatzung zu ermuntern, die Segelfetzen abzunehmen und die Ersatzsegel zu setzen.

Nachdem das Schiff schließlich im Hafenbecken festgemacht worden war und die begeisterte Menschenmenge an den Docks sich allmählich wieder auflöste, schaute Derek sich auf Deck nach Nicole um.

„Sie ist in Ihrer Kajüte", verriet Jeb ihm mit einem durchtriebenen Blick. Derek fragte sich, was der alte Mann andeuten wollte, dachte dann jedoch nicht weiter darüber nach. Er war einfach zu müde.

Als er seine Kabine betrat, sah er, dass sie vor Erschöpfung an seinem Pult eingeschlafen war. Sie hatte ein Bad genommen und sich in ihren Morgenmantel gehüllt. Er entledigte sich seiner Kleidung, hob sie dann behutsam hoch und atmete ihren betörenden Duft ein. Sanft legte er sie in sein Bett und schlüpfte neben ihr unter die Decke. Eigentlich hatte er sich vorgenommen, an das jäh unterbrochene Liebesspiel anzuknüpfen, doch kaum lag er im Bett, fielen ihm schon die Augen zu.

Irgendwann kurz vor Sonnenuntergang wachte er von ihren Schritten in der Kajüte auf.

„Was machst du da?“ fragte er verwundert und rieb sich die Augen.

„Ich packe“, entgegnete sie einsilbig.

„Das sehe ich. Ich wollte eigentlich wissen, warum du das tust.“

„Ich habe in der Stadt zu tun.“

Er sprang aus dem Bett. Sie errötete und wandte den Blick von seinem bloßen Leib. Rasch zog er sich seine Hosen an.

„Was hast du denn in der Stadt zu tun?“ Doch im selben Augenblick hatte er begriffen. „Tallywood. Du bist hinter ihm her.“

„Darum geht es nicht.“

„Was hast du dann vor? Nicole, ich habe zwei Matrosen aufgetragen, Tallywood auf Schritt und Tritt zu folgen. Der Rest der Crew holt Erkundigungen in den Hafenschenken ein.“

„Ich sage dir, darum geht es nicht.“

„Du hast vor, deine eigenen Nachforschungen anzustellen, wie du es auch bei mir gemacht hast. Ich schwöre dir, wenn Tallywood hinter der Sabotage steckt, wird er dafür bezahlen.“ Seine Stimme klang grob. Das war es, was er befürchtet hatte. Er hatte geahnt, dass sie ihn verlassen würde, sobald sie Sydney erreichten. Doch jetzt hatte er zumindest einen Grund, um sie aufzuhalten. Er ergriff ihren Arm. „Ich lasse dich nicht gehen. Dir könnte etwas zustoßen.“

„Du lässt mich nicht gehen?“ Zorn schwang in ihrer Stimme mit. „Du hast mich ja nicht einmal gebeten, zu bleiben.“

„Du wirst hier bleiben.“ Ihm war bewusst, dass er sie nicht fair behandelte, doch die Angst um Nicole verlieh seinen Worten diesen barschen Ton.

Heftig riss sie sich von ihm los. „Was soll das bedeuten? Willst du mich wieder wie eine Gefangene behandeln?“

Aufgebracht durchmaß Derek den Raum und rieb sich mit der Hand über den Nacken. Schließlich blieb er vor ihr stehen. „Es bedeutet, dass ich dich nicht gehen lasse.“

Nicole schwieg eine ganze Weile. „Dann bin ich also deine Gefangene?“ meinte sie schließlich.

„Ich fürchte, ja.“ Er wollte sie nicht gegen ihren Willen festhalten, aber er wollte auch nicht, dass sie sich in Gefahr begab. Außerdem brauchte er die Gewissheit, dass sie zu ihm zurückkehren würde. „Nicole, du verlässt diese Kabine erst, wenn du zugibst, dass du mich genauso begehrst, wie ich dich begehre.“

Obwohl Sutherlands dunkler, verlangender Blick sie dahinschmelzen ließ, weigerte sie sich standhaft, seiner Anziehungskraft zu erliegen. Sie wusste, dass sie dieses Schiff verlassen musste. Als sie am Abend zuvor endlich Zeit gehabt hatte, über all das nachzudenken, was sich in den zurückliegenden Tagen ereignet hatte, war sie sich ihrer Lage deutlich bewusst geworden.

Zwar würde sie diesem Mann stets ihr Leben anvertrauen, aber das bedeutete noch nicht, dass sie ihm auch im Hinblick auf ihre Crew blind vertrauen durfte. Immer wieder kam es vor, dass sie diese selbstsüchtigen Wesenszüge an ihm entdeckte, die ihr schon in London unangenehm aufgefallen waren. Sie glaubte ihm, dass er die Freilassung ihrer Leute veranlasst hatte, aber was war, wenn etwas Unvorhergesehenes dazwischengekommen war?

Nun glaubte Sutherland, sie wolle Tallywood nachstellen, doch das entsprach nicht ihrer Absicht. Zumindest jetzt noch nicht. Sie musste einem Verbindungsmann in Kapstadt einen Bankwechsel zukommen lassen und die Gefängnisaufseher bestechen, falls die Crew noch immer hinter Gittern saß. Obwohl eine innere Stimme ihr riet, Sutherland zu vertrauen, beschloss sie, ihn nicht wissen zu lassen, was sie vorhatte.

Da sie nicht glaubte, dass er ihr die erforderliche Geldsumme freiwillig zur Verfügung stellen würde, hatte sie den kühnen Plan ersonnen, ihn um dieses Geld zu erleichtern. Sie musste sich von ihm lossagen und die Angelegenheit allein regeln.

Selbst jetzt war sie noch versucht, bei ihm zu bleiben, wenn er sie darum bitten würde. Stattdessen maßregelte er sie mit einem herrischen Ton, und sein herablassender Blick und seine Willkür erregten ihren Zorn.

Sie war keine Frau, die sich herumkommandieren ließ. Als Sutherland sie jedoch plötzlich in seine Arme zog und ihre Lippen mit einem feurigen Kuss verschloss, gerieten all ihre Vorsätze ins Wanken. Sie wünschte, sie hätten beenden können, was sie in der Nacht vor dem Sturm begonnen hatten.

Denn nun wollte sie wissen, was ihr entgangen war. Jetzt hatte sie diesen Weg einmal eingeschlagen, und es machte sie wahnsinnig, dass sie das Ziel nicht kannte. Wahnsinnig genug, um zu bleiben. Schon drängte er sie an die Kajütenwand und presste sie gegen die volle Brandyflasche, die sie hinter dem Rücken versteckte.

„Nicht …“, sagte sie und rang nach Atem. Überraschenderweise hielt er inne.

Er fuhr sich mit der Hand durchs Haar. „Ich will dich. Du bleibst hier bei mir.“

„Was ist, wenn ich dich aber nicht will?“ entgegnete sie kühn.

Er gab einen unwirschen Laut von sich. „Du wirst lernen, mich zu begehren!“

Dieser selbstsüchtige Kerl! „Ich gebe dir noch eine Chance. Wenn ich dir verspreche, zurückzukommen, wirst du mich dann gehen lassen?“

„Du gibst mir noch eine Chance?“ höhnte er.

Erinnerungen an die Zeit, als sie in dieser Kabine eingesperrt war, stiegen in ihr hoch, und sie spürte, wie der alte Groll in ihr aufflammte. „Du kannst mich nicht zwingen, hier zu bleiben.“

„Ich versichere dir, ich kann es“, antwortete er. „Ich vertraue dir nicht, wenn du sagst, dass du zurückkommst.“

„*Du* kannst *mir* nicht vertrauen?“ fragte sie ungläubig.

„Dieses Thema ist beendet. Morgen früh werde ich dich bei den Erledigungen begleiten, die du dir vorgenommen hast. Und jetzt komm ins Bett.“

Empört hob sie die Brauen. „Du willst mich also wirklich nicht gehen lassen?“

„Niemals“, entgegnete er ungerührt und schaute ihr fest

in die Augen. Doch dann wandte er sich von ihr ab, als habe er sich die Tragweite seiner eigenen Worte vor Augen geführt, und wirkte unschlüssig. Das war sein Fehler, denn in diesem Augenblick holte Nicole hinter ihm zu einem Schlag aus und zerschmetterte die Glasflasche auf seinem Kopf. Einmal mehr war die Welt um Sutherland in tiefes Schwarz getaucht.

Als Sutherland wieder zu sich kam und feststellte, dass er mit Stricken an das Bettgestell gefesselt und obendrein geknebelt war, bäumte er sich mit aller Kraft auf. Doch Nicole kannte sich mit Knoten nur allzu gut aus und konnte sich ein selbstzufriedenes Lächeln nicht verkneifen. „Gib dir keine Mühe, die bekommst du nicht auf", sagte sie. Er warf ihr einen unheilvollen, finsteren Blick zu, als sie sich vom Bett abwandte.

Dann brummte er etwas in sich hinein, doch der Stoff um seinen Mund verschluckte seine Worte. Nicole konnte sich lebhaft vorstellen, welche Worte er gebrauchte, um ihr in seiner Wut klarzumachen, dass er sie auf der Stelle erwürgen würde, wenn er frei wäre. Aber es gelang ihr, die Drohung in seinen eiskalten Augen zu ignorieren. Sie suchte in seinem Pult und in den Seekisten nach Geld und lenkte sich dadurch von seinem Zorn ab. „Was ist das denn, Captain?" fragte sie. „Oh ja, wie nett von Ihnen … Ich denke, ich werde mir ein wenig Geld borgen." Sie fand den Geldbeutel, den sie zuvor schon einmal erspäht hatte, und schenkte Sutherland ein überlegenes Lächeln.

„Sehr großzügig von Ihnen, wie immer. Ihre Gastfreundschaft, Ihre Gesellschaft … stets großherzig und zuvorkommend. So stell ich mir das vor."

Sie trat an ihre eigene Seekiste und begann, einige Kleidungsstücke in eine Tasche zu stopfen, die sie ihm entwendet hatte. „Wie bitte? Oh, natürlich werde ich dir schreiben und stets auf deine Flut von Briefen antworten. Jetzt ist der Zeitpunkt gekommen, dir Lebewohl zu sagen, und da ich befürchte, dass du daraus einen langen, tränenreichen Abschied machen wirst …“ Sie hielt inne, als er sich wieder bewegte und aufstöhnte.

Hatte er tatsächlich Schmerzen? Sie hatte zwar nicht allzu stark zugeschlagen, aber diese Laute, die er jetzt von sich gab …

Jegliche Besorgnis schwand, als sie ihm in die Augen sah. Er schaute sie an, doch sein Blick fiel auf ihr Hemd, das sich öffnete, wenn sie sich hinabbeugte. Mit brennenden Wangen hielt sie sich den Hemdkragen am Hals zu. Obwohl er hilflos am Bett festgebunden war, nahm er ihren Leib immer noch mit diesen begehrlichen Blicken in sich auf, die auf sie die gleiche Wirkung hatten wie eine Berührung.

War es denn möglich, dass er sie auch jetzt noch begehrte? Fest entschlossen, sich Gewissheit zu verschaffen, beugte sie sich wieder mutig hinab und gab Acht, dass er einen ungehinderten Blick auf ihre Rundungen werfen konnte, während sie vorgab, etwas in ihrer Tasche zu suchen.

Wieder stöhnte er auf. Ein sonderbares, berauschendes Gefühl der Macht durchströmte sie. Sie betrachtete ihn und sah, wie seine Erregung unter dem Stoff seiner Hose anschwoll. Sie rang nach Luft. In ihrer Erinnerung durchlebte sie die sinnlichen Momente ihrer letzten intimen Begegnung. Wäre der Sturm nicht dazwischengekommen, hätte er sie im nächsten

Augenblick genommen. Sie erinnerte sich noch lebhaft, wie sehnsuchtsvoll sie genau darauf gewartet hatte.

Das Verbotene zu tun hatte schon immer einen Reiz auf Nicole ausgeübt. Langsam ging sie zum Bett hinüber und setzte sich auf die Bettkante. Mutig streckte sie die Hand nach ihm aus, um seinen bloßen Oberkörper zu berühren.

Seine Lider senkten sich leicht, und sein Atem ging schneller. Sie legte die Hand auf seine Brust und streichelte über den wohlgeformten, kraftvollen Leib. Ihre Finger spielten mit den Haaren oberhalb der Gürtellinie und fuhren aufreizend langsam tiefer.

Abrupt hielt sie inne. Sollte sie ihn nicht besser losbinden? Nein, er würde nur aufspringen und sie für den Schlag auf den Kopf bestrafen. Während sie noch darüber nachdachte, wie sie weitermachen sollte, setzte ihre Hand schon die streichelnden Bewegungen fort. Bei Gott, dies war Irrsinn. Sie hatte ihn niedergeschlagen, um fortzulaufen, und obwohl er machtlos zu sein schien, war er in der Lage, sie zum Bleiben zu bewegen. Sie durfte das nicht tun. Gerade war sie im Begriff aufzuspringen und den Raum zu verlassen, als sie spürte, wie sein Leib sich verspannte. Ihre Finger strichen über seine schmalen Hüften und die Unterseite der gefesselten Arme. Er versuchte, sich wegzudrehen, und weigerte sich, sie anzuschauen.

Für wen hält er sich, sich einfach von mir abzuwenden? Sie begehrte ihn; sollte sie sich von ein paar Stricken aufhalten lassen?

Schon kniete sie neben ihm und drehte ihn mit aller Kraft auf den Rücken, bevor sie sich rittlings auf ihn setzte. Sie nahm ein entschlossenes Aufblitzen in seinen Augen wahr, als er sich so weit aufrichtete, wie seine Fesseln es zuließen. Ein zufriedener Zug umspielte seinen Mund, ehe er sich wieder zurücksinken ließ.

Er will seine Vorstellungen durchsetzen! Glaubte er etwa, er habe die Lage unter Kontrolle? Da sie erneut dieses Schwindel erregende Gefühl der Macht erleben wollte, begann sie, langsam ihr Hemd aufzuknöpfen. Seine Augen weiteten sich, und sie bemerkte das auflodernde Verlangen.

Instinktiv bewegte sie sich hin und her, um eine angenehme Position einzunehmen. Sie glaubte, ihn leise unter dem Knebel fluchen zu hören. Während sie sich langsam auf ihm bewegte, öffnete sie einen weiteren Knopf.

Dann fasste sie sich an die Knopfleiste und fragte ihn aufreizend: „Möchtest du mich anschauen, Sutherland?“

20. KAPITEL

W*ollte er sie anschauen?* Bei Gott, natürlich wollte er sie betrachten, von ihren Reizen kosten und sich in ihr verlieren. Alle Gedanken, sie für diesen Schlag büßen zu lassen, waren verflogen, als die Flammen der Begierde ihn von innen verzehrten. Das pulsierende Verlangen zwischen seinen Schenkeln überlagerte sogar den Schmerz an seinem Hinterkopf. Ja, er würde sich auf ihr Spiel einlassen und sie so erregen, dass sie ihn losbinden würde. Das Gefühl der Machtlosigkeit und des Zorns schwanden; endlich konnte er sich mit dieser Frau vereinigen, mochte er auch festgebunden sein.

Mit einem kurzen Nicken begegnete er ihrem fragenden Blick, und schon legte sie langsam ihre wohlgeformten Brüste frei. Der Anblick verschlug ihm den Atem, und die Erregung zwischen seinen Beinen begann vor Verlangen zu schmerzen.

Er sehnte sich nach Erlösung, während sie ihn mit der nächsten Frage quälte: „Möchtest du, dass ich die Hose ausziehe?"

Wieder nickte er und wusste nicht, wie lange er dieses Hinhalten noch ertragen konnte. Gebannt beobachtete er, wie sie sich von seinem Schoß erhob und mit schüchternen Fingern die Hose aufknöpfte. Sie kaute auf ihrer Unterlippe herum, und er erkannte, wie unsicher sie sich fühlte. Doch selbst als sie keine Kleidung mehr am Leib trug, wandte sie sich nicht ab, um sich zu bedecken, sondern ließ es zu, dass er sich an ihren Reizen weidete.

Als er ihren weichen, geschmeidigen Körper anstarrte, kam ihm erneut der Gedanke, dass er keine Frau hätte erschaffen können, die ihm schöner erschienen wäre. Ihre wohlgeformten Brüste hatten genau in seine Hand gepasst, und der Gedanke, sie zu umschließen, ließ ihn gegen die verfluchten Stricke aufbegehren. Sein Blick schweifte weiter über ihren Leib, die schmale Taille, die sanft gerundeten Hüften, ihren Schoß.

In diesem Moment schaute sie zur Tür, und eine böse Vorahnung beschlich ihn. Sie könnte es sich noch einmal anders überlegen, und er hätte keine Möglichkeit, sie aufzuhalten. Mit einem kurzen Nicken deutete er auf seine Hose. Sie begriff und schien froh, dass er ihr bedeutete, was sie zu tun hatte. Sie beugte sich hinab und umschloss mit zittrigen Fingern den Hosenbund, wobei sie seinen Bauch berührte. Zischend sog er die Luft ein und spürte, wie seine harte Erregung die Hose zu sprengen drohte.

War sie anfangs noch zögerlich, so zog sie ihm jetzt entschlossen die Hose herunter und hielt den Atem an, als seine Männlichkeit befreit aufragte. Sie war wie gebannt, aber er wollte nicht, dass sie ihn ansah; er musste jetzt in ihr sein.

Sutherland nickte ihr erneut zu. Was sollte sie jetzt tun? Sie hatte Angst, ihn loszubinden, aber sie wollte, dass sie endlich da weitermachten, wo sie aufgehört hatten. Doch dafür müsste er doch auf ihr liegen, oder etwa nicht?

Sie kniete neben ihm und starrte wie gebannt auf seine Erregung. Bevor sie einen klaren Gedanken fassen konnte, umschloss sie seine Männlichkeit mit einer Hand. Er erschauerte und stieß einen lustvollen, kehligen Laut aus. Wieder vernahm sie seine gedämpfte Stimme unter dem Knebel. Bestimmt bat er sie, ihn loszubinden.

„Ich werde dich nicht losbinden."

Entschieden schüttelte er den Kopf. Sie glaubte nicht, dass er um Hilfe schreien würde, denn gewiss wollte er nicht in dieser Lage gefunden werden, und daher beugte sie sich vorsichtig vor und entfernte das Tuch von seinem Mund. Er holte tief Luft, doch da ließ Nicole ihre Hand bereits wieder über die straffe Haut seines Schafts gleiten und genoss die samtene Weichheit seiner Spitze. Sie könnte ihn für immer dort berühren ...

Er zuckte zusammen, als habe sie ihn versengt. *„Bind mich los."*

„Nein, das werde ich nicht tun."

„Wenn du mich losbindest, kann ich dir noch mehr Lust verschaffen als in der Nacht vor dem Sturm."

Die Erinnerung an die sinnlichen Augenblicke dieser Stunden wühlte sie auf, verfolgte sie und löste ein brennendes Verlangen in ihr aus. Und jetzt könnte sie die Dinge jener Nacht wiederholen, nach denen sie sich sehnte ...

Ihre ganze Aufmerksamkeit war nun auf ihre Hand gerichtet, die weiterhin über sein Geschlecht glitt. Um ihn besser erreichen zu können, stützte sie sich mit einem Knie zwischen seinen Beinen ab. Sofort zog er ein Bein an und drückte seinen Schenkel zwischen ihre Beine. Ihr stockte der Atem. Sie wollte die Position ändern ... doch der Druck bereitete ihr Vergnügen, und so blieb sie, wo sie war, und fuhr mit ihren Liebkosungen fort.

Ihr Atem beschleunigte sich, und sie spürte, dass sie feucht wurde, wo sein Schenkel ruhte. Dann bewegte er das kraftvolle Bein und ließ sie auf und ab wippen. Sie stöhnte lustvoll. Er wiederholte es, hielt dann inne und sagte mit heiserer Stimme: „Nimm dir, was du brauchst …“

Sie befolgte seinen Rat. Sie rieb sich an seinem Bein, stützte sich mit der rechten Hand an seinem harten Oberkörper ab und streichelte seine Männlichkeit.

„Nicole! Sieh mich an.“

Sie schaute ihn an.

Seine Züge waren angespannt, seine tiefe Stimme belegt. „Möchtest du, dass ich dir die Lust verschaffe, die du noch nie verspürt hast?“

Die raue Stimme ließ sie erbeben, und sie konnte nur ein sehnsuchtsvolles „Ja“ hauchen.

„Nimm mich.“

Längst war jegliche Schüchternheit von ihr abgefallen. Ihre Kopfhaut kribbelte, und ein unbeschreibliches Prickeln durchlief ihren ganzen Körper. Die feuchtheiße Glut zwischen ihren Schenkeln trieb sie an, seiner Aufforderung zu folgen.

Er war kurz davor gewesen, den Verstand zu verlieren, während sie sich an seinem Bein gerieben hatte. Als Nicole sich wieder rittlings über seinen Schoß schob, entwich ihm ein lustvolles Stöhnen, und beinahe hätte sich seine Anspannung unter ihrer feuchten Hitze entladen.

„Du musst damit aufhören“, raunte er. „Du musst mich in dich aufnehmen.“

Mit einem unsicheren Blick schaute sie auf die Stelle, wo ihre Leiber sich berührten.

Im Stillen verfluchte er sich. Diese Position würde ihr größere Schmerzen bereiten, aber er konnte sich nicht mehr zurückhalten. Es war ihre Schuld, dass er sie nicht in der herkömmlichen Weise nehmen konnte.

Sämtliche Einwände, die er hätte äußern können, traten in den Hintergrund, als er beobachtete, wie sie sich erhob, ihn mit einer Hand umfasste und langsam einführte.

Ein tiefes Stöhnen entrang sich seiner Kehle, während sie sich langsam auf ihn setzte. Das sinnliche Vergnügen war so überwältigend, so berauschend, dass er nach Beherrschung ringen musste, um nicht mit heftigen Stößen tiefer in sie einzudringen.

Langsam. Er musste langsam und behutsam vorgehen.

Wie es schien, hatte Nicole noch nicht begriffen, was sie erwartete. Gerade als sie die Spitze eingeführt hatte, wich sie unwillkürlich zurück, aber schon im nächsten Augenblick zwang ihr erregter Leib sie, sich wieder auf ihn zu setzen. Als ihre Augen sich mit Tränen füllten, wusste er, dass er ihr helfen musste. Er holte Luft, vergrub die Fersen in der Matratze und drang mit einem heftigen Stoß in ihr Innerstes.

Sie schrie auf und verkrallte sich mit beiden Händen in seiner Brust, bevor sie sich nach vorne beugte und regungslos auf ihm liegen blieb.

„*Nicole?* Geht es dir gut?“

Leise gab sie ein Stöhnen von sich.

Sofort hörte er mit den Bewegungen auf, denn er wusste, dass sie Zeit brauchte, um sich an seine Größe zu gewöhnen.

Wie lange sie in dieser Position verharrten, vermochte er nicht zu sagen. Schließlich hatte ihr Körper sich auf ihn eingestellt, und schon regte sich ihre Begierde aufs Neue. Sie richtete sich auf und ließ seinen langen Schaft tiefer eindringen.

Er wollte den Augenblick festhalten, aber da begann sie sich bereits auf ihm zu bewegen, zunächst noch zögerlich, doch dann immer schneller; sie seufzte und stöhnte, als sie ihn ganz in sich aufgenommen hatte. Wären seine Hände frei gewesen, hätte er ihr über den Leib gestreichelt und ihre Taille umschlossen, um diese rasende Vereinigung zu verlangsamen.

Doch im Grunde bereitete ihm die Vorstellung, an den Händen gefesselt zu sein, ein ungeahnt sinnliches Vergnügen. Es begann ihm zu gefallen, dass sie mit seinem Körper machen konnte, was ihr in den Sinn kam, um ihre Lust zu stillen.

Nicole war kurz davor, jenen Schwindel erregenden Moment der Erlösung zu erreichen, und da sie diese Empfindungen wieder erkannte, ließ sie nichts unversucht, um den Gipfelpunkt zu erreichen. Wie wild bewegte sie sich auf ihm und spreizte die Beine weiter, um mehr von seiner Länge in sich aufzunehmen. Sie schloss die Augen, als sich auf ihrem Weg zum Höhepunkt alles um sie herum zu drehen begann, und wünschte, sie hätte Derek losgebunden, damit er mit seinen kundigen Händen ihre geschwollenen Brüste umschloss. Er musste gespürt haben, wonach sie sich sehnte, denn er rief ihr aus heiserer Kehle zu: „Lehn dich weiter vor."

Sie tat es, und er richtete sich so weit auf, wie es die Stricke zuließen, bis er mit feuriger Zunge über ihre harten Spitzen fahren konnte. Als er sich zurücksinken ließ, folgte ihr Körper ihm gehorsam, und während sie ihre Brust mit einer Hand umfasste, ließ er seine Zunge erneut um ihre Knospen kreisen und eroberte sie mit feurigen Lippen.

Es war zu viel ... Ihr ganzer Leib verspannte sich ...Dann schlug die Woge der Lust über ihr zusammen und ließ ihren Körper unter einem heftigen Schütteln erschauern. Er folgte ihr, umschloss weiterhin ihre Brust mit dem Mund, stöhnte laut auf und erzitterte unter seiner pulsierenden Entladung.

Derek lag regungslos in der Dunkelheit seiner Kajüte. Nicole war eingeschlafen, nachdem er den Höhepunkt erreicht hatte, und ruhte nun friedlich atmend auf seiner Brust.

Während er sämtliche Gefühle noch einmal durchlebte und die ihn bestürmenden Fragen zu ordnen versuchte, nahm ein Gedanke feste Gestalt an – er durfte sie nicht verlieren. Gleichzeitig war es ihm ein Rätsel, dass er sie so sehr begehrte – er empfand dieses Gefühl sogar als beunruhigend.

Bei jeder anderen Frau hätte es ihn wahnsinnig gemacht, wenn er nach der Vereinigung nicht fortgekonnt hätte. Nie war er bei einer Frau geblieben, die er genommen hatte. Eigentlich müsste er jetzt die gewohnte Panik verspüren, die sich stets bei ihm einstellte, wenn ihm jemand zu nahe war. Stattdessen fürchtete er, Nicole könne einfach aufstehen und gehen, ohne dass er es zu verhindern wüsste.

Wie lange mochten seine Leute noch an Land zubringen? Drei Stunden? Wenn er sie hier halten könnte, bis die Besatzung zurückkehrte, würde sie es vielleicht für klüger befinden, nicht mehr aufzubrechen, da es zu gefährlich sein würde. Dann würde er sie in aller Ruhe davon überzeugen, bei ihm zu bleiben.

Diesen Plan vor Augen, beschloss er, sich nicht zu rühren, um möglichst viel Zeit verstreichen zu lassen. Sie bewegte sich im Schlaf, murmelte etwas Unverständliches und umfasste sanft seine Schulter.

21. KAPITEL

Nicole war über sich selbst erstaunt, dass sie trotz Sutherlands grimmiger Miene den Mut aufgebracht hatte, aufzubrechen. Sie hatte die Kabine verlassen und ihn mit einem gelockerten Knoten zurückgelassen.

„Nicole, untersteh dich", hatte er mit einem bedrohlichen Unterton ausgerufen.

Doch sie hatte ihm erklärt, sie sei für ihre Crew verantwortlich. Hätte sie sich nur um sich selbst kümmern müssen, wäre sie geblieben, aber sie konnte es sich nicht leisten, ihm gänzlich zu vertrauen.

Als sie jedoch sah, wie schwer es ihm fiel, seinen Zorn zu verbergen, bekam sie es mit der Angst.

„Wo willst du denn hin?" fuhr er sie an. „Wer soll sich um dich kümmern?"

Sich um sie kümmern? Seine Fragen empörten sie derart, dass ihr Mut aufs Neue erstarkte. „Mit deinem Geld werde ich in der Lage sein, für mich selbst zu sorgen. Außerdem habe ich Freunde im Hafen, die mir eine Unterkunft anbieten werden. Suche nicht nach mir. Du wirst mich nicht finden, und ich glaube, dass es besser so ist ... Was hätten wir denn für eine Zukunft?"

Diese Aussicht ärgerte ihn noch mehr. „Verflucht, Nicole, was sich zwischen uns abspielt, erleben nur wenige Menschen miteinander. Wenn das der Grund ist, dass du gehst – weil wir *keine Zukunft* haben –, dann bist du blind."

Mit leiser Stimme entgegnete sie: „Nein, du hast Recht, das ist nicht der Grund. Obwohl ich weiß, dass es falsch ist, möchte ich liebend gern ... wieder bei dir sein. Ich glaube, es wäre himmlisch, die nächsten Wochen in deinem Bett zu verbringen."

Dieses Bekenntnis schien ihn ein wenig zu beschwichtigen; und genau diesen Augenblick nutzte sie, um sich aus dem Raum zu stehlen.

Die nächsten beiden Tage war ihr elend zumute. Die Unruhe, dass er oder ein Mann seiner Crew sie finden würde, begleitete sie auf Schritt und Tritt. Trotz der angespannten Lage hatte sie jedoch erreicht, was sie sich vorgenommen hatte. Es war ihr gelungen, einen Kapitän vertraglich zu verpflichten, einen Bankwechsel nach Kapstadt zu bringen. Dort würde er ihn an einen Kontaktmann übergeben, und sie hoffte, sich so genügend abgesichert zu haben. Außerdem hatte sie mehrere Briefe an ihren Vater und Maria geschrieben – sie hatte sogar an ihre Großmutter gedacht – und auf unterschiedlichen Wegen abgesandt.

Jetzt saß Nicole auf der Ladefläche eines staubigen Fuhrwerks und biss gedankenverloren in einen Apfel, während sie darüber nachdachte, was sie als Nächstes tun sollte. Sie war an einem Punkt angelangt, wo sie nicht mehr wusste, ob sie sich noch länger von Derek fern halten konnte. Wenn sie an die Nacht zurückdachte, als sie gegangen war, und sich vor Augen rief, was sie gemeinsam erlebt hatten ... so verlangte es sie nach mehr.

Aber es wäre ihr und ihm gegenüber nicht ehrlich. Er hatte keinen Platz in ihrem zukünftigen Leben. Sie musste einen Schlussstrich ziehen, denn sie wusste nicht, ob sie sich ein zweites Mal von ihm trennen könnte, wenn sie ihm jetzt wieder begegnete.

Chancey müsste bald hier eintreffen, falls er wirklich entlassen worden war. Er würde ihr in dieser Angelegenheit keine große Wahl lassen. Als sie sich dann jedoch klarmachte, dass ihre Zukunft von einem gereizten Iren bestimmt würde, stand ihr Entschluss fest. Sie wollte jede Sekunde, die ihr noch blieb, mit Sutherland verbringen, bevor sie sich trennen müssten – falls er sie überhaupt bei sich aufnehmen würde.

Sie warf das Kerngehäuse des Apfels ins Wasser und machte sich auf den langen Weg zu seinem Schiff. Da sie tief in ihre Gedanken versunken war, nahm sie weder den herrlichen Sonnenuntergang noch die Gespräche der Leute vor Ladenschluss an den Kais wahr. Wenn sie an Sutherland dachte, verspürte sie ein seltsames Kribbeln im Bauch, so als würde sie von einer hohen Klippe ins tiefe Wasser springen. Hatte sie sich wirklich in diesen Mann verliebt?

Im Geiste ging sie die missliche Lage durch, in der sie sich befand. Wenn er sie nach allem, was sie ihm angetan hatte, immer noch wollte, müsste sie ihren Gefühlen Einhalt gebieten. Obwohl sie seinem Bett sicherlich nicht widerstehen könnte, musste sie sicherstellen, dass sie ihr Herz nicht gänzlich an diesen Mann verlor. Sie hatte ihrer Großmutter versprochen, bei ihrer Rückkehr zu heiraten, und sie glaubte kaum, dass ein Wüstling wie Sutherland auf der Wunschliste von Evelyn Banning Platz fände. Ganz zu schweigen von dem Hass, den ihr Vater gegen diesen Mann hegte.

Es war kurz vor Mitternacht, als sie schließlich die *Southern Cross* erreichte.

„Gott sei Dank, Sie sind wieder da", sagte einer der drei Matrosen, die an Bord standen, als Nicole über die Gangway ging. Die Männer wirkten ausgesprochen froh, sie wieder zu sehen.

Nicole hob die Brauen. „Habt ihr mich wirklich vermisst?" fragte sie.

„Haben wir. Der Captain schnauzt uns nur noch an und brüllt seine Befehle über Deck."

„Wegen Ihnen", erklärte ein anderes Crewmitglied mit ernster Miene. Seine Kameraden nickten nachdrücklich, und Nicole musste lächeln.

„Sie haben dem Captain ganz schön Kopfzerbrechen bereitet, Miss Lassiter. Er hat nichts gegessen. Und geschlafen hat er auch kaum, seit Sie verschwunden sind. Gehen Sie ruhig zu ihm." Er deutete mit der Hand auf den Niedergang. „Den Weg kennen Sie ja."

Als sie seine Kajüte betrat, umgab sie ein schummeriges Licht. Er lag im Bett, den Kopf zur anderen Seite gewandt, und schien zu schlafen. Die Aussicht, sich eng an seinen großen, männlichen Körper zu schmiegen, ließ sie rasch ihre Kleidung ablegen. Sie könnte sich nach einem Hemd für die Nacht umschauen, doch sie wollte ihn nicht stören. Nein, wenn sie ehrlich zu sich selbst war, wollte sie, dass ihre bloßen Leiber sich berührten. Leise schlüpfte sie unter die Decke und kroch näher zu ihm.

Gerade als sie den Kopf auf den Rand seines Kissens legen wollte, sagte er: „Ich wusste nicht, ob du zurückkommen würdest."

Zaghaft legte sie eine Hand auf seinen Arm. Sein Körper war verspannt. „Und ich wusste nicht, ob du mich noch haben willst."

Er hatte sich kein bisschen entspannt. Wie zornig war er wirklich?

„Ich habe dich gesucht – ich hatte Angst um dich, da du ganz allein in der Stadt warst."

„Ist das der einzige Grund?" Sie fuhr mit den Fingerspitzen über seinen breiten Rücken.

Geräuschvoll sog er die Luft ein. „Nein. Ich will, dass du bei mir bleibst." Erst jetzt drehte er sich zu ihr um. „Hier."

„Ich bleibe, solange ich kann", erwiderte sie wahrheitsgemäß, und er schien es zu akzeptieren.

Er setzte sich auf, streifte langsam die Decke von ihren Schultern und zog sie über ihre Knospen, die bereits hart und empfindsam waren. Schließlich lag sie entblößt vor ihm. Sie wollte sich aufrichten, um ihn zu küssen, doch er drückte sie zurück und streichelte sie.

Sacht legte er erst ihren rechten Arm und dann ihren linken über ihren Kopf, strich sanft über die weiche Haut an der Unterseite, bis hinab zu den Brüsten und zur Taille. Als sie erzitterte, lächelte er. Dann zeichnete er mit zärtlichen Lippen ihr Schlüsselbein nach und zog mit der Zunge eine feurige Spur bis zu ihren harten Spitzen. Lustvoll stöhnte sie auf, als er eine Knospe in den Mund nahm und daran zu saugen begann.

Derek verstand es, sie zu verzaubern, strich mit den Zähnen über ihre Haut und drückte ihre Brüste zusammen, um sich erst der einen, dann der anderen zu widmen. Unaufhörlich streichelte er sie und rieb schließlich mit den Handinnenflächen über ihre Brüste. Dann verlagerte er sein Gewicht, drückte seine harte Erregung gegen ihr Bein und tastete sich mit seiner kundigen Hand immer weiter nach unten vor. Mit der einen Hand drückte er ihre Schenkel auseinander, während er mit den Fingern der anderen in sie drang, um unnachgiebig Druck auszuüben.

Doch plötzlich hielt er inne, umschloss ihre Brüste mit beiden Händen und wanderte mit dem Mund über ihren Leib. Sie schob ihm die Hüften entgegen und sehnte sich nach seinem Finger, aber er ignorierte ihren Wunsch. Sie war so kurz vor dem Gipfelpunkt gewesen, und jetzt bebte sie am ganzen Leib vor lustvoller Erwartung und flehte ihn an, sie wieder zu berühren.

„Sutherland, bitte ...", winselte sie.

„Nenn mich bei meinem Vornamen", befahl er mit dunkler, erregter Stimme. „Ich möchte ihn aus deinem Munde hören."

„Derek! Bitte ..."

Endlich kniete er zwischen ihren Schenkeln, doch anstatt kraftvoll in sie einzudringen, wie er es schon einmal getan hatte, umfasste er mit beiden Händen ihr Gesäß und zog sie an seine heißen Lippen.

„Ich will dich schon seit Monaten schmecken", raunte er so dicht vor ihrer Scham, dass sie die Hitze seines Mundes spüren konnte. Dann küsste er sie genau an der Stelle, an der zuvor sein Finger gespielt hatte, und raubte ihr mit schnellen Zungenstrichen den Verstand. Schwer keuchend spürte sie, wie er mit der Zungenspitze in sie drang und schließlich ihre empfindlichste Stelle mit seinen Lippen umschloss.

„Nein, Derek, nein ... das halte ich nicht aus", stöhnte sie und spürte die unbeschreibliche Hitze, die ihren Leib durchströmte. Während er sie unaufhörlich mit der Zunge erregte, spielte er mit den Fingern an ihren harten Perlen.

Ohne Vorankündigung wurde sie von einer lüsternen Verzückung erfasst und bäumte sich ihm entgegen, um seinen festen Lippen und seiner Zunge noch näher sein zu können. Bei jedem heißen Ansturm seiner Zunge wurde sie von einer weiteren gewaltigen Woge der Ekstase erfasst.

Alles drehte sich in ihrem Kopf. Matt lag sie in den zerwühlten Laken und öffnete schließlich die Augen. Sein Atem ging stoßweise, und der lüsterne Blick, den er ihr zuwarf, verriet ihr, dass er es genauso genossen hatte wie sie.

Doch er gestattete ihr keinen Moment der Ruhe, um über das Geschehene nachzudenken, denn schon zog er sie auf seine Erregung und drang mit einem einzigen, heftigen Stoß in ihre nassen Tiefen. Vor Verzückung stöhnte sie auf. Sie hatte nicht damit gerechnet, schon so bald wieder diese Freuden zu durchleben, aber er wusste, was sie wünschte und was sie brauchte.

„Derek. Oh ja!" Erneut baute sich die gewaltige Spannung in ihrem Leib auf, jener Druck, der nach Erlösung drängte. Bei dem nächsten ungehemmten Stoß erreichte sie den Gipfelpunkt. Derek unterband ihre lustvollen Schreie, indem er ihren Mund mit einem wilden Kuss verschloss, bewegte sich in schnellen, rhythmischen Stößen in ihr, bis er ein tiefes Stöhnen von sich gab und sich in ihr verströmte.

Weder Nicole noch Derek sprachen über den Moment, als sie fortgegangen war, oder über die Ereignisse, die dazu geführt hatten. Sie glaubte, er habe ihr alles verziehen, als sie zu ihm zurückgekehrt war.

In der ersten Nacht hatte er sie ohne Unterlass geliebt. Vier Tage hatten sie seine Kabine nicht verlassen, und in dieser Zeit hatte er sie in sämtliche Geheimnisse des Liebesspiels eingeweiht, mit denen sie sich Vergnügen bereiten konnten.

Schließlich musste er das Schiff verlassen, um über das Frachtgut für die Rückreise zu verhandeln, doch als er zurückkehrte, schaute er sie in einer Weise an, als habe er sie tagelang nicht gesehen. Während seiner Abwesenheit hatte sie mit den neuen Farben gearbeitet, die er ihr mitgebracht hatte, und einige Änderungen in der Szenerie an den Kajütenwänden vorgenommen.

Doch sie verspürte erneut die Enge unter Deck, insbesondere wenn Derek nicht da war. Gerade wollte sie sich darüber beklagen, als er sagte: „Heute Abend gehen wir aus."

Sie wirkte nachdenklich und sah unschlüssig aus. „Ich glaube nicht, dass das eine gute Idee ist", meinte sie und dachte an ihre unzureichende Kleidung.

„Warum nicht? Ich spüre doch, dass du rastlos bist."

Erstaunt sah Nicole ihn an, denn sie hatte nicht geglaubt, dass er ihr die Unruhe anmerken würde. Dann zog sie die Stirn in Falten. „Sämtliche Kleider, die ich an Land zu tragen pflegte, befanden sich an Bord der *Bella Nicola.*"

Er lächelte. „Lass das nur meine Sorge sein." Mit kundigem Blick musterte er ihren Leib und umschloss ihre Taille mit den Händen. Schließlich sagte er nur: „Ich werde gegen acht Uhr zurück sein."

Am Nachmittag wurden zwei Kisten auf das Schiff gebracht. Aufgeregt öffnete Nicole die erste und erstarrte. Ihr Blick fiel auf drei wundervoll gearbeitete Kleider. Derek hatte dunkle Farben und eine schlichte Machart ausgewählt; sie selbst hätte sich auch für diese Stoffe entschieden. Staunend hielt sie ein Gewand aus dunkelblauer Seide hoch und hängte es für den Abend an die Wand. Sie wusste mit einem Blick, dass es ihr passen würde.

In der zweiten Kiste entdeckte sie Seife mit ihrem Lieblingsduft, Schuhe und kleine Stiefel aus Stoff, die zu den drei Kleidern passten, des Weiteren noch allerhand Zubehör, das für eine elegante Abendgarderobe unerlässlich war. Während sie ein Bad nahm, dachte sie an die Geschenke und wunderte sich, dass Sutherland – Derek, verbesserte sie sich –, nicht vergessen hatte, wie sehr sie den Duft von Mandelöl liebte.

Nach dem Bad bürstete sie ihr Haar und steckte es nach dem Trocknen in einem eleganten Knoten hoch, wobei einige lose Locken ihr Gesicht umspielten. Bevor sie sich ankleidete, stellte sie sich vor den Spiegel, und ihre Augen weiteten sich überrascht. Sie sah voller aus, ihre Formen schienen üppiger zu sein. Jetzt genoss sie den Anblick ihres Körpers, den sie zuvor für wenig reizvoll befunden hatte. Als sie sich nun vor dem Spiegel drehte, behagte ihr der Gedanke, ihre Figur zur Schau zu stellen. Sie wollte jene Rundungen zeigen, die Derek mit bewundernden Blicken in sich aufgenommen hatte. Nachdem sie sich angekleidet hatte, schaute sie ein weiteres Mal auf ihr Spiegelbild und bemerkte, dass sie sich mittlerweile so gab, wie ihre alte Schulleiterin es ihr über Monate nahe gelegt hatte.

Als Derek zurückkam, um sie abzuholen, hielt er im ersten Augenblick die Luft an. Ihr war unwohl zumute. Die Erinnerung an die Jahre, in denen sie sich mager und ungelenk vorgekommen war, drohte ihr das neu gewonnene Selbstvertrauen zu nehmen. Obschon Derek ihr das Gefühl vermittelte, schön zu sein, dachte sie unwillkürlich an die Zeit, da sie sich für ihr Aussehen gehasst hatte.

Er schwieg einen Moment, dann beugte er sich zu ihr hinab und raunte mit tiefer Stimme an ihrem Ohr: „Du siehst bezaubernd aus, Nicole." Tränen brannten in ihren Augen, und sie lächelte rasch, um zu verbergen, wie ergriffen sie war.

Er schenkte ihr ein durchtriebenes Lächeln. „Und noch bezaubernder, wenn du lächelst, Liebes."

Sein uneingeschränktes Lob beunruhigte sie sehr, und sie schaute verlegen zur Seite, als sie an Deck gingen. Einige Besatzungsmitglieder, die Nicole ehrfurchtsvoll und äußerst erstaunt betrachtet hatten, wandten sich mit einem Lächeln auf den Lippen wieder ihrer Arbeit zu. Peinlich berührt wechselte sie das Thema. „Ich weiß, wo wir essen gehen könnten, wenn du magst." Und als sie die milde Nachtluft spürte, schlug sie in beiläufigem Ton vor, zu Fuß zu gehen.

Er verbeugte sich mit einem Lächeln. „Führe du uns, Liebes. Ich vergaß, dass dir die Stadt, die ich dir zeigen wollte, nicht neu ist."

Nicole lächelte, als sie gemeinsam die Gangway hinuntergingen, doch nach einigen Schritten auf dem Dock merkte sie, dass er zurückblieb. Er stand nur da und betrachtete sie.

„Was ist? Stimmt etwas nicht?" rief sie erschrocken aus und schaute an ihren Röcken hinab.

Ein Lächeln umspielte seine Lippen. „Ich habe dich nie an Land gehen sehen."

Sie zog die Stirn in Falten, horchte jedoch geschmeichelt auf, als er mit tiefer Stimme hinzufügte: „Ich mag die Art, wie du gehst, Nicole."

An diesem Abend amüsierte sie sich beinahe zu sehr. Derek war aufmerksam und erfreute sie mit seinem trockenen Witz. Doch sie merkte schon bald, dass es ihr nicht gelingen würde, die Wirkung seiner Ausstrahlung zu leugnen oder seinen Annäherungsversuchen gegenüber gleichgültig zu begegnen. Je eher sie sich also trennten, desto besser.

Und noch etwas anderes machte ihr zu schaffen. Seit Tagen war kein anderes Schiff des Wettbewerbs im Hafen eingelaufen. Nicole war davon überzeugt, dass nicht nur der *Bella Nicola,* sondern auch anderen Teilnehmern Schaden zugefügt worden war. Doch Derek hatte immer noch nichts gegen Lord Tallywood in der Hand.

Sie glaubte, dass Derek ihr Unbehagen spürte und daher nichts unversucht ließ, um sie glücklich zu machen. An diesem Abend hatte er sie ins Theater entführt, doch sie hatte dem Handlungsverlauf nicht sonderlich gut folgen können, denn er hatte ihre Hand gehalten, war über ihre Handinnenflächen gefahren und hatte jeden ihrer Finger gestreichelt. Keinen Augenblick hatte er sein Verlangen zu verbergen gesucht.

Offenbar gedachte er, jeden Abend in seinem Bett ausklingen zu lassen wie an all den Tagen zuvor. Dagegen hatte sie wahrlich nichts einzuwenden, doch als sie merkte, wie besitzergreifend er sich in Gegenwart anderer Männer gebärdete, wurde sie unruhig. Seiner Ansicht nach gehörte sie unumstößlich zu ihm.

Einmal war es so unerträglich geworden, dass sie schon glaubte, Derek würde sie zurück zum Schiff zerren.

Später auf dem Rückweg tadelte sie ihn für sein unmögliches Benehmen: „Du brauchtest diesen alten Mann nicht so finster anzustarren!“

Er hob die Brauen und lachte. „Er war nicht viel älter als ich. Und obwohl er wusste, dass du mit mir gekommen warst, starrte er unverhohlen auf deine schönen, jungen Brüste. Narürlich bin ich da wild geworden.“

Sie errötete, denn sie war es nicht gewohnt, dass er außerhalb des Bettes derart offen über ihre körperlichen Vorzüge sprach. „Ich dachte, er wäre harmlos.“

„Das liegt daran, dass du nicht weißt, was Männer wie dieser denken. Hättest du dich in die lüsternen Gedanken dieses Kerls hineinversetzen können, wärst du davongelaufen …“ Seine Stimme wurde leiser. „Nicole, was ist? Du bist kreidebleich geworden.“

Ein eiskalter Schauer durchlief sie, und ihr Atem ging stoßweise. Sie zwang sich, weiterzugehen, denn hinter ihr, nicht mehr als zehn Fuß entfernt, drang eine Stimme aus ihren schlimmsten Albträumen an ihre Ohren.

„Wegen dir werden wir noch Prügel beziehen, du wirst schon sehen“, beklagte sich Pretty. Und als Clive erwiderte: „Halt's Maul, Pretty, der Captain kann nicht von uns verlangen, dass wir die ganze Zeit im Schiff hocken“, wich das Blut aus ihrem Gesicht.

„Liebes, was ist mit dir?“

Sie war zu langsam gegangen. Bald würden die beiden auf gleicher Höhe mit ihnen sein. Ohne nachzudenken drehte sie der Straße den Rücken zu und packte Derek beim Kragen, um seine Lippen mit ihren zu verschmelzen.

„Das gefällt mir“, murmelte er.

„Pscht! Ich darf mich noch nicht umdrehen", wisperte sie an seinen Lippen.

„Wie es scheint, hast du jemanden gesehen, dem du lieber nicht über den Weg laufen willst", sagte er belustigt.

Nachdem die beiden Kerle an ihnen vorbeigegangen waren, löste sie sich von Derek. „Diese beiden dort drüben, der Große und der Schmächtige, das sind die beiden Unholde, die mich in London angegriffen haben."

Es kam ihr so vor als könnte sie sehen, wie der Zorn in seinem Innern aufflammte.

„Ich weiß nicht, was die hier treiben", sagte sie mit zittriger Stimme, „aber vielleicht sollten wir ihnen nachgehen und herausfinden, wie sie nach Sydney …"

„Stehen bleiben!" befahl Derek noch im selben Augenblick und stürmte den beiden Männern hinterher.

Nicole raffte die Röcke, eilte ihm nach und sah, dass Derek den Burschen namens Clive bereits mit einem heftigen Schlag zu Boden geschickt hatte. Als Pretty die Flucht ergreifen wollte, sprang Derek ihm nach, packte ihn und streckte ihn ebenfalls mit der Faust nieder.

„Sie haben etwas von einem Captain gesagt", stammelte sie hinter ihm.

Derek schaute von dem schwer angeschlagenen Clive zu dem wimmernden Pretty.

„Wer von euch beiden möchte mir jetzt sagen, wer euer Captain ist?"

Die Suche nach Tallywoods Schiff dauerte weniger als eine Stunde. Die Nachricht war in dem Augenblick eingetroffen, als Derek von den Kerlen erfahren hatte, dass der englische Earl ihr Captain war. Nachdem Nicole den zuständigen australischen Beamten ausführlich erzählt hatte, dass ihr Vater Lord Tallywood verdächtigte, der Drahtzieher von Sabotageakten an mehreren Schiffen zu sein, hatte man unverzüglich die Suche nach der *Desirade* angeordnet. Der Vorfall hatte sich rasch herumgesprochen, und so hatte sich bereits eine Menschenmenge auf den Docks versammelt. Derek verschaffte sich Zutritt zu dem Schiff, und da er Nicole nicht aus den Augen lassen wollte, deutete er ihr an, ihm über die Gangway zu folgen.

„Was für eine verdammte Ungerechtigkeit!“ schimpfte Tallywood, und sein ansonsten blasses Gesicht wurde von einer tiefen Zornesröte überzogen, als die australischen Beamten ihn festhielten. „Ich verlange eine Erklärung, ihr Barbaren“, stieß er aufgebracht hervor und begann, die Australier zu beleidigen. „Ich bin ein Earl! Ihr entstammt doch nur der Brut übler Sträflinge.“

Die beiden Beamten waren stämmige Burschen, und jedes Mal, wenn der Earl zu neuen Beschimpfungen ausholte, schüttelten sie ihn kräftig durch.

Nachdem Tallywoods Safe geknackt war, entdeckte ein Beamter eine sorgfältig geführte Liste sowie Konstruktionspläne mehrerer Schiffe, die an dem Großen Wettsegeln teilgenommen hatten.

Als Nicole die Liste erblickte, eilte sie zum Tisch und zog Derek hinter sich her. „Stehen auch wir darauf?“ rief sie aufgeregt und schaute den Beamten an. „Hat er unsere Schiffe beschädigt?“

„Die *Southern Cross?*“

Derek nickte.

„Er ließ Ihr Wasser vergiften, ehe es überhaupt verladen wurde.“ Dann wandte er sich an Nicole. „Die *Bella Nicola?*“ Als sie aufgeregt nickte, sagte er mit unüberhörbarem Bedauern: „Ja, Miss. Man hat Ihr Ruder manipuliert und die Statik in Ihrem Laderaum beeinträchtigt.“

Sie spürte, dass ihre Unterlippe bebte. In Gegenwart dieser Männer wollte sie jedoch keine Schwäche zeigen, denn sie musste in Erfahrung bringen, was den Earl zu diesen Untaten getrieben hatte. Daher drehte sie sich um und durchbohrte Tallywood mit einem finsteren Blick. Ehe Derek sie aufhalten konnte, durchmaß sie forsch den Raum und trat vor den Lord, der nach wie vor von den beiden Beamten festgehalten wurde.

„Warum haben Sie das getan?“

Der Lord beachtete sie nicht, und sie glaubte schon, er würde ihr nicht antworten. Doch in dem Augenblick, als sie den Blick von ihm wandte, fand der Feigling die Sprache wieder. „Sie alle haben über mich gelacht“, begann er mit einer unheilvollen Stimme, die so leise klang, dass Nicole sich anstrengen musste, um ihn zu verstehen.

„Gewöhnliche Seeleute und Hafendirnen verspotteten mich öffentlich. Aber ich habe gewonnen“, fügte er lauter hinzu und schaute sich mit überheblicher Miene im Raum um. „Ich habe das größte Wettsegeln des Jahrhunderts gewonnen …“ Schon steigerte er sich in einen wahren Rausch aus selbstüberheblichen Lobpreisungen hinein.

Nicole wollte ihn unterbrechen, aber sie glaubte, dass man

mit einem derart verblendeten Menschen nicht reden konnte. Dieser aufgeblasene Lord legte eine unglaubliche Selbstüberschätzung an den Tag und hielt sich in seiner hohen gesellschaftlichen Stellung für unantastbar.

Einer der beiden stämmigen Beamten, die Tallywood festhielten, sagte: „Wenn Sie wollen, können Sie ihm etwas verpassen, damit er Sie in bleibender Erinnerung behält, Miss."

„Hören Sie gefälligst augenblicklich damit auf", kreischte Tallywood. Mit höhnischer Miene wandte er sich Nicole zu. „Sie sind nichts weiter als eine Bürgerliche. Wissen Sie, was auf Sie zukommt, wenn Sie gegen einen Vertreter des Hochadels die Hand erheben?"

Der andere Beamte beugte sich zu ihr hinab und sagte mit einem Augenzwinkern: „Schonen Sie Ihre Hand einfach, Miss."

Es war nutzlos, diesem Mann mit sachlichen Worten zu verdeutlichen, dass er zwar das Wettsegeln gewonnen, aber dafür alles andere verloren hatte. Deshalb zögerte sie keinen Moment, raffte die Röcke und versetzte dem ahnungslosen Lord einen kräftigen Tritt zwischen die Beine.

Mit feierlicher Miene überreichte der Bürgermeister von Sydney Derek den Siegerpokal für das Große Wettsegeln. Später gingen er und Nicole zu seinem Schiff und schienen die jubelnde Menge gar nicht wahrzunehmen. Er ergriff ihre Hand.

„Du …", begann er mit schroffer Stimme, „hättest das Rennen gewinnen können." Da er bei diesem unerwarteten Geständnis zur Seite schaute, konnte er nicht sehen, dass sie nickte.

„Man hätte dein Schiff nicht einholen können.“ Dann sah er sie an. „Und du und der Ire, ihr habt es zu lenken gewusst wie kein anderer. Eigentlich hätte man dich und deine Crew heute in Sydney als Sieger feiern müssen.“

„Wir wissen nicht, ob es so gekommen wäre“, versicherte sie ihm, glaubte indes tief in ihrem Herzen, dass er Recht hatte.

„Mir ist nie klar gewesen, wie schwer das für dich gewesen sein muss.“

Sie wollte es leugnen, sagte aber schließlich: „Wenn es überhaupt etwas nützt, möchte ich dich wissen lassen, dass mir ... sehr viel an dir liegt. So viel, dass ein Sieg unbedeutend wird.“ Er öffnete den Mund, um darauf einzugehen, schwieg dann jedoch und ging weiter.

Als sie seine Kabine betraten, kam er auf sie zu und zog sie in seine Arme. Er drückte ihren Kopf an seine Brust, und sie schlang die Arme um ihn.

„Es tut mir Leid“, flüsterte er.

Sie weinte an seiner Brust, und ihre Tränen strömten über sein Hemd. Ihr heftiges, unkontrolliertes Schluchzen war ihr unangenehm, doch dann versprach er ihr etwas, das ihr Mut machte: *„Niemand wird dir je wieder etwas zuleide tun.“*

Und sie glaubte ihm.

22. *KAPITEL*

Derek kam zu dem Schluss, dass sie die Beziehung nicht in dieser Weise fortführen konnten. Er wollte etwas Dauerhaftes schaffen und schnitt das Thema eines Abends an, als sie zusammen entspannt und befriedigt in seinem Bett lagen.

„Ich möchte, dass du", begann er selbstbewusst, „meine Geliebte wirst." Sie wollte etwas erwidern, doch er hielt die Hand hoch. „Ehe du antwortest, möchte ich dir erklären, wie ich mir das vorstelle ..."

„*Nein.*" Augenblicklich entwand Nicole sich seinen Armen und sprang auf, um sich anzuziehen. Grimmig schaute Derek zu, wie sie gerade in ihren zweiten Stiefel schlüpfte. „Ich glaube nicht, dass ich Ihre *Mätresse* sein möchte, Captain."

Er wusste nicht, ob er sich mehr über ihre Ablehnung oder ihren schnippischen Tonfall ärgern sollte. Sie tat gerade so, als habe er ihr einen schlecht durchdachten Vorschlag gemacht, obwohl er an kaum etwas anderes dachte, seit er wusste, dass sie nichts mit dem Gift zu tun hatte.

Noch nie war ihm eine Frau begegnet, die ihn so wütend gemacht hatte, und er bemühte sich nicht, seine Verstimmung zu verbergen. „Natürlich nicht, denn du möchtest mehr – einen Titel vielleicht? Ich warne dich, wenn du auf einen Heiratsantrag spekulierst, vergeudest du deine Zeit."

„Oh, *Mylord*", erwiderte sie und betonte seinen Titel mit unverhohlenem Spott. „Ich möchte gar nicht mehr – ich möchte weniger. Ich habe nicht den Wunsch, mich in irgendeiner Weise an dich zu binden!"

Fassungslos starrte er sie an – verflucht, sie meinte tatsächlich, was sie sagte. Es traf ihn bis ins Mark, dass sie sich beharrlich weigerte, eine Beziehung mit ihm einzugehen.

„Soweit ich über Adlige und ihre Mätressen unterrichtet bin, hält der Mann seine Geliebte als Ausgleich für … Intimitäten in einem Haus und überhäuft sie mit Schmuck und Seide." Sie sah ihn mit funkelnden Augen an. „Habe ich nicht Recht?"

Er stimmte ihr im Stillen zu und wartete ungeduldig, was sie als Nächstes sagen würde; bei Nicole wusste man nie.

„Warum, um alles in der Welt, sollte ich mich in einem Haus *an Land* wohl fühlen und dir jeden Tag zur Verfügung stehen, und alles nur für ein paar Juwelen und feine Kleidung, die ich ohnehin nie tragen würde?"

Er hatte ihr nur das angeboten, was die Damen in der Vergangenheit immer von ihm gewollt hatten. Frauen mochten es, wenn man ihnen etwas bot; sie wollten verwöhnt werden. Bislang hatte er nie daran gezweifelt, dass jede Frau schöne Dinge begehrte – teure Dinge –, nicht nur zum eigenen Vergnügen, sondern auch, um eine Absicherung zu haben.

Hatte Nicole überhaupt begriffen, wie erbärmlich ihr Leben verlaufen würde, sobald sie nach England zurückkehrte? „Wer, glaubst du, wird sich nach all den Ereignissen der vergangenen Monate um dich kümmern, wenn ich es nicht tue? Auch wenn dein Vater freigelassen wurde, wirst du zurück nach England wollen, um ihn zu finden. Wie willst du das schaffen?"

Als er aus dem Bett sprang und sich rasch ankleidete, war er kurz davor, die Beherrschung zu verlieren. „Dein Schiff liegt auf dem Meeresgrund im Südatlantik, und ich habe deine

Besatzung in Kapstadt ausgesetzt. Du hast nicht einmal eine Guinee bei dir."

Sie bedachte ihn mit einem spöttischen Blick und verlieh ihrer Stimme einen hochnäsigen Unterton. „Ich verfüge über Mittel, um zu überleben. Ich bin nicht von so niederer Herkunft, dass ich – oh, wie hast du dich in jener Nacht in London ausgedrückt? – *einen Earl einfangen* muss, sei es durch Heirat oder dadurch, dass ich deine *Mätresse* werde", entgegnete sie scharf. „Sollte ich hier in Sydney bleiben, komme ich sehr gut allein zurecht."

In den folgenden Stunden, in denen sie kein Wort zu ihm sagte, beruhigte er sich wieder und war in der Lage, ein wenig sachlicher über ihre Beziehung nachzudenken. Sein Wunsch, Nicole in irgendeiner Weise enger an sich zu binden, bestand nach wie vor, aber er wollte nichts überstürzt angehen. Während der nächsten Tage äußerte Derek sich mit keinem Wort über ihre Zukunft.

Hatte er denn überhaupt das Recht, ihr eine gemeinsame Zukunft anzubieten, wenn es um sein eigenes Leben derart erbärmlich bestellt war?

Zunächst fiel es ihnen schwer, doch schließlich vergaßen beide den Streit. Um Nicole wieder versöhnlich zu stimmen, begleitete Derek sie in die vornehmen Viertel von Sydney. Er genoss es, ihr aufgeregtes, strahlendes Gesicht beobachten zu können. Anders als die meisten Damen, die in seinem bisherigen Leben eine Rolle gespielt hatten, setzte sie keineswegs eine gelangweilte, der Welt überdrüssige Miene auf. Dabei hätte man es gerade von Nicole erwarten können, denn sie hatte viel erlebt und mehr von der Welt gesehen als die meisten Männer und Frauen aus seinem Bekanntenkreis. Dennoch konnte sie sich an jedem noch so kleinen Detail erfreuen, das sich ihr an diesem Abend bot.

Nachdem sie über eine Stunde durch die Straßen geschlendert waren, kamen sie an einem Schmuckgeschäft vorbei, und ein Gegenstand in der Auslage erregte Dereks Aufmerksamkeit. Rasch zog er Nicole vor die dicke Glasscheibe und deutete auf ein Ohrgehänge aus Saphiren, das zusammen mit einer dazu passenden Halskette ausgestellt war. Was ihn auf den ersten Blick fasziniert hatte, war die ausgesprochen tiefe Färbung der Edelsteine.

War die tiefblaue Farbe nicht ein Anzeichen für den unschätzbaren Wert dieser Steine? Mehr noch, sie passten genau zu Nicoles Augenfarbe.

„Was hältst du von diesen Saphiren dort?“

„Sie sind ausgesprochen schön“, meinte sie, doch sie schaute nur kurz auf die prächtigen Stücke, da ihre Aufmerksamkeit einem Hausierer in der Straße galt. Sie legte den Kopf leicht schräg und überlegte, was dieser Mann wohl verkaufen mochte.

Um ihre Aufmerksamkeit aufs Neue zu erregen, drückte Derek ihr einen sanften Kuss in das duftende Haar. „Würdest du gern …?“

„Oh, Derek“, unterbrach sie ihn und legte eine Hand auf seinen Arm. „Sieh nur, der Mann dort drüben verkauft *Erdbeeren.* Kannst du dir vorstellen, wie lange es her ist, dass ich zuletzt welche gegessen habe?“

Ihm blieb nur ein kurzer Augenblick, um sich den Namen

des Schmuckgeschäfts einzuprägen, bevor sie ihn mit sich fortzog.

Damit er sie stattdessen mit Erdbeeren verwöhnen konnte.

Als Derek kurz vor Sonnenaufgang erwachte, lag Nicole in seinen Armen und atmete tief und gleichmäßig. Wie gewöhnlich erregte ihn schon die kleinste Berührung ihrer bloßen Haut. Aber er brauchte diese Frau für mehr als die Befriedigung seiner Begierde. Sicher, sein Leib verzehrte sich nach ihrem, aber er wollte die Nähe spüren, die ihn nach der körperlichen Vereinigung mit Nicole verband, wenn sie gelöst und anschmiegsam war.

Obwohl sie schlief, wanderte seine Hand über ihren Körper und streichelte sie. Schon bald erwachte sie und genoss seine Liebkosungen, mit denen er sie langsam erregte. Derek liebte es, wie rasch ihr Körper auf seine fordernde Ungeduld ansprach, und so drang er in sie ein und stöhnte leise auf, als er sie mit kraftvollen Stößen liebte.

Den ganzen Tag lang dachte er an die sinnlichen Augenblicke des Morgens, während er die Angebote durchging, die das Frachtgut für die Rückreise betrafen. Er ertappte sich dabei, dass er fröhlich vor sich hin pfiff, während er die zahlreichen Verträge unterzeichnete, die der Sieg ihm eingebracht hatte; das Geschäft lief blendend.

Grant würde es die Sprache verschlagen, wenn er von ihrem Erfolg erführe. In zwei Tagen sollte die Ladung an Bord genommen werden, und die Rückreise konnte beginnen.

Aber was würde aus Nicole? Er hatte nicht mehr viel Zeit. Manchmal ließ sie durchblicken, dass sie in Australien bleiben und auf Chancey warten würde, wenn Dereks Schiff ablegte, aber in den letzten Tagen hatte er das Gefühl, dass sie ihre Meinung geändert hatte. Er spürte, dass er allmählich ihren Widerstand brach.

So beschloss er, am Abend mit ihr zu reden. Doch bevor sich ihm eine Gelegenheit bot, liebten sie sich erneut. Und nach dem Abendessen begann sie, die neuen Bücher zu lesen, die er für sie in der Stadt gekauft hatte. Dann also morgen, dachte er. Morgen wollte er ihr sagen, sie müsse mit ihm kommen.

Und wenn sie sich weigerte? Dann müsste er seinen letzten Trumpf ausspielen. Es war ungehörig, aber er fühlte sich jeden Tag mehr zu ihr hingezogen. Er würde ihr sagen, dass sie womöglich ein Kind unter dem Herzen trug. Er war unachtsam gewesen, obgleich er sich vorgenommen hatte, vorsichtig zu sein; sein ganzes Leben lang war er vorsichtig gewesen. Doch es erschien ihm unmöglich, sich von ihr fern zu halten. Es kam ihm … nicht richtig vor.

Er glaubte nicht, dass sie je über diese Möglichkeit nachgedacht hatte, denn sie war in vielerlei Hinsicht unerfahren. Nie hatte sie sich Gedanken darüber machen müssen, welcher Wochentag gerade war oder welchen Verlauf die Zukunft nahm. Er würde es ihr beibringen – unverblümt –, denn es musste sein. Er konnte sich nicht mehr von ihr trennen.

Derek wurde in seinen Betrachtungen unterbrochen, da sie mit einem Buch in der Hand zu ihm ins Bett stieg und im Begriff war, über ihn zu klettern. Sie war in die Zeilen vertieft, und er verspannte sich, während er sich an das Bettgestell am Kopfende lehnte, denn er sah voraus, dass ihr Knie geradewegs seine Lenden berühren würde.

Mit geschlossenen Augen und zusammengebissenen Zähnen bereitete er sich darauf vor, stellte indes fest, dass ihre Brüste zart über seinen Schoß strichen. Sie hatte sich quer über ihn gelegt und las unbeirrt in ihrem Buch weiter.

In der letzten Nacht hatte er sie mehrere Male genommen, an diesem Tag bereits zweimal, und schon wieder verspürte er seine harte Erregung. Als er sich bewegte und ihre Brüste streifte, verzog sie den Mund zu einem durchtriebenen Lächeln. Im selben Augenblick wanderte seine Hand unter ihr Nachthemd, strich über die Innenseite ihrer Schenkel und suchte ihre geheimste Stelle. Sie hielt den Atem an, als er die feuchte, samtweiche Weiblichkeit berührte. Sie lächelte, weil sie bereit war.

Und weil sie ihn begehrte.

Nicole schaute auf den Mann, der neben ihr lag. Im Schlaf spiegelte sich auf seinen Zügen die zunehmende Entspannung wider, die ihr bereits an seinem ganzen Verhalten aufgefallen war. Sie glaubte, dass er in den letzten Wochen zufriedener geworden war. Genau wie sie selbst. Sie war sogar so glücklich, dass sie nicht wusste, ob sie in der Lage war, Derek zurückzuweisen, wenn er sie erneut bitten würde, seine Geliebte zu werden.

Wenn sie jedoch einwilligte, müsste sie ihr Wort brechen, das sie ihrer Großmutter gegeben hatte, und diese Nachricht würde ihrem Vater schwer zu schaffen machen. Nicole wusste genau um die Tragweite ihres Handelns. Warum sagte ihr Herz ihr dann, es sei richtig, so viel Zeit wie möglich mit diesem Mann zu verbringen?

Was hätte ihre Mutter getan? Sie hatte Nicole immer geraten, ihren Träumen zu folgen und sich von keinen Widrigkeiten aufhalten zu lassen. Hatte Laurel nicht alles aufgegeben, nur um bei dem Mann sein zu können, den sie liebte? Hatte sie nicht sogar in Kauf genommen, dass ihre eigene Mutter sich von ihr abgewandt hatte? Ihr Vater würde sie niemals verstoßen, aber er würde sich wundern, warum sie nicht auf eine Eheschließung gedrängt hatte. In diesem Punkt war Nicole über sich selbst erstaunt.

Sie sah sich in einer sonderbaren Lage gefangen. Auch wenn sie spürte, dass Derek ihr allmählich in Liebe zugetan war, vermochte sie nicht zu ergründen, ob er der Ehe allgemein ablehnend gegenüberstand oder nur sie nicht heiraten wollte. Doch ein Gedanke stellte sich immer wieder ein. Kam sie nur deshalb nicht als Braut infrage, da er ein Earl war und sie in seinen Augen weder Titel, Vermögen noch bedeutende Ahnen vorzuweisen hatte?

Und wenn das der Fall war, warum hatte sie ihm dann nicht längst gesagt, wer sie tatsächlich war?

23. KAPITEL

Der verfluchte Kerl ist noch größer geworden, dachte Chancey, nachdem er in Sydney eingetroffen war und schließlich vor Sutherlands Schiff stand. Der Kapitän der *Southern Cross* kam ihm tatsächlich größer und unbeschwerter vor, so merkwürdig das auch klingen mochte. Wie es schien, war eine unsichtbare Last von seinen Schultern abgefallen. Sutherland lächelte oft, und Chancey versuchte zu ergründen, was ihn verändert haben mochte. Dann stürmte Nicole lachend über das Deck und lief geradewegs in Sutherlands ausgebreitete Arme. Lange drehten sie sich freudig im Kreise.

Nicole hatte ihn verändert.

Der Mann war ihr Feind, doch diese Tatsache hatte sie offenbar verdrängt. Natürlich war Chancey gleich aufgefallen, wie hingebungsvoll sie Sutherland anschaute, als gäbe es nur ihn, als liebte sie ihn! Der Ire fluchte verbittert. Sie mussten heiraten. Und zwar unverzüglich, denn ihm war bewusst, wie nahe sie sich gekommen waren.

Er war nicht so töricht, gleich auf das Schiff zu stürmen – nicht solange Sutherland sie in den Armen hielt, auch wenn er das Verlangen hatte, sich den Kapitän vorzuknöpfen. Zudem hatte er noch ein Hühnchen mit einigen Matrosen von der *Southern Cross* zu rupfen. Daher war er froh, als er sah, dass Nicole sich von ihm verabschiedete. Der Maat ballte die Hände zu Fäusten, da der Bastard ihr einen langen, leidenschaftlichen Kuss gab. Als er sie kurz danach noch einmal an sich zog, um sie zärtlich auf das Haar zu küssen, erkannte Chancey erleichtert, dass der Mann sie aus mehr als nur einem Grund wollte.

Er ging hinter Sutherland her, bis sie weit genug vom Schiff entfernt waren, um nicht belauscht werden zu können, holte ihn dann ein und tippte ihn auf die Schulter. Der Captain wirbelte herum, und sein ganzer Körper verspannte sich, als erwarte er einen Kampf. Nur für den Bruchteil eines Augenblicks huschte ein Ausdruck des Erstaunens über sein Gesicht, bevor er eine kalte und abweisende Miene aufsetzte.

„Wir sollten uns ein wenig unterhalten", sagte Chancey.

Sutherland antwortete ihm mit einem raschen Kopfnicken.

Er folgte dem Iren zu einem nahe gelegenen Wirtshaus, in dem sich an diesem Morgen noch keine Gäste eingefunden hatten. Nachdem sie an einem Tisch im Hinterzimmer Platz genommen hatten, bestellte er zwei Whiskey.

Der Maat begann, Fragen zu stellen, und nach einer Weile taute Sutherland auf und ging auf ihn ein. Chancey erfuhr, dass Sutherland Nicole verdächtigt hatte, seine Crew vergiftet zu haben, und er hörte aufmerksam zu, als der Kapitän ihm von dem Sturm und Tallywood erzählte. Wenn es erforderlich wurde, lenkte er das Gespräch wieder auf Nicole, um Sutherland weitere Einzelheiten zu entlocken, denn diese Frau löste ihm offensichtlich die Zunge.

Als Chancey schließlich davon überzeugt war, dass sie sich in Sicherheit befand und ihr nichts Schlimmes widerfahren war, entspannte er sich ein wenig. Ihm fiel überdies auf, dass er des Öfteren mit dem Kapitän einer Meinung war. Wenn Sutherland nicht ein unverbesserlicher Trinker gewesen wäre, der Nicole verführt hatte, hätten sie Freunde werden können.

Plötzlich lag wieder dieser eiskalte Ausdruck in Sutherlands Augen, und da wusste Chancey, dass er sich ungewollt hatte anmerken lassen, dass das Gespräch bald einen anderen Verlauf nehmen würde. Doch er wirkte nicht einmal überrascht, als der Maat verkündete: „Sie werden sie gleich morgen heiraten."

Da Sutherland darauf nichts erwiderte, fuhr er fort: „Sie sind mir schon einmal ungeschoren davongekommen, als Sie Nicole heiraten sollten, aber ich werde denselben Fehler nicht ein zweites Mal machen."

„So gern ich sie heiraten würde", entgegnete Sutherland und fuhr sich mit der Hand übers Gesicht, „ich kann nicht."

„Können Sie nicht, oder wollen Sie nicht?" murrte Chancey und beugte sich vor. „Ich werde Sie töten, wenn Sie Nicole jetzt einfach sitzen lassen."

Sutherland ließ sich nicht beeindrucken und sprach mit tonloser Stimme. „Ich möchte den Rest meines Lebens zusammen mit ihr verbringen." Er hielt inne, und seine Augen nahmen einen trostlosen Ausdruck an. „Aber daheim gibt es gewisse Umstände, die es mir unmöglich machen, Nicole zur Frau zu nehmen."

„Wie, unmöglich? Nichts ist unmöglich", stieß Chancey schroff hervor, ehe er einen tiefen Zug aus dem Glas tat und dann hinzufügte: „Sie müssen nur die Hindernisse aus dem Weg räumen, die eine Hochzeit mit meinem Mädchen erschweren ..."

„Unmöglich", entgegnete Sutherland mehr zu sich.

Chancey sprang von seinem Stuhl auf, durchmaß den Raum mit großen Schritten und versuchte, seinen Zorn zu bändigen, doch schließlich fuhr er Sutherland scharf an: „Verflucht, es gibt nur einen Grund, der eine Heirat mit Nicole unmöglich macht, und das wäre, wenn …" Seine Worte erstarben, und der Maat holte hörbar Luft, als er mit einem Mal begriff. Er ließ die Schultern sinken. Die eigene Schlussfolgerung erschreckte ihn genauso wie der leere Augenausdruck des Kapitäns.

Von einer Woge des Zorns getrieben, packte er Sutherland am Kragen und zog ihn vom Stuhl hoch. Doch sein alter Widersacher wehrte sich nicht. Der Bastard würde nicht gegen ihn kämpfen.

Schließlich fand Sutherland die Sprache wieder. „Ich möchte mich um sie kümmern. Ich kann ihr ein Haus und ein Leben in Wohlstand bieten und sämtliche anderen Annehmlichkeiten, die sie sich jemals erträumt hat."

Chancey schlug so hart zu, dass seine Faust von der Wucht des Schlags schmerzte. Doch Sutherland verteidigte sich nicht.

„Verfluchter Hund! Sie wollen sie also zu Ihrer Mätresse machen", rief Chancey wütend aus. „Einen Abend verbringen Sie mit Ihrer werten Gemahlin und den Kindern, den nächsten mit Nicole und allen unehelichen Sprösslingen, die sie von Ihnen bekommt?"

„*Nein.* Es beträfe nur Nicoles Kinder. Ich habe meine Gemahlin nie angerührt."

Chancey war mehr als überrascht, doch was ging ihn das Eheleben dieses Mannes an. „Sie haben ja keine Ahnung, was Sie ihr antun. Wie es aussieht, hat sie sich noch nicht die Zeit genommen, Ihnen zu sagen, wer sie ist. Aber ich sage Ihnen, Sie werden nicht nur ihre Gefühle verletzt haben, wenn diese ganze unselige Angelegenheit vorüber ist."

„Was wollen Sie damit andeuten?“ fragte Sutherland, als Chancey ihn angewidert freigab.

„Ich will damit sagen, dass sie viele Angebote hatte. Ich weiß es, weil ich die Herren gesehen habe. Sie waren edler, als Sie sich vorstellen können.“ Plötzlich fühlte Chancey sich sehr alt und traurig. Schwerfällig ließ er sich auf seinen Stuhl sinken, atmete gequält aus und nahm einen weiteren Schluck Whiskey. „Lassen Sie die Finger von ihr. Nehmen Sie Ihre Ladung an Bord und verschwinden Sie.“

Sutherland nahm zögerlich Platz, aber sein ganzer Körper verspannte sich bei dem Vorschlag. „Ich soll sie einfach so verlassen? Ohne eine Erklärung?“

„Nicole könnte es sich selbst verzeihen, Sie ohne Trauschein zu lieben, aber es würde sie umbringen, wenn sie erführe, dass sie sich in eine Ehe gedrängt hat.“

Sutherland zuckte zusammen. „Was, glauben Sie, wird sie empfinden, wenn ich sie verlasse, ohne Lebewohl zu sagen?“

„Es wird sie sicherlich sehr treffen. Aber sie wird darüber hinwegkommen.“ Chancey sah ihn durchdringend an. „Sie müssen es tun.“

„Ich kann nicht – ich kann es ihr nicht antun“, erwiderte er mit fester Stimme.

„Sie meinen, Sie können es nicht tun, weil Sie nur an sich selbst denken. Was können Sie ihr denn schon bieten?“ Abrupt stand der alte Seemann auf. „Sie haben keinen Charakter – und Sie sind ein Trinker.“ Unruhig schritt er auf und ab. „Wenn Sie jetzt von ihr ablassen, wird Nicole Sie mit der Zeit vergessen. Sie ist jung genug, um noch einen anderen kennen zu lernen.“

Chancey sah, dass Sutherlands Miene sich verdüsterte,

und wünschte, er hätte diese Veränderung nicht bemerkt. Es schien, als habe ein unsäglicher Schmerz diesem Mann jegliche Hoffnung geraubt. Aber der Ire erkannte in diesem Augenblick auch, dass Sutherland seinen Vorschlag akzeptiert hatte, und daher sagte er nichts weiter.

Mit versteinerter Miene schaute der Kapitän ihn an. „Ich möchte noch eine Nacht mit ihr verbringen."

Heftig schüttelte Chancey den Kopf. „Unter gar keinen Umständen."

„Aber nur dann könnte ich Ihrem Vorschlag zustimmen. Und Sie müssen Geld von mir annehmen, das Sie ihr zur Verfügung stellen, damit sie für den Rest ihres Lebens abgesichert ist."

„Vergessen Sie es." Er musste diesen betrunkenen Bastard, der obendrein verheiratet war, so schnell wie möglich aus ihrem Leben entfernen.

Sutherland stand auf und wandte sich zum Gehen. Ehe er die Tür erreichte, packte Chancey ihn am Arm. „Gut, eine Nacht. Aber wenn Sie Nicole in irgendeiner Weise wehtun, sind Sie ein toter Mann."

Man könnte Nicole ohne weiteres für eine Prinzessin halten, dachte Derek, als er beobachtete, wie sie ihm gegenüber am Tisch an dem Weinglas nippte. Tatsächlich entnahm er den bewundernden Blicken mehrerer Gäste, dass sie von Nicoles Erscheinung wie verzaubert waren. Diese Reaktion wurde nicht allein durch ihre Schönheit hervorgerufen. Selbst in diesem exklusiven Restaurant hob sie sich wie eine Königin von den übrigen Anwesenden ab.

Sie war formvollendet gekleidet in dem Gewand, das er ihr ausgesucht hatte. Der smaragdgrüne Seidenstoff betonte ihre feurige Haarfarbe und den frischen Teint und verlieh ihren dunklen Augen einen grünlichen Schimmer. Ihre ganze Erscheinung besaß eine orientalische Note, und in ihrem leuchtenden Haar trug sie die fein gearbeiteten Jadekämme, die er für sie ausgesucht hatte.

Während er sie betrachtete, ahnte er, dass sie ohne Frage andere Freier hatte. Selbst ein König würde sich in sie verlieben.

Immer schon hatte es ihn erstaunt, wie tadellos ihre Manieren waren, wenn sie sich nicht auf dem Schiff befand und den beschwerlichen Tätigkeiten an Bord nachkam. An Land benahm Nicole Lassiter sich wie ein Mitglied der englischen Oberschicht. Es kam ihm so vor, als verwandelte sie sich in eine feine Dame, sobald sie ein Kleid anlegte. Und der heutige Abend war keineswegs eine Ausnahme. Sie wusste besser als er, wie man sich bei den einzelnen Gängen zu benehmen hatte und welches Silberbesteck zu welchem Gericht benutzt wurde. Wo hatte sie nur diese Fertigkeiten erworben?

Nach wie vor war ihm diese Frau ein Rätsel. In seinem Bett kannte sie keine Hemmungen und gab sich sämtlichen intimen Spielarten hin, mit denen er ihr und sich Vergnügen bereitete. Und nachdem sie offenbar akzeptiert hatte, dass sie zusammengehörten, hatte er eine Seite an ihr entdeckt, die er bei ihr nicht gesucht hätte. Wenn sie sich nicht lustvoll in den Laken wanden – und sogar manchmal dann –, wurde sie verspielt. Sie pflegte ihn zu kitzeln, entwand sich ihm keck und lachte mit der gleichen Ausgelassenheit, die sie auch während des Liebesspiels zeigte.

Jetzt, als er sie am Tisch beobachtete, schien eine andere Person in ihrem Körper zu wohnen. Er glaubte, dass sie mit ihren Manieren sogar seine Mutter beeindrucken könnte. Chancey hatte Recht gehabt.

Leider kam Derek diese Einsicht erst, nachdem Nicole sich ihm geöffnet hatte. Er war davon überzeugt, dass sie trotz der wenig aussichtsreichen Umstände bei ihm bleiben würde. Die bittere Ironie dieser Situation entging ihm nicht. Gerade als er sie endlich für sich gewonnen und mehr als nur ihren Leib erobert hatte, musste er sie gehen lassen.

Düstere Gedanken beschäftigten ihn, als sie aus der Kutsche stiegen, doch während er hinter ihr die Gangway betrat, umspielte ein Lächeln seine Lippen. Eines war wirklich außergewöhnlich an Nicole, selbst wenn sie ihre vornehme Seite herauskehrte. Sie hatte diesen zielstrebigen, entschlossenen Gang eines Seemanns und schien jeden Augenblick damit zu rechnen, den Boden unter den Füßen zu verlieren.

Später, als sie in seinem Bett lagen, konnte er spüren, dass sie feucht und bereit war. Doch anstatt in sie zu gleiten, liebkoste er ihren Leib, küsste ihre geschlossenen Lider, ihre Nasenspitze und die schmale Ohrmuschel. Jeder Zollbreit ihres Körpers war ihm kostbar. Mit federleichten Zungenstrichen widmete er sich ihrem Bauch und den Innenseiten ihrer Schenkel, bevor er es genoss, sie langsam zu nehmen und gleichzeitig mit ihr den Gipfelpunkt zu erreichen.

Als sie befriedigt nebeneinander lagen, konnte er ihre Tränen auf seiner Brust spüren. Bevor sie in seinen Armen einschlief, seufzte sie: „Ich liebe dich."

Ihre Worte versetzten ihm einen schmerzhaften Stich. Er

dachte an all die Monate, in denen er sie gewollt und gehofft hatte, sie möge bei ihm bleiben. Dann, gerade als sie nachgab und beschloss, alles für ihn aufs Spiel zu setzen und ihm zu vertrauen, musste er sie verlassen. Er beugte sich hinab, um sie auf ihr Haar zu küssen, und wusste, dass er ein letztes Mal ihren Duft einatmen würde.

Er erinnerte sich an die Worte, die er an diesem Morgen an den Iren gerichtet hatte. Derek hatte sich noch einmal umgedreht und den großen Seebär gefragt: „Warum sind Sie den Lassiters eigentlich so treu ergeben?“

Der Ire hatte keinen Moment mit der Antwort gezögert. „Weil der Vater mein Leben gerettet hat, und seine Tochter meine Seele.“

Derek hatte genickt und sich schweren Herzens zum Gehen gewandt, denn er wusste, dass seine eigene Seele ohne Nicole verloren war.

24. KAPITEL

„Ich fahre weiter“, sagte Jason Lassiter am vierten Abend seines Aufenthalts in Kapstadt.

„*Wir* fahren weiter“, verbesserte Maria ihn hartnäckig und schob ihre Brille auf die Nase.

„Frau! Ich habe dich wider bessere Einsicht bis hierher gebracht.“ Er schüttelte den Kopf. „Nein, ich hätte nicht in Recife halten sollen. Aber, verflucht, du wirst Kapstadt nicht mit mir verlassen.“ Aufgebracht packte er sie am Ellbogen und lenkte sie an einigen betrunkenen Matrosen vorbei, die über das Dock schwankten. Er war mit Maria zum Hafen gegangen, um nachzufragen, ob Schiffe aus Sydney eingelaufen waren, hatte jedoch nichts erfahren.

Schließlich besann Maria sich auf ein wirksames Druckmittel gegen diesen Mann, an dem ihr so viel lag, und so sagte sie bestimmt: „Die Überfahrt nach Australien habe ich bezahlt – du hast überhaupt kein Mitspracherecht.“

Mit finsterer Miene ließ Jason sie los, und sie legte schließlich eine Hand auf seinen Arm. Allmählich beruhigte er sich ein wenig. „Jason, Chancey wird inzwischen bei ihr sein. Und wir haben ihre Nachrichten erhalten. Sie schreibt, es gehe ihr gut und sie habe der Crew aufgetragen, hier auf sie zu warten, sollte deren Rückkehr nach England sich schwierig gestalten. Und was ist mit dem Geld, das sie der Besatzung geschickt hat? Du weißt doch, dass sie diesen Betrag nur von Sutherland erhalten haben kann.“

„Maria, ich kann es einfach nicht ertragen, dass der Kerl mein kleines Mädchen hat.“

Sein Geständnis berührte sie, doch sie ließ sich nicht von ihrem Vorhaben ablenken. „Sie ist kein kleines Mädchen mehr, und es ist mir gleich, was deine Crew meint, denn ich sage dir, dass er sie gut behandeln wird. Ich habe die beiden zusammen in Recife gesehen, und ich weiß, dass er Nicole liebt."

„Warum trachtet die Crew ihm dann nach dem Leben?"

Maria schürzte die Lippen, denn dieser Umstand gab auch ihr zu denken. Doch sie sammelte sich wieder. „Du musst mir in dieser Angelegenheit vertrauen – er wird sich um sie kümmern."

Entschieden schüttelte Jason den Kopf. „Ich muss zu ihr."

„Wenn du fährst, fahre ich mit", antwortete sie forsch. „Aber ich glaube, dass du einen Fehler machst. Wenn Chancey schon vor Wochen aufgebrochen ist, müssten sie mittlerweile auf dem Rückweg hierher sein, um die Besatzung an Bord zu nehmen. Was, wenn wir sie verpassen?"

Manchmal konnte Maria diesen Mann einfach nicht verstehen. Sie war sich sicher, dass sie Nicole und den Maat auf diesem riesigen Ozean verpassen würden. Es käme einem Wunder gleich, wenn sie ihnen irgendwo unterwegs begegneten. Sie liebte Jason, aber sie erkannte, dass er oft viel zu ungeduldig war und sich von seinen Emotionen beeinflussen ließ.

„Sei doch vernünftig, Jason. Du weißt, dass Chancey sie mit seinem Leben verteidigen wird. Hast du je daran gedacht, wie fürchterlich es für sie wäre, wenn du bei ihrer Ankunft nicht mehr da bist? Im Gegensatz zu dir würde sie hier ganz sicher auf dich warten."

Sie spürte, dass sie den alten Dickkopf mit ihren Argumenten überzeugt hatte. In einem Punkt gab sie ihm indes

Recht: Es war furchtbar, in Kapstadt ausharren zu müssen. Die Stadt hatte den Spitznamen „Schenke der Weltmeere", in der die übelsten Gestalten hausten – Wanderarbeiter, Diebe, sogar Piraten. Das einzig Gute an Kapstadt war, dass man hier beste Geschäfte machen konnte. Die Stadt zog zahllose Leute an, die durch die Minen in Afrika reich geworden waren und nicht wussten, was sie mit ihrem ganzen Geld anfangen sollten.

Maria horchte auf, als sie Jasons Gemurmel vernahm. „Ich hätte sie nie dazu drängen sollen, zu ihrer Großmutter zu gehen", meinte er. „Man konnte auch auf ihre Mutter keinen Druck ausüben. Und sie ähnelt Laurel immer mehr. Wenn Nicole das Leben, das ihre Großmutter für sie ausersehen hat, nicht will, dann braucht sie es auch nicht zu führen. Ich muss eine Möglichkeit finden, um ihr eine andere Zukunft in Aussicht zu stellen."

Der Einfall traf sie wie ein Blitz. Kapstadt besaß Unmengen Kapital, wenn man wusste, wo man sich umschauen musste. Leider hatte Jason davon keine Ahnung.

Aber Maria.

„Kann dieser Kahn nicht schneller fahren?" fragte Nicole gereizt, als sie sich an Deck des schwerfälligen Dampfers umsah. Reizbarkeit und Ungeduld bestimmten seit einiger Zeit ihr Gemüt, genauso wie ein Gefühl tiefer Traurigkeit. Dies lag nicht allein daran, dass sie kein Segelschiff hatten finden können, das von Sydney nach Kapstadt fuhr, und daher gezwungen gewesen waren, an Bord dieses Kohle verschlingenden Ungetüms zu steigen. Und es lag auch nicht daran, dass sie sich nutzlos auf See vorkam, da die gewohnten Arbeiten auf einem Segelschiff nicht gefragt waren.

Nein, es lag vielmehr daran, dass der Mann, in den sie sich verliebt hatte, sie Hals über Kopf verlassen hatte.

Niemand wird dir je wieder etwas zuleide tun. Nichts als Lügen! Diese Worte hatten wie ein feierlicher Schwur geklungen. Doch dann hatte er ihr das Herz gebrochen.

Vier oder sogar fünf Tage lang war es ihr gelungen, kein Wort über diesen Mann zu verlieren, doch schließlich hatte sie mit jemandem sprechen müssen, da sie an der Last ihres Kummers zu zerbrechen drohte. Wie schon so oft war Chancey auch jetzt ein geduldiger Zuhörer. Immer und immer wieder hatten sie darüber gesprochen, doch ihre Stimme verriet nach wie vor Unverständnis, als sie flüsterte: „Er hat nicht einmal Lebewohl gesagt. Hat gewartet, bis ich mit dir in die Stadt gegangen bin, und mich … verlassen."

Auch wenn sie noch so sehr dagegen ankämpfte, so quollen doch heiße, bittere Tränen aus ihren Augen. „Wie kann man nur derart herzlos … aber er ist ein selbstsüchtiger Mensch. Und ich törichte Gans hatte geglaubt, er habe sich geändert."

Der Ire sah sie mit mitleidsvoller Miene an.

„Wenn ich jetzt zurückblicke, kommt es mir so vor, als habe er gewollt, dass ich mich in ihn verliebe. Stets war er um meine Aufmerksamkeit bemüht, hat meine Nähe gesucht und alles darangesetzt, damit ich mich ihm ganz öffne." Sie machte keine Anstalten, ihre Verwirrung zu verbergen. „Und dann macht er so etwas? Ich war nur ein Zeitvertreib für ihn."

Chancey sah aus, als habe ihre Sicht der Dinge ihn erschreckt. „Nein, nein, so ist es bestimmt nicht gewesen. Vermutlich ist er aufgewacht und hat eingesehen, dass du mehr verdienst als einen erbärmlichen Trunkenbold", erwiderte er mit Nachdruck.

Chancey benimmt sich in letzter Zeit so sonderbar, dachte Nicole. Jedes Mal, wenn sie ihm gegenüber äußerte, Sutherland habe sie achtlos fallen lassen, verteidigte er ihn.

Der Maat zog die Stirn in Falten und war im Begriff, etwas zu erwidern. Sie wartete mit hochgezogenen Brauen, doch dann hüstelte er bloß, stand rasch auf und entschuldigte sich mit den Worten, er müsse wieder an die Arbeit. Er hatte als Matrose angeheuert, um möglichst viel über dampfbetriebene Schiffe zu lernen. Denn er und ihr Vater hatten schon vor einiger Zeit erkannt, dass dies die Schiffe der Zukunft waren. Sie missgönnte ihm die Arbeit nicht, auch wenn sie selbst keiner Tätigkeit nachgehen konnte, um die qualvollen Erinnerungen aus ihrem Kopf zu verbannen.

Sie würde daran noch zugrunde gehen. Womöglich verdiente sie in der Tat mehr als einen ‚erbärmlichen Trunkenbold', aber sie hatte hinter der verbitterten Fassade des Kapitäns der *Southern Cross* den wahren Derek kennen gelernt. Und liebte ihn.

Jetzt hatte er sie in ihrem Kummer zurückgelassen.

Doch sie würde überleben. Schließlich hatte sie sich ihr ganzes Leben lang irgendwie durchgeschlagen.

Dennoch fragte sie sich, ob sie stark genug wäre, sich von dieser herben Enttäuschung zu erholen. Das Zuhause, wonach sie sich immer gesehnt hatte, lag inzwischen zerborsten am Grund des atlantischen Ozeans. Und da sie das Wettsegeln verloren hatte, war der Untergang der Reederei ihres Vaters nicht mehr aufzuhalten. Als wäre das noch nicht genug, war sie zudem von dem Mann sitzen gelassen worden, den sie geliebt hatte. Den sie immer noch liebte, töricht wie sie war.

Des Nachts weinte sie in ihr Kissen und wusste nicht, wie sie den Schmerz in ihrem Herzen überwinden sollte.

Dann und wann trifft ein Mann eine Frau, die er stundenlang ansehen könnte, seltener jedoch eine, der er auch stundenlang zuhören könnte, dachte Derek, vom Brandy berauscht. Beide Vorzüge in ein und derselben Frau zu finden, die einem Mann obendrein sinnliches Vergnügen im Bett bereitete, war mehr als unwahrscheinlich.

Genau diese Frau hatte er jedoch gefunden – und verlassen. Und jetzt dachte er jeden Tag darüber nach, wann er die Kraft aufbrächte, zu ihr zurückzukehren.

Doch Chancey hatte ihm verdeutlicht, dass sie am Morgen nach Dereks Abreise auslaufen würden. Als er den Iren gefragt hatte, wohin er Nicole bringen würde, hatte er die Antwort erhalten: „Dorthin, wo Sie sie nicht finden, falls Sie es sich noch einmal anders überlegen."

Während er in seiner Kajüte saß und dem Brandy frönte wie schon seit Monaten nicht mehr, stierte er mit müden Augen auf die Szenen an den Wänden, die Nicole in Sydney verändert und vervollständigt hatte. Er hatte es sich nie eingestehen wollen, aber er vermisste die Sachen, die ihr gehörten. Vermisste den Anblick eines Strumpfs, der über der Lehne seines Stuhls hing. Vermisste den Duft von Mandelöl oder den Geruch von Farbe. Wie abwesend strich er über das Schmuckkästchen mit den Saphiren, die er für sie in Sydney gekauft hatte.

Er hatte die Gelegenheit verpasst, ihr diese Edelsteine zu geben. Und es würde sich auch keine weitere ergeben.

Die Wände, die ihn umgaben, verschwammen vor seinen Augen, als das Gefühl der Leere und seine Sehnsucht nach Nicole alte Erinnerungen wachriefen. Seine Mutter hatte immer gesagt, dass aus ihm ein Familienmensch und ein treu sorgender Gemahl würde.

Wie sehr sie sich doch geirrt hatte.

Er war mit einer Frau verheiratet, die er hasste. Und das mitleidige Verhalten seiner Freunde hatte ihn erniedrigt und erzürnt. Daher hatte er mit ihnen gebrochen und schließlich auch seiner Familie den Rücken gekehrt.

Auftritte in der Öffentlichkeit hatte er gemieden, nachdem man ihn ständig mit der Frage bedrängt hatte, wann er einen Erben bekäme. Schlimmer waren jedoch die mitleidsvollen Blicke gewesen, wenn die Gesellschaft über den letzten Liebhaber seiner Frau tuschelte.

Er hatte mit dem Glücksspiel begonnen und viel zu viel getrunken. Seine Geschäfte waren schlecht gelaufen, die Erträge seiner Besitztümer rückläufig gewesen. Inzwischen hatte er die Freiheit schätzen gelernt, die einem Menschen zwangsläufig zuteil wurde, der so tief gesunken war. Niemand hatte mehr irgendwelche Erwartungen an ihn gestellt, kein Mensch hatte sich noch auf ihn verlassen. Zum ersten Mal in seinem Leben war er absolut frei gewesen – und absolut unglücklich. Doch er war zu sehr in seinem eingeschlagenen Lebenswandel verhaftet gewesen, um eine Veränderung zu bewirken.

Derek hielt es nicht mehr länger in dem Raum unter Deck aus. Er griff nach dem Schmuckkästchen und steckte es in die

Tasche. Die Flasche glitt ihm aus der anderen Hand, als er leicht taumelnd die Kabinentür aufstieß.

Schwer atmend schaute er auf die See; seine Knöchel wurden weiß, als er sich an die Reling klammerte.

„Captain?“ vernahm er eine Stimme hinter sich.

Er drehte sich um und erblickte Bigsby, der mit düsterer Miene auf ihn wartete. Der Arzt kam ohne Umschweife zur Sache und sagte sehr bestimmt: „Auf ein Wort.“

„Erstaunlich“, brummte Derek. „Ein Mitglied meiner Crew möchte sich freiwillig mit mir unterhalten?“ Seit sie Sydney verlassen hatten, hatte niemand mehr mit ihm gesprochen. Manchmal glaubte er, dass Jeb ihn hinter seinem Rücken einen Snob schimpfte, andere mochten ihn gar als Bastard verfluchen.

„Wir möchten wissen, weshalb Sie diese Frau verlassen haben. Warum erhielten wir den Befehl, uns davonzustehlen, während sie in die Stadt ging? Sie haben sie … einfach so verlassen“, fügte der Arzt fassungslos hinzu.

„Das klingt so, als wäre sie vollkommen hilflos“, kam es schroff über Dereks Lippen, „obwohl Sie genau wissen, dass es nicht so ist. Dieser Ire ist bei ihr und wird sie nach Hause bringen, wo auch immer das sein mag.“

„Ich weiß, dass Sie dem Hochadel angehören, aber sie hätte ihre Frau werden können, auch wenn Miss Lassiters Familie über keinen Titel verfügt.“

„Damit hat meine Entscheidung nichts zu tun!“

Bigsby sah ihn überrascht an. „Womit dann?“

Derek zuckte mit den Schultern und bemühte sich, gleichgültig zu wirken. „Sie hat etwas Besseres verdient. Nicole braucht keinen Trinker, der zehn Jahre älter ist als sie.

„Dann hören Sie auf zu trinken, Captain. Und zehn Jahre ist kein so großer Altersunterschied", meinte der Arzt. „Also, warum haben Sie die Frau tatsächlich verlassen?"

Derek konnte nicht fassen, was dieser Mann sich in seiner Gegenwart herausnahm. Bigsby hatte den falschen Augenblick gewählt, um sein neues Selbstvertrauen zu zeigen. „Sie wollen es also wissen?" stieß er wütend hervor. „Ich werde es Ihnen sagen – ich bin schon verheiratet!"

Der Mann öffnete den Mund, doch er brachte kein Wort mehr hervor.

„Wie ich sehe, habe ich Sie erschreckt. Ja, ich habe eine Frau in England. Eine Frau, die ich abgrundtief verabscheue und die ich nie angerührt habe, die aber dennoch meine Gemahlin ist."

Der Arzt zog die Brauen hoch, sichtlich darum bemüht, die Neuigkeit zu verarbeiten. Dann antwortete er: „Das tut mir Leid. Es wird für Sie und Miss Lassiter eine schwierige Zeit werden, bis Sie sich von Ihrer jetzigen Frau getrennt haben, aber Sie werden die Scheidung durchbekommen." Er war im Begriff, noch mehr zu sagen, überlegte es sich aber noch einmal anders. „Gute Nacht, Captain", meinte er schließlich und entfernte sich.

Wie leicht sich alles aus Bigsbys Mund anhörte. Doch dieser Mann wusste nichts über Versprechen am Totenbett und Familiengeheimnisse, die besser nicht ans Tageslicht kommen sollten. Derek hatte Nicole einen Gefallen getan.

Weil er sie liebte.

Ein lauter, schmerzvoller Aufschrei entrang sich seiner Kehle, als er die Edelsteine ins Meer schleuderte.

Ihr Schiff hatte nicht einmal in Kapstadt angelegt, da hatte Nicole ihren Vater und seine Crew bereits in der wartenden Menge auf den Docks ausgemacht. Das erste Tau war kaum festgezurrt, als sie schon über die Gangway stürmte und in ihrer Eile die Wartenden zur Seite drängte.

„Vater, es tut mir so Leid mit dem Schiff", wisperte sie, während er sie in die Arme nahm. „Das hätte nie passieren dürfen." Tränen liefen ihr über die Wangen.

„Scht, Nicole", beruhigte er sie mit belegter Stimme. „Das ist alles absolut unbedeutend, solange dir nichts passiert ist." Erneut drückte er sie fest an sich, bevor er sie zu seiner Mannschaft drehte. „Die Jungs haben sich sehr große Sorgen um dich gemacht."

Als sie sah, dass es allen Seeleuten gut ging, lächelte sie erleichtert und begrüßte die Männer herzlich. Erst jetzt entdeckte sie Maria, die neben ihrem Vater stand und sie mit offenen Armen erwartete. Tränen strömten über Nicoles Wangen, und sie eilte in Marias Arme.

In der mütterlichen Geborgenheit ließ Nicole ihrem Kummer freien Lauf und bebte am ganzen Körper. Maria wusste, was unerwiderte Liebe bedeutete. Hatte sie ihren störrischen Vater nicht seit Jahr und Tag geliebt, liebte sie ihn nicht immer noch? Auch sie hatte diesen Schmerz durchlebt.

Nicole merkte, dass Maria die Besatzung mit unmissverständlichen Handbewegungen fortschickte, und einige Matrosen strichen über Nicoles Kopf, als sie sich entfernten. Nicole war froh, denn sie wusste nicht, ob sie in der Lage wäre, ihren Tränen Einhalt zu gebieten.

Doch während Maria sie mit leisen Kosenamen aus ihrer

Muttersprache weiter zu beruhigen suchte, hörte Nicole, wie ihr Vater Chancey zuraunte: „Er ist ein toter Mann!“

„Nein, Vater!“ rief sie und löste sich aus Marias Armen. „Wenn du ihm nachstellst, habe ich wieder mit ihm zu tun. Ich möchte einen Schlussstrich ziehen! Ich will, dass er sich ganz aus meinem Leben heraushält. Und zwar für immer.“ Ihre Tränen versiegten, und Zorn flammte in ihr auf. „Ich habe beschlossen, von meinem Geburtsrecht Gebrauch zu machen, und ich werde das Versprechen halten, das ich Großmutter gegeben habe.“

Ihr Vater schüttelte den Kopf. „Du musst es nicht tun. Nicht mehr länger.“

„Ich will es aber“, sagte Nicole entschlossen, denn sie hatte ein festes Bild von ihrer Zukunft vor Augen. „Ich werde heiraten und mir ein sicheres Leben aufbauen.“ Sie wischte sich die Tränen mit einem Ärmel fort. „Nie wieder will ich schwach oder verwundbar sein.“

„Nun, Captain?“ fragte Bigsby, nachdem sie in London angelegt und das Frachtgut aus dem Laderaum getragen hatten. „Was werden Sie tun?“ Der Arzt musste sich nicht deutlicher ausdrücken, denn während der Rückfahrt war Nicole das beherrschende Thema gewesen.

Die Männer an Deck hielten in ihrer Arbeit inne. Keiner sagte ein Wort; alle warteten sie auf eine Antwort ihres Kapitäns, mochten sie in den Wanten sein oder gerade die Planken schrubben.

Vor Wochen hatte Derek noch geglaubt, die endgültige Trennung sei das Beste für Nicole und ihn. Doch während der

Rückfahrt hatte Bigsby die entscheidende Frage gestellt, die seinen Entschluss ins Wanken gebracht hatte: „Vielleicht hat sie etwas Besseres verdient, aber könnte ein anderer Mann Nicole mehr lieben als Sie?"

Nein. Das war undenkbar.

Derek hasste alles, was ihn von Nicole trennte. Sein Groll war so stark in ihm angewachsen, dass er ihn nicht länger zu bändigen vermochte.

Er würde sich von seiner Frau scheiden lassen.

Und das Gelübde brechen, dass er am Totenbett seines Vaters abgelegt hatte. Eine Scheidung würde seine Mutter in tiefe Verzweiflung stürzen und die ganze Familie in eine peinliche Situation bringen, aber das ließ sich nicht ändern. Er wollte sich ein Leben ohne Nicole gar nicht erst vorstellen, und sie hatte es verdient, verheiratet zu sein.

„Ich werde mich aufmachen und sie suchen." Als er sich entschlossen zum Gehen wandte, vernahm er die freudigen Ausrufe seiner Matrosen und das klingende Geräusch von Münzen, als die Wettsieger ausgezahlt wurden.

Während der Kutschfahrt zu seinem Londoner Stadthaus fragte er sich allerdings, ob Nicole ihn überhaupt noch wollte. Dann flammte ihre letzte gemeinsame Nacht in seiner Erinnerung auf. Er hatte sie geliebt und ihr alles gegeben, da er gewusst hatte, dass es ihre letzten gemeinsamen Stunden gewesen waren. Und sie hatte sich ihm mit Leib und Seele hingegeben …

Er schaute auf, als die Kutsche in der Auffahrt seines Wohnsitzes stehen blieb, und fuhr sich mit der Hand durchs Gesicht, um sich zu sammeln. Kaum hatte er das Gespann verlassen, da hießen ihn seine Mutter und sein Bruder mit einem herzlichen Lächeln willkommen.

„Derek, endlich bist du wieder daheim!“ rief Amanda überrascht und fügte hinzu: „Du siehst ja furchtbar aus.“

Er lächelte mit schmalen Lippen, um dann seinen Bruder zu begrüßen.

„Willkommen daheim, Derek. Wir haben von deinem Sieg gelesen. Gratulation. Sehr gut gemacht!“ Er schüttelte ihm herzlich die Hand.

„Ich hätte nie gedacht, dass ich das sagen würde“, erwiderte er, „aber es ist schön, daheim zu sein.“

Nachdem sie es sich im Salon bei Tee und leichtem Gebäck bequem gemacht hatten, erzählte Derek von den Höhepunkten des Wettsegelns, wobei er ganz bewusst kein Wort über Nicole verlor. Doch während er von seinen Erlebnissen berichtete, sah seine Mutter bedrückt aus und rutschte unruhig auf ihrem Stuhl hin und her. Derek hatte das Gefühl, dass Grant ihr beschwichtigende Blicke zuwarf.

Als er seine Ausführungen bewusst abkürzte, warf seine Mutter rasch ein: „Wir müssen dir etwas sagen.“

„Mutter, können wir das nicht später besprechen?“ unterbrach Grant sie mit einem verstimmten Unterton. „Wie du schon gesagt hast, Derek sieht sehr müde und erschöpft aus nach der langen Reise. Wir sollten warten, bis er sich wieder erholt hat.“

Amanda presste die Lippen zusammen. „Nun, ich habe wochenlang gewartet, um diese Angelegenheit zu regeln, und ich bin mir sicher, er wird wissen wollen, von was wir sprechen. Und er hat das Recht dazu.“

„Das stimmt“, sagte Derek mit einem Seufzer und lehnte sich in dem Stuhl zurück. „Was ist geschehen?“

Amanda warf Grant einen letzten verstohlenen Blick zu, ergriff Dereks Hand und wandte sich ihm mit einer mitfühlenden Miene zu. „Deine Gemahlin erwartet ein Kind“, verkündete sie unumwunden. „Ich brauche dir wohl nicht zu sagen, dass du unter keinen Umständen der Vater sein kannst.“

25. KAPITEL

„Bist du sicher?“ fragte Derek skeptisch und rieb sich mit der Hand über den Nacken, denn er wollte sich keiner vorschnellen Freude hingeben. „Sie dürfte im vierten Monat sein“, erwiderte seine Mutter.

Wenn Lydia wirklich das Kind von einem anderen Mann unter ihrem Herzen trug, hätte Derek in den Augen seiner Familie keine andere Wahl, als sich scheiden zu lassen. „Woher weißt du das?“

„Nun“, sagte Amanda, „es ist gar nicht mehr zu übersehen.“

„Mutter, bitte!“ warf Grant tadelnd ein. „Ich denke, diese Nachricht ist schon bedrückend genug. Bleiben wir bei den Tatsachen.“ Er wandte sich wieder Derek zu. „Lydia will die Ehe auflösen und einen Count aus dem Ausland heiraten. Offensichtlich handelt es sich um sein Kind.“

Seine Mutter nickte und schien gutzuheißen, was Grant soeben gesagt hatte. „Er verfügt sogar über noch mehr Geld als du“, sagte sie, als würde das allein alles erklären.

Doch was Lydia betraf, so glaubte Derek, dass ein beträchtliches Vermögen tatsächlich ausschlaggebend war. Jetzt ergab auch ihr unvorhergesehener Besuch auf seinem Schiff Sinn. Sie hatte lauthals nach Geld verlangt, vermutlich um den wohlhabenden Count zu beeindrucken und um den Finger zu wickeln. Der arme Kerl. Aber besser er als ich, dachte Derek.

Seine Mutter seufzte. „Ich kann es gar nicht abwarten, dass

dieser Albtraum endlich vorüber ist. Du wirst in der Lage sein, dich neu zu vermählen ..."

„Du hast immer gewollt, dass ich mich neu vermähle?" fragte er mit einem scharfen Unterton. Bei allen Vorhaltungen in der Vergangenheit hatte sie diese Ansicht nie durchblicken lassen.

Amanda schwieg, um über seine Frage nachzudenken. „Nein. Nicht unbedingt. Wie du dich vielleicht erinnerst, habe ich dir immer wieder geraten, dass du *irgendetwas* unternehmen sollst, um die Enttäuschung und die Wut zu bekämpfen, die dich in den vergangenen fünf Jahren quälten. Jetzt hast du endlich die Möglichkeit, die Kinder zu haben, die du dir immer gewünscht hast."

War er wirklich so einfach zu durchschauen gewesen? Hatte seine Mutter nach der Hochzeit mit Lydia geahnt, dass es ihn am meisten bedrückt hatte, keine Kinder zu haben? Stets hatte er geglaubt, seine Familie habe seine düstere Verfassung immer auf Lydias Untreue zurückgeführt. Dabei hatte ihm dies nie etwas ausgemacht, da er seine Gemahlin ohnehin nie gemocht und schon gar nicht geliebt hatte.

Doch jetzt war der Wunsch nach Kindern nach wie vor unerfüllbar – zwar wollte er Kinder, aber er könnte kein Leben ohne Nicole führen.

Nach außen wirkte er gelassen, doch bei dieser Nachricht hatte das Blut in seinen Schläfen zu pochen begonnen. Er würde diese elende Farce beenden, damit ihm und Nicole nichts mehr im Weg stünde.

Von seinem Entschluss beflügelt, tätschelte er die Hand seiner Mutter und klopfte seinem Bruder auf die Schulter. „Wenn ihr mich entschuldigen würdet. Aber diese Angelegenheit duldet keinen Aufschub."

Als er wenige Minuten später die eindrucksvolle Fassade des Stadthauses seiner Gemahlin auf sich wirken ließ, wurde ihm erneut bewusst, wie exquisit dieses stattliche Gebäude war. Kurz nach ihrer Vermählung hatte Lydia es mit seinem Geld erworben und keine Kosten bei der luxuriösen Einrichtung gescheut; doch er war froh gewesen, ihr das Haus überlassen zu können, denn so gab es einen festen Ort, an dem er ihr nie begegnen würde. Kam es doch einmal vor, dass er nach einer Reise nach Hause zurückkehrte, so mied er seine Villen sowie die glanzvollen und doch oberflächlichen Amüsements der Gesellschaft. In den fünf Jahren ihrer Ehe hatte er seine Gemahlin nur bei wenigen Anlässen gesehen.

„Guten Morgen, Lydia", grüßte er höflich, als er in ihren Salon geführt wurde. Wie immer sah sie schön aus, mit ihrem schwarzen Haar und den glitzernden grünen Augen. Und wie immer erinnerte sie ihn an eine Schlange.

„Was willst du?" kam es scharf von ihr. Das Einzige, was ihr vollkommenes Gesicht verunstalten konnte, war der hasserfüllte Blick, der ihre Züge verdüsterte. Er fragte sich, warum die anderen ihr die Boshaftigkeit nicht anmerkten, die sich so deutlich in ihren Augen spiegelte, aber schließlich hatte auch er sich einst täuschen lassen.

Zu Beginn ihrer Ehe hatte er sie fragen wollen, was diese Verbitterung in ihr ausgelöst hatte. In ihrem Fall war die Antwort nicht leicht zu finden gewesen. Lag es an der ungeheuren Gier ihrer Familie? Oder am Tod des Mannes, den sie wirklich hatte heiraten wollen? Doch mittlerweile hatte er überhaupt kein Interesse mehr an der Befindlichkeit seiner Gemahlin.

„Kein belangloses Geplauder? Gut. Kommen wir geradewegs zur Sache. Du erwartest ein Kind", sagte er und deutete mit einer Kopfbewegung auf ihren kaum merklich gewölbten Bauch. „Ich will die Scheidung."

Sie lachte gekünstelt auf. „Du kannst dich nicht von mir scheiden lassen."

„Das kann ich, und das will ich."

„In diesem Punkt hast du Unrecht", entgegnete sie belustigt und rückte ihren teuren, mit Brokat versehenen Morgenmantel zurecht. Vermutlich hatte er ein Vermögen gekostet.

Derek zwang sich zur Ruhe. Er tat dies für seine und für Nicoles Zukunft, und jede Zorneswallung konnte sich als nachteilig erweisen. „Ich dachte, es entspräche deinem Wunsch. Du möchtest jemand anders heiraten", bot er ihr an.

„Tatsächlich", begann sie und nippte an ihrer Teetasse, „werden wir die Ehe annullieren lassen."

Er schaute sie mit ausdrucksloser Miene an. In Gegenwart von Lydia war jede Gefühlsregung eine Schwäche, die sie gnadenlos ausnutzen würde. Er hob eine Braue und nahm eine gleichgültige Haltung ein. „Mit welcher Begründung?"

„Du bist nicht in der Lage, deinen ... ehelichen Pflichten nachzukommen." Sie schaute auf ihre langen Fingernägel. „Du bist kein Mann für mich."

„Ist es das, was du den Leuten die ganze Zeit erzählst?"

Lydia schaute mit einem kalten Lächeln auf. „Ja", zischte sie und schien sehr mit sich selbst zufrieden zu sein.

Er bemühte sich, nicht laut aufzulachen. Nie hatte er auch

nur annähernd mit einer solchen Lösung gerechnet. „Und wie gedenkst du, deinen gegenwärtigen Zustand zu erklären?“

„Ich werde fort sein, bevor irgendjemand etwas ahnt. Die Familie meines zukünftigen Gemahls ist katholisch. Er will sein Kind – aber keine geschiedene Mutter.“

„Ich kann nicht glauben, dass du das tun wirst“, merkte er aufrichtig an.

„Nun, ich habe bereits alles in die Wege geleitet. Es wird nur wenige Tage dauern, bis ich dich los bin.“

„Du hast schon jedem davon erzählt? Es gibt keinen Weg, deine Entscheidung rückgängig zu machen?“

Erneut schenkte sie ihm ein unheilvolles Lächeln. „Ich habe einen Eid geleistet.“

„Ausgezeichnet!“

Sie sah erschrocken aus.

„Eine verdammt gute Idee, Lydia. Ich sorge dafür, dass meine Anwälte die Angelegenheit in aller Eile regeln.“ Lydia schaute ihm verblüfft und mit offenem Mund nach, als er frohen Mutes den Salon verließ.

Nicole war darauf gefasst, zurechtgewiesen zu werden, als sie ihre Großmutter nach mehr als sieben Monaten aufsuchte. Vor der Reise hatte sie behauptet, sie plane einen entspannenden Urlaub auf dem Kontinent. Jetzt, da die Witwe von sämtlichen Vorgängen unterrichtet war, wappnete Nicole sich gegen einen frostigen Empfang und scharfe Vorwürfe. Ihr graute schon, als sie das Haus von Weitem sah.

Daher war sie mehr als überrascht, als sie sah, dass ihre Großmutter, die Marchioness of Atworth, einen ihrer Hunde mit Liebkosungen überhäufte und beharrlich auf das ungerührte Tier einredete.

„Bist du Mamis kleiner Liebling?“ säuselte sie. Der Mops schien genauso verblüfft wie Nicole. Schließlich räusperte sie sich.

Ihre Großmutter hob ruckartig den Kopf. „Warum hat man dich nicht angekündigt?“ fragte sie und nahm das kleine Tier auf den Arm.

„Ich habe Chapman gesagt, dass ich mich allein zurechtfinde – aber wenn ich dich störe …“, sagte sie ein wenig unbeholfen.

Zu ihrem Erstaunen begann ihre Großmutter zu kichern. „Nun, du hast mich dabei erwischt, wie ich meinen Mops bemuttere.“ Dann hielt sie das Objekt ihrer Zuneigung hoch. „Pixie ist so ein niedliches kleines Mädchen, nicht wahr? Ich habe es ihr in der Vergangenheit noch nie gesagt.“

Nicole erwiderte nichts, sondern hob erstaunt die Brauen. Ihre Verwunderung nahm noch zu, als ihre Großmutter, nachdem sie den Hund wieder auf den Boden gesetzt hatte, auf sie zukam und die Enkeltochter zum ersten Mal in ihrem Leben mit ungeahnter Kraft an sich drückte.

„Schau nicht so überrascht drein, Mädchen. Ich halte meine Gefühle nicht länger zurück, sondern werde sie zum Ausdruck bringen, wann immer mir danach ist.“

Erst da fiel Nicole auf, dass der Kragen ihrer Großmutter nicht bis oben zugeknöpft war und die alte Dame nicht mehr in tristes Schwarz gewandet war, sondern ein stahlgraues Kleid trug. „Was hat zu diesem Wandel beigetragen?“ fragte Nicole langsam.

„Als dein Vater mir erzählte, wohin du gegangen bist, war ich traurig, weil es so aussah, als habest du alles darangesetzt, um von mir fortzukommen."

Nicole durchzuckte ein Schuldgefühl und sie öffnete den Mund, um ihr Verhalten zu rechtfertigen, aber ihre Großmutter fuhr bereits fort: „Ich weiß jetzt, wie wichtig dieses Wettsegeln für dich war. Du bist genauso wie Laurel. Nein, was mich wirklich zum Nachdenken gebracht hat, war die Nachricht, dass dein Schiff untergegangen ist. Ich glaubte, du seiest tot, und da konnte ich nichts weiter tun, als mich mit Reue der wenigen Augenblicke zu entsinnen, in denen du hier gewesen bist. Reue, da ich dich anders hätte behandeln müssen. Ich hätte dir sagen sollen, wie sehr du meiner geliebten Tochter ähnelst", bekannte sie freimütig, und ihre dunklen Augen leuchteten.

Betrübt sank Nicole auf einen Stuhl, als sie an ihre Mutter dachte. „Wir beide haben das Segeln geliebt. Ich erinnere mich noch an ihr unbeschwertes Lachen." Sie schaute zu ihrer Großmutter auf. „Sie war in ihrem Leben glücklich."

Dic Witwc holte tief Luft und nickte. „Inzwischen kann ich nachvollziehen, was sie in die Ferne gezogen hat – obwohl mir die Wahl ihres Partners bis heute ein Rätsel bleibt", fügte sie trocken hinzu, und Nicole musste unwillkürlich lächeln.

Dann wurde der Tonfall der Marchioness ernst. „Ich möchte nicht auch noch meine Enkelin vergraulen. Die Verhältnisse hier werden sich ändern. Ich werde dich fortan anders behandeln", versprach sie entschlossen.

Ungläubig schaute Nicole die alte Dame an.

„Was? Du glaubst mir nicht?" Ihre Großmutter hob eine

Braue und verkündete überraschend: „Lade deinen Vater heute Abend hierher zum Dinner ein."

„Vater?" fragte Nicole mit erstickter Stimme. „Hierher? Zu dir? Ist das dein Ernst?"

„Ich meine immer, was ich sage."

„Und was ist mit Chancey?" wagte Nicole zu fragen.

Ihre Großmutter schluckte schwer und meinte schließlich: „Nun gut, aber nur, wenn er anständig gekleidet ist …"

Nicole nickte eifrig und wagte sich noch weiter vor. „Vater hat auch noch … einen Gast bei sich."

Die alte Dame runzelte die Stirn, bevor ihre Augen einen wissenden Ausdruck annahmen. „Oh, ein *Gast.* Nun, ich denke, dann sollten wir auch *sie* einladen."

An diesem Abend, als Jason Lassiter der Marchioness nach längerer Zeit wieder begegnete, verschlug es ihm die Sprache, denn die Witwe sagte: „Ich war zuversichtlich, dass du sie heil wieder mit nach Hause bringst, Jason." Dann murmelte sie: „Hab Dank."

Maria stieß ihm sacht in die Seite, und er stotterte: „Du müsstest dich bei Chancey bedanken. Er war es, der sich um sie gekümmert hat."

Unsicher zupfte der Maat an seinem Kragen herum und sagte unbedacht: „Nicht ich habe sie gerettet. Das war Sutherland."

„Oh? Und wer bitte schön ist dieser Sutherland?"

Nicole war um eine gleichgültige Miene bemüht, während alle um sie herum verlegen schwiegen. Die Marchioness sah von einem zum anderen und versuchte herauszufinden, warum niemand mehr ein Wort sagte. Um die peinliche Situation zu bereinigen, trat Maria vor und fiel in einen artigen Knicks.

Die Marchioness musterte sie ihrer Gewohnheit entsprechend von Kopf bis Fuß, wobei ihr weder der feine Stoff des schlichten, blauen Kleides noch die Brille entgingen. Offenbar war sie auf Grund von Marias Erscheinung rasch zu einem Schluss gekommen, denn sie sagte: „Sie sind *zweifellos* eine Gouvernante."

Nicole presste die Lippen zusammen, um nicht in schallendes Lachen auszubrechen, und schaute amüsiert zur Decke.

Das Dinner nahm zunächst einen eher peinlichen Verlauf. Doch das üppige Mahl, bestehend aus geschmorter Ente, Schalotten und ausgesuchten Weinen, ließ selbst Chancey irgendwann vergessen, wie unsicher er wegen des richtigen Bestecks war.

Zu dem Zeitpunkt, als die Diener die Teller abdeckten, war man auf die Reederei zu sprechen gekommen. Auf der Rückfahrt hatte Nicole erfahren, dass ihr Vater und Maria die Finanzierung für den Erhalt der Schiffslinie gesichert hatten. In einem nächsten Schritt galt es nun dafür zu sorgen, den Bau eines neuen Flaggschiffs in Auftrag zu geben oder einen gebrauchten Klipper käuflich zu erwerben. Doch ihrem Vater und Chancey fiel es sichtlich schwer, die Zukunft der Reederei ohne Nicole in Angriff zu nehmen.

„Mir geht es gut", beteuerte Nicole. „Ich weiß, dass ihr euch um das Geschäft kümmern müsst. Macht euch bitte um mich keine Sorgen. Ich versuche es so einzurichten, dass meine Hochzeit nicht in eurer Abwesenheit stattfindet, das verspreche ich euch", sagte sie.

Ihr Vater lächelte, doch er schien nicht ganz von ihren Worten überzeugt zu sein.

Aber Nicole wusste ihn zu beruhigen. „Du weißt, dass ich nur das Beste für die Linie möchte. Nach meiner Vermählung habe ich vor, dir so viel wie möglich zu helfen.“ Sie wandte sich an Maria. „Wirst du dafür sorgen, dass er geht?“

Maria sah sie fragend an.

„Bitte, Maria. Ich bin zwanzig Jahre alt. Wir haben drei Diener, und ich lebe in Mayfair. Hier bin ich so sicher wie noch nie in meinem Leben.“

Jetzt schaltete ihre Großmutter sich wieder ein. „Jason, es wäre gewiss besser, wenn ihr beide euch für einige Zeit nicht zusammen in der Öffentlichkeit zeigen würdet. Seit nunmehr fünfzehn Jahren halte ich mich an die gleiche Version. Wenn sie sich an ihren mittleren Namen hält, dürfte niemand aus der feinen Gesellschaft sie mit Nicole Lassiter, der Seefahrerin, in Verbindung bringen. Zumindest nicht bis nach der Hochzeit.“

„Hast du dir das gut überlegt, Nic?“ brummte Chancey.

„Ja. Ich möchte heiraten. Ich möchte Kinder haben, und nächsten Monat werde ich schon einundzwanzig.“ Sie schenkte der Marchioness ein Lächeln. „Großmutter übt keinen Druck auf mich aus, aber ich bin bereit. Außerdem bleibt uns nicht mehr viel Zeit – die Saison in London hat längst begonnen.“

Als die ungleiche Tischgesellschaft sich einem anderen Thema zuwandte, beugte Lassiter sich zu seiner Tochter hinüber und sagte leise: „Du musst das nicht tun. Ich nehme alles zurück, was ich gesagt habe. Schon bald werde ich in der Lage sein, besser für dich zu sorgen.“

Sie schenkte ihm ein sanfters, zärtliches Lächeln. „Mit Marias Hilfe …“

Seine Augen begannen zu leuchten. „Ich denke, sie wird offiziell meine …“

„Du wirst sie heiraten?“ wisperte sie aufgeregt.

Er sah erschrocken und verwirrt zugleich aus. „Nein. Offiziell meine Geschäftspartnerin, wollte ich sagen. Sie hat vor, ihr … *Geschäft* in Recife zu verkaufen. Wie kommst du nur darauf, dass wir heiraten sollten?“

„Ich glaube, ihr könntet sehr glücklich miteinander werden.“

Seine Miene verriet Nicole, dass er niemals in dieser Weise über Maria nachgedacht hatte. „Nicole – ich *bin* verheiratet.“

„Ich verstehe.“ Aber sie würde weiterhin versuchen, ihn umzustimmen.

Unvermutet fragte er: „Was ist mit Sutherland?“

Nicole zog es vor, seine Frage falsch verstanden zu haben, und suchte ihn zu beruhigen. „Ich werde mich von sämtlichen zwielichtigen Hafenschenken fern halten und ihm daher vermutlich nicht begegnen.“

Ihr Vater lächelte angesichts ihrer Tapferkeit. „Das ist meine Nicole. Du warst schon immer ein starkes Mädchen.“

Ihrer Großmutter war Lassiters letzte Bemerkung nicht entgangen, und sie warf empört ein: „Sie ist nicht stark – sie ist *zierlich.* So etwas möchte ich nicht noch einmal von dir hören, Jason.“

Fünf Tage später verabschiedete Nicole sich von den drei Menschen, die ihr am nächsten standen, und von vielen Crewmitgliedern der *Bella Nicola,* als die *Griffin,* ein weiteres Schiff ihres Vaters, Kurs auf Liverpool nahm. Ihr blieb keine Zeit für Traurigkeit, denn ihre Großmutter hatte eine Schar Schneiderinnen verpflichtet, um Nicole ihrem Stand entsprechend einzukleiden. Gegen Ende der Woche war sie bestens ausgestattet für ihren ersten Ballabend. Die Marchioness plante, ihre Enkelin in die feine Oberschicht einzuführen, unzählige Einladungen anzunehmen und Nicole ein viel versprechendes gesellschaftliches Debüt zu verschaffen.

Während der ersten, festlich erleuchteten Abendveranstaltung, der sie beiwohnten, war Nicole wie geblendet von den schillernden Seidenroben und den schönen, mit Edelsteinen geschmückten Gästen, die über die Tanzfläche schwebten.

Doch der Zauber zog sie nicht lange in seinen Bann.

Tatsächlich fühlte sie sich dieser gleißenden Welt nicht zugehörig. Wenn sie sich schon gezwungen sah, ein Leben an Land zu führen, so wollte sie auch etwas von diesem Land *sehen.* Und nicht bloß eindrucksvolle Gebäude besuchen, die einen begrenzten Garten aufwiesen, ihr aber nichts von der Natur boten; nein, sie sehnte sich nach weitem, offenem Land, dessen Täler und Erhebungen den wogenden Wellen der See glichen.

Wenn sie ehrlich zu sich selbst war, so musste sie sich eingestehen, dass sie nicht unbedingt zurück zur See wollte, denn seit es die *Bella Nicola* nicht mehr gab, war alles anders geworden. Aber das Leben in den adligen Kreisen war auch nicht das, wonach sie sich sehnte. Nach nur wenigen Wochen war sie der gesellschaftlichen Verpflichtungen überdrüssig, und so gewann sie immer mehr den Eindruck, sie habe eine glänzende

Münze auf der Straße gefunden, die sich zu ihrer großen Enttäuschung letzten Endes als wertloses Talmi erwies.

Der Ball, zu dem sie und ihre Großmutter an diesem Abend geladen waren, unterschied sich in nichts von den vergangenen Veranstaltungen. Nicole fühlte sich alsbald gänzlich fehl am Platz, erdrückt von der Last der Konventionen und eingeengt von dem Schnitt ihres Abendkleides. Die unzähligen Wohlgerüche, an denen sie sich zunächst erfreut hatte, lösten in ihr ein Schwindelgefühl aus und reizten ihre Sinne. Hinzu kam die verbrauchte Luft in dem vollen Ballsaal, der von zahllosen Kerzen erleuchtet war.

Von einem leichten Taumel erfasst und ein wenig atemlos, wandte Nicole sich ab – und traute ihren Augen nicht, als sie *ihn* erblickte.

Sein breiter Rücken, das dichte schwarze Haar und die eindrucksvolle Gestalt, die alle anderen im Saal überragte, lösten ein Kribbeln in ihrem Bauch aus. Hatte man ihr nicht wiederholt versichert, er habe für derlei Feste nichts übrig? Sie vermochte sich nicht mehr von der Stelle zu rühren und starrte wie verzaubert auf ihn, als er sich zu ihr umdrehte.

Unwillkürlich zog sie die Brauen zusammen. Es war nicht Derek.

Doch sie konnte den Blick nicht von diesem Mann wenden. Er ähnelte ihm so sehr, dass es sich nur um einen Bruder handeln konnte, obgleich Derek nie einen solchen erwähnt hatte. Aber im Grunde hatte er über seine ganze Familie nie ein Wort fallen lassen.

Der Mann hob die Brauen und wunderte sich offenbar

über ihre erstaunten Blicke. Freundlich lächelte er ihr zu, sah dann jedoch besorgt aus, da sie sich nicht von der Stelle rührte. Schließlich ging er zu dem Earl of Allenton, dem Freund ihrer Großmutter, der sie zu einer Reihe von Festen eingeladen hatte. Der Mann nickte in ihre Richtung, und schon kamen er und Allenton auf sie zu.

Nicole sog zischend die Luft ein. Hatte Derek ihm von ihr erzählt? Wusste dieser Mann, wer sie war? Dass sie mit seinem Bruder das Bett geteilt hatte? Der Schreck, der ihr in die Glieder fuhr, machte sie leicht benommen.

„Lady Christina“, begann Allenton, „wie es scheint, haben Sie eine weitere Eroberung gemacht. Darf ich Ihnen Grant Sutherland vorstellen, den Viscount Anderleigh?“

Er schenkte ihr ein weiteres höfliches Lächeln und verbeugte sich. Sie war um eine charmante Antwort bemüht und versuchte zu lächeln, aber sie war wie erstarrt. Die scharf geschnittenen Gesichtszüge dieses Mannes riefen Gefühle für Derek hervor, die sie bisher schmerzlich unterdrückt hatte.

Unerwartet bekam sie Hilfe. „Grant, wer ist deine neue Bekanntschaft?“ fragte eine Frau, die sich plötzlich zwischen die beiden Männer drängte.

Seltsamerweise beachtete Grant Sutherland, der durch und durch ein Gentleman zu sein schien, die Dame überhaupt nicht.

„Lieber *Bruder*“, säuselte die Unbekannte mit süßlicher Stimme, „du musst mich an den Gesprächen der Gesellschaft teilhaben lassen.“

Nicole verspürte so etwas wie Mitgefühl mit diesem Mann namens Grant.

„Lydia, müsstest du nicht längst packen?“ fragte er mit einem reservierten Tonfall. „Wie ich hörte, wirst du eine lange Reise antreten.“ Als sie sich immer noch nicht vertreiben ließ, fragte er: „Wo ist der Count? Ich dachte, er habe dich noch vor wenigen Minuten gesucht. Wir möchten nicht, dass er dich verlässt.“

„Er macht keinen Schritt ohne mich“, prahlte sie und ließ sich von dem kalten Zorn in seinen Augen nicht abschrecken. „Willst du mich nicht vorstellen?“

Auf seiner Miene zeichnete sich Widerwillen ab, als er der Aufforderung nachkam, doch seine Worte klangen eher wie ein unangenehmes Geständnis: „Dies ist meine Schwägerin, Lydia Sutherland.“

„Grant! Wie unhöflich du doch bist.“ Sie sah Nicole an. „Ich bin Lady Stanhope, die Countess of Stanhope.”

Nicole hätte schwören können, dass Grant gemurmelt hatte: „Nicht mehr lange, *Schwester.*“

Aber ...wie konnte sie die Countess sein? Eine schreckliche Vorahnung bemächtigte sich ihrer – doch Nicole verdrängte sie. „Schwägerin?“ brachte sie schließlich hervor.

„Ja“, antwortete die Countess langsam. Unverhohlen musterte sie Nicole, schien sich an ihrer Verwirrung zu weiden und setzte ein überlegenes Lächeln auf.

Nicole war um eine gleichgültige Miene bemüht. „Mit welchem Bruder sind Sie verheiratet?“ fragte sie, obwohl sie sich die furchtbare Antwort bereits im Kopf zurechtgelegt hatte. Sie schaute auf das glänzende schwarze Haar und das ebenmäßige Gesicht; diese Frau war schön, aber nicht, wenn man ihr tief in die Augen schaute ...

Lady Stanhope lächelte unheilvoll. „Es gibt nur zwei Brüder."

Die Lichter im Saal begannen zu tanzen und gingen schließlich ganz aus. Warum bekam sie nicht mehr genug Luft? Die unsichtbare Schlinge hatte sich wieder um ihren Hals gelegt, nur diesmal war sie unerträglich eng …

Als Nicole am nächsten Morgen im Bett saß und über ihre Situation nachdachte, lachte sie, aber es war kein fröhliches Lachen. Kein Wunder, dass dieser verhasste Bastard sie nicht hatte heiraten wollen. Zunächst hatte sie geglaubt, sie würde sich die ganze Nacht die Augen aus dem Kopf weinen, aber für diesen Mann hatte sie keine Tränen mehr übrig. Sie war mit einem dumpfen Schmerz in ihrer Brust aufgewacht und machte sich Vorwürfe, sich in eine Ehe gedrängt zu haben. Für diese Einsicht musste sie sich eigentlich selbst verachten, doch stattdessen richtete sie dieses Gefühl auf Derek. Ihr Zorn vermochte ihr zu neuer Stärke zu verhelfen.

Nicole schwor sich, ihren Weg weiterzuverfolgen. Dieser Zwischenfall sollte sie nicht in ihrem Vorhaben beeinträchtigen. Und, was noch wichtiger war, niemand sollte je erfahren, welch großen Schmerz sie im Innern verspürte.

„Nicole, was, um Himmels willen, hat dich ohnmächtig werden lassen?" fragte die Marchioness während des Frühstücks. „Ich habe es selbst nicht gesehen, aber man erzählte mir, du seiest wie ein Stein zu Boden gefallen."

Nicole hoffte, dass es nicht zu dramatisch ausgesehen hatte. Soweit sie sich erinnern konnte, war sie mehr oder weniger zu Boden gesunken, abgefedert durch die Röcke ihres Abendkleids. „So schlimm war es nun auch wieder nicht. Aber natürlich trotzdem peinlich."

„Bist du krank?" fragte die alte Dame mit besorgter Miene.

„Mir geht es ausgezeichnet. Ich bin nur nicht an das Gewicht der Gewänder und die Menschenmengen in den Räumen gewöhnt", erwiderte ihre Enkelin aufrichtig.

Die Marchioness beäugte sie weiter und war im Begriff, etwas zu sagen, als Nicole ihr zuvorkam. „Wie schnell ließe sich einer meiner Bewunderer zur Hochzeit bewegen?"

Ihre Großmutter sah erschrocken aus. „Nun, das lässt sich nicht so leicht ..."

„Nur schätzungsweise. In einer Woche? Oder in zwei?"

„Das hängt von dem Bewunderer ab", antwortete sie zurückhaltend. „Je nachdem, für welchen Mann du dich entscheidest."

Nicole krallte die Finger in die Falten ihres Kleides. „Ich nehme denjenigen, der am schnellsten für die Eheschließung bereit ist."

Die Witwe stellte ihren Teller zur Seite. „Dann rechne ich mit einer Woche, um den Ehevertrag abzuschließen, wenn ich ein wenig Druck ausübe."

Nicole suchte den Blick ihrer Großmutter. „Dann bitte ich dich, genau das zu tun."

Eigentlich müsste ich begeistert sein, dachte Derek. Seit fünf Jahren wollte er frei von Lydia sein. Fünf lange Jahre. Jetzt könnte er Nicole heiraten, sobald er sie fände. Kaum hatte er diesen Gedanken zu Ende gedacht, da fielen ihm zum tausendsten Mal die Worte des Iren ein. War er ihrer würdig?

Sein Leben war ein Scherbenhaufen. Selbst wenn die Annullierung der Ehe rechtskräftig war, blieb die Tatsache bestehen, dass er schon einmal verheiratet gewesen war. Er trank zu viel, und seine Besitztümer wären verfallen, wenn sein Bruder nicht die Verantwortung übernommen hätte.

Aber wenn er irgendetwas aus seiner Zeit mit Nicole gelernt hatte, so war es die Erkenntnis, dass man für seine Ziele kämpfen musste. Und jetzt würde er um sie kämpfen. Er würde sich ihrer würdig erweisen.

Er saß in seinem Arbeitszimmer und ging die Berichte der Boten durch, als seine Mutter hereinkam und mit vorgetäuschtem Interesse die Bücherregale in Augenschein nahm.

Über die Schulter fragte sie in beiläufigem Ton: „Ich will mich ja nicht einmischen, aber denkst du nicht, dass es an der Zeit wäre, mir zu sagen, was all diese Burschen hier zu suchen haben, die ein- und ausgehen? Könntest du mich aufklären, was du den ganzen Tag tust?"

Was machte es schon, wenn sie es wüsste? Sie würde es ja ohnehin erfahren, wenn er Nicole zur Vermählung hierher brachte.

„Es sind Laufburschen aus der Bow Street. Ich habe sie beauftragt, nach der Frau zu suchen, die ich zu heiraten gedenke."

Seine Mutter suchte bei der erstbesten Stuhllehne Halt.

„Du hast sie bereits kennen gelernt?" Mit großen Augen sah sie ihn an. „Nun, welcher Familie entstammt sie? Welchen Titel hat ihr Vater?"

Er lächelte. „Von ihrer Familie dürftest du nie gehört haben. Am liebsten würde ich vergessen, dass sie überhaupt eine hat. Da ist auch kein Titel."

Kraftlos sank Lady Amanda auf einen Polsterstuhl.

Derek sah keine Möglichkeit, ihr die Wahrheit zu ersparen. Es wäre sogar besser, Amanda schon jetzt alles zu erzählen, damit sie sich an die Vorstellung gewöhnte, dass ihr Sohn keine Adlige zum Altar führen würde. Er holte Luft und erklärte freimütig: „Die Frau, die ich heiraten möchte, ist Amerikanerin."

Amanda Sutherland schien sich ein wenig zu entspannen. Die meisten Leute aus ihren Kreisen sahen über die Herkunft einer bürgerlichen Braut oftmals hinweg, sofern sie wohlhabend war …

„Um ihr Familienvermögen ist es allerdings schlecht bestellt", bekannte er offen.

Seine Mutter schlug die Hand vor den Mund. „Du hättest wohl kaum jemanden finden können, der noch mehr Nachteile für unsere Familie mitbringt."

Wie konnte sie es wagen! „Dir wird nicht entgangen sein, dass ich gerade im Begriff bin, mich von einer Person zu trennen, die mich fünf lange Jahre gequält hat", sagte Derek scharf. „Da die Familie sie ausgewählt hat, wäre es jetzt vielleicht an der Zeit, dass ich mir meine Braut selbst aussuche."

„Wir konnten das doch alles nicht ahnen", wisperte seine Mutter traurig.

„Nun, vermutlich musst du dir ohnehin keine Sorgen machen. Ich habe die Frau meines Herzens verlassen, weil ich verheiratet war. Wahrscheinlich wird sie mich jetzt abweisen."

Er wandte sich von seiner Mutter ab und hörte, dass sie sich erhob. Die tiefe Enttäuschung in ihm ließ allmählich nach. Endlich gehörte Lydia der Vergangenheit an. Er wollte den

Blick in die Zukunft richten. „Sieh bitte nach, ob du Grant irgendwo finden kannst", rief er ihr hinterher. Er würde seinen Bruder bitten, ihm zu erklären, was bei der Verwaltung seines Besitzes zu beachten war, und endlich seinen Verpflichtungen nachkommen. „Und lass sämtliche Alkoholflaschen aus dem Haus schaffen."

Grant war wie immer tadellos gekleidet, als er kurze Zeit später eintrat. „Warum so ein langes Gesicht?" fragte er und setzte sich. „Du müsstest eigentlich begeistert sein. Das Wettsegeln ist gewonnen, und du bist wieder unverheiratet."

Derek zögerte und überlegte, ob er seinem Bruder alles sagen sollte. Als Jungen waren sie unzertrennlich gewesen ...

Mit einem schmalen Lächeln gestand er: „Nun, wie es aussieht, trauere ich immer noch Lassiters Tochter nach."

Grant sog geräuschvoll die Luft ein und lehnte sich in seinem Stuhl zurück. „Ist das dein Ernst?"

Eine Stunde später hatte Derek seinen Bruder mit all seinen Berichten ganz schwindelig gemacht. „Ist sie wirklich so hübsch?"

„Für mich in jeder Hinsicht", gestand er und fuhr sich mit der Hand durchs Haar. „Aber es geht um viel mehr als nur das Äußere."

Nachdenklich runzelte Grant die Stirn. „Und trotzdem hast du sie verlassen?"

„Ich habe versucht, das Beste für sie zu tun. Jetzt ist mir klar, wie töricht ich war. Ich hätte sie mitbringen und sie heiraten sollen, sobald meine Ehe mit Lydia für beendet erklärt ist."

„Dieser Mann – Chancey – hatte dennoch Recht, da du zu diesem Zeitpunkt nicht bereit warst, Nicole zu heiraten."

„Ja, er hatte Recht, aber nun liegen die Dinge anders."

„Bist du bereit, dich wieder neu zu vermählen?"

Derek zog die Brauen zusammen. Warum klang sein Bruder nur so skeptisch? „Ja, das bin ich, mit deiner Hilfe."

Stunden später, nachdem sie erneut die Bücher durchgegangen waren und Einzelheiten der Verwaltung besprochen hatten, stand Derek auf und reckte sich.

„Wir sind fast fertig", sagte Grant.

Inzwischen hatte er sich für Dereks Pläne erwärmen können, vermutlich weil er gesehen hatte, wie lernbegierig sein älterer Bruder war. Dennoch wollte Derek ihn beruhigen und meinte zuversichtlich: „Ich werde schon zurechtkommen."

Grant sah ihn nachdenklich an und nickte schließlich, als habe er eine Entscheidung getroffen. „In den ersten Monaten wirst du viel durch Ausprobieren lernen. Ich habe bei der Verwaltungsarbeit dafür gesorgt, dass alles seinen gewohnten Gang nimmt, und daher hast du ein wenig Zeit, nach deiner Seefahrerin zu suchen, bevor du dich deiner neuen Aufgabe widmest."

„Ich weiß deine Hilfe zu würdigen. Jetzt und in den zurückliegenden Jahren."

Grant war sichtlich unbehaglich zumute. „Lass uns nicht rührselig werden. Als dein Güterverwalter habe ich ein beachtliches Gehalt bekommen."

Als Derek eine Braue hob, lächelte Grant und wechselte das Thema. „Weißt du, es würde dich nicht umbringen, dich auf einem dieser Bälle sehen zu lassen, von denen Mutter immer wieder erzählt."

„Vergiss es …“

„Lass mich ausreden. Ich weiß, dass du diese Frau liebst“, sagte er und musterte Derek sehr genau. „Bei Gott, ich habe dich noch nie so erlebt. Aber es könnte nicht schaden, zumindest vorzugeben, du würdest mit Mutter kooperieren.“

„Warum? Weil sie von mir verlangt, mich nach einer neuen Braut umzusehen, jetzt da die Annullierung rechtskräftig ist? Ich habe ihr von Nicole erzählt, aber du kannst dir ja vorstellen, dass sie nicht aufgibt. Wenn ich auf eine dieser Abendveranstaltungen gehe, wird sie mich unzähligen Frauen vorstellen, in der Hoffnung, dass vielleicht eine darunter ist, die mich mehr anspricht als eine arme Amerikanerin ohne Titel. Wenn ich gehe, wird sie glauben, sie habe eine Chance, mich zu einer standesgemäßen Heirat zu bewegen.“ Er fuhr sich mit der Hand durch sein müdes Gesicht. „Ich will ihr keine Hoffnungen machen, denn ich werde niemand anders als Nicole heiraten!“

Grant schien überrascht angesichts der heftigen Reaktion. „Könntest du nicht wenigstens ein paar Abende mitkommen, um dem Gerede wegen der Annullierung entgegenzuwirken? Deine Anwesenheit nach so langer Zeit würde die schlimmsten Gerüchte verstummen lassen.“

Widerwillig musste Derek zugeben, dass Grants Argumente Sinn machten. Wenn er, Derek, Nicole hierher brachte, sollte sie nicht mit irgendwelchen Verunglimpfungen und übler Nachrede überschüttet werden. Trotzdem zögerte er noch. „Du weißt, dass ich hier bleiben muss, falls ich neue Nachrichten erhalte.“

Grant schien mit der Geduld am Ende. „Derek, du wärst

nur kurz von zu Hause weg", sagte er leicht ungehalten. „Es wäre kein Problem, dir eine Nachricht zukommen zu lassen." Da Derek nichts erwiderte, fuhr Grant eindringlich fort: „Als du dich in der ganzen Welt herumgetrieben hast, war es Mutter, die die Schande wegen Lydia ertragen musste." Er erhob sich und durchmaß das Zimmer. „Sie war diejenige, die am meisten unter all den Gerüchten zu leiden hatte, und sie war es auch, die Lydias Launen aushalten musste. Diese Frau kennt kein maßvolles Benehmen." Grant sah aus, als würde er erschauern. Vermutlich beschwerte er sich deshalb so über Lydia, da sie ein zwanghaftes Verlangen an den Tag legte, ihre Umwelt immer wider aufs Neue zu schockieren. „Mutter tat mir all die Jahre Leid. Der Umgang mit einer solchen Schwiegertochter war sehr hart für eine stolze Frau wie sie."

Grants Worte führten Derek vor Augen, wie selbstsüchtig er die Jahre über gewesen war, da er sich aus allem herausgehalten hatte. Er hatte mehr Menschen verletzt als nur Nicole.

In einer beschwichtigenden Geste hob er die Hände. „Also gut. Ich werde heute Abend mitkommen, aber ich kann nicht garantieren, dass ich ein angenehmer Begleiter sein werde."

„Hab Dank, Derek", sagte Grant sichtlich erleichtert. Er ging zur Tür, wandte sich dann noch einmal um und sagte mit einer etwas belegten Stimme: „Schön, dass du wieder da bist."

26. KAPITEL

Bei Gott, er tat seiner Mutter einen sehr großen Gefallen. Sie schwebte in Lady Crossmans Ballsaal von einer Familie mit heiratswilliger Tochter zur nächsten und präsentierte stolz ihren Sohn. Zuvor hatte sie angemerkt, die Leute hätten sehr aufgeschlossen auf die Ankündigung reagiert, Derek würde sich neu vermählen. Bald, so hatte sie vorhergesagt, würde diese Neuigkeit in der Stadt herumgetragen und den Skandal überlagern.

Die Leute sahen in der Tat über vieles hinweg, sobald einer der wohlhabendsten Adligen Londons wieder zur Verfügung stand. Insbesondere da seine Mutter hatte verlauten lassen, ihr Sohn suche ganz bewusst eine neue Gemahlin. Für Derek war dies nicht einmal eine Lüge, da er verzweifelt nach Nicole Ausschau hielt.

All diese Abendveranstaltungen und Festlichkeiten waren ihm immer schon als reine Zeitverschwendung erschienen. Mit seinen Gedanken war er nur bei Nicole, und wenn er sich jetzt erinnerte, wie unbekümmert er sich in ihrer Nähe gefühlt hatte, fiel es ihm schwer, den jungen Damen, die ihm an diesem Abend vorgestellt wurden, mit Höflichkeit zu begegnen.

Er glaubte zwar, er habe sich seinen Unmut nicht anmerken lassen, aber wenn er die zweifelnden Blicke der Mütter und Töchter richtig deutete, so hatte er sich offenbar nicht von seiner besten Seite gezeigt. Grant spürte, dass sein älterer Bruder allmählich die Geduld verlor, und führte ihn rasch in eine ruhigere Ecke abseits der Menge. Als Derek mit einer eindeutigen Geste andeutete, dass er all diese Leute am liebsten erwürgen würde, musste Grant ein Lachen unterdrücken.

„Nun, kleiner Bruder, tue ich meine Pflicht?"

„Wenn schon nicht im Geiste, dann doch zumindest durch deine Anwesenheit", erwiderte Grant mit einem Schmunzeln. „Du müsstest deine finstere Miene sehen. Du wirkst bedrohlich."

„Das liegt nur daran, dass mir so elend zumute ist", verteidigte sich Derek.

Grant lächelte wehmütig. „Ich sehe jetzt ein, dass dies uns nicht weiterbringt. Aber ich danke dir, dass du dich trotzdem bereiterklärt hast, unserer Mutter einen Gefallen zu tun."

Wie auf ein geheimes Zeichen hin näherte sich Amanda mit einer vorwurfsvollen Miene. Beide Söhne stöhnten leise auf.

„Wirklich, Derek, ich habe dich nicht mitgenommen, damit du sämtliche junge Damen verschreckst." Empört spannte sie ihren Fächer auf. „Von Lady Hanson habe ich gehört, ihre Tochter sei von deinem finsteren Blick derart eingeschüchtert, dass sie sich überhaupt nicht mehr in unsere Nähe wagt."

Derek begegnete der Empörung seiner Mutter mit einem Achselzucken. „Frag Grant, zumindest er glaubt, ich hätte mich bemüht. Und du hast mich wirklich vielen Damen vorgestellt, Mutter."

Als Grant sich entfernte, um seiner Mutter ein Glas Champagner zu holen, unternahm diese einen weiteren Versuch, ihren Sohn von den Vorzügen einiger junger Damen zu überzeugen. „Nach dem Debakel mit Lydia musst du dich in den besten Kreisen umschauen", mahnte sie an. „Mit ihresgleichen darf sich unsere Familie nicht ein zweites Mal belasten." Es war Derek nicht entgangen, dass seine Mutter mit dieser Bemerkung auf seinen Wunsch anspielte, eine arme Amerikanerin zu heiraten.

„Gewiss, gewiss", erwiderte er schnell, um sie zu beruhigen, horchte indes auf, da das unruhige Raunen im Saal neue Gäste ankündigte. Derek verspürte eine unerklärliche Aufregung, und eine unbestimmte Vorahnung bemächtigte sich seiner. Sein ganzer Leib verspannte sich.

Und dann geschah es.

Ungläubig und mit großen Augen starrte er zur Tür des Ballsaals. Er war zu keinem weiteren Wort mehr fähig, als er Nicole erblickte. Ihr Anblick raubte ihm schier den Atem. Sie trug ein hellblaues Gewand aus einem gazeähnlichen, beinahe durchsichtigen Gewebe, das ausgezeichnet zu ihrer frischen Gesichtsfarbe passte. Und ihr rotblondes Haar, das kunstvoll an ihrem Hinterkopf aufgesteckt war, verlieh ihrem zierlichen Körper etwas Elfenhaftes. Doch irgendwie kam es ihm so vor, als habe sie weichere, ausgeprägtere Rundungen bekommen, die sich nicht nur unter dem Gewand, sondern auch unübersehbar in dem tiefen Ausschnitt ihres Mieders abzeichneten.

Derek machte sich bewusst, dass er nicht der Einzige war, der den Anblick dieser jungen Dame genoss. Während sie in Begleitung eines älteren Mannes mit stolzer Haltung den Saal betrat, hielten sämtliche Gäste in ihren Gesprächen inne und starrten auf die wunderschöne Erscheinung.

Nicole sah verändert aus, und das lag nicht nur an der exquisiten Abendkleidung. Sie wirkte ernster und gesetzter, als ihr Begleiter ihr einige ausgewählte Gäste vorstellte. Moment mal, durchfuhr es Derek, warum werden ihr diese Leute vorgestellt?

Natürlich war Amanda Sutherland nicht entgangen, wer die Aufmerksamkeit ihres Sohnes erregt hatte. „Oh, wie ich sehe, hast du die Dame erblickt, die das Gespräch der Hautevolee bestimmt“, meinte sie und klang zufrieden. „Das ist die Enkelin der Atworths, Lady Christina. Wir haben alle gehört, dass die scheue Erbin endlich wieder in London weilt. Aber wer hätte gedacht, dass sie derart bezaubernd aussieht?“

„Lady Christina? Schüchtern?“ brachte Derek ungläubig hervor.

Ein kalter Schauer durchlief ihn, und unsichtbare Bande legten sich um seine Brust. Sprachlos schaute er zu, wie Nicole der Menge wie eine Prinzessin präsentiert wurde. Wer mochte der Mann sein, der sie führte?

Derek fuhr sich mit der Hand durchs Gesicht. Allmählich ergab der schillernde Auftritt von Lassiters Tochter Sinn. Sobald Nicole ein Kleid trägt, verwandelt sie sich in eine feine Dame, dachte er. „Was für einen Titel haben die Atworths?“ fragte er rasch.

Seine Mutter runzelte die Stirn. „Das Mädchen ist die Alleinerbin des Marquisats der Atworths.“ Da sie offenbar seine Verblüffung falsch deutete, fügte Amanda erklärend hinzu: „Auf Grund politischer Unstimmigkeiten vor einigen hundert Jahren geht der Titel an die weiblichen Nachkommen, sofern kein männlicher Erbe mehr am Leben ist. Daher wird Lady Christina eine Marchioness werden, und dazu noch eine überaus wohlhabende. Sie wäre schon früher wieder nach England zurückgekehrt, aber sie hatte offenbar Angst zu reisen und …“

„*Angst zu reisen?*“ entfuhr es Derek. Diese Frau hatte an seiner Seite an einem harten Wettsegeln teilgenommen.

Warum hatte sie ihm nichts von ihren Familienbanden erzählt?

Er hörte nur noch halb zu, als seine Mutter weiterredete, doch eine Bemerkung ließ ihn aufhorchen. „Sie wird nicht lange auf dem Heiratsmarkt sein. Wie ich gehört habe, hat sie eine ganze Anzahl von Angeboten. Sieh dir doch nur an, wie all die heiratswilligen jungen Burschen sie anhimmeln.“

Nicole war in der Tat von Anbetern umringt. Missmutig ballte Derek die Hände zu Fäusten.

„Oh, Derek. Ich wünsche mir so, dass du jemanden wie sie heiratest“, sagte Amanda mit einem sehnsuchtsvollen Seufzer.

„Abgemacht.“ Wie abwesend tätschelte er ihre Hand.

„Abgemacht? Wie darf ich das verstehen …?“

„Mir ist gerade aufgegangen, dass du wie immer Recht hast“, unterbrach er sie, wobei er keinen Blick von Nicole wandte, als habe er Angst, die bezaubernde Erscheinung könnte wieder verschwinden. „Und ich werde mich bemühen, das Beste für meine Familie zu tun. Wenn du mich jetzt entschuldigen würdest …“ Forschen Schrittes ging er davon und hätte Grant, der soeben zurückkam, beinahe die Gläser aus der Hand geschlagen.

Als Nicole ihn erblickte, wurden ihre Augen vor Erstaunen ganz groß. In Ihrer Stimme schwang Schmerz mit. „Derek!“

Doch augenblicklich riss sie sich zusammen, da ihre Begleiter sie verblüfft ansahen. „Lord Stanhope“, verbesserte sie sich rasch. „Wir hatten nicht damit gerechnet, dass Sie uns heute

Abend mit Ihrer Anwesenheit beehren würden“, sagte sie förmlich.

„Hätten Sie etwas dagegen, ein paar Schritte mit mir zu gehen?“ fragte er, vollführte eine formvollendete Verbeugung und ergriff ihren Arm.

„Nun, ich denke, dass ich nicht ...“, erwiderte Nicole, doch da zog er sie bereits von der Chaiselongue hoch und zerrte sie auf die Terrasse.

„Sutherland!“ empörte sie sich, als sie außer Hörweite waren. „Was, zum Teufel, bildest du dir ein? Was hast du hier zu suchen? Man erzählte mir, dass du für derlei Feste nichts übrig hast.“

„Dasselbe könnte ich dich fragen. Seit wann stehen Seeleute wie du auf der vornehmen Gästeliste von Lady Crossman?“

Sie kniff die Augen zusammen und entgegnete: „Ich bin ebenso berechtigt, hier zu sein, wie du.“

„Sicher. Es scheint, dass du in der Hierarchie sogar noch über mir stehst. Es muss dich amüsiert haben, als ich dir vorhielt, du wolltest bloß einen Earl einfangen.“

Sie legte den Kopf ein wenig schräg. „Nun ja, deine Bemerkung entbehrte nicht einer gewissen Ironie“, meinte sie.

„Was für eine gelungene Tarnung – Lady Christina, die ein stilles, zurückgezogenes Leben in einem Mädchenpensionat auf dem Kontinent führte und nie zu Besuch kam, weil sie sich so vor der langen Reise fürchtete, ist endlich wieder in England und wohnt bei ihrer Großmutter. Und vermutlich dürfte es wegen Lady Christinas Schüchternheit schwierig sein, nähere Informationen über sie zu erhalten, da sie nur wenige Besucher empfängt.“

Nicole sah ihn gelangweilt an. „Du hast uns also aufgespürt. Soll ich Beifall klatschen?“

„Ich hätte dich überall erkannt“, sagte er mit einem wissenden Lächeln. „Du reibst dich mit einem Fuß an der Wade, wenn du nervös bist. Du legst den Kopf leicht schräg, wenn du neugierig bist.“ Er beugte sich zu ihr hinab und flüsterte an ihrem Ohr: „Und wenn ich dir Vergnügen bereite, rollst du die kleinen Zehen ein.“

Sie entwand sich seinem Griff und bebte vor Wut. „Bist du endlich fertig?“

Er wollte ihre behandschuhte Hand ergreifen, doch sie wich weiter an das Terrassengeländer zurück, als verabscheue sie seine Berührung. Ihre Miene wirkte kalt und abweisend. „Nenn mir einen Grund, warum du dich berechtigt fühlst, auch nur eine Sekunde meiner kostbaren Zeit in Anspruch nehmen zu dürfen.“

Er holte tief Luft. „Ich muss dir einige Dinge erklären ...“

„Ach wirklich?“ unterbrach sie ihn scharf.

Dieses Gespräch verlief anders, als er geplant hatte. Er hatte gehofft, sie würde sich freuen, ihn zu sehen, und ihm zumindest zuhören. „Möchtest du denn gar nicht wissen, warum ich dich verlassen habe?“

„Oh, ich denke, ich kenne den Grund“, beteuerte sie, als sie sich zum Gehen wandte.

Erneut umklammerte er ihren Arm, und sie versuchte, ihn von sich zu stoßen. *„Lass mich los“*, sagte sie mit einem derart giftigen Unterton, dass er sie beinahe freigegeben hätte.

„Nicht, bevor du mich angehört hast.“

Abrupt zog sie ihren Arm zurück und versuchte, die Aufmerksamkeit der Gäste jenseits der Terrassentüren zu erregen.

„Nach wem hältst du Ausschau? Doch nicht etwa nach einem dieser jungen Burschen."

Sie lächelte ihn süßlich an. „Sehr wahrscheinlich werde ich in Kürze einen dieser Männer heiraten."

„Das wirst du nicht tun!"

„Und warum nicht? Glaubst du etwa, ich wäre nicht gut genug?"

„Darum geht es nicht!"

„Um was geht es dann?"

Ehe er sich's versah, brachte er heiser hervor: *„Weil du meine Frau wirst."*

Ihre Augen wurden größer, doch schließlich sah er Zorn darin aufblitzen. „Nun, was für ein schneller Sinneswandel. Den Gerüchten zufolge hast du dich eben erst deiner ersten Gemahlin entledigt."

„Dann weißt du es also?"

„Jeder weiß davon." Sie schaute zu Boden und glättete ihre Röcke mit unruhigen, schnellen Bewegungen.

„Gib mir die Gelegenheit, alles zu erklären. Bitte", fügte er hinzu, als er in ihre unnachgiebige Miene blickte.

„Was gibt es da zu erklären? Wir waren all die Wochen zusammen, und du hast mir nie erzählt, dass du verheiratet bist."

„Und du hast mir nie erzählt, dass du die Erbin eines der wohlhabendsten Häuser in ganz England bist."

„Das ist nicht dasselbe! Ich habe dich nicht verletzt, als ich dir mein Erbe verschwiegen habe."

Er atmete tief aus und griff nach ihrer Hand. „Du hast Recht."

Sie sah beinahe erschrocken aus, da er ihr zustimmte. „Ich

möchte deine Ausflüchte nicht hören. Nichts kann entschuldigen, wie du mich behandelt hast." Ihre Augen blitzten bedrohlich auf. „Lass mich allein", verlangte sie und versuchte, ihre Hand freizubekommen.

Als er sie weiterhin festhielt, stützte sie sich mit dem Absatz ihres Schuhs auf seinem Spann ab, riss im selben Moment die Hand fort und rannte in Richtung des Aufenthaltsraums, der den Damen vorbehalten war.

Derek eilte ihr nach, ohne auf die Blicke der verwunderten Gäste zu achten. Vor der Tür begegnete ihm die Frau, die dort nach dem Rechten sah.

„Hat dieser Raum noch einen Ausgang?" rief er.

„Also wirklich, ich glaube kaum ..."

„Gibt es noch einen Ausgang oder nicht?" fuhr er die Frau an.

„Ja, zur Straße hin!"

Er rannte in die Halle, durchquerte sie, lief draußen an dem Gebäude entlang und hielt Ausschau nach der besagten Tür. Lange musste er nicht suchen, denn im nächsten Moment stürmte Nicole mit gerafften Röcken ins Freie. Er konnte sich ein Lächeln nicht verkneifen. Mochte sie auch wie eine Königin gewandet sein, so steckte doch in all den damenhaften Kleidern seine unbezähmbare Nicole. Seine schweren Schritte hallten auf den Pflastersteinen wider, als er ihr hinterherlief.

Schließlich erreichte sie Mayfair, bog um eine Ecke und erklomm die Treppe eines Hauses, das zweifellos das größte Gebäude im gesamten Umkreis war.

Derek blieb stehen und staunte über das eindrucksvolle Bauwerk. Dann stieg er die Stufen hinauf, betätigte den massiven Türklopfer aus Messing und wartete ungeduldig, bis ein älterer Butler an der Tür erschien.

„Ich würde gern Lady … Christina sprechen."

„Mylady pflegt um diese Uhrzeit keinen Besuch zu empfangen", antwortete der Butler steif. „Möchten Sie eine Nachricht hinterlassen?"

„Nein, ich möchte sie sprechen."

Unsicher trat der Mann von einem Fuß auf den anderen. „Mylady empfängt keine …"

„Sei's drum", unterbrach Derek den Butler und zwängte sich mit Leichtigkeit an dem alten Mann vorbei, sah sich im nächsten Augenblick jedoch zwei stämmigen Dienern gegenüber, die wenig erfreut aussahen. Als die beiden Männer ihn packten und Derek versuchte, sie abzuschütteln, war aus dem oberen Stockwerk ein dumpfer Aufprall zu hören.

Da sich auch die beiden Lakaien bei dem Geräusch umgedreht hatten, gelang es Derek, einen kurzen Blick auf die Galerie zu werfen. *Sie* stand dort oben und hob das Buch auf, das ihr eben aus der Hand geglitten war. Schließlich richtete sie sich an der Balustrade zu ihrer vollen Größe auf und schaute mit stolzer und unbeteiligter Miene auf ihn herab.

Ein kleines Lächeln umspielte seine Lippen. *Sie gehörte ihm.* Die Tatsache, dass sie nicht im Geringsten ahnte, bereits in vierzehn Tagen seine Gemahlin zu sein, entlockte ihm ein Schmunzeln. Er lächelte sogar noch, als die beiden Dienstboten ihn unsanft zur Haustür zerrten.

„Du wirst mich nicht los, Nicole", rief er noch über die Schulter. „Ich werde dort sein, wo du bist, bis du mir zuhörst. Das heute ist erst der Anfang."

27. KAPITEL

Früh am nächsten Morgen trank Derek hastig seinen Kaffee und konnte es kaum abwarten, nach Atworth House zu fahren, doch seine Mutter hielt ihn auf. „Ich muss mit dir sprechen", sagte sie.

Er schüttelte den Kopf. „Das hat Zeit."

Sie verstand es, sich ihm geschickt in den Weg zu stellen. „Nein! Die Angelegenheit duldet keinen Aufschub."

Derek bedachte seine Mutter mit einem finsteren Blick, doch sie ließ sich von seiner Miene nicht abschrecken. „Ich möchte dir sagen, dass es keine Entschuldigung für dein ungehobeltes Benehmen gestern Abend gibt. Wie kannst du es wagen, Lady Christina derart grob zu behandeln? Ich habe gesehen, wie du sie genötigt hast, dir auf die Terrasse zu folgen. Und mir ist auch nicht entgangen, dass sie sich von dir losreißen wollte. Ich weiß, dass du viel durchgemacht hast, aber du musst endlich anfangen, Verantwortung für dein Handeln zu übernehmen. Nichts kann dein Verhalten entschuldigen."

„Sie ist Nicole Lassiter."

Amanda zog die Stirn kraus und gab schließlich einen erstickten Laut von sich. „Was sagst du da? Das ist doch nicht dein Ernst", rief sie. „Sie soll diese Seefahrerin sein, der du seit deiner Rückkehr nachtrauerst? Das ist unmöglich!"

„Sie hat Monate mit mir auf meinem Schiff zugebracht. Ich denke, diese Frau würde ich überall erkennen."

In diesem Moment kam Grant mit lauten Schritten die Treppe hinunter. „Wer hat Monate auf deinem Schiff zugebracht?" fragte er und schenkte sich am Anrichtetisch Kaffee ein.

„Ich fürchte, wir sprechen von Lady Christina", sagte Amanda mit unsicherer Stimme.

Fragend zog Grant die Stirn in Falten. „Lady Christina ..."

„... soll Nicole Lassiter sein", vervollständigte seine Mutter den Satz.

Grant schaute seinen Bruder ungläubig an und lächelte schließlich. „Lady Christina ist Lassiters Tochter? Du wirst Lassiters Tochter heiraten?" Er schüttelte den Kopf und brach in lautes Lachen aus.

„Wenn sie mich noch haben will."

„Du wirst für immer ihren Vater zur Verwandtschaft zählen müssen", hob Grant hervor und wischte die Lachtränen fort. „Wie willst du damit fertig werden?"

Mit angespannter Miene entgegnete Derek: „Ich werde das tun, was ich tun muss."

„Vermutlich ist dies ohnehin alles unsinniges Gerede", mischte sich Amanda ein, „denn mir scheint, dass die Dame einer Ehe mit dir nicht sonderlich erfreut entgegensieht."

„Sie hat herausgefunden, dass ich verheiratet war."

„Moment mal, ich war dabei, als sie es erfahren hat", sagte Grant. „Lydia drängte sich Lady Christina auf und hob stolz hervor, sie sei die Countess of Stanhope."

Lydia und Nicole waren einander begegnet? „Wie hat Nicole darauf reagiert?"

„Sie ist in Ohnmacht gefallen."

Derek fuhr sich mit der Hand durchs Gesicht. Bei Gott, das hatte er ihr ersparen wollen. Er musste sie sehen und ihr alles erklären.

Amanda legte ihre Hand auf seinen Arm. „Derek, hör mir zu. Ich weiß nicht, was sich alles zugetragen hat, aber du kannst unmöglich so aus dem Haus stürmen."

„Wie meinst du das – so?"

Grant sah ihn mit einem Schmunzeln an. „Du hast dich nicht rasiert, und deine Stiefel passen nicht zueinander."

Finster schaute Derek auf sein Schuhwerk, begab sich aber dennoch zur Tür.

„Du kannst doch nicht in diesem Aufzug nach Atworth House fahren", rief seine Mutter entrüstet.

Derek musste sich eingestehen, dass er sich überhaupt nicht überlegt hatte, wie er nun vorgehen sollte, denn es hatte ihm schier die Sprache verschlagen, als er Nicole am Abend zuvor erblickt hatte. Aber er vermisste sie, und allein der Gedanke, dass sie kaum eine Meile entfernt von ihm wohnte, brachte ihn beinahe um den Verstand.

„Ich habe lange genug gewartet."

„Was ist mit ihr?" fragte seine Mutter.

„Was meinst du damit?"

„Wenn sie Nicole Lassiter ist, hat sie dann ausreichend Zeit gehabt, um sich von deinem Verhalten zu erholen? Immerhin hast du sie verlassen."

„Ich werde jetzt zu ihr fahren und ..."

„Nun gut. Wie ich sehe, ist mein Rat weder erwünscht noch nötig", sagte sie beleidigt. „Ich werde nach Whitestone zurückkehren."

„Aber die Saison ist noch nicht zu Ende, Mutter", hob Grant hervor.

„Das macht nichts", erwiderte sie spitz, wobei sie den Blick nicht von Dereks Gesicht nahm. „Ich weigere mich, noch länger hier zu bleiben, solange du dich so unmöglich benimmst. Ich möchte nicht mehr in London sein, wenn du dich von einer peinlichen Situation in die andere bringst."

Als Derek zur Tür hinausging, hörte er noch, wie seine Mutter ausatmete und laut sagte: „Die Liebe hat einen Narren aus ihm gemacht. Grant, ich werde dich erwürgen, wenn du dich auch so benimmst."

Kurze Zeit später stand Derek erneut vor dem mächtigen Portal von Atworth House. Er klopfte, und nach wenigen Augenblicken öffnete ihm derselbe betagte Butler wie am Tag zuvor die Tür.

„Ich möchte Nicole sprechen", verlangte Derek.

Der Butler holte hörbar Luft. „Sie ist im Augenblick nicht zu Hause."

Derek lächelte und schaute ihn unbeteiligt an. „Es ist sieben Uhr in der Früh."

„Trotzdem, sie ist nicht zu Hause."

„Sie werden diesen Satz wiederholen, ganz gleich, zu welcher Tageszeit ich komme, nicht wahr?"

Der Butler schien leicht zu nicken und setzte erneut an: „Sie ist nicht ..."

Derek hob die Hand und schüttelte den Kopf. „Ich habe verstanden."

Da er nicht vorhatte, ein weiteres Mal auf die stämmigen Diener zu stoßen, nickte er dem alten Butler zu und ging die Stufen hinunter. Sobald die mächtige Tür jedoch ins Schloss gefallen war, begab Derek sich zur Rückseite des Hauses, wo er eine mit Efeu bewachsene Gartenmauer erspäht hatte. Er hielt den Atem an, als er die Klinke des schmiedeeisernen Gartentors niederdrückte, doch es ließ sich ohne Weiteres öffnen. Vorsichtig betrat er den Garten und schlich zur Rückseite des Gebäudes. Kaum hatte er die Stufen zur Terrasse erreicht, da sah er sie.

Obwohl es noch recht früh war, saß Nicole an einem Verandatisch, auf den Kirschblütenblätter gefallen waren. Wie abwesend hielt sie eine Erdbeere an ihre Unterlippe und schenkte weder dem dampfenden Tee noch der Zeitung Beachtung. Zwar war ihr Blick auf den herrlichen Garten gerichtet, doch sie war ganz in Gedanken versunken und schien nichts von der grünen Pracht wahrzunehmen.

Nicole lehnte sich in ihrem Stuhl zurück und ging noch einmal die Ereignisse des vergangenen Abends durch. Sutherland hatte sie nicht um Vergebung gebeten, hatte sie nicht einmal gefragt, ob sie seine Frau werden wollte. Er hatte die Heirat als längst beschlossen dargestellt.

Sie konnte nicht begreifen, was in diesem Mann vorging. Für sein Verhalten hatte sie keine Worte mehr. *Unverfrorenheit* und *Arroganz* waren noch milde Ausdrücke, um sein Benehmen zu beschreiben. Nicole bebte vor Empörung. Unzählige Abende hatte sie sich ausgemalt, er würde sie auf Knien um Vergebung bitten – doch er ging selbstverständlich davon aus, wieder an die Bande anknüpfen zu können, die er so schändlich durchtrennt hatte.

Als ob sie ihn heiraten würde! Sie hatte unzählige Bewunderer, die ihr verletztes Selbstwertgefühl wieder gestärkt hatten. Nun würde sie einen auswählen, der in der Lage wäre, ihr eine angenehme und ruhige Zukunft zu bieten. Es würde ihr gelingen, ihr Leben neu zu ordnen. Allerdings nur, wenn Sutherland sie mit seinen unberechenbaren Auftritten nicht in Verruf brachte.

Plötzlich erstarrte sie, da sie glaubte, unweit des Hauses eine Gestalt gesehen zu haben. Abrupt drehte sie sich um. Sutherland!

Atemlos wandte sie den Blick von ihm, erhob sich und versuchte, sich in das Haus zu flüchten. Doch er verstellte ihr den Weg und griff nach ihrer Hand.

„Was fällt dir ein, Sutherland?"

„Wir werden heiraten."

Nicht schon wieder! Der Schreck fuhr ihr durch sämtliche Glieder. *„Hast du völlig den Verstand verloren?"*

„Nein, ich sehe klarer denn je", erwiderte er mit leuchtenden Augen. „Ich werde dich nach Gretna Green bringen."

Sie rang nach Luft und brachte schließlich erhitzt hervor: „Du wirst nichts dergleichen tun! Warum sollte ich dich heiraten, wenn ich dich verachte?" Doch warum gelang es ihr nicht, so empört zu klingen, wie sie es eigentlich beabsichtigt hatte?

Als er ihr mit einer sanften Bewegung das Haar aus der Stirn strich, sah sie sich nicht in der Lage, vor ihm zurückzuweichen. Hatte sie ihn so sehr vermisst, dass sie bereits bei der kleinsten Berührung schwach wurde?

„Glaube mir – in Wirklichkeit willst du doch keinen dieser verweichlichten Dandys heiraten. Das sind keine Männer für dich."

„Ganz im Gegensatz zu dir, nehme ich an?"

„So ist es."

Was bildete er sich bloß ein! Doch er brachte sie aus der Fassung, da er ihr erneut zärtlich über das Haar strich. Nicole war entsetzt, wie schwach sie war.

Derek nutzte ihre Verwirrung aus, nahm sie bei der Hand und zog sie die Stufen hinunter. „Wir reden in der Kutsche weiter."

„Nein", rief sie erschrocken und zog die Hand zurück. „Ich werde dich nicht heiraten. Und selbst wenn ich es wollte, du kannst nicht einfach hier hereinplatzen und dich so aufführen, als würde ich dir gehören. Ich habe eine Familie und Verpflichtungen. Ist es dir je in den Sinn gekommen, dass meine Familie vielleicht bei meiner Hochzeit anwesend sein möchte? Hast du dir so etwas einmal durch den Kopf gehen lassen?"

„Dann werden wir eben zweimal heiraten."

„*Nochmals,* ich werde nicht …"

In diesem Moment ließ sich Chapman an der Verandatür blicken und räusperte sich. „Ist alles in Ordnung, Mylady? Wünschen Sie, dass ich die Marchioness benachrichtige?"

„Nein! Es ist nicht nötig …"

„Sie ist hier?" fragte Derek.

Chapman deutete mit einem Kopfnicken zur Tür, und ehe Nicole protestieren konnte, zog Derek sie bereits ins Innere des Hauses. Was wohl ihre Großmutter dazu sagte, wenn dieser ungehobelte Mann unangekündigt in ihren feinen Salon stürmte?

Gleichzeitig fragte Nicole sich, warum sie sich kaum zur Wehr setzte und das anmaßende Verhalten dieses Mannes einfach hinnahm.

Als sie den Salon erreichten, rief Derek bereits von der Tür aus nach der Marchioness. „Mylady …“

„Was wollen Sie? Ich bin nicht schwerhörig“, unterbrach die alte Dame ihn, ohne von der Handarbeit aufzuschauen.

Derek ließ sich nicht beirren. „Ich bin Derek Andrew Sutherland, der sechste Earl of Stanhope, und ich beabsichtige, Ihre Enkelin nach Gretna Green zu bringen, um sie dort zu heiraten.“

Die Witwe seufzte ungeduldig. „Wie Sie meinen …“

Überrascht hielt Derek inne und sagte schließlich: „Lassen Sie ihre Sachen packen, ich meine, könnten Sie ihr Gepäck bis heute Abend zum ‚Bickham Inn‘ schicken lassen?“

Ihre Großmutter nickte, als hätte er sie soeben gebeten, ihm das Salz am Tisch zu reichen.

Nicole starrte Derek entgeistert an, und er nutzte ihre Verblüffung aus und führte sie wieder zur Tür. Auf der Schwelle schaute Nicole sich noch einmal um und war fassungslos.

Ein Lächeln umspielte die Lippen der Marchioness.

„Wenn ich es nicht besser wüsste“, bemerkte Derek scherzhaft, als er Nicole in die Kutsche drängte, „könnte man meinen, dass die alte Dame mich mag.“

Es fiel Nicole ungemein schwer, ihre Gedanken zu ordnen. Sie wollte ihm in aller Ruhe verdeutlichen, warum sie nicht zueinander passten, aber sie wusste, dass sie kaum einen zusammenhängenden Satz zu Stande bringen würde.

Wo war nur ihr Zorn geblieben, wenn es doch offenkundig war, dass er stillschweigend davon ausging, sie würde ihn heiraten? Schließlich brachte sie stammelnd hervor: „Das ist Entführung! Das … lasse ich nicht zu, nicht noch einmal.“

„Ich entführe dich nicht“, verdeutlichte er ihr gelassen, „wir brennen durch!“

„Wie bitte? Ich werde dich nicht heiraten. Niemals! Ich kann dir nicht vertrauen – du hast mich schon einmal verlassen.“ Ihre Stimme versagte. Heiße Tränen strömten über ihre Wangen. „Nichts hat mich je so getroffen, und ich müsste verrückt sein, all das freiwillig noch einmal durchmachen zu wollen.“

28. KAPITEL

„Dich verlassen zu müssen … hat mir beinahe das Herz gebrochen“, entgegnete Derek, als er ihr eine Träne von der Wange wischte. Er sah ihre bebenden Lippen und fügte sanft hinzu: „Aber ich musste gehen. Ich werde dir sagen, warum, wenn du mir endlich zuhörst.“

Nicole schwieg.

„Bitte, lass mich alles erklären. Ich habe niemandem erzählt, was ich dir jetzt sagen werde. Grant vermutet es, aber er war sich nie sicher.“

„Dann fang an“, antwortete sie in schroffem Tonfall und schniefte.

Derek holte tief Luft. „William war mein älterer Bruder und der Erbe, aber er war kein guter Mensch. Er strebte nach Lust- und Sinnengenuss und war verzogen – meine Familie und die Dienerschaft hatten ihn verwöhnt und in ihm die Vorstellung reifen lassen, er stehe mit Gott auf einer Stufe. Außerdem konnte er in den Augen meines Vaters nichts Falsches tun.“

Er schaute zu ihr hinüber, um zu sehen, ob sie ihm auch zuhörte.

„Fahr fort.“

Derek hob die Brauen und sagte dann: „Als William angetrunken in einem Duell sein Leben verlor, trat die Tochter eines benachbarten Lords vor meinen Vater und sagte, dass sie ein Kind von William erwarte.“

Als er schwieg, tippte Nicole ihm ungeduldig auf die Hand,

da sie begierig war, mehr zu erahren. Ihre Tränen waren versiegt.

„Mein Vater war außer sich vor Freude, dass Williams Linie fortgeführt würde und das Kind seines unübertroffenen Erstgeborenen alles erben ...“

„Aber wäre das Kind nicht ein Bastard?“ unterbrach sie seinen Redefluss.

Einen Augenblick blieb es still, ehe Derek tonlos sagte: „An diesem Punkt komme ich ins Spiel.“

„Oh, nein“, murmelte sie, und der Schmerz, der ihm einst zugefügt worden war, spiegelte sich nun in ihren Zügen, als sie die Tragweite seiner Worte erkannte.

„Meine Mutter sprach sich gegen das Vorhaben aus, mir die Dame zur Frau zu geben und das Kind als das meinige anzuerkennen, aber im Grunde bedauerten alle ihr Schicksal und drängten auf eine Hochzeit. Selbst ich fühlte mich für sie verantwortlich. Ich verübelte William, was er getan hatte – immer hatte ich alles für ihn geradebiegen müssen, und es schien so, als müsste ich diese letzte Verpflichtung für den Rest meines Lebens auf mich nehmen. Aber wie gesagt, das Mädchen tat mir Leid, und so habe ich es geheiratet.“

„Was wäre mit deinen eigenen Kindern gewesen? Was, wenn du einen Sohn bekommen hättest?“

„Du musst wissen, dass mein Vater William immer allen anderen vorgezogen hat und keinen so liebte wie ihn.“

Als Nicole nickte, fuhr er fort: „In unserer Hochzeitsnacht und auch noch mehrere Nächte danach verweigerte sie mir das Ehebett und sagte, sie fühle sich nicht wohl wegen des Kindes. Aber noch in der ersten Nacht bat sie mich, in ihrem Gemach zu bleiben, um jeglichen Verdacht zu zerstreuen, und ich willigte ein. Eine Woche später ließ sie erkennen, dass sie bereit sei, voll und ganz meine Frau zu werden, doch als ich an diesem Abend nach Hause kam, erhielt ich einen anonymen Brief. Die Schrift war unleserlich und die Zeilen wimmelten von Fehlern, daher war ich mir sicher, dass eines der Dienstmädchen die Verfasserin war. Dem Schreiben entnahm ich, meine Frau habe nur deshalb nicht das Bett mit mir geteilt, da sie ihre Regel hatte."

„Aber das Kind ..."

„Es gab kein Kind." Während Nicole ihn fassungslos ansah, fuhr er fort: „Ich wurde zornig und stellte sie zur Rede, doch sie stritt alles ab und beteuerte, sie erwarte ein Kind. Alles, was sie sagte, klang überzeugend, aber dann unternahm sie einen überstürzten Versuch, mich zu verführen. Da wusste ich, was sie im Schilde führte. Nach einer Stunde bekannte sie endlich, dass sie unsere Familie betrogen hatte – vielmehr *brüstete* sie sich damit. Sie erzählte mir von der finanziellen Misere ihres Vaters und dass ihre Familie beschlossen habe, sie zur nächsten Countess of Stanhope zu machen. Sie sagte auch, Williams Tod sei wie gerufen gekommen, denn sie hatte geahnt, dass er sie niemals geheiratet hätte, sosehr sie auch ihre Reize hatte spielen lassen."

„Oh, mein Gott ..."

„Ob sie letzten Endes auch noch für den Tod meines Bruders verantwortlich war, konnte ich ihr nicht beweisen", sagte er düster, „aber glaube mir, sie hat ein so kaltes Herz, dass ich ihr alles zutrauen würde. Ich war in der Ehe gefangen. In meiner Verzweiflung drohte ich damit, die Verbindung für ungültig erklären zu lassen, doch sie hob hervor, dass mir niemand glauben würde, wenn ich sagte, ich habe nie das Bett mit ihr geteilt. Sie war keine Jungfrau mehr, und immerhin hatte ich die Hochzeitsnacht in ihrem Gemach verbracht. Außerdem war sie eine gefeierte Schönheit."

„War denn keine Scheidung möglich?" fragte Nicole empört.

„In meiner Familie hat der Tod Vorrang vor einer Scheidung, aber ich drohte ihr tatsächlich damit. Sie entgegnete nur, mit diesem Schritt würde ich meinen Vater ins Grab bringen, der sich von Williams Tod nie richtig erholt hatte. Und am Abend, bevor mein Vater starb, musste ich ihm schwören, dass ich mich immer um ‚Williams Liebe' kümmern würde. Ich war in die Ecke getrieben – mir waren die Hände gebunden. Entweder musste ich den Schwur brechen, den ich meinem Vater am Sterbebett gegeben hatte, oder mit dieser Frau verheiratet bleiben. Mein Weg war vorgezeichnet, aber ich wusste, dass ich lieber sterben würde, als mit dieser Frau Kinder zu zeugen. Daher schwor ich ihr, ihr niemals ein Ehemann zu sein, und so habe ich sie nie angerührt. Als ich aus Australien zurückkehrte, erfuhr ich, dass Lydia ein Kind von einem ausländischen Adligen erwartet. Sie drängte auf die Annullierung der Ehe und erzählte allen Leuten, ich sei nicht fähig, meinen ehelichen Pflichten nachzukommen ..."

„Aber hättest du mir das alles nicht in Sydney erzählen können, anstatt mich zu verlassen?" fragte sie mit einem Anflug von Anklage in der Stimme.

„Ich war mir bewusst, dass ich ein Trinker und ein Nichtsnutz war. Daher redete ich mir ein, dass du mich vergessen und einen anderen Mann finden würdest, wenn ich dich verließe. Du hast so viel mehr verdient – ich wollte, dass du heiratest und rechtmäßige Kinder hast. Ich habe nur versucht, das einzig Richtige zu tun."

Er suchte ihren Blick und ergriff ihre Hand. „Wenn ich dir erzählt hätte, dass ich dich verlassen würde, und du mir gezeigt hättest, dass du mich brauchst, wäre ich niemals in der Lage gewesen, mich von dir zu trennen."

Derek sah, dass ihre Züge weicher wurden. Doch mit einem Mal zeichnete sich Argwohn in ihrem Blick ab, und er konnte förmlich beobachten, wie ihr flinker Geist die Schlüsse zog. „Und all das ist dir genau zu dem Zeitpunkt klar geworden, als Chancey mich holen wollte?"

Derek schwieg. Er lag ihm fern, den Mann in die Sache mit hineinzuziehen, aber er wollte Nicole nicht wieder anlügen.

Sie schüttelte den Kopf. „Kein Wunder, dass Chancey so aussah, als müsste er mir vor der Abreise noch etwas beichten", sagte sie mehr zu sich selbst. „Und während der ganzen Fahrt wirkte er so seltsam schuldbewusst."

Da Derek weiter beharrlich schwieg, fragte sie zögerlich: „Was ist mit dem Trinken?"

„Ich glaube, irgendwie habe ich gespürt, dass ich dich wiedersehen würde. Noch auf der Rückreise habe ich mit dem Trinken aufgehört – ich wollte ein guter Mensch sein, ein guter Ehemann – für dich. Ich habe seither keinen Tropfen Brandy mehr getrunken", sagte er nicht ohne Stolz.

„Oh, Derek ...", seufzte sie und schlang flink die Arme um ihn.

„Du wirst mich heiraten", sagte er, und was eher wie eine

Frage hätte klingen sollen, erschien ihm nun als unverrückbare Gewissheit. Als sie sich zurücklehnte und ihn ansah, meinte er: „Ich weiß, dass du ebenso wie ich fühlst, dass wir das Richtige tun. Nicole, wir sind füreinander bestimmt."

Nicole spürte, wie Recht er hatte. Als er sagte, sie würden heiraten, hatte sie das Gefühl, als würde etwas vereint, das eigentlich schon immer zueinander gehört hatte.

Offenbar hatte Derek ihr Schweigen falsch gedeutet, denn er erklärte: „Du wirst doch nicht einen von diesen verzogenen Lords heiraten wollen? Ich kann dir gar nicht sagen, wie unglücklich man in einer schlechten Ehe werden kann. Du musst mir glauben, denn ich habe es durchlebt."

Nicole sah ihm tief in die Augen, die sie so warnend ansahen. Wie sehr musste er in den letzten fünf Jahren gelitten haben! Konnte sie ihm vertrauen? Er hatte ihr schon einmal wehgetan. Doch jetzt, da sie in diese Augen sah, *glaubte* sie, dass er sie liebte, obgleich er ihr seine Liebe nie gestanden hatte. Schon war sie im Begriff, ihm durch einen Kuss ihre Einwilligung zu zeigen, als sie sich an sein herrisches Benehmen an diesem Morgen erinnerte.

Es war an der Zeit, ein paar klare Regeln aufzustellen.

Sie wich ein wenig zurück und setzte die Miene eines unnachgiebigen Verhandlungspartners auf. „Ich warne dich, ich werde mich nicht wie eine herkömmliche Ehefrau benehmen."

Auch sein Gesichtsausdruck wurde sehr ernst. „Und ich mich nicht wie ein herkömmlicher Ehemann."

„Ich werde es sicher nicht hinnehmen, wenn du mir untreu bist. Darauf kannst du dich verlassen."

„Ich werde nicht untreu sein, und ich werde auch keine Untreue deinerseits hinnehmen."

Mit einem kurzen Nicken gab sie ihm zu verstehen, dass sie sich in diesen Punkten einig waren, und sagte dann: „Ich möchte nicht in England leben."

Er schenkte ihr ein schmales Lächeln. „Ich muss aber. Und da ich dich nicht gehen lasse, wirst auch du hier bleiben." Als er sah, dass sie verstimmt auf ihrer Unterlippe kaute, sagte er: „Wir können nach Amerika fahren, sooft es dich dorthin zieht, aber ich denke, ein Leben auf meinem Gut Whitestone dürfte dir gefallen. Denk daran, dass auch du deine Wurzeln in diesem Land hast."

Seine Überlegungen gefielen ihr nicht sonderlich, aber wo sollten sie sonst leben? Außerdem wäre es leichter, ihrem Vater und Maria von England aus zu helfen.

„Ich möchte nicht ein Dutzend Kinder", verkündete sie mit leicht schräg gelegtem Kopf. „Zwei wären schön, denke ich."

Er schwieg und sagte schließlich: „Einverstanden. Aber ich behalte mir das Recht vor, dich noch einmal zu fragen, wenn unser erstes Kind zur Welt kommt."

Unser erstes Kind. Dereks Kind. „Einverstanden." Aber so einfach wollte sie es ihm nicht machen. „Ich verlange, dass mein Vater immer ein gern gesehener Gast in unserem Hause ist. Das Gleiche gilt für Maria und Chancey."

„Chancey und Maria sind stets willkommen …", versuchte Derek auszuweichen.

„Sutherland …", unterbrach sie ihn mit einem drohenden Blick. Bei Gott, ihr Vater würde sie umbringen, wenn er gewahr würde, wen sie geheiratet hatte.

„Er wird … willkommen sein."

Fürs Erste war sie zufrieden mit den Abmachungen und schenkte Derek ein Lächeln.

Mit einem Mal flammte in seinen Augen Begierde auf, und er presste seine Lippen auf die ihren. Und sie fühlte sein Verlangen, während er sie mit seiner Zunge augenblicklich in Erregung versetzte. Doch als sie bemerkte, dass er lächelte, zog sie den Kopf zurück. „Was ist?"

„Nicole", sagte er und strich ihr mit einer Hand durchs Haar, „du bist ein Schatz."

Sie erwiderte sein Lächeln und fragte sich, was ihn zu diesen Worten bewegt haben mochte. Doch da eroberte er ihren Mund erneut mit einem feurigen Kuss.

Ungeduldig machte er sich an dem Mieder ihres Gewandes zu schaffen, um ihre Brüste freizulegen. „Was tust du da?" murmelte sie.

„Ein Liebesspiel beginnen", erwiderte er ungerührt.

Sie wich zurück und zog die Stirn kraus. „Du kannst unmöglich ein Liebesspiel in einer Kutsche beginnen."

„Lass mich dir beweisen, dass ich es kann", raunte er mit tiefer Stimme.

„Wir können uns jetzt nicht lieben", entgegnete sie und versuchte, so überzeugend wie möglich zu klingen.

„Willst du damit andeuten, dass dein Verlangen schwächer ist als das meinige?" fragte er mit einem Anflug von Schärfe.

„Nein", erwiderte sie aufgebracht, und er lächelte. „Aber vor der Ehe mit dir das Bett zu teilen war mein erster Fehler – ich werde ihn nicht ein zweites Mal begehen", erklärte sie, und ihre Stimme hörte sich bei jedem Wort entschlossener an.

Derek packte ihre Hand und drückte sie vor seinen Hosenbund, unmittelbar vor seine Erregung. „Spürst du das?“ fragte er angespannt. „Seit vier Monaten sehne ich mich nach dir. Fühlst du nicht, wie sehr ich dich brauche?“

Sie glühte vor Hitze und Verlangen, und von ihrer Entschlossenheit war nur noch ein kleiner Rest übrig. Doch der genügte, um ihr einen klaren Kopf zu verschaffen. „Tu das nicht, Derek. Ich möchte mit dir ganz von vorne beginnen …“

Im selben Augenblick umfassten seine Hände ihre Taille, und er zog sie von der Sitzbank. Sie war entrüstet, aber gleichzeitig erregte sie das raue Verlangen dieses Mannes. Plötzlich gaben seine Hände sie frei, sie öffnete die Augen und fand sich auf der gegenüberliegenden Bank wieder.

„Wie es scheint, kann ich dir nichts abschlagen“, verkündete er gefasst, obwohl seine Miene angespannt war.

Um das erregende Gefühl zu verscheuchen, dass sie verspürt hatte, als ihre Hand seinen gespannten Hosenbund berührt hatte, begann Nicole ein unverfängliches Gespräch. Nach einer Weile entspannte er sich und ließ sich auf die Unterhaltung ein. Schon bald saß sie auf seinem Schoß und schmiegte sich an ihn, während er sanft ihr Haar streichelte. In den folgenden Stunden sprachen sie über ihre Vorlieben und Abneigungen und über ihren Wunsch, eine Familie zu gründen. Immer wieder wollte er Einzelheiten aus ihrer Kindheit und ihrem bewegten Leben auf See hören.

Er war so aufmerksam wie in jenen Tagen, die sie in Sydney verbracht hatten, und mit Freuden dachte sie an diese wunderbare und unbeschwerte Zeit zurück. Sie entsann sich auch der Nächte – der wilden, heißen Nächte. Um ihre ungesitteten

Gedanken zu verbergen, fragte sie: „Warum zeigst du plötzlich so viel Interesse?"

Er steckte ihr eine widerspenstige Locke hinters Ohr. „Zuvor wollte ein Teil von mir dich nicht besser kennen lernen. Ich denke, ich wusste, dass ich dich nicht gehen lassen wollte."

Sie schenkte ihm ein Lächeln. *Er liebte sie.* Er sagte es zwar nicht, aber er liebte sie.

Derek erwiderte ihr Lächeln. „Und jetzt erkläre mir bitte, wie eine junge Seefahrerin mit einer ungewöhnlichen Vorliebe für Navigation die zukünftige Marchioness of Atworth werden kann."

„Man erwartete von mir, nach England zurückzukehren und in die Fußstapfen meiner Großmutter zu treten, aber ich überredete meinen Vater, bei ihm auf See bleiben zu dürfen", sagte sie mit gerunzelter Stirn. „Während der Zeit versuchte meine Großmutter, meinen Ruf zu retten, indem sie diese Geschichte mit dem Pensionat in Frankreich über mich in Umlauf brachte."

„Die Ausrede mit der Reiseangst war überaus originell", meinte er spöttisch.

„Nicht wahr?" kicherte sie. „Es war recht lustig, als ich Großmutter erzählte, dass du die Wahrheit kennst. An jenem Abend gingen sie und der treue Chapman unruhig im Salon auf und ab und überlegten, was sie tun sollten. Und schließlich hatten sie eine Idee."

„Wie lautete die?"

„‚Chapman'", sagte Nicole und ahmte die etwas raue Stimme ihrer Großmutter täuschend echt nach, „‚vielleicht sollten wir ihn töten'."

Nachdem sie fünf Tage mit der Kutsche gereist waren und fünf Nächte in getrennten Zimmern in unterschiedlichen Wirtshäusern verbracht hatten, waren Derek und Nicole sich einig, dass sie ihre Hochzeit nur auf eine Weise feiern wollten. Gleich nach der Zeremonie fanden sie sich in ihrem Zimmer wieder; so rasch, dass Nicole immer noch Dereks feierliche Stimme im Ohr hatte, als er die Worte des Geistlichen nachsprach. Nachdem sie mit ihren Namen unterschrieben hatten, war dieses wilde, ungebändigte Verlangen in seinen Augen aufgeblitzt, sodass sie die Glückwünsche kaum wahrgenommen hatten.

Seine Leidenschaft übertrug sich sogleich auf sie. Sobald die Tür zu ihrem Zimmer in dem Gasthaus ins Schloss gefallen war, lagen sie sich, ohne ein Wort zu verlieren, in den Armen. Sie machte sich an seiner Kleidung zu schaffen, kämpfte mit den Knöpfen und befreite ihn von seinem Hemd, wobei sie gelegentlich nach hinten greifen musste, um Derek bei den aufwendigen Bändern ihres Kleides zu helfen, die zu verknoten drohten.

„Zur Hölle damit", entfuhr es ihm, als ihre Kleidung sich seinem Verlangen widersetzte, doch schließlich hatte er ihr Mieder weit genug geöffnet, um ihre Brüste mit seinen Lippen verwöhnen zu können.

„*Derek*", stöhnte sie lustvoll auf, als er ihre Knospe mit dem Mund umschloss.

„Gott, wie ich dich vermisst habe", murmelte er, und sein heißer Atem umgab ihre feuchte Brust, ehe er sich der anderen zuwandte. „Ich kann noch gar nicht glauben, dass du hier bist. Bei mir."

„Oh Derek … ich möchte dich spüren", wimmerte sie.

Seiner Kehle entrang sich ein leises Stöhnen, als er mit der Hand unter ihr Kleid fuhr und über ihre Strümpfe strich. Seine Finger wanderten über ihre Schenkel und stießen auf den dünnen Stoff, der ihren Schoß umgab; rasch hatte er das Hindernis entfernt, und sie fühlte, wie seine Hand zurückkehrte und ihre feuchtheiße Weiblichkeit erkundete.

„Bitte …", stöhnte sie.

Schnell schob er die Röcke hoch, drückte Nicole gegen die Wand und entledigte sich hastig seiner Hose. Ihre Hand schnellte vor und umschloss die aufragende, harte Erregung, um ihn an sich zu ziehen. Gerade als sie ihn einführen wollte, packte er ihre Hand und rieb mit dem samtenen Kopf seiner Männlichkeit über ihre empfindlichste Stelle. Von unbändiger Lust überwältigt, rief sie seinen Namen und riss die Augen auf.

Er schlang den Arm um ihren Kopf und drang in sie ein, während sie sich noch in ihrer Lust aufbäumte. *„Du bringst mich um den Verstand"*, stieß er zwischen zusammengepressten Zähnen hervor, als er ihre Hüften umklammerte. „Seit Monaten sehne ich mich nach dir", raunte er heiser an ihren Lippen.

Wieder schrie sie flehentlich seinen Namen; immer und immer wieder drang er mit heftigen Stößen in sie ein, und sie suchte seinen Blick, um das verzehrende Verlangen in seinen Augen zu sehen und sich gemeinsam mit ihm in dem ekstatischen Strudel zu verlieren.

Jedes Mal, wenn sie ihn erneut in sich spürte, näherte sie sich ihrem Gipfelpunkt, doch sie versuchte noch, den lustvollen Moment hinauszuzögern, und umklammerte Derek mit bebenden Händen, um seine Lust in sich aufzunehmen. Genau in dem Moment, als ihm ein tiefes, erlösendes Stöhnen entfuhr und er sich heiß in ihr verströmte, wurde sie von der Wucht ihres Höhepunkts erfasst und fühlte nichts als reine Verzückung.

29. KAPITEL

Obwohl sie bereits drei Tage in Schottland waren, hatten Derek und Nicole ihr Zimmer noch nicht verlassen. Draußen regnete es in Strömen, und drinnen fühlten sie sich geborgen, erfreuten sich an dem warmen Licht des Kaminfeuers und lagen zufrieden und glücklich nebeneinander im Bett.

„Ehemann zu sein", sagte Derek, als er über ihre Schenkel strich, „ist gar nicht so schwer."

„Glaubst du?" seufzte Nicole. Sie war so ausgeglichen und entspannt, wie sie es zuletzt nur in seinem Bett gewesen war. Sie hatte ihn vermisst, hatte das gebraucht, was nur er ihr geben konnte. Nun lag sie auf dem Bauch, stützte sich auf den Ellbogen ab und aß Trauben aus seiner Hand.

„Wenn man die richtige Frau hat", meinte er mit einem Lächeln. „Ich nehme an, du weißt gar nicht, was dies", er strich mit einem Finger über die Vertiefung zwischen ihren Brüsten, „oder dies, er legte eine Hand auf ihren unbedeckten Po, „in deinem alten Gemahl hervorruft."

Nicole schaute auf seine Erregung, die sich unter dem Laken abzeichnete, und verzog den Mund zu einem Lächeln. Sie würde gleich Abhilfe schaffen ...

An den Nachmittagen, wenn sie einmal nicht die Wonnen der Liebe auskosteten, genossen sie die köstlichen Mahlzeiten, die ihnen der Wirt ihres idyllisch gelegenen Gasthofs auf ihr Zimmer bringen ließ. Jetzt rekelten sie sich auf dem Bett und naschten Obst, um neue Kraft für die kommende Nacht zu sammeln.

„Ich denke, wir sollten unsere Flitterwochen in Italien verbringen. Einige Monate könnten wir …"

„Einige Monate?" wiederholte sie und nahm eine weitere Traube, die er ihr hinhielt. „Du weißt doch, dass ich Vater und Maria helfen muss."

Derek zog die Stirn in Falten. „Nein, das wusste ich nicht", erwiderte er und ließ die Hand sinken. „Nicole, dein Vater hat sich selbst in Schwierigkeiten gebracht – er sollte nicht davon ausgehen, dass du ihm aus der Klemme hilfst."

„Das erwartet er doch gar nicht." Sie setzte sich aufrecht hin und hüllte sich in die Bettdecke. „Er würde keinen Penny von mir annehmen. Aber ich will ihm helfen."

„Weißt du, dass du mich verletzt, wenn du ihm hilfst?" fragte er und schaute sie eigentümlich an.

Schon glaubte sie, ihren ersten Ehestreit zu erleben. So kurz nach der Vermählung.

„Wie gedenkst du ihm überhaupt zu helfen?" fragte er stirnrunzelnd, als er das Tablett auf den Tisch neben das Bett stellte. „Du hast mir erzählt, dass er Maria zu seiner Teilhaberin gemacht hat."

„Sie werden jemanden in England brauchen. Ich könnte den Schriftverkehr übernehmen …"

„Du meinst, du könntest dich dann mit den Gläubigern abgeben. Du bist jetzt eine Countess, und wenn du glaubst, ich würde es zulassen, dass meine Gemahlin sich mit diesen Gestalten herumschlägt, musst du den Verstand verloren haben. Außerdem sorgen die Gläubiger dafür, dass mein ärgster Konkurrent bankrott geht."

„Ich kann nicht glauben, dass du so etwas sagst." Sie warf

ihm einen verletzten Blick zu, bevor sie aufsprang und sich ein Unterhemd überstreifte.

Drohend beugte er sich vor. Sie hatte vergessen, wie Furcht einflößend er wirken konnte. Mit einem weicheren Tonfall erklärte er: „Nicole, du kannst nicht für ihn arbeiten, da er in Kürze nichts mehr zu tun haben wird."

Beinahe wäre es aus ihr herausgeplatzt, dass Lassiter eine neue und aussichtsreiche Finanzierung ausgearbeitet hatte, aber sie wollte ihrem Vater nicht in den Rücken fallen. Vielmehr wollte sie die Öffentlichkeit und ihren ungläubigen Gemahl überraschen, wenn die Lassiter-Reederei sich stärker als je zuvor im Geschäft zurückmeldete.

„Du hast nichts mehr mit der Reederei zu tun", fuhr Derek fort. „Von meiner Frau hätte ich ein wenig mehr Loyalität erwartet. Dein Vater muss allein zurechtkommen."

„Warum kannst du nicht mehr Entgegenkommen zeigen? Wir könnten doch eine Möglichkeit finden, einer direkten Konkurrenz aus dem Weg zu gehen ..."

„Warum sollte ich mich zu einem Entgegenkommen bereit finden?" entgegnete er scharf. Jetzt sprang auch er vom Bett auf und zog die Hose an. „Du musst dich entscheiden, zu wem du hältst. Mit jeder Sekunde, die du ihm hilfst, missachtest du mich."

„Demnach geht es hier um mehr als um die Schiffslinien, nicht wahr? Du willst meine Loyalität und bist der Meinung, ich könne dir und meinem Vater nicht gleichzeitig gerecht werden." Ihr war klar, dass sie Derek bewusst in dem Glauben ließ, ihr Vater verfüge über keine Mittel. Als er etwas erwidern wollte, unterbrach sie ihn: „Verlange nicht von mir, mich zu entscheiden."

Er schien sie mit seinem Blick zu durchbohren, und seine Miene wirkte angespannt.

„Du willst also tatsächlich, dass ich mich entscheiden soll? Zwischen meinem Gemahl, der herrschsüchtig und unvernünftig ist, und meinem Vater und Maria, die mich aufgefangen haben, als du mich verlassen hast?“ Eine Träne lief über ihre Wange.

Seine Augen wurden größer, und er streckte die Hand aus, um ihre Träne wegzuwischen. „Verflucht, Nicole.“ Er holte Luft. „Es tut mir Leid. Ich weiß nicht, warum ich mich in deiner Gegenwart so benehme. Vermutlich weil ich mir nicht sicher bin, wie du dich verhältst.“

„Habe ich dir je Anlass gegeben, an mir zu zweifeln?“

„Nein, das hast du nicht. Aber nach all dem, was ich dir angetan habe ...frage ich mich, wie du mir verzeihen konntest.“

„Du willst also, dass ich meine Gefühle für dich unter Beweis stelle, indem ich dich meiner Familie vorziehe? Genügt es dir nicht, dass ich dich geheiratet habe?“

„Das hast du nur getan, da ich dich vor den Altar gezerrt habe.“

„Wenn du glaubst, du hättest mir die Ehe aufgezwungen, dann kennst du mich überhaupt nicht. Ich habe eine Entscheidung getroffen, weil ich denke, dass wir ein glückliches Leben führen können. Aber das geht nicht, wenn du dich weiterhin so unvernünftig benimmst und meine Gefühle nicht respektierst.“

„Es tut mir Leid, Liebes. Lass uns den Streit vergessen.“

„Ich würde es gerne sehen, wenn du meinem Vater hilfst, sofern er Hilfe benötigt.“

Langsam schüttelte er den Kopf. „Ich werde dir alles gewähren, aber das ist etwas, was ich nie tun werde."

Der Nachdruck, den er seinen Worten verliehen hatte, machte ihr bewusst, dass sie die alte Feindschaft zwischen den beiden Männern hinnehmen sollte. Was nützte es also, daran etwas ändern zu wollen? Ihr Vater hatte Derek provoziert; sie wusste das. Und Derek wollte offenbar nicht den Großmut aufbringen und die Feindschaft begraben.

Doch es fiel ihr schwer, ihm deshalb zu zürnen, wenn sie daran dachte, was für Schläge ihr Vater der Peregrine-Reederei versetzt hatte. Und ihre Traurigkeit ließ sich nicht vertreiben, auch wenn Derek ihre Wange streichelte und ihre Falten auf der Stirn glättete. Denn sie fürchtete sich davor, ihrem Vater von der Ehe mit seinem ärgsten Widersacher zu erzählen.

Derek wusste, dass es so nicht weitergehen konnte. Er hatte Nicoles Gefühle verletzt. Dabei hatte er sich vorgenommen, es nicht noch einmal so weit kommen zu lassen. Sie war jetzt seine Gemahlin, eine schöne und mutige Frau, die ihm ihre Liebe schenkte. Und es behagte ihm gar nicht, dass er womöglich der einzige Mensch war, der ihrem vollkommenen Glück noch im Wege stand.

Auch jetzt, als sie nach Hause fuhren, versuchte er, ihren Blick zu deuten, der auf die vorbeiziehende Landschaft gerichtet war. Dachte sie über ihre Beziehung nach? Bereute sie gar, ihn geheiratet zu haben? Er wusste, dass sie sich Sorgen um Jason Lassiters Geschäfte machte. Und er ahnte, dass es sie belastete, ihrem Vater von der Hochzeit zu erzählen.

Nachdem sie in London angekommen waren und er seine

neue Braut den Bediensteten vorgestellt hatte, fiel ihm auf, dass sie wiederholt ein Gähnen unterdrückte. Derek errötete; er hatte nicht darüber nachgedacht, wie sehr die Nächte voller Liebe und die lange Reise sich auf ihre Verfassung auswirken würden.

Also zögerte er nicht, hob seine Braut hoch und trug sie auf seinen Armen in sein Gemach.

„Derek!“ protestierte sie.

„Ich bringe dich ins Bett.“

„Es ist helllichter Tag. Ich kann jetzt nicht schlafen.“ Als sie sein Schlafgemach betraten, gähnte sie erneut. „Nun, vielleicht …“ Sie schaute sich in dem geräumigen, mit Mahagoni getäfelten Zimmer um. „Das ist dein Gemach?“

Wollte sie hier etwa nicht schlafen? „Sagt es dir nicht zu?“

„Doch, es gefällt mir. Ich kann mir nur nicht erklären, warum ich so müde bin.“

„Das liegt daran, dass wir uns drei Nächte lang ununterbrochen geliebt haben“, erwiderte er, setzte sie auf dem Bett ab und begann, ihr Kleid aufzuknöpfen. „Selbst eine so ausdauernde Frau wie du stößt irgendwann an ihre Grenzen.“ Er streifte ihr das Gewand über den Kopf und küsste sie zärtlich auf den Hals. „Nach den letzten Nächten hätte jeder ein wenig Ruhe nötig.“

Sie zog sich weiter aus, bis sie nur noch ihr Untergewand trug. „Vielleicht ruhe ich mich ein paar Minuten aus, aber dann muss ich zu meinem Vater. Er und Maria müssten mittlerweile zurück sein.“ Ihre Stimme klang traurig, und sie wirkte bedrückt. Er zog ihr die Decke über die Schultern, nachdem sie sich in sein Bett gelegt hatte. Es gefiel ihm, sie dort liegen zu sehen. Liebevoll küsste er sie auf die Stirn und sagte: „Ich weiß. Wir sprechen darüber, wenn du ausgeschlafen hast.“

Später saß er in seinem Arbeitszimmer und sah gedankenversunken aus dem Fenster. Verflucht, er wollte nicht, dass Nicole so elend zumute war! Er spürte, dass sie nicht glücklich war. Er hatte gelobt, ihr ein guter Ehemann zu sein, und er wusste, dass sie an ihn glaubte. Aber sie brauchte noch mehr.

Er lehnte sich in seinem Stuhl zurück.

Selbst wenn er vorhätte, den Streit mit Lassiter beizulegen, so wusste er doch nicht, wie er das bewerkstelligen könnte. Im Gegensatz zu Nicole glaubte Derek nämlich nicht, dass es mit einer Aussprache und einem Händedruck getan wäre. Nein, manchmal war es besser, nicht an die Dinge zu rühren.

In Sydney hatte Nicole ihm gesagt, dass er tief in seinem Herzen ein guter Mensch sei, aber in letzter Zeit hatte er ihr wenig Anlass gegeben, an ihn zu glauben. Wenn er sich nicht änderte, würde er sie verlieren. Und ein Leben ohne sie war für ihn undenkbar.

30. KAPITEL

Nicole erwachte eine Stunde später, stand auf, zog sich wieder an, benetzte ihr Gesicht mit Wasser und machte ihr Haar zurecht, bevor sie sich in dem weitläufigen Gebäude auf die Suche nach ihrem Gemahl machte. Ein Diener sagte ihr, der Herr sei kurz zuvor aus dem Haus gegangen und werde nicht vor dem Dinner zurückkehren.

Offenbar kümmert er sich um die Geschäfte, dachte Nicole. Sie stieß einen Seufzer aus. Im Stillen hatte sie gehofft, Derek würde sich wieder beruhigen. Daher hatte sie den Streit abgebrochen. Doch jetzt hatte er einfach das Haus verlassen und würde sie nicht zum Schiff ihres Vaters begleiten. Er hatte sich noch nicht einmal mit einem Kuss von ihr verabschiedet. Nun musste sie ihrem Vater allein gegenübertreten.

Nach einer kurzen Kutschfahrt ging sie an Bord der *Griffin.* Chancey war der Erste, der sie begrüßte. Allerdings nicht mit der üblichen Herzlichkeit, denn er sagte kein Wort, sondern deutete mit einer Handbewegung an, dass sie ihm leise in den Raum unmittelbar neben dem Salon folgen solle. Im nächsten Augenblick war er wieder verschwunden.

Von diesem kleinen Nebenraum aus konnte sie ein Gespräch belauschen, das ihr Vater mit … ihrem Ehemann führte! Offenbar wollte Chancey, dass sie alles mit anhörte.

„*Was wollen Sie?*" kam es unfreundlich über Lassiters Lippen.

„Jason …", ließ sich noch eine Stimme vernehmen; es war Maria, die beschwichtigend auf Nicoles Vater einredete.

Erstaunlicherweise beruhigte ihr Vater sich und sagte: „Nun, warum sind Sie hierher gekommen?“

Und Maria fügte hinzu: „Captain Sutherland, wir fühlen uns durch Ihren Besuch sehr geehrt.“

„Ich bin froh, dass Sie mich eingelassen haben“, antwortete Derek.

Nun klang ihr Vater wieder wütend. „Wir warten – sagen Sie, was Sie wollen, und dann verschwinden Sie.“

Derek holte tief Luft. „Ich möchte … ich brauche … Ihre Hilfe“, brachte er schließlich mühsam hervor.

Lassiter brach in schallendes Gelächter aus. Nicole wollte nicht glauben, dass der unhöfliche Mann, der sich vor Lachen bog, tatsächlich ihr Vater war.

Jetzt mischte Maria sich wieder ein. „Und wie können wir Ihnen behilflich sein?“

„Es betrifft Nicole.“

Bei diesen Worten verstummte Lassiter augenblicklich. Schließlich rief er außer sich vor Zorn: „Was haben Sie mit ihr gemacht?“ Offenbar hatte er sich auf Derek gestürzt, denn Nicole hörte, wie Glas zerbrach. Entsetzt sprang sie auf und war gerade an der Tür, als Maria energisch rief: „Jason!“ Im Salon wurde es wieder still, und Nicole zog sich in ihr Versteck zurück.

„Ich habe die Annullierung meiner Ehe erlangt und Ihre Tochter geheiratet.“

Erneut schien ihr Vater handgreiflich zu werden. Diesmal hörte Nicole die dumpfen Schläge von Fäusten und stürzte zur Tür. Chancey, der im Gang wartete, hielt sie zurück und sah sie mit hochgezogenen Brauen an. Nicole flüsterte verstimmt: „Ja, ich habe ihn geheiratet.“

Er nickte ihr ernst, aber verständnisvoll zu und legte einen Finger an die Lippen, während er sich vorbeugte, um besser an der Tür lauschen zu können. Nicole schlich auf Zehenspitzen näher.

„Ich habe sie vergangene Woche geheiratet“, ließ sich Dereks Stimme wieder vernehmen, nachdem es Maria offenbar gelungen war, die beiden Streithähne zu trennen.

„Vielleicht sollten Sie uns erzählen, was sich während unserer Abwesenheit ereignet hat“, sagte sie in einem Tonfall, der keine Widerrede gestattete. Irgendwie brachte sie es fertig, Lassiter in Schach zu halten, während Derek berichtete, was in den letzten Wochen geschehen war.

„Und das hat mich veranlasst, Sie aufzusuchen und um Hilfe zu bitten“, schloss er und klang ein wenig wütend, wohl deshalb, weil er so viel hatte erklären müssen.

„Warum sollten wir Ihnen helfen?“ fragte ihr Vater griesgrämig. Klang er jetzt weniger aufgebracht als zuvor?

„Weil ich ihr alles geben möchte, was sie braucht, um zufrieden mit mir zu sein.“

„Erwarten Sie keinen Gefallen von mir“, warf Lassiter ein.

„Nicole hat Angst gehabt, Ihnen von der Hochzeit zu erzählen, und sie macht sich Sorgen um Ihr Unternehmen. Ich habe Ihnen nun von der Vermählung erzählt; Sie dürfen ihr deswegen nicht zürnen, denn ich hätte niemals aufgegeben. Ich hätte sie so lange verfolgt, bis sie Ja gesagt hätte. Und Ihre Reederei …“ Er schwieg. Nicole sah förmlich, wie Derek sich mit der Hand durchs Haar fuhr, so wie er es immer tat, wenn er unzufrieden war. „Ich weiß keinen Ausweg, wie ich die Linie retten kann, es sei denn, ich leihe Ihnen Geld.“

„Sie wollen mir Geld leihen?“

„Ich weiß, dass der Verlust der *Bella Nicola* Ihnen die Gläubiger auf den Hals gehetzt hat. Wenn Sie meine Hilfe annehmen, können Sie die Gläubiger so lange hinhalten, bis Sie die Reederei wieder konkurrenzfähig gemacht haben.“

„Verstehe ich Sie richtig – Sie wollen mir Geld geben, damit meine Tochter glücklich ist?“

„Sie macht sich Sorgen um Sie. Sofern Sie keinen besseren Vorschlag haben, sollten Sie mein Angebot annehmen.“ Wieder riefen seine Worte nur Lachen hervor.

Erneut mischte Maria sich ein. „Captain Sutherland“, begann sie freundlich, „Lassiters Reederei hat neues Kapital erhalten. Wir haben uns in Kapstadt darum gekümmert. Ich habe Jason bei der Buchführung und einer neuen Finanzierung geholfen. Ich glaube, die Linie steht nun besser da als zuvor.“

„So ist es, Captain. Ich will Ihr Geld nicht, und ich brauche es auch nicht!“

Vater!

„Jason, reiß dich zusammen“, ermahnte Maria ihn. „Hast du vergessen, dass dieser Mann Nicoles Leben gerettet hat?“

„Er hat sich auch an sie herangemacht“, empörte Lassiter sich, „als er noch verheiratet war.“

„Ich gebe ja zu, dass mein Verhalten nicht richtig war, aber …“, versuchte Derek sich zu verteidigen.

„Aber Sie waren verliebt und konnten nicht anders, nicht wahr?“ kam ihm Maria zu Hilfe.

Im Salon herrschte ein unerträgliches Schweigen. Nicole glaubte beinahe, ihr Herz habe aufgehört zu schlagen, als sie wie gebannt den Atem anhielt. Was würde Derek jetzt sagen? Liebte er sie wirklich?

Dann endlich kam die erlösende Antwort: „Ja."

Sofort zwängte Nicole sich an Chancey vorbei, stürzte in den Salon und umarmte ihren überraschten Ehemann, der sie in die Arme schloss. „Ich liebe dich so sehr", seufzte sie an seinem Hals.

Derek vergrub sein Gesicht in ihrem duftenden Haar und murmelte: „Und ich liebe dich, Nicole. Mehr, als ich mit Worten zu sagen vermag."

Als Maria diskret hüstelte, drehte Nicole sich in Dereks Armen um und sah Jason Lassiter an. „Vater. Du bist *unmöglich*", tadelte sie ihn, und Lassiter machte einen verdrossenen Eindruck. „Ich liebe euch beide, daher müsst ihr die Vergangenheit einfach hinter euch lassen."

„Und was war damals in Hongkong, als er mich gegen den Pier drängte?" beschwerte ihr Vater sich wie ein gescholtener Schuljunge.

Derek warf ihm einen finsteren Blick zu und meinte: „Oder damals in Melbourne, als Sie den Hafenbeamten erzählt haben, meine Besatzung habe die Pocken? Drei Wochen Quarantäne verhängten sie über mein Schiff."

„Genug jetzt!" fuhr Nicole erregt dazwischen und sah von einem zum anderen. „Ihr gebt euch jetzt die Hand!" Keiner von beiden rührte sich. Bis Maria Lassiter genau in dem Moment einen Schubs gab, als Nicole Derek nach vorne zog. Nur widerwillig reichten die Männer sich schließlich die Hand.

„Ich werde Sie töten, wenn Sie meine Nicole nicht glücklich machen."

„Sollte mir das nicht gelingen, gewähre ich Ihnen vielleicht einen Versuch."

Ein Hochzeitsempfang in zwei Wochen in Atworth House.

So hatte es die Marchioness beschlossen, und alle kamen der Aufforderung gern nach.

Derek hatte den festlichen Abend genossen und er hätte nicht das Geringste auszusetzen gehabt, wären da nicht hin und wieder die sarkastischen Bemerkungen von Lassiter gewesen. Aber Derek erkannte allmählich, dass dies die Art von Humor seines Schwiegervaters war. Und irgendwann könnte tatsächlich ein annehmbares Einvernehmen zwischen ihnen entstehen.

Obwohl das Fest noch in vollem Gange war, begab Derek sich zur Tür. Nicole hatte sich bereits zurückgezogen, und er wollte unbedingt zu ihr.

„Derek", rief Grant von der Terrasse aus. Er stand allein draußen und zog an einer Zigarre.

Seit er mit Nicole von der *Griffin* zurückgekehrt war, hatte er mit Grant sprechen wollen. Derek wusste, was er seinem Bruder zu verdanken hatte, und er wusste auch, dass er eine zweite Chance erhalten hatte, was Nicole und seine Familie betraf. Jetzt wollte er seinem Bruder sagen, dass er sich von nun an stets seinen Verpflichtungen stellen würde.

Derek trat an das Geländer, hinter dem sich der von Laternen beleuchtete Garten ausbreitete, und nahm eine Zigarre, die Grant ihm anbot. „Hast du noch keinen Gedanken an die Ehe verschwendet?"

Grant lachte.

„Wie wäre es mit Bainbridges Tochter?“ fragte Derek weiter.

„Trotz der eifrigen Bemühungen ihrer Familie ziehe ich es vor, Junggeselle zu bleiben.“

Derek zündete seine Zigarre an. „Ich finde, ihr passt gut zueinander. Sie ist nett und angenehm. Kaum zu glauben, dass du ihrem unbefleckten Wesen widerstanden hast.“

„Sie ist ein nettes Mädchen. Sie hat sogar geschworen, so lange zu warten, bis ich zurückkomme.“

Derek hob die Brauen. „Bis du zurückkommst?

„Erinnerst du dich an Belmonts törichtes Unterfangen?“ fragte Grant mit einem Lächeln. „Ich bin der Narr, der sich darauf eingelassen hat.“

„Im Ernst?“

Er nickte. „Ich ging zu ihm zurück, um neu mit ihm zu verhandeln. Nach seinem Tod hinterlässt er mir seinen gesamten Besitz.“

Erstaunt sah Derek seinen Bruder an. „Er muss davon überzeugt sein, dass sein Sohn noch am Leben ist, wenn er dir wirklich alles überlässt, was er noch besitzt.“

„Belmont ist verzweifelt. Er ist ein sehr gefühlsbetonter Mensch“, erklärte Grant. „Er hat Angst, dass seine Gesundheit nachlässt, und der Gedanke, sein Sohn und dessen Familie könnten irgendwo auf einer einsamen Insel gestrandet sein, bringt ihn dazu, seinen Besitz herzugeben.“

Derek zog die Stirn in Falten. „Aber wenn er jetzt seine Güter fortgibt und du die Familie seines Sohnes wider Erwarten findest, was wird dann aus ihnen?“

„Du hast nicht lange gebraucht, um den Haken an der Sache zu finden. Wahrscheinlich träumt Belmont davon, dass ich seine Enkeltochter heirate, sobald ich sie finde. Und dann leben wir alle glücklich am Hofe des Königs, oder irgend so ein Unsinn."

Derek schwieg und merkte dann an: „Wie denkst du wirklich über die Suche?"

„Nun, der alte Belmont geht davon aus, dass ich seine Verwandten finde." Grant holte aus der Brusttasche eine verblichene Daguerreotypie, auf der ein hellhaariges, junges Mädchen zu sehen war, das schüchtern in die Kamera lächelte. „Schau sie dir an. Sie sieht so zerbrechlich aus. Sollte sie wirklich überlebt haben ... wenn ich mir vorstelle, dass sie irgendwo da draußen ist, womöglich allein ..."

Derek hatte seinen Bruder offenbar erstaunt angesehen, denn Grant steckte das Porträt hastig zurück in die Tasche und sagte in einem schroffen Tonfall: „Vermutlich reine Zeitverschwendung. Wahrscheinlich hat sie nicht überlebt."

„Ich weiß nicht, ob mir das gefällt", meinte Derek und blies den Rauch der Zigarre in die Nachtluft. „Du gehörst zu Peregrine. Außerdem habe ich das Gefühl, dich als meinen Bruder zurückgewonnen zu haben. Und gerade jetzt willst du uns verlassen?" fügte er halblaut hinzu.

„Ihr müsst euch gedulden und auf meine Rückkehr warten, denn die Sache ist abgemacht", erwiderte Grant. „Und ich denke, für dich und Nicole wird es ein Kinderspiel sein, Whitestone und unsere Reederei zu verwalten."

Dereks Blick verriet, dass er mit seinem Bruder einer Meinung war. „Ich glaube, Nicole wird Peregrine gern helfen, jetzt da ihr Vater kein unmittelbarer Konkurrent mehr ist."

„So ist es“, pflichtete Grant ihm bei. „Und wer weiß“, meinte er, und ein Lächeln umspielte seine Mundwinkel, „vielleicht finde ich einen Schatz.“ Er klopfte seinem Bruder auf die Schulter. Derek hatte Grant noch nie so aufgeregt gesehen wie jetzt, als er mit leuchtenden Augen verkündete: „Ich steche in vierzehn Tagen in See.“

31. KAPITEL

Nicole und Derek hatten Grant seit Längerem angemerkt, mit welcher Begeisterung er der bevorstehenden Expedition entgegensah, obgleich kein Mensch glaubte, dass irgendjemand aus der Familie des alten Belmont das Unglück überlebt hatte. Die Inseln im Südpazifik lagen weit verstreut und waren berüchtigt für ihre Piraten, aber wenn diese Seereise Grant glücklich machte, dann wollten sie ihn nicht von seinem Vorhaben abhalten.

Am Tag vor der Abreise ging Nicole mit Derek zum Hafen, um Grant eine gute und sichere Reise zu wünschen. In der Frühe würde er bei Flut mit der *Keveral* lossegeln. Nicole gefiel es, bei den letzten Reisevorbereitungen an Bord zuzusehen, doch als sie daran dachte, wie lange Grant fort sein und wie sehr Derek seinen Bruder vermissen würde, füllten sich ihre Augen mit Tränen. In letzter Zeit schien sie schon bei dem kleinsten Anlass den Tränen nahe zu sein.

Grant bemerkte, dass sie eine Träne wegwischte. „Nicht weinen, Nic.“ Und mit einer etwas belegten Stimme fuhr er fort: „Nein, bitte keine Tränen.“

Nicole hatte vergessen, wie unwohl Grant sich in Gegenwart von gefühlsbetonten Frauen fühlte, und lächelte ihm daher aufmunternd und voller Wärme zu. Ihr Lächeln wurde noch breiter, als Derek ihre Taille umfasste. Bald, wenn sie in seinen Armen lag, würde sie ihm sagen, was sie seit Tagen vermutete.

Grant wurde beim Verladen der letzten Proviantlieferung gebraucht, und daher sagte Derek: „Geh ruhig wieder an die

Arbeit." Die Brüder gaben sich die Hände und klopften sich auf die Schultern.

„Guten Wind, Grant", sagte Nicole, als sie ihren Schwager zum Abschied umarmte und beinahe wieder in Tränen ausgebrochen wäre. „Ich hoffe, du findest Lord Belmonts Familie."

Grant wirkte zuversichtlich und willensstark. „Wenn sie irgendwo da draußen sind, werde ich sie finden."

Während Derek seine Frau die Gangway hinuntergeleitete, sagten sie Grant ein letztes Mal Lebewohl und wünschten ihm alles Gute, und Grant rief ihnen zu: „Seid gut zueinander!"

Derek legte Nicoles Hand auf seinen Arm, und gemeinsam gingen sie zurück zu ihrer Kutsche. „Ich denke, wir werden schon bald wieder Lebewohl sagen müssen", sagte er und klang betrübt.

Nicole stieß ihm mit dem Ellbogen in die Seite, und er lächelte. In der kommenden Woche würden sie Lassiter, Maria, Chancey und den Rest der alten Besatzung von der *Bella Nicola* verabschieden. Ihre Reise ging nach Südamerika, da sie ihre neu geplanten Routen ausarbeiten wollten. Nicole würde sie alle sehr vermissen. Und selbst ihrer Großmutter würde der Abschied schwer fallen, die ihren Vater, Chancey und vor allem Maria – die ‚Gouvernante' – inzwischen tatsächlich ins Herz geschlossen hatte. Wie dem auch sei, die Marchioness war begeistert, dass Nicole und ‚ein Dutzend Urgroßenkel' in England bleiben würden.

Nicole machte sich nun keine Sorgen mehr um Maria und ihren Vater. Sie war voller Zuversicht, dass die beiden die Lassiter-Reederei wieder auf feste Beine stellen würden, und sie begann daran zu glauben, dass ihr Vater endlich erkannte, was er an Maria hatte. Zweifellos waren ihm die zärtlichen Blicke der liebevollen und intelligenten Frau nicht entgangen, und Nicole war sich sicher, dass Maria ihn eines Tages für sich gewinnen würde. Eine Liebe, die so hell erstrahlte, würde jedes Hindernis überwinden.

Sie wusste es. Denn ihre eigene Liebe hatte obsiegt.

Gemeinsam beobachteten sie, wie Grant ihnen ein letztes Mal zuwinkte, bevor ihr Gespann sich in Bewegung setzte und Derek sagte: „Ich hoffe, er findet auf seiner Reise genauso viel Glück wie wir."

Nicole lächelte und schmiegte sich enger an ihren Gemahl. „Und ich denke, wir können Grant bis zu seiner Rückkehr seinen Wunsch erfüllen."

„Was für einen Wunsch?" fragte Derek und genoss den Duft ihres Haars.

„Onkel zu werden."

– ENDE –

Gaelen Foley
Die schöne Erbin

Band-Nr. 25199
5,95 € (D)
ISBN: 3-89941-292-3

Gaelen Foley
Spion im Namen der Liebe

Band-Nr. 25188
5,95 € (D)
ISBN: 3-89941-246-X

Gaelen Foley
Die Rache der Kurtisane

Band-Nr. 25181
5,95 € (D)
ISBN: 3-89941-239-7

Susan Wiggs
Leuchtfeuer der Liebe
Band-Nr. 25089
5,95 € (D)
ISBN: 3-89941-116-1

Susan Wiggs
Die schöne Tochter
des Senators
Band-Nr. 25110
5,95 € (D)
ISBN: 3-89941-146-3

Vorschau
Dieser Roman erscheint
im Dezember 2006

Lauren Royal
Das Landhaus
an der Themse
Band-Nr. 25207
5,95 € (D)
ISBN: 3-89941-301-6

Lauren Royal
Das geraubte Herz
Band-Nr. 25139
5,95 € (D)
ISBN: 3-89941-178-1

Heather Graham
Der Mann mit der dunklen Maske
Band-Nr. 25147
5,95 € (D)
ISBN: 3-89941-186-2

Deborah Martin
Die widerspenstige Lady
Band-Nr. 25187
5,95 € (D)
ISBN: 3-89941-245-1

Anne Stuart
Die Ehre der Lady Elizabeth
Band-Nr. 25206
5,95 € (D)
ISBN: 3-89941-299-0

Katy Cooper
Die Burg der flammenden Herzen
Band-Nr. 25180
5,95 € (D)
ISBN: 3-89941-238-9